Sophie
JOMAIN

Les étoiles de Noss Head

2 – Rivalités

J'AI LU

Note de l'auteur

Pour les besoins de l'histoire, il m'est arrivé de présenter des lieux qui n'existent pas à St Andrews, ou de décrire des endroits actuels avec quelques détails de mon imagination.

Merci aux lecteurs et aux habitants de St Andrews de bien vouloir m'en excuser.

[illegible] de l'auteur

[illegible]

[illegible]

[illegible]

[illegible]

[illegible]

[illegible]

« J'avais espéré que le calme était revenu. Douce utopie. Rien ne se passe jamais comme on le souhaite.

Il fallait qu'ils se fassent la guerre, c'était plus fort qu'eux. Leur haine allait les pousser à bout.

J'aurais préféré ne pas être mêlée à ça, mais c'était trop tard, j'étais en plein dedans. Je ne pouvais m'en prendre qu'à moi-même, j'avais insisté pour savoir.

Que pouvais-je bien faire pour empêcher ça ? Mes efforts pour les réconcilier seraient vains. Rien ne saurait jamais les rapprocher. Ils étaient trop différents et surtout, ils aimaient se battre. J'étais dépassée.

Qui vaincrait ?

Je n'en avais aucune idée, les forces qui devaient s'affronter allaient au-delà de tout ce qu'on peut imaginer. Hélas, j'étais au moins sûre d'une chose : tôt ou tard, je paierais les pots cassés. Et peut-être même que je ne m'en sortirais pas indemne. »

Chapitre 1

Redemption Song, *tu connais ?*

De : Moi
À : Sissi

C'est eux qu'on devrait mettre dans un sac-poubelle, tiens ! Si seulement tu pouvais voir ma tête, Sissi… Je jure que tu compatirais. Je n'ai jamais été aussi ridiculement fagotée de toute ma vie. Dernière tendance St Andrewsienne : capeline d'Handy Bag bleu ciel et nœud assorti dans les cheveux. Ma queue-de-cheval adore !

Tu penses que ce petit malin de Leith m'aurait avertie ? Non, bien sûr, c'est beaucoup plus fun comme ça. Les bizutages, c'est tellement drôle ! Voilà vraiment le truc que je n'avais jamais imaginé en m'inscrivant à la fac. Ça m'a toujours donné la chair de poule ces humiliations programmées. Bon sang, on se croirait dans une de ces parodies américaines que je déteste.

En ce moment, on est tous assis en rangs d'oignons dans l'herbe, on attend que les deuxième année forment des groupes. Des groupes de quoi ? Mais de pigeons à asticoter, évidemment ! Ils se sont même fait une joie de nous gratifier de sobriquets encore plus stupides que nos accoutrements. J'ai les nerfs, tu n'imagines pas…

Tu verrais la tête que font certains… On dirait presque que leur vie dépend de cette célébration grotesque. Non, mais sérieusement… Comme si refuser d'être bizuté conduisait tout droit à l'échec universitaire.

Si j'avais le choix, je prendrais le premier avion pour Melbourne et te rejoindrais en vitesse, tiens. Bon sang, quand j'y pense… Trois ans, tu pars trois ans ! Ça me rend malade de savoir qu'on n'est pas près de se revoir, toutes les deux. Tu vas me manquer, ma vieille.

Mince, il faut que je te laisse, c'est bientôt mon tour, on regarde dans ma direction. Je te recontacte très vite.

Bises,
Hannah.

— Rouquinette !

C'était moi…

Je rangeai mon téléphone dans ma besace et levai les cils sur le gourou du bizutage.

C'était un grand type aux longs cheveux blonds, plutôt pas mal si on aime le style surfeur, mais vu la position qu'il occupait ce jour-là, je ne lui trouvais que des défauts.

— Rouquinette ! répéta-t-il à mon intention. Debout !

Bon gré mal gré, j'obtempérai dans un parfait silence, jetant un œil à l'étudiant à côté de moi. Chétif et arborant d'énormes lunettes, il venait d'être surnommé Binoclard.

Dans mon malheur, j'avais une chance inouïe. Leith faisant partie du département d'histoire de l'art, et moi de celui d'histoire, nous ne devrions pas nous croiser de la journée. Il n'aurait jamais l'occasion de voir sa petite amie déguisée en bouffon bleu.

— Binoclard, Mercerie, Rouquinette, Dents d'acier et Porcinet, beugla le surfeur, suivez-moi.

J'étais consternée. N'y avait-il aucune pitié dans le milieu universitaire ? Je remarquai seulement maintenant la pauvre fille qu'il venait d'appeler Mercerie. Elle était au bord des larmes. Son visage était constellé d'acné, ce à quoi elle ne pouvait sûrement rien. J'eus de la peine pour elle. Je lui offris un sourire qui se voulait réconfortant, incertaine qu'elle le relève vraiment.

La brune baptisée Dents d'acier affichait un appareil dentaire qu'on apercevait à peine, mais hélas, suffisamment pour qu'elle soit asticotée. Quant à Porcinet, je devais reconnaître que lui et moi portions à merveille nos surnoms. Il avait la peau aussi rose que mes cheveux étaient roux.

En file indienne, nous commençâmes à suivre notre bourreau. À peine une minute plus tard, une fille surexcitée et gesticulant en tous sens le rejoignit. Elle parlait plus vite qu'une locomotive à plein régime. Une Australienne, vu son accent. Elle ressemblait à ces mannequins qu'on voit dans les magazines de mode : longiligne, blonde, un visage superbe, des yeux à tomber, un hâle doré, et des dents éclatantes. Je devais admettre qu'avec le surfeur, ils formaient un couple détonnant, même si je n'étais pas vraiment sûre qu'ils en soient un. Quoi qu'il en soit, la politesse ne les écorchait pas. Aucun des deux n'avait pris la peine de se présenter.

Notre gourou s'arrêta devant un grand bâtiment en pierre et demanda à tout le monde de s'appuyer contre le mur. Perplexe, chacun commença à s'exécuter. Seul Binoclard paraissait enchanté. Il frétillait comme une anguille et hurlait des « Génial ! Génial ! ».

Franchement irritée, je fus la dernière à obtempérer.

Je coulai un regard en biais à l'Australienne. À en croire son sourire en coin, elle prenait un malin plaisir à nous bizuter. Je la détestais déjà. Je m'attardai sur le sac en toile qu'elle portait à l'épaule et pinçai les lèvres. Il ne me disait rien qui vaille.

— Fermez les paupières ! brailla le grand blond.

Je n'avais aucune envie d'obéir. C'est pourquoi je fis comme si je n'avais pas entendu. Le regard de mon bourreau se posa aussitôt sur moi.

— Tut, tut..., Rouquinette. Franchement, tu ferais mieux de faire ce que je demande si tu ne veux pas avoir les yeux qui piquent.

Sa menace ne m'encouragea guère à capituler, bien au contraire. Je préférais savoir de quoi il retournait.

— Comme tu le souhaites ! me railla l'Australienne.

Sans me donner l'occasion de me raviser, elle m'aspergea de mousse à raser sur tout le visage. La bouche ouverte de stupéfaction, je recrachai et toussotai autant que possible.

— Et voilà ! s'esclaffa-t-elle. Tu es parfaite !

Puis elle termina de vider l'aérosol sur le sommet de mon crâne. J'étais verte de rage.

Je m'essuyai les yeux, et jetai la mousse par terre.

— Si tu la retires, Rouquinette, il faudra encore te bombarder, m'avertit le gourou avec un sourire qui en disait long sur ses intentions. Et fais-nous confiance, on en a assez pour t'arroser toute la journée !

Toute la journée ? Nom de Dieu ! Combien de temps cette mascarade allait-elle durer ? Nous étions ici depuis à peine deux heures et il me semblait que la matinée entière était déjà passée. Je fusillai mes tortionnaires des yeux et me résignai à rester tranquille.

Lorsque tout le monde fut bien tartiné, l'Australienne remit à chacun un sachet en plastique vide, ainsi qu'un autre rempli de bonbons. Le grand blond nous demanda nos noms et prénoms qu'il griffonna sur des morceaux de carton. Puis, à l'aide de ruban adhésif double face, il les colla aux sacs-poubelles que nous portions, bien en évidence sur nos poitrines. De toute ma vie je ne m'étais jamais sentie aussi ridicule.

L'Australienne recula de deux mètres et sortit un appareil photo numérique de son sac.

— Souriez !

Et puis quoi encore ? Je leur offris mon regard le plus noir, puis le grand blond nous expliqua que nous allions devoir nous pavaner dans les rucs dc St Andrews afin de vendre un maximum de bonbons. Lorsque les pochettes de sucreries seraient vides, il faudrait trouver un autre moyen de nous faire de l'argent. Celui à notre convenance. À défaut, des gages seraient lancés.

Dépitée, je n'avais d'autre choix que de baisser les armes. J'avais pensé visiter St Andrews à un moment donné, mais pas de cette manière. Sillonner la ville déguisée en sac-poubelle mousseux n'avait évidemment jamais fait partie de mes projets.

Les habitants avaient clairement l'habitude de ces fanfaronnades et se prêtaient bien volontiers aux festivités. Ils achetaient les bonbons contre quelques piécettes, n'hésitant pas à nous féliciter pour notre incroyable courage.

À qui le disaient-ils ! Il m'avait fallu un sacré sang-froid pour ne pas rejoindre en courant les jupes de ma mère ! Toutefois, deux heures plus tard, je constatai avec surprise que mon sachet de sucreries était vide. Comme je m'y attendais, nos bourreaux exigèrent que je trouve immédiatement un truc à faire. Mais quoi ? Réciter du Shakespeare ? Imiter l'orang-outang ? Chanter la Marseillaise en breton ? Je fus apparemment trop longue à réfléchir pour nos deux comparses qui commençaient à s'exciter en songeant à ce qu'ils allaient bien pouvoir me faire faire.

— Rouquinette aura un gage ! Rouquinette aura un gage ! hurla, Binoclard, hystérique.

Je lui lançai un regard mauvais, lui signifiant qu'il vaudrait mieux qu'il la ferme, mais il s'esclaffa de plus belle, collant son pouce sous le menton en tirant la langue.

On croyait rêver ! Dépitée, je lui tournai le dos en haussant les épaules.

C'est alors que, de l'autre côté de la rue, je remarquai un joueur de percussions et un guitariste. Il était évident qu'ils se faisaient voler la vedette par les allées et venues incessantes des étudiants bizutés. Personne ne s'arrêtait pour les écouter, et la casquette jetée par terre semblait bien vide.

— Rouquinette ! cria l'Australienne. Tu y vas et tu chantes avec eux !

J'écarquillai les paupières.

— Quoi ?

Son sourire s'élargit exagérément.

— Tu y vas et tu chantes avec eux.

— Mais non !

Je n'avais absolument aucune envie de gazouiller !

— À toi de voir, gronda le grand blond en agitant sous son nez la bombe de mousse à raser d'un air menaçant.

— Sale type ! grommelai-je.

Plus amusé que vexé, il haussa un sourcil.

— Je compte jusqu'à dix, mon chou. Un, deux, trois, quatre...

— Pauvre petite étudiante de première année. C'est dur la vie d'artiste, hein ? se moqua l'Australienne.

— ... sept, huit, neuf..., reprit le surfeur maudit.

Je levai les deux mains devant moi.

— OK, OK, c'est bon. J'y vais !

Furieuse, je me dirigeai vers les musiciens. Ils venaient juste de terminer leur morceau lorsque je me postai devant eux. Mon accoutrement ne les surprit guère. Ils avaient dû voir passer tellement de schtroumpfs dans mon genre.

— Un gage, c'est ça ? en conclut le guitariste aux dreadlocks.

— Ouais...

— Et qu'est-ce que tu dois faire ?

— Chanter, me renfrognai-je.

Il hocha la tête.

— Tu sais chanter ?

Je haussai les épaules.

— Je me débrouille, mais le reggae ce n'est pas mon truc.

Il sembla réfléchir à mon problème.

— *Redemption Song*, tu connais ?

J'acquiesçai. Tout le monde connaissait, et moi particulièrement, parce que mon prof de chant me faisait m'échauffer les cordes vocales dessus.

— Ben, c'est parfait, la gazelle ! s'exclama le musicien avec un large sourire.

Les premiers accords de guitare vibrèrent. J'avalai ma salive et, les yeux fermés, j'écoutai les notes, mélodieuses, douces, entraînantes. Lorsque je rouvris les paupières, je vis les regards des six étudiants de mon groupe figés sur moi. L'Australienne et le grand blond attendaient impatiemment mon premier couac. Celle qui avait été surnommée Mercerie battait la mesure du pied, Binoclard dandinait du popotin sans aucun rythme, et Dents d'acier se fichait carrément de ma pomme. Quant à Porcinet, il était toujours aussi rose. Il me considérait avec une expression qui en disait long sur ce qu'il pensait : « Bon Dieu, heureusement que ce n'est pas tombé sur moi ! »

Je pris une profonde inspiration et laissai glisser les premiers mots de la chanson.

Jubilatoire. L'Australienne et le surfeur étaient stupéfaits. Je savais chanter. Bien fait pour eux ! Le sac de monnaie se remplissait à vue d'œil, et le guitariste était aux anges, la casquette posée à ses pieds gonflait elle aussi.

Pendant le solo de musique, les joues rouges, je pris conscience qu'un attroupement important s'était formé autour de nous, des groupes d'étudiants, essentiellement. Je regardai timidement tout ce petit monde, lorsque, perdu dans la foule, dépassant la plupart des gens d'au moins une tête, les bras croisés sur sa poitrine, j'aperçus Leith. J'étais tétanisée. Il m'observait avec une expression de fierté et d'amusement mêlés. Le refrain reprit avant que je puisse vraiment retrouver mon souffle. Je m'efforçai de recommencer à chanter, mais le sourire railleur que Leith me lança manqua me faire rater une note. J'étais au bord du hoquet. Les dernières mesures retentirent comme une délivrance.

Mon loup-garou de petit ami s'approcha alors d'un pas tranquille. Je ne bougeai pas d'un poil, pétrifiée qu'il me voie dans cet accoutrement, horrifiée qu'il m'ait entendue chanter. Il se planta devant moi et tendit la main pour retirer la mousse dégoulinant sur mon visage. Puis il me prit subitement par la taille et me ramena contre lui afin de coller un baiser sur mes lèvres.

La foule d'étudiants se déchaîna, huant et sifflant en même temps. Leith me relâcha doucement, le regard rieur.

— Un rien te va...

Mes joues étaient cramoisies.

— J'ai trop honte.

Il recula pour mieux me détailler.

— Tu es... époustouflante.

— Moqueur !

Il éclata de rire et jeta un œil derrière lui.

— On dirait bien que tout le monde en redemande.

Je haussai un sourcil d'un air mutin.

— Un baiser ou une chanson ?

Un pencha la tête de côté en souriant.

— Une chanson, mon cœur, une chanson.

— Bravo, la gazelle ! s'exclama le guitariste. On remet ça quand tu veux.

Je secouai vivement le menton.

— Ah, non ! C'est fini pour moi. J'ai rempli mon gage. Merci d'avoir joué le jeu.

— Tout le plaisir était pour nous ! m'affirma-t-il avant que je m'éloigne.

Leith me retint par le poignet et approcha sa bouche de mon oreille.

— Je ne sais pas dans quel groupe tu es, mais ils en ont de la chance, ces étudiants, de t'avoir avec eux. Pour un peu, je serais presque jaloux.

— Tu n'as aucune raison de l'être, lui assurai-je.

Il recula lentement et me gratifia d'un clin d'œil.

— À plus tard.

Puis il fit subitement demi-tour pour rejoindre la foule, non sans jeter un regard appuyé au surfeur sans pourtant savoir que c'était lui, le responsable de cette mascarade. Quant à moi, je ne pus m'empêcher de sourire en remarquant l'air sidéré de l'Australienne tandis qu'elle suivait Leith des yeux.

Eh oui, moi, la « pauvre petite étudiante de première année », je sortais avec le plus beau mec de toute l'université !

***

Passé l'euphorie du bizutage, les choses allaient enfin devenir sérieuses. Le lendemain, je me réveillai assez tôt pour être sûre de ne pas arriver en retard. Je ne maîtrisais pas encore le plan de la fac, et il était fort probable que je me perde avant de rejoindre l'amphi dans lequel j'avais cours. Pour mon premier jour officiel, je n'avais franchement pas envie de me faire remarquer.

J'ouvris la porte de ma chambre et entrai dans la cuisine pour prendre mon petit déjeuner – j'avais trouvé un appartement en colocation en plein centre-ville, à cinq minutes à peine du bâtiment du département d'histoire.

— Salut, Anne !

Je me tournai vers Tarja, ma coloc.

— Hannah, corrigeai-je.

— Ah oui, Hannah. Pardon, s'excusa-t-elle.

Tarja arrivait tout droit de Finlande et commençait une licence d'histoire médiévale, comme moi. Nous étions dans la même promo. Sa fac, à Helsinki, lui permettait de passer sa première année dans l'université de son choix.

— Je crois que j'ai perdu mon plan, m'avertit-elle, paniquée.

— J'ai le mien, la rassurai-je, nous n'avons qu'à partir ensemble.

— Merci, Hannah ! Petit déjeuner ?

J'observai d'un air suspicieux le bol qu'elle me tendait. La veille, elle avait été tout heureuse de me préparer le traditionnel petit déjeuner finnois : porridge à la confiture. J'avais détesté ça.

— Euh, non merci. Je ne vais boire que du thé, ce matin.

— Tu ne tiendras jamais jusqu'à midi !

— Mais si, je t'assure, lui certifiai-je en souriant.

Tarja n'avait pas du tout le profil que j'avais imaginé pour la plupart des Finlandais. Pour moi, à l'instar des Suédois, ils étaient tous immenses, blonds avec des yeux bleus. Tarja était petite, très brune, avec de longs cheveux raides et de grands yeux noirs. On aurait presque pu la prendre pour une Amérindienne, si sa peau n'avait pas été si pâle – bien plus que la mienne, c'est dire ! Je la connaissais depuis quelques jours et je l'appréciais déjà. C'était une fille discrète et douce. J'étais certaine que nous allions bien nous entendre.

— On ne pourra pas inviter grand monde, fit-elle soudain remarquer en embrassant des yeux notre minuscule cuisine. C'est si petit.

En effet, la kitchenette était située dans un coin de la pièce principale, et nous ne disposions que d'une table pour deux. Toutefois, l'appartement était cosy, au troisième étage d'un immeuble ancien. Le propriétaire avait équipé le salon d'une table basse, d'un canapé d'angle, d'une télévision, d'un lecteur DVD et de plusieurs poufs à même le sol sur lesquels j'adorais déjà me vautrer.

Nous avions une chambre chacune, mais une seule salle de bains que nous ne trouvions pas gênant de partager.

La pièce où je dormais était éclairée par une grande baie vitrée, sans volets. J'avais immédiatement remarqué que je pouvais voir sans mal tout ce qui se passait chez mon voisin d'en face, et vice versa. Du coup, lui et moi allions devenir intimes sous peu... Je devais impérativement acheter des rideaux plus opaques que ceux déjà installés.

— Je file me doucher, informai-je Tarja.

— OK ! Moi, c'est déjà fait. On n'a pas beaucoup de temps, hein !

— Je fais vite, lui assurai-je en souriant.

Dix minutes plus tard, j'avais terminé et je commençai à m'habiller. En visitant la fac, j'avais constaté que les salles étaient surchauffées. J'enfilai donc un jean et un tee-shirt à manches longues, ce serait suffisant. En revanche, dehors, le froid était glacial pour un début de mois d'octobre, j'étais bien contente d'avoir acheté une parka un peu plus épaisse et chaude que mon duffle-coat. Je la décrochai d'un cintre et rejoignis Tarja qui m'attendait devant la porte d'entrée. En voyant sa tenue, je restai bouche bée.

— Tu vas sortir comme ça ?

Sa besace sur l'épaule, elle portait un tee-shirt à manches courtes et un simple pantalon en toile fine.

Elle baissa les yeux sur elle, affichant un air étonné.

— Oui, pourquoi ?

— Tu as remarqué la température extérieure ?

Elle haussa les épaules.

— Tu sais, chez moi il fait bien plus froid que ça. Ici, j'ai l'impression d'être encore en été ! Tu ne vas quand même pas mettre un bonnet ? se moqua-t-elle en me considérant de la tête aux pieds.

Pour dire vrai, il était au fond de ma poche. Du coup, je m'abstins de le sortir et suivis Tarja sur le palier. Nous fermâmes la porte à clé et descendîmes les trois étages. Dehors, je fis tous les efforts du monde pour ne pas grelotter. Nous étions au bord de la mer du Nord, et ici, le vent vous glaçait les os. Je remontai ma capuche et, les mains dans les poches, je marchai avec Tarja jusqu'à la fac.

Nous avions plusieurs cours en commun. Le premier, introduction à l'histoire de St Andrews, commençait à neuf heures. Il s'agissait d'une option que nous avions absolument tenu à prendre à cause des visites de monuments anciens qui étaient proposées. Comme mon père, j'avais la fibre de l'architecture dans le sang, je ne pouvais pas rater ça.

Lorsque nous rejoignîmes l'amphi, il était déjà plein à craquer. Tarja réussit à trouver une place, quant à moi, je n'eus plus qu'à m'installer sur les marches à côté d'elle. C'était inconfortable, peu pratique, mais ça valait bien mieux que de rester debout.

Le professeur, M. Jefferson, entra dans la salle sans que le brouhaha cesse. Or, son style singulier aurait dû modérer tout le monde. Il devait avoir la cinquantaine bien tassée, n'était pas très grand, avait les tempes grisonnantes, des petites lunettes rondes, et était habillé de façon désuète. Un complet marron, une chemise vichy et une cravate assortie. Je remarquai même une fine chaînette qui dépassait de son gilet. Quand même pas une montre, si ?

Il s'installa derrière un bureau qui semblait bien trop haut pour lui, et alluma le micro avant de tapoter dessus, créant un larsen horripilant qui plongea instantanément l'assemblée dans un silence étonnant.

Il se présenta très brièvement, et dans une attitude solennelle plutôt risible. Puis il nous informa que si son cours était facultatif, il n'en serait pas pour autant le plus facile. Les visites extérieures seraient incontournables pour quiconque désirait suivre cette option et ne seraient pas comprises dans les douze heures de formation prévues au départ. De plus, chaque semaine, le cours débuterait par un questionnaire noté portant sur nos lectures obligatoires. Après quoi, il n'omit pas de préciser que si certains trouvaient le programme trop difficile, il était encore temps de quitter l'amphi.

Et là, ce fut la cohue générale. J'écarquillai les yeux de stupéfaction en voyant une flopée de garçons et de filles se précipiter à toute allure vers la sortie comme si leur vie en dépendait. À peine cinq minutes plus tard, les gradins destinés à contenir cent cinquante personnes furent libérés de la quasi-totalité de ses âmes. Il ne restait plus que... Waouh ! Trente-deux étudiants ! J'étais consternée. Toutefois, M. Jefferson n'en était apparemment pas à son coup d'essai en matière de vidage de salle. Serein et détendu, il n'avait pas relevé la tête une seule fois durant les cinq minutes de désertion de ses cent dix-huit et des poussières ex-futurs-étudiants.

— Bien, dit-il enfin. Maintenant que nous y voyons plus clair, commençons !

Moi qui m'étais réjouie de suivre cette option, je déchantais. À la fin du cours, nous avions une liste considérable de lectures pour la semaine à venir.

Histoire de ne pas nous laisser aller, d'autant que nous avions tout l'après-midi de libre, Tarja et moi décidâmes d'en profiter pour acheter les quelques bouquins qui n'étaient déjà plus disponibles à la bibliothèque de la fac.

Bien que St Andrews soit une ville assez petite, elle dispose d'une gigantesque librairie. On y trouve à peu près tout ce qu'on veut, notamment des livres en langues étrangères. Ce qui n'est pas surprenant en soi, puisque la commune reçoit un nombre non négligeable d'étudiants du monde entier.

Nous fîmes nos achats, et lorsque nous sortîmes du magasin, il commençait à pleuvoir. Nous étions à plus d'un quart d'heure de chez nous, et ni Tarja ni moi n'avions envie d'arriver trempées. Comme j'avais repéré un salon de thé pas très loin de la librairie, je proposai à mon amie de nous y rendre.

L'intérieur était bondé. Nous prîmes l'une des rares tables encore disponibles et commandâmes thés et pâtisseries.

— C'est chouette, ici ! m'enthousiasmai-je en voyant la déco, certes kitsch, mais qui me convenait typiquement.

Tarja passa la main dans ses cheveux et fit la moue. Nous n'avions manifestement pas les mêmes goûts.

— Pourquoi as-tu choisi de faire tes études en Écosse ? désira-t-elle savoir.

Je lui racontai les raisons qui nous avaient poussés à quitter Paris pour venir nous installer à Wick – que ma grand-mère était aveugle et que nous avions décidé de prendre soin d'elle.

— Et toi ? demandai-je entre deux bouchées de *carrot cake*. Ça fait loin, la Finlande.

— J'ai toujours eu envie de visiter l'Écosse, et St Andrews a immédiatement accepté mon dossier.

Tandis que Tarja m'expliquait les motivations de son choix, j'eus soudain l'étrange impression que l'on m'observait. Je levai les yeux et aperçus l'Australienne qui m'avait bizutée. Elle était assise à la table juste en face de la nôtre, et elle me regardait fixement. Au bout de quelques secondes, elle repoussa sa chaise et s'approcha de nous.

— Hannah, c'est ça ? demanda-t-elle sans nous saluer.

Je fronçai les sourcils.

— Oui, c'est bien ça.

Je fus quand même surprise qu'elle se rappelle mon prénom. La veille, elle n'y avait pas porté un grand intérêt. Elle n'en accorda pas plus à Tarja, du reste, l'ignorant souverainement. De fait, cette dernière regarda sa tarte aux fruits et mangea en silence.

— Je voulais te dire..., continua l'Australienne, tu as drôlement assuré dans la rue. Grâce à toi, on a collecté une somme incroyable.

— Tant mieux, feignis-je d'être ravie.

— Si tu as besoin d'un coup de main pour tes cours, n'hésite pas, je te laisse mon numéro de portable.

Elle chercha dans son sac un crayon et un papier qu'elle griffonna avant de me le tendre.

— OK, répondis-je poliment.

— Alors, à bientôt peut-être ?

J'opinai du bonnet sans conviction tandis qu'elle daignait enfin baisser les yeux vers Tarja. Elle la considéra, le visage inexpressif, puis s'éloigna vers la sortie.

Je n'aimais pas cette fille.

Je fourrai le papier dans la poche arrière de mon jean sans même le consulter et souris à Tarja. Elle semblait abattue.

— Est-ce que ça va ?

Elle hocha la tête.

— Oui. Il ne pleut plus, on rentre ?

J'acquiesçai, je finis ma tasse de thé, et, alors que nous sortions, je songeai au petit aparté qui avait plongé Tarja dans le mutisme. En pensant à l'Australienne, un seul mot me vint à l'esprit : méfiance.

Je tâcherais de ne pas l'oublier.

Chapitre 2

Le Cercle. Qu'est-ce que c'était ?

La semaine continua sur les chapeaux de roue.

Tarja et moi avions de nombreux cours, et il était difficile de consacrer ne serait-ce que dix minutes à faire autre chose que courir à droite et à gauche. Les seules véritables pauses que nous avions étaient celles de midi. Vingt minutes pendant lesquelles nous prenions tout juste le temps d'avaler un sandwich. Et le soir, nous tombions comme des mouches dans notre lit, vannées.

Cela m'effrayait. Nous avions commencé depuis seulement trois jours, et l'overdose de lectures, de dissertations et de travaux de groupe pointait déjà. Mais nous étions vendredi, le week-end était tout proche. En fin de journée, je verrais enfin Leith.

Un peu avant quinze heures, Tarja et moi marchions dans les couloirs d'un pas alerte. Nous avions cours dans l'un des bâtiments récents, et il ne nous restait que cinq minutes avant d'être officiellement en retard.

— Hé, Hannah ? entendis-je derrière moi.

Tarja ne s'arrêta pas. Elle me fit signe qu'elle continuait sans moi.

Je me retournai et fis face à l'Australienne. Mal à l'aise, je me rendis compte que je n'avais pas pris la peine de sortir son numéro de téléphone de mon jean. Du coup, je ne connaissais toujours pas son prénom.

— Salut, répondis-je simplement.

— Tu es pressée ? demanda l'Australienne.

J'acquiesçai.

— J'ai cours dans dix minutes.

— On va boire un verre avec des amis juste à côté à dix-sept heures, ça te dit de nous accompagner ?

— Je ne sais pas trop, balbutiai-je, surprise par son invitation. J'ai pas mal de travail et...

— Comme tu veux, me coupa-t-elle en souriant gentiment. Mais ce serait l'occasion de te faire connaître un cercle d'étudiants. Si tu changes d'avis, nous nous sommes donné rendez-vous devant la tour de l'horloge après les cours.

— OK. Je verrai.

— Peut-être à plus tard ! lança-t-elle en s'éloignant.

Déconcertée, je n'arrivais pas à me convaincre que cette fille insistait parce qu'elle me trouvait juste sympathique. On ne peut pas dire que j'avais été très avenante avec elle jusqu'à présent. Je ne fais pas ami-ami avec l'ennemi, en général, surtout quand celui-ci se plaît à me martyriser à grands jets de mousse à raser. Sans vouloir trop pousser la paranoïa, j'étais presque certaine qu'elle attendait quelque chose de moi, mais quoi ? Je n'avais absolument rien à lui apporter.

Le carillon de l'horloge sonna quinze heures. J'étais définitivement à la bourre, alors je me dépêchai de gagner ma salle de TD. La prof n'avait pas perdu de temps, elle était déjà en train de présenter son programme – l'Angleterre et la France en guerre au XIVe siècle. Je m'installai le plus discrètement possible à côté de Tarja, qui avait pris place au fond de la pièce, et tâchai de me concentrer.

— Qu'est-ce qu'elle te voulait ? me chuchota-t-elle.

Je gardai les yeux fixés sur la prof.

— Me proposer de boire un verre avec ses amis.

— Tu comptes y aller ?

— Je ne sais pas. Tu m'accompagnerais ?

— Non, j'ai des tas de choses à faire.

D'un geste de la main, la prof nous somma silencieusement de nous taire. Je me fis toute petite et ne pipai plus un mot jusqu'à la fin du cours.

Nous sortîmes soulagées un peu avant dix-sept heures. Pour la première fois depuis la rentrée, nous n'aurions aucune recherche à rendre pour la séance suivante.

— Je pense quand même les rejoindre, informai-je Tarja. Je suis curieuse, ça me perdra. Tu es sûre que tu ne veux pas venir ?

— Certaine. Je préfère ne pas me mettre en retard sur mon travail. À plus tard.

Sur ce, elle décampa d'un pas vif dans le couloir.

Lorsque j'arrivai à la tour de l'horloge, un petit attroupement de personnes attendait déjà. L'Australienne m'accueillit avec une expression de ravissement.

— Hé, Hannah ! C'est super que tu sois venue.

Je lui rendis un sourire timide et m'approchai.

Quelque chose m'interpella immédiatement en observant les amis de l'Australienne. Ils avaient tous les cheveux clairs, allant du blond au roux, et les yeux plus ou moins bleus. Pour une raison que je ne m'expliquai pas, cela me parut plus que suspect.

Le gourou qui avait organisé le bizutage était là, lui aussi, il se tourna vers moi et arbora un air goguenard.

— Rouquinette…

— Je m'appelle Hannah, lançai-je sèchement.

— Hannah. Je suis Darius, se présenta-t-il en souriant de plus belle, révélant une denture parfaite.

— Darius ? Comme Darius Ier, grand roi de l'Empire perse ? m'exclamai-je.

Je n'avais jamais rencontré personne baptisé de cette manière.

— C'est ça, s'amusa-t-il. Minah, on attend encore quelqu'un ?

Ainsi l'Australienne se prénommait-elle Minah... Autant ne pas oublier.

— Non, on peut y aller, lui certifia-t-elle.

— Alors, Hannah, commença Darius en se concentrant de nouveau sur moi tandis que nous avancions. Tu ne nous en veux pas trop de t'avoir si mal traitée pendant le bizutage ?

Je ne pus m'empêcher un regard méprisant.

— Vous étiez obligés d'en faire des caisses ?

Il lâcha un rire gras.

— L'année prochaine, c'est toi qui t'y colleras !

— Je ne crois pas, non. Je déteste autant être rabaissée qu'humilier les autres, rétorquai-je d'un ton pincé.

— Il y a un début à tout, plastronna-t-il avec assurance. Tu verras, tu adoreras.

Je haussai les épaules sans répondre. Rien ne servait d'insister. J'avais compris en un rien de temps qu'il n'était pas du genre à se laisser convaincre. Ce type respirait l'arrogance et l'entêtement.

Dix minutes plus tard, nous entrâmes dans un pub, *The Red Lion*. En faisant le tour de la clientèle déjà présente, je constatai qu'ils se ressemblaient tous, eux aussi. Yeux clairs, cheveux plus ou moins blonds... J'en ressentis un vif malaise. Préférant ne pas tirer de conclusions hâtives, je m'efforçai de ne plus y penser et suivis Darius jusqu'à une longue table en bois. Nous nous installâmes tous les neuf dans un parfait silence. Darius s'assit tout au bout, donnant l'impression de présider une réunion importante. Ce qui ne fit qu'approfondir mon trouble.

— Que voulez-vous boire ? finit-il par demander gaiement. Vin chaud ? C'est encore ce qu'il y a de meilleur.

Beurk ! Pour mon malheur, le vin chaud fit l'unanimité. Je me vis contrainte de les imiter, histoire de ne pas trop me démarquer.

J'étais sans doute la plus jeune de tous, mais de très peu. La plupart devaient avoir à peine vingt ans, sauf Darius, qui semblait un peu plus âgé.

— Alors, Hannah, attaqua ce dernier, dis-nous ce que tu as choisi d'étudier.

— L'histoire médiévale.

— Excellent choix ! Jefferson, Harod… que du beau monde parmi les professeurs… Les as-tu déjà rencontrés ?

— Oui, pour la plupart. Et toi, que fais-tu ?

Il haussa les sourcils, comme s'il ne s'attendait pas à ce que je lui renvoie la question.

— Troisième cycle d'histoire médiévale.

— Ah, bougonnai-je comme pour moi-même. Je me disais aussi que tu semblais plus vieux que tes amis.

Il écarquilla tout grands les yeux.

Rouge de honte, je ne me souvenais pas avoir déjà autant manqué de tact.

Toutefois, Darius ne parut pas en prendre ombrage, il se pencha en avant avec un rictus moqueur.

— Tu n'imagines pas à quel point, Rouquinette !

Je haussai un sourcil.

— Bon, n'exagérons rien. Tu as quoi ? Vingt-deux, vingt-trois ans ?

Son regard se fit malicieux.

— Allez, on va dire que tu y es presque !

Et tous éclatèrent de rire sans que je comprenne franchement pourquoi.

— Pourquoi as-tu choisi St Andrews ? m'interrogea-t-il en redevenant sérieux.

Comme je l'avais fait avec Tarja, je survolai la petite histoire de ma venue en Écosse. Darius sembla très intéressé par mon cas. Il me posa d'ailleurs une multitude d'autres questions auxquelles je répondis passablement. Puis, lassée de cet interrogatoire et ne me sentant vraiment pas à ma place avec eux, je vérifiai l'heure. Leith finissait son cours dans cinq minutes.

— Tu dois partir ? s'enquit Minah, qui était assise à côté de moi.

— Oui. Pourrais-tu me dire comment me rendre au bâtiment d'histoire de l'art ?

Elle ne répondit pas immédiatement et m'observa avec une telle intensité que j'en demeurai interdite. Cette fille était si bizarre. En fait, ils l'étaient tous !

— Tu reprends la rue principale en direction de la fac, se décida-t-elle à me renseigner, le regard fixe. C'est à cent mètres sur la gauche.

En ratissant la table des yeux, je remarquai que personne ne s'était donné la peine de toucher à son verre. Je vidai tout de même le mien en réprimant un frémissement de dégoût, posai une pièce de deux livres devant moi, et me levai précipitamment.

— Ça nous ferait plaisir que tu te joignes de nouveau à nous, Hannah, lança solennellement Darius pendant que j'enfilais ma parka.

— Euh... oui, à l'occasion, peut-être, acquiesçai-je sans grande conviction.

— Le Cercle t'accueillera à bras ouverts.

Avec un sourire crispé et sans aucun commentaire supplémentaire, je tournai les talons.

Le malaise qui précéda mon départ me poursuivit durant tout le trajet. Darius m'avait interrogée et j'avais répondu à ses questions, mais avait-il seulement parlé de lui ? Non, pas directement. Et en y repensant, je n'avais été présentée à personne. Le Cercle. Qu'est-ce que c'était ? Une confrérie ? Probablement, les congrégations existaient partout, et surtout en milieu universitaire. Toujours est-il que j'avais la désagréable impression d'avoir participé à un recrutement sans l'avoir prémédité. Si tel était le cas, j'espérais bien avoir raté le casting.

Je m'arrêtai devant le département d'histoire de l'art et patientai. Les deuxième année en sortirent à peine deux minutes plus tard.

— Leith ! le hélai-je en l'apercevant.

Il se tourna vers moi, tout étonné, avant d'approcher pour m'enlacer. Il m'embrassa tendrement sur le front et caressa mes cheveux.

— Ça, c'est une merveilleuse surprise ! Tu m'attends depuis la fin de tes cours ?

— Non, je suis allée boire un verre avec des étudiants.

— C'était sympa ?

Je haussai les épaules.

— As-tu déjà entendu parler du Cercle ?

Ses mains se crispèrent sur mes hanches.

— Tu étais avec eux ?

Je hochai le menton.

Cette fois, il frémit.

— Je vais les réduire en bouillie.

Je penchai la tête de côté et fronçai les sourcils.

— Qu'est-ce qui se passe, Leith ?

Il baissa les cils et plongea des yeux noirs et foudroyants dans les miens.

— Ne les approche plus, Hannah.

Je battis des paupières.

— Puis-je savoir pourquoi ?

Leith prit une profonde inspiration, en proie à une rage intérieure qui me fit trembler de la tête aux pieds. Puis son regard se perdit soudain derrière mon épaule. Je tournai la tête et vis qu'un groupe d'étudiants venait tranquillement à notre rencontre. Parmi eux, Minah et Darius. Leith paraissait tellement hors de lui que je craignais la suite des événements.

— Leith, mon ami ! minauda Darius en écartant les bras, faussement joyeux.

Il s'arrêta devant nous, entouré par ses camarades. Leith semblait sur le point d'exploser.

— Un petit conseil, Darius, trancha Leith sans même prendre la peine de le saluer. Si tu veux éviter une guerre ouverte, tu ne t'approches plus jamais d'elle.

Je portai une main que je souhaitais apaisante sur son épaule, mais il ne remarqua même pas mon insistance. Quant à Darius, il sourit, nullement intimidé.

— Holà, holà, l'ami, calme-toi. Hannah est une fille intelligente, elle saura sûrement choisir elle-même ses fréquentations. Et puis, aucun de nous ne voudrait la mettre mal à l'aise, n'est-ce pas ? ajouta-t-il en me jetant un regard doucereux.

Leith gronda.

— Je ne t'avertirai pas deux fois...

— Inutile de proférer des menaces, répliqua Darius toujours aussi sereinement. Ta petite amie est délicieuse, nous ne lui ferons rien... rien qu'elle n'ait choisi elle-même.

Le rictus sur ses lèvres me fit frissonner. C'était acté, ce type n'était pas net. Leith avait raison, je devais l'éviter à tout prix.

— Si tu touches à un seul de ses cheveux...

— Ce ne sont pas ses cheveux qui m'intéressent, l'interrompit Darius en souriant de plus belle.

Les pupilles de Leith avaient envahi tout le vert de ses iris. Il avança d'un pas et émit l'un de ces grognements qui feraient bondir n'importe qui dans ses chaussures.

— Leith ! On s'en va, m'imposai-je en essayant de le tirer par le bras.

Autant s'efforcer de déplacer un arbre. Il ne bougea pas d'un poil, et Darius non plus. Ils s'affrontaient du regard sans fléchir.

— Leith..., insistai-je. Partons.

Plusieurs étudiants intrigués par l'attroupement que nous formions au milieu du trottoir s'étaient approchés.

Leith et Darius tournèrent furtivement la tête vers eux. Ils se considérèrent encore, et finalement, chacun recula d'un pas.

— Je t'aurais prévenu, l'avertit Leith une nouvelle fois.

Darius émit un éclat de rire retentissant avant de s'éloigner dans le sens opposé.

Leith, plus crispé que jamais, me fit signe de le suivre jusque chez moi. Nous marchâmes si vite qu'arrivée devant la porte de mon appartement, j'étais tremblotante et tout essoufflée.

— Tarja ? appelai-je en entrant.

Ma colocataire jaillit de sa chambre comme une furie, une serviette de bain sur la tête. En voyant Leith à côté de moi, elle écarquilla les yeux de surprise. Puis presque instantanément, elle disparut pour ressurgir deux secondes plus tard avec son sac à main, les cheveux encore tout humides et emmêlés.

— Je vous laisse, lança-t-elle en se précipitant pour sortir.

Éberluée, je n'eus pas le temps de lui dire qu'il n'était pas nécessaire qu'elle s'en aille, la porte avait déjà claqué.

— Je suis désolé. Je ne voulais pas la faire fuir, s'excusa Leith en fixant le battant, les sourcils froncés.

— Ce n'est pas toi, tentai-je de le rassurer, Tarja est timide.

Il semblait vraiment en douter.

— Je peux faire du thé ?

J'acquiesçai.

— Bien sûr… Les mugs sont sur l'étagère près de la fenêtre, le Earl Grey juste au-dessus.

Je pris place sur le canapé tandis qu'il se dirigeait nonchalamment vers la cuisine. Il remplit la bouilloire métallique avant de la poser sur le feu, tendit le bras vers le placard du haut – celui que je ne pouvais atteindre sans tabouret – et prit les sachets de thé. Il attrapa deux tasses et attendit que l'eau chauffe.

Je clignai les paupières. Il était si beau… Ses cheveux bruns, ses yeux verts, son corps massif… C'est dingue, rien qu'à le regarder, j'en aurais presque oublié qu'il fallait qu'on règle deux ou trois choses.

Il s'approcha avec deux mugs fumants, et s'assit à côté de moi en poussant la table basse pour étirer ses jambes.

— Comment as-tu rencontré Darius et Minah ?

Je m'emparai de ma tasse et la portai à mes lèvres.

— C'étaient les bizuteurs de mon groupe.

— Je vois, dit-il simplement, le visage crispé.

Je dois avouer que je l'avais rarement vu faire preuve d'autant de self-control.

— Le Cercle, qu'est-ce que c'est ? Une confrérie ?

Il hocha la tête.

— De quel genre ?

— Du genre qui pose des problèmes.

J'attendis qu'il m'en révèle davantage, mais le silence s'épaissit. Agacée, j'émis un claquement de langue.

— Leith... tu n'as pas l'intention d'être plus précis ?

Il but à son tour une gorgée de thé.

— Je ne sais pas.

Je fronçai les sourcils.

— Tu ne sais pas ?

Il ne répondit pas. Je pris alors sur moi pour ne pas montrer mon irritation plus que nécessaire.

— Tu as carrément failli te battre avec ce type à cause de moi. Tu es plus calme que ça, d'habitude. Dis-moi ce qui se passe ?

Il me toisa avec une intensité irrésistible. Par chance, j'étais bien décidée à en savoir plus, sans quoi il m'aurait fait fondre en deux secondes et je ne lui aurais plus rien demandé.

— Allez..., l'encourageai-je.

Il soupira profondément et ferma brièvement les paupières.

— Le Cercle est aussi ancien que l'université. Les membres ne sont pas nombreux, tout juste une quinzaine. S'occuper des bizuts est un moyen pour eux de faire rapidement le tour des nouveaux venus et, éventuellement, de trouver de nouvelles recrues.

Je ne pus m'empêcher de sourire en coin.

— Et cette année, c'est tombé sur moi. Quelle chance !

— Ils pensent former une élite, reprit Leith. As-tu remarqué de quoi ils ont l'air ?

Je hochai la tête.

— Oui, ils sont tous plus ou moins blonds avec des yeux clairs. C'est un genre de groupement nationaliste ?

Leith émit un rire cynique.

— Non, ils viennent de tas de pays différents. Toi, par exemple, tu es française, mais ils t'ont dans leur ligne de mire malgré tout.

— Certes... Que prônent-ils, dans ce cas ? La supériorité raciale ?

Ce qui était pire.

Leith sourit en coin.

— Oui, c'est... presque ça.

Il fit une courte pause avant de reprendre.

— « Toujours plus fort. »

J'ouvris des yeux incrédules.

— Pardon ?

— C'est leur devise.

— Ah... Qu'est-ce qu'ils me veulent, à ton avis, et qu'est-ce qui a pu leur faire croire que je serais intéressée par leur Cercle ?

Leith haussa les épaules d'un air blasé.

— Je ne connais pas tous leurs critères de sélection, mais tu as le profil physique, dit-il en soulevant une mèche de mes cheveux.

Ce qui me faisait une belle jambe.

— Et c'est tout ?

— C'est tout quoi ?

— C'est tout ce que tu leur reproches ?

Il leva les sourcils d'étonnement.

— C'est déjà pas mal, non ?

— Écoute, ce genre d'idéal est à vomir, mais ton comportement n'était-il pas un peu disproportionné ?

Tu as parlé de guerre ouverte, et tu as même menacé de les réduire en bouillie. Quand on sait de quoi tu es capable, ce n'est franchement pas rassurant.

— C'est ce qui arrivera si ce salaud de Darius ne te lâche pas la grappe.

— Quoi donc, Leith ? répliquai-je ironiquement. Tu le tuerais ou tu déclencherais une guerre ?

Mais je songeai à Phillip, et je n'eus plus du tout envie de plaisanter. Leith l'avait tué pour me protéger. Sa force était prodigieuse, et je ne voulais pas qu'une telle situation se reproduise. Jamais.

— Sûrement les deux, estima-t-il dans un demi-sourire. Une chose après l'autre.

Je l'étudiai silencieusement quelques secondes, incapable de savoir si c'était du lard ou du cochon, alors je levai les yeux au ciel.

— Pour si peu ? Tu dis n'importe quoi.

Leith prit mon menton dans le creux de sa main et me contraignit à le regarder droit dans les yeux.

— Ne sous-estime pas Darius. C'est un homme dangereux. Beaucoup regrettent d'avoir croisé sa route. Ne les fréquente pas, Hannah, je ne supporterais pas de te voir avec eux.

— Je n'en ai pas l'intention, le rassurai-je. Je suis aux antipodes de leur façon de penser.

— Alors tant mieux. Si tu les ignores, ils te ficheront la paix.

— Darius, c'est leur chef, non ?

Il opina du menton.

— Depuis deux ans.

— Et Minah ?

— Elle est arrivée l'année dernière. Méfie-toi d'elle, elle manipule les esprits comme personne.

— Les esprits ? répétai-je, interloquée.

— Les gens, se reprit-il.

Je haussai les épaules.

— Je ne suis pas si influençable.

Il me sourit et m'ouvrit les bras.

— Viens par là.

Il m'attira à lui et me serra contre son torse tandis que je me lovais amoureusement dans le creux de son épaule.

— L'université, elle ne fait rien contre ça ? demandai-je.

— Que voudrais-tu qu'elle fasse ?

— Je ne sais pas..., empêcher ces regroupements par exemple.

— Le Cercle n'est pas une confrérie officielle et les membres sont tellement rodés qu'ils ne laissent jamais rien au hasard. Même si presque tout le monde connaît leur existence, ils ne sont jamais pris en faute. Les réunions se font toujours à l'extérieur de la fac.

— Dans ce pub où ils m'ont emmenée ? Le *Red Lion* ?

Il frissonna.

— Ce n'est qu'un pub, le taquinai-je.

— Avec une flopée de gens comme eux... Tous les clients ont la même idéologie.

Ce qui ne m'étonnait guère.

— Certes... Les membres du Cercle sont-ils tous étudiants en histoire comme Darius et Minah ?

— Non. Ils représentent un peu toutes disciplines. L'ancien chef du Cercle était en médecine.

— Vraiment ?

— Laryngologue, précisa-t-il, visiblement très amusé.

Je le regardai bizarrement.

— Il y a quelque chose que je n'ai pas compris ? demandai-je, dubitative.

— Non, rien du tout, *honey*, m'assura-t-il avec espièglerie avant d'embrasser le bout de mon nez.

— Il y a des idiots dans le monde entier, mais contre toute attente, j'ai l'impression que c'est dans les universités qu'on rencontre les plus beaux spécimens ! Je ne fréquenterai pas ces gens, Leith.

Il acquiesça et changea de sujet brusquement.

— Assez parlé d'eux. Et si on mettait un peu de musique ?

— La chaîne hi-fi est… dans ma chambre, bredouillai-je, embarrassée.

— Intéressant, déclara-t-il en se levant.

Sur ce, il me prit par la main pour que je l'accompagne. Mon cœur palpitait à cent mille.

J'allumai la guirlande libellules au-dessus de mon lit. Leith ferma doucement la porte derrière lui et s'approcha de la chaîne stéréo.

Pendant qu'il choisissait un CD, je m'assis sur mon lit, adossée contre le mur, genoux contre la poitrine.

La musique s'éleva, *So, sorry* de Feist.

— Elle est triste, cette chanson, fis-je remarquer quand Leith s'installa à côté de moi en entourant mes épaules de son bras pour me ramener contre lui.

Il me caressait tendrement les cheveux depuis un long moment lorsque je l'entendis hoqueter légèrement.

— Qu'y a-t-il ?

— Tu vois tout ce qui se passe chez ton voisin, non ?

Je levai les yeux sur la baie vitrée, l'appartement d'en face était éteint.

— Oui, lui confirmai-je, un brin amusée. Hier soir, il est sorti de la salle de bains en tenue d'Adam.

Leith tourna la tête pour croiser mon regard.

— Sérieusement ?

— Han han…

Et soudain, il se propulsa hors du lit pour aller tirer d'un coup sec les rideaux pourtant très fins. Je n'avais pas encore eu le temps de les remplacer. Je secouai le menton de droite à gauche en éclatant de rire.

— Tu n'es pas croyable, Leith.

— Quoi ? Si tu arrives à le voir à poil, j'imagine qu'il peut en faire autant avec toi !

Je m'esclaffai de plus belle

— Tu es jaloux !

— Pas du tout, grommela-t-il en s'approchant. Seulement protecteur.

Nous nous regardâmes en silence, les mots n'avaient plus vraiment d'importance. Nous étions là l'un pour l'autre, c'était bien tout ce qui comptait. Puis Leith se pencha au-dessus de mon lit pour me donner un baiser extrêmement doux avant de s'écarter à regret.

— On fait quelque chose demain soir ?

Il me tendit la main et m'aida à me lever.

— Oui, d'accord, mais... tu t'en vas déjà ? m'enquis-je sans pouvoir cacher ma déception.

— Je ne voudrais pas que ta colocataire dorme dehors à cause de moi, répondit-il très sérieusement.

Je fis un « o » ridicule avec ma bouche, alors il sourit, m'attrapa par la taille et me ramena contre lui

— Je plaisante, Hannah. En réalité, j'ai du travail. Une tonne de travail.

Comme nous tous...

Puis il laissa lentement courir ses doigts le long de ma colonne vertébrale. Je ne me souvenais pas qu'il l'eût déjà fait, tout mon corps frissonna. Vu son regard de prédateur, il était plutôt satisfait de l'état dans lequel il me mettait.

— À demain, murmura-t-il en m'embrassant doucement, je viens te chercher vers dix-huit heures trente.

Je le raccompagnai, refermai lentement la porte derrière lui et y plaquai le dos, plus essoufflée que si j'avais couru un cent mètres. Leith Sutherland avait le pouvoir d'un démon, et il le savait !

Toute chamboulée, j'entrepris de le faire sortir de ma tête en décidant de cuisiner quelque chose pour Tarja et moi. Ce coup-ci, on allait dîner français. Ça changerait de la soupe de poisson à la mode Kainnu qu'on mangeait depuis trois soirs.

Je venais à peine de terminer de mettre le couvert lorsque ma colocataire rentra.

— Hé, ça sent drôlement bon ! s'exclama-t-elle.

— J'espère que tu as faim. C'est steak à l'échalote et pommes de terre sautées.

— Mmm..., fit-elle en reniflant l'air.

Elle déposa rapidement ses affaires dans sa chambre et me rejoignit à table. Je la servis copieusement, car j'avais remarqué que Tarja avait un appétit féroce.

— Tu as fait quoi quand tu es sortie ? demandai-je en avisant ses joues rosies par le froid.

— Pas grand-chose, j'ai marché dans les rues. On a vraiment de la chance que les fenêtres soient en double vitrage. Tu verrais le monde qu'il y a dehors ! J'ai croisé plusieurs groupes d'étudiants qui étaient déjà bien pompettes. Il risque d'y avoir du bruit, cette nuit.

— Tu sais Tarja, tu n'es pas obligée de t'en aller quand mon petit ami me rend visite ici, l'interrompis-je en me remémorant ce qui avait motivé sa désertion.

Elle baissa la tête, embarrassée.

— C'est juste que... je ne voudrais pas vous déranger.

— Mais tu ne nous déranges absolument pas ! Tu es chez toi, je te rappelle.

— Je ne suis pas très à l'aise.

— Tu préférerais qu'il ne vienne plus ?

— Non, non ! s'écria-t-elle en rougissant.

Je la regardai droit dans les yeux.

— Je comprendrais, tu sais.

Tarja secoua la tête.

— Je ne peux pas t'imposer ça.

— Mais tu préférerais ?

— Je ne te donnerai pas mon avis, fais comme tu le sens. Ton moment avec l'Australienne s'est passé comment ? embraya-t-elle.

Je la fixai quelques secondes sans rien dire, et décidai de ne pas insister.

— Spécial, répondis-je.

— Raconte.

— Elle était avec plusieurs de ses amis, dont celui qui était chargé de diriger le bizutage. Un type vraiment, vraiment bizarre, bien plus qu'elle, si c'est possible.

Les sourcils de Tarja formèrent deux accents circonflexes.

— On est allés dans un pub où j'ai été soumise à un interrogatoire, continuai-je. Tu sais, genre « on veut te connaître pour savoir si tu peux entrer dans notre groupe ».

— Tu as répondu à leurs questions ?

Je hochai la tête.

— Darius m'a prise au dépourvu.

— Darius ?

— Celui qui préside le Cercle.

— Le Cercle ? répéta-t-elle, perdue.

— C'est la confrérie dont ils font tous partie. Darius, Minah l'Australienne et les autres.

Je lui racontai ce que m'avait confié Leith à ce sujet.

— Tu penses les revoir ?

— Non. Je ferais exploser Leith en un rien de temps. Manifestement, il déteste le Cercle et ses membres. Ils ont failli en venir aux mains quand je suis allée chercher Leith à la fac.

Tarja pinça les lèvres.

— Chouette soirée alors.

Puis elle se leva pour débarrasser les assiettes.

Tout en discutant de tout et de rien, nous entreprîmes de faire la vaisselle et de l'essuyer. Tarja décida ensuite de se coucher, elle était vannée. Moi pas. Une frénésie ménagère me prit. Tout y passa : sol, poussière, vitres, lavabo, puis je terminai par mon linge sale. Avant de l'engouffrer dans la machine à laver, je pris soin de vider mes poches et tombai sur le petit papier que m'avait donné Minah quelques jours plus tôt et le dépliai. Son prénom était annoté avec une magnifique écriture cursive.

Je finis par me laver les dents et me débarbouiller. Lorsque je regagnai ma chambre, il était déjà vingt-deux heures. Je me déshabillai, enfilai un tee-shirt et un shorty et m'enfonçai dans mon lit. Trente minutes plus tard, je dormais.

Chapitre 3

Bonjour, Belle au bois dormant

J'avais passé une nuit infernale. Dans la rue, les allées et venues incessantes des étudiants fêtards avaient duré jusqu'à au moins quatre heures du matin. J'avais dû prendre mon mal en patience et attendre que l'épuisement soit suffisamment abyssal pour que je ne puisse plus résister. Fait exprès, je n'avais pas pensé à régler l'heure de mon réveil, la sonnerie hurla à sept heures comme n'importe quel jour de la semaine.

Les cheveux en bataille, des valises sous les yeux, je me levai et marchai au radar jusqu'à la cuisine.

— Salut ! lança Tarja d'une voix joviale. J'ai fait des toasts !

— Salut, répondis-je en prenant place à table.

— Mal dormi, hein ?

— Hum..., marmonnai-je, peu d'humeur pour de grandes conversations.

J'engloutis rapidement la moitié d'une tartine et un mug de thé avant de me traîner jusqu'à la douche. Celle-ci m'aida tout juste à me sentir mieux.

Je m'habillai d'un survêtement confortable, d'une paire de chaussettes, et fis la moue. Un travail dantesque m'attendait. Pas moins de trois résumés de textes historiques que j'avais déjà lus, ainsi qu'une étude introductive sur les paysans de l'Europe médiévale. Le tout à rendre lundi.

Comme mon cerveau n'avait pas encore établi la connexion avec ma motivation, je pris le temps de faire mon lit et allumai mon ordinateur portable pour consulter mes mails. Mes parents m'avaient écrit.

Je pianotai quelques mots rassurants, leur expliquant que je me nourrissais convenablement, que j'avais été bien accueillie – je ne mentionnai pas le bizutage –, que les cours étaient intéressants, et bien sûr, l'indispensable... que tous me manquaient beaucoup.

Je finis par ouvrir une page blanche sur mon traitement de texte, l'intitulai « La ville médiévale de St Andrews » et commençai à résumer mes premières recherches pour M. Jefferson.

Vers dix-huit heures, je n'avais pas tout à fait terminé, mais décidai néanmoins de me préparer. Leith arriverait sous peu. Je passai un pull à col roulé vert, un jean slim, mes boots noires que je ne pris pas la peine de cacher sous mon pantalon et j'étais prête. La sonnette retentit à peine deux minutes plus tard.

J'ouvris sur un Leith radieux.

— Entre ! lançai-je gaiement.

— Ta colocataire n'est pas là ? s'inquiéta-t-il en levant un sourcil méfiant.

— Non, elle est sortie.

Je décrochai ma parka du portemanteau et l'enfilai.

Leith me détailla fixement, visiblement perplexe.

— Euh... et toi, tu comptes sortir comme ça ?

— Quelque chose ne va pas ? demandai-je en baissant le menton pour voir si, par hasard, j'étais toujours en chaussettes ou un truc du genre.

— Tu as un... crayon coincé dans les cheveux, fit-il remarquer en faisant un geste au-dessus de sa tête.

Je réprimai un éclat de rire.

— Je ne trouvais pas ma barrette, expliquai-je.

— D'accord, articula-t-il, peu convaincu. Et quand tu perds ta barrette, tu te mets des crayons dans les cheveux ? C'est une habitude française ?

— C'est un truc de fille, répliquai-je, amusée, tout en détachant mes boucles, et c'est très pratique.

Leith me toisa une nouvelle fois pendant un instant et m'invita à le suivre à l'extérieur. Puis il me proposa d'aller voir un film, ce que j'accueillis avec joie.

Nous avançâmes main dans la main dans la grande rue pavée de St Andrews, les pubs étaient déjà grouillants de monde et les restaurants s'emplissaient peu à peu.

Il n'y a qu'un seul cinéma à St Andrews, situé sur l'une des artères principales du centre-ville, North Street.

— Qu'est-ce que tu aimerais voir ? demanda Leith.

— Un truc qui ne fait pas peur.

— Comment ça, pas de film sur les loups-garous ?

Amusée, je lui tirai la langue.

Dans la salle de projection, à vue de nez, je comptai environ deux cents personnes. Leith nous dégota deux places, et nous nous y installâmes avec l'intention de savourer pleinement cette soirée. Je posai ma joue contre l'épaule de Leith, qui me serra contre lui, et me concentrai sur l'écran.

Le film dura presque deux heures, et je dus dormir pendant plus de la moitié. Quand je me réveillai, Leith affichait un sourire moqueur.

— Il fallait me le dire si tu préférais qu'on aille se coucher.

Rougissant, je le suivis sans répondre vers la sortie.

Dehors, le froid me gela jusqu'à l'os. Un vent glacial s'était levé, mêlé à cette bruine qui fait la réputation des côtes de la mer du Nord. Je remontai ma capuche et serrai mon col contre mon cou.

— Tu as faim ? demanda Leith.

Mon estomac répliqua à ma place.

— On va chez moi ?

— Chez toi ? répétai-je, surprise.

Je ne pouvais cacher mon embarras. Je n'avais encore jamais mis les pieds chez Leith depuis que nous étions à St Andrews.

— J'habite à deux pas d'ici.

Je fis en sorte de dissimuler mon trouble et acquiesçai d'un sourire timide.

L'immense bâtiment d'époque dans lequel il vivait n'était en effet qu'à une rue du cinéma, un peu plus au sud. Il était plus récent que celui que nous louions, Tarja et moi, mais tout aussi charmant et plus modernisé, avec un ascenseur que j'enviais. Ce dernier était du même genre que ceux qu'on retrouve dans les immeubles parisiens haussmanniens. Archaïque, minuscule, mais fonctionnel.

Leith ouvrit la porte de chez lui et alluma le hall d'entrée.

— Mon colocataire est chez ses parents pour le week-end, précisa-t-il sur le ton de la conversation.

Mes tempes se mirent à palpiter sans que je puisse rien y faire. J'avançai à pas de velours et pénétrai à l'intérieur.

C'était un logement magnifique, dont la décoration ressemblait énormément à celle de la maison des Sutherland, à Wick. D'ailleurs, sur un imposant buffet, je repérai une série de photos. Les parents de Leith, jeunes.

— L'appartement appartient à ton père ?

— Non. C'est le mien.

— Le tien ? répétai-je, abasourdie.

— Il était à ma mère, j'en ai hérité à sa mort.

Sans un mot de plus, je le suivis dans le salon.

J'eus presque honte. Tout était impeccable, rien ne traînait, contrairement à chez nous. J'eus beau chercher la moindre poussière, je ne la trouvai pas. Ce fait était aussi surprenant qu'insensé. Deux garçons vivant ensemble sous le même toit et sachant tenir leur intérieur à la perfection. C'était tout bonnement irréel.

— C'est très grand.

— C'est vrai, admit Leith en haussant les épaules. Trois chambres avec salle de bains adjacente, c'est bien trop pour y vivre seul, la colocation est une bonne option.

— Ta mère était de St Andrews ? demandai-je tandis qu'il s'engageait dans la cuisine, moderne et tout équipée.

— Non, mais pas très loin. Seulement, mes grands-parents maternels avaient le sens de la démesure. Quand ma mère est venue faire ses études ici, ils lui ont offert cet appartement.

— Waouh !

— Comme tu dis. Mais ils en avaient les moyens.

— Sont-ils encore en vie ?

— Non, ils sont tous les deux décédés dans un accident de voiture. Ma mère avait à peine vingt ans.

— Avait-elle des frères et sœurs ?

— Elle était fille unique.

J'en restai coite. Cela signifiait que Leith avait probablement hérité de tout. Je me rendis alors compte d'à quel point j'avais sous-estimé son confort financier. J'en ressentis un certain malaise que je ne voulus cependant pas montrer.

— Avant que tu décides d'étudier à St Andrews, qui vivait ici ?

— Personne. Après la mort de ma mère, on y venait de temps en temps avec mon père. Mais il n'aimait pas trop être coincé entre ces murs. Trop de souvenirs, je pense.

— Je comprends.

— C'est ici qu'ils ont habité avec ma mère au début de leur relation, et à la fin de leur cycle universitaire, ils sont allés s'installer à Wick.

Pendant que nous parlions, il avait commencé à faire bouillir une grande marmite d'eau et à y jeter diverses plantes aromatiques pour y cuire des spaghettis. Quand il eut terminé de préparer le plat, il dressa la table et m'invita à m'asseoir. J'avais une telle fringale que je dévorai deux fois plus que lui. Les yeux écarquillés, il me regarda avaler jusqu'à la dernière bouchée de mes trois assiettes de pâtes copieusement servies.

— Désolée..., j'étais affamée.

— Ah non, ne t'excuse pas ! Pour une fois qu'une fille ne me fait pas le coup du : « Juste une feuille de salade et un radis, s'il te plaît ! »

Je pâlis à vue d'œil tandis qu'il m'offrait un sourire plus large qu'un terrain de football. J'aurais préféré ne pas savoir que, contrairement à moi, avant de me connaître, il avait une vie sexuelle et amoureuse épanouie.

Il remarqua immédiatement qu'un truc n'allait pas.

— J'ai dit quelque chose qu'il ne fallait pas ?

— Je ne sais pas, murmurai-je en baissant les yeux sur mon assiette vide.

Perplexe, il arqua un sourcil.

— Comment ça, « tu ne sais pas » ?

Je me levai pour débarrasser et commençai à faire couler l'eau dans l'évier. Leith me suivit.

— Hannah ?

Je tournai la tête vers lui une fraction de seconde, le temps de lire une frustration non dissimulée sur son visage. Il ne semblait pas comprendre quelle mouche m'avait piquée. Sans rien répondre, je mis un peu de liquide nettoyant sur une éponge et entrepris de laver énergiquement les couverts.

— Laisse, il y a un lave-vaisselle, m'arrêta-t-il en retirant mes mains de l'eau pour les essuyer. Hannah, je peux savoir ce qui se passe exactement ?

— Rien du tout, mentis-je.

Il me considéra quelques secondes, les sourcils froncés, puis il me saisit doucement le poignet.

— OK. Viens par là.

Il me tira vers le salon sans que je résiste vraiment et me fit asseoir sur le canapé. Lui, à côté de moi.

— Parle-moi...

Je restai muette et n'osai même pas le regarder tant je me sentais ridicule. J'étais blessée, et il n'y était pour rien.

— Hannah...

— Ce n'est rien, Leith, lui assurai-je.

— Bon, écoute, finit-il par se fâcher. On ne va pas tourner autour du pot pendant des heures. Dis-moi ce qui cloche.

Je secouai la tête.

— C'est un truc idiot.

— Pour qui ?

— Pour toi, sûrement.

— Je ne sais même pas de quoi il s'agit, Hannah, mais tu as l'air si triste, alors parle-moi.

Rien ne justifiait que je pleure, mis à part peut-être que j'étais une fille, mais je sentis les larmes me piquer les yeux et jaillir avant de pouvoir les retenir. Leith était désemparé, la situation lui échappait.

— Hannah..., dit-il d'une voix plus douce, le visage défait. Je t'ai blessée ? Si c'est le cas je te demande sincèrement pardon, mais explique-moi, je t'en prie. C'est insupportable.

Je pris une profonde inspiration et lâchai le morceau.

— C'est... c'est juste à cause de ta remarque à propos du dîner.

— À propos du repas ? Parce que j'ai observé que tu avais beaucoup mangé ?

Il était ahuri.

— Non.

— Alors quoi ?

— À cause du radis et de la salade.

Son visage se décomposa un peu plus.

— Le radis et la salade ? Bon sang, Hannah, tu es branchée sur quelles ondes ? Je ne comprends pas un traître mot de ce que tu racontes !

— Pour une fois qu'une fille ne te fait pas le coup du : « Juste une feuille de salade et un radis, s'il te plaît ! »

Il chercha mon regard, hébété, avant de saisir le sens profond de sa phrase. Il ouvrit la bouche pour dire quelque chose, et la referma finalement.

— Tu as eu beaucoup de copines ? pépiai-je.

Les sourcils froncés, il me dévisageait sombrement.

— Quelques-unes. Dois-je m'excuser pour ça ?

Je secouai vivement la tête.

— Non. C'est juste que... je ne l'avais jamais réalisé.

Il semblait effaré.

— Et c'est pour cette raison que tu te mets dans cet état ? Quelle importance ça a, maintenant ?

Je me sentais vraiment stupide.

— Ça me fait bizarre.

— Bizarre d'imaginer que j'avais une vie avant toi ?

Je levai les yeux au ciel.

— Tu parles comme si tu avais déjà trente ans !

— Hannah, tu sais très bien ce que je veux dire. Tu n'as pas eu de petit ami avant moi ?

Je secouai la tête.

— Non.

Il parut surpris.

— Écoute, Leith, tu n'y es pour rien, mais je ne contrôle pas. Ça me fait mal de penser qu'il y a eu d'autres filles avant moi.

Consterné, il cligna les paupières.

— Ça te fait mal ? Mais enfin, Hannah, c'est avec toi que je suis, c'est de toi que je suis amoureux. Ne l'as-tu toujours pas compris ?

Il se passa une main dans les cheveux.

— C'est dingue... Je devrais me justifier sur ma vie d'avant parce que tu doutes de moi !

— Je n'ai pas dit que je doutais de toi, Leith, murmurai-je.

— Mais tu aurais pu, ç'aurait été tout aussi clair, et plus simple ! Bon sang, tu ne t'es jamais demandé pourquoi je m'efforce de mettre de la distance physique entre toi et moi, par exemple ?

— Si...

— Coucher avec des filles a toujours été facile et sans conséquence pour moi. Je les attirais dans mon lit sans aucun remords, elles ne comptaient pas. Tu es différente, Hannah. Je. Suis. A-mou-reux, articula-t-il. Tu es mon âme sœur. Tu comprends ce que ça veut dire ?

— Oui, chuchotai-je en hochant la tête. Je suis... juste un peu jalouse, avouai-je à mi-voix.

— Ça, j'avais saisi, se moqua-t-il en souriant.

Butée, j'insistai timidement.

— Il y a eu combien de filles ?

— Quelles filles ? rétorqua-t-il avec un clin d'œil malicieux.

Je lui rendis son sourire et me blottis contre lui.

Je n'avais pas besoin de savoir.

Sans un mot, je me laissai aller dans les bras de Leith et fermai les paupières. J'étais si bien avec lui. Si bien...

Nous restâmes longtemps ainsi, et si à un moment ou à un autre il dit quelque chose, je ne m'en souvins pas... Je m'étais endormie.

***

— Bonjour, Belle au bois dormant, entendis-je murmurer contre mon oreille.

J'ouvris les yeux et plongeai dans ceux de Leith.

— Il est presque midi, annonça-t-il en embrassant le bout de mon nez.

Je me raclai la gorge doucement.

— Je suis toujours chez toi ?

Il éclata de rire.

— Où veux-tu être, sinon ? Tu t'es assoupie dans mes bras hier soir, il aurait fallu un bombardement aérien pour te faire sortir de ceux de Morphée.

Je me redressai sur les coudes et m'aperçus que j'étais encore sur le canapé, tout habillée, enroulée dans une épaisse couverture en laine.

— J'étais épuisée, marmonnai-je.

Il caressa tendrement ma joue.

— J'ai longuement hésité avant de te réveiller, mais j'ai des affaires urgentes à régler. Petit déj ?

— Hum…, une douche avant, si c'est possible.

Leith me conduisit dans la salle de bains attenante à sa chambre et me remit des serviettes avant de me laisser seule. La cabine aurait pu accueillir quatre personnes au moins ! Je me douchai rapidement sans me laver les cheveux et me rhabillai. Quand je fus prête, je détaillai à loisir l'endroit où Leith dormait.

C'était bien différent de la chambre qu'occupait Leith à Wick, plus petit et plus intime. Les étagères croulaient sous des livres, des CD et des objets sortant tout droit de magasins de farces et attrapes. Quant aux murs, ils étaient partiellement parés d'écharpes et de tee-shirts de rugby. L'ambiance était définitivement masculine.

— Tu as terminé ? entendis-je crier derrière la porte. Je ne veux pas te presser, mais je ne peux vraiment pas traîner.

— Oui, j'arrive !

Le petit déjeuner était servi. J'engloutis rapidement un toast, bus une tasse de thé, et rassemblai mes affaires pour partir. Leith m'aida à enfiler ma parka et me serra contre lui.

— Il y a quelque chose que j'ai oublié de te dire.

Je levai un sourcil interrogateur.

— Ça concerne les visites de la ville, tu sais, celles prévues dans ton cours avec Jefferson.

— Oui ?

— Deux étudiants d'histoire de l'art ont été choisis pour mener l'excursion.

— Dont toi ? m'exaltai-je. Je pensais que les sorties seraient organisées par ceux de mon département !

— Il faut croire que nous sommes indispensables, se moqua-t-il. Jefferson a demandé notre aide.

— Frimeur ! Je file, je ne voudrais pas te retarder.

Il m'embrassa sur les lèvres et m'écarta doucement de lui.

— Passe une bonne journée, Hannah.

— Toi aussi.

Je lui donnai un dernier baiser et refermai à contrecœur la porte derrière moi.

Comme l'ascenseur tardait à venir, je décidai de prendre les escaliers. J'avais à peine descendu dix marches lorsque je croisai une jeune femme blonde qui montait. Elle attira immédiatement mon attention. D'une part parce que je la trouvais extrêmement belle, bien que trop maquillée et d'un genre plutôt sophistiqué, et d'autre part parce qu'il n'y avait que cinq étages dans l'immeuble de Leith. Nous étions à mi-chemin entre le quatrième et le cinquième.

Instinctivement, je me retournai sur elle quand elle se trouva derrière moi. Elle fit la même chose pour m'observer. Puis, médusée, je la vis sonner chez Leith. Je descendis encore quelques marches de manière à ne pas être repérée, et j'attendis. Leith ouvrit. Ils se regardèrent droit dans les yeux pendant plusieurs secondes, sans bouger, sans même dire un seul mot. Leith recula et la fille entra.

Le battant se referma sur eux.

D'abord immobile, ma première intention fut de remonter et de tambouriner à la porte de mon petit ami pour sortir la blonde à coups de pied aux fesses.

La deuxième consistait à hurler, si bien que Leith aurait immédiatement accouru et n'aurait eu d'autre choix que de m'expliquer sur-le-champ quel rapport il y avait entre cette nana et les affaires urgentes qu'il avait à faire.

Quant à la troisième… je voulais me laisser glisser sur les marches et pleurer tout mon saoul parce que j'imaginais des choses terribles.

Ce que j'ai vraiment fait ? J'ai fui. J'ai dévalé les escaliers aussi vite que possible, manquant tomber plusieurs fois. J'ai fui, des larmes plein les yeux.

J'aurais pourtant dû me dire en sortant de l'immeuble que j'avais sûrement une réaction un peu trop excessive, que je n'avais aucune raison de me mettre dans un état pareil. Cette fille pouvait être n'importe qui, une voisine, une collègue de fac, une amie de longue date. Oui, n'importe qui... Mais le problème était qu'il m'avait quasiment flanquée dehors pour accueillir cette... bombe. Oh oui, j'avais envie de hurler. J'aurais dû le faire, ça m'aurait soulagée. Au lieu de quoi, tout y passa : les pires scénarios où j'étais trahie, délaissée au profit d'une fille bien plus belle et mature que moi, abandonnée comme une vieille chaussette. Pas un instant je n'arrivais à me dire que je manquais de rationalité, que le garçon que j'aimais avait quand même passé un long moment à m'expliquer qu'il était amoureux de moi et à quel point j'étais importante pour lui.

Toujours est-il que je n'avais aucune idée de qui pouvait bien être cette blonde.

Tout ceci était ridicule. Je devais apprendre à me maîtriser. Des jolies filles, il y en avait partout, et Leith en avait manifestement au moins une autour de lui, c'était tout. Rien de plus compliqué que ça.

J'accélérai le rythme et arrivai en bas de mon immeuble, en sueur. Je montai les marches deux par deux et ouvris la porte en trombe.

— Salut ! criai-je d'un ton un peu trop enjoué pour être vrai tout en entrant dans l'appartement.

— Hannah ! s'écria Tarja en bondissant du canapé. Je me suis fait un de ces soucis... Tu aurais pu prévenir !

— J'étais chez Leith, l'informai-je en fonçant tout droit dans ma chambre.

— Tout va bien ? s'enquit-elle, sur mes talons.

— Oui. Excuse-moi, Tarja, j'ai du boulot, éludai-je en prenant immédiatement place à mon bureau.

Je n'avais aucune envie de m'expliquer.

Elle me toisa un instant, haussa les épaules sans insister, et disparut en me rappelant que si j'avais besoin de parler, elle était là.

J'allumai mon PC et ouvris le dernier fichier sur lequel je devais bosser. « Les invasions vikings dans le nord de l'Europe. »

Je m'efforçai de travailler avec concentration, doublant volontairement mes temps de correction, lisant encore et encore ce que j'avais écrit, essayant de gagner quelques minutes sur mes prochains moments de non-activité où, fatalement, je penserais à Leith. Mais au bout de quatre heures, je dus bien reconnaître ma défaite, il n'avait pas quitté mon esprit.

Je tournai la tête vers mon portable, gentiment posé sur la table à côté de moi. Il me narguait, m'interpellait et m'ordonnait de téléphoner à Leith. Mais il n'en était pas question ! Je n'étais pas ce genre de fille. Je m'en emparai et le fourrai sous la pile de tee-shirts rangés dans l'étagère.

À dix-huit heures, je sortis de ma chambre pour me faire à manger alors que je n'avais absolument pas faim. Tarja me proposa de visionner un film et de nous faire un plateau télé. Elle insista pour regarder *La cité des anges*, avec Nicolas Cage et Meg Ryan. Encore une histoire d'amour terrible. J'ai pleuré presque tout le long.

À vingt et une heures, je me couchai, bien décidée à ne penser à rien. Étrangement, j'y parvins.

Chapitre 4

Leith Sutherland 1/Hannah Jorion 0

Jusqu'au mercredi, les jours passèrent avec leur lot de complications. Il fallait tout gérer en même temps : les travaux dirigés, les dossiers à rendre, les recherches documentaires. Et comme si ça ne suffisait pas, on nous avait chargés de préparer d'ores et déjà un projet d'étude pour l'année prochaine. Nous venions à peine de commencer les cours ! Trois longues journées s'étaient déjà écoulées et j'avoue que, malgré mes préoccupations sentimentales, elles avaient défilé à une allure prodigieuse.

Je n'avais pas téléphoné à Leith depuis que j'avais quitté son appartement le dimanche précédent. Je m'étais imaginé qu'il le ferait le premier, mais ce ne fut pas le cas. Rancunière, j'avais préféré ronger mon frein et lutter pour ne pas le contacter, mais cette attente intenable n'avait fait qu'attiser mes pensées les plus noires. Je voyais cette situation comme une fatalité, un signe que c'était le début de la fin entre nous. Je voulais me tromper, de toutes mes forces, mais le fait qu'il ne m'appelle pas me confortait davantage dans cette idée. J'étais convaincue que cette blonde lui prenait tout son temps, son cœur aussi.

J'étais émotionnellement instable, irritable et extrêmement lunatique. N'ayant absolument pas parlé de tout ça à Tarja, elle ne devait pas comprendre mes sautes d'humeur répétitives. Peut-être les avait-elle mises sur le compte du stress accumulé cette semaine ? Je l'espérais, en tout cas. Quoi qu'il en soit, elle était bien trop pudique pour poser des questions, ce que j'appréciais.

L'après-midi du jeudi, nous étions en route pour la fac, nous avions cours avec M. Jefferson à seize heures. Nous arrivâmes avec dix minutes d'avance. D'habitude, il y avait toujours quelques étudiants qui attendaient devant la porte de l'amphi, mais cette fois-ci, nous ne trouvâmes personne.

— On n'est pas au bon endroit ! s'exclama Tarja en regardant le petit mot collé sur le battant.

— Qu'est-ce que tu racontes ?

— On a rendez-vous au centre-ville. La première visite est aujourd'hui !

Je m'avançai pour lire moi-même ce qui était écrit

— Comment a-t-on pu louper ça ? Mince ! On doit être dans cinq minutes à la fontaine de Market Street !

— On peut y être, décida Tarja en me tirant par le bras.

Nous courûmes si vite que lorsque nous atteignîmes l'endroit du rendez-vous, nous étions en sueur et à bout de souffle. Enfin, surtout moi... Je me laissai tomber à même le sol, et m'adossai à l'abreuvoir.

— On n'est pas les dernières ! rigola Tarja.

En effet, tout le monde n'était pas encore là.

Je basculai la tête en arrière et fermai les yeux un instant. J'étais lessivée, ce genre d'effort me laminait chaque fois.

— Oh non..., gronda soudain Tarja.

— Quoi ?

— Regarde qui arrive.

Je baissai les yeux et aperçus Minah et Darius, accompagnés de la dizaine d'étudiants manquants.

Évidemment, il fallait que ce soient ces deux-là qui animent l'excursion ! Je ne les avais pas revus depuis ce fameux soir où Darius s'était frotté à Leith et...

— Oh non ! m'écriai-je à mon tour, saisie par une peur panique.

— Que se passe-t-il ? s'affola Tarja.

— Leith.

— Eh bien quoi, Leith ?

— J'avais oublié... lui aussi doit faire la visite.

— Comment ça ?

— Jefferson a demandé à ce que deux étudiants d'histoire de l'art prennent en charge un groupe, Leith en fait partie. Mais avec eux, arguai-je en désignant du menton Darius et Minah, je crains que ça ne finisse mal.

— Je ne le vois pas, dit-elle en regardant autour d'elle. Tu es sûre qu'il doit venir ?

— C'est ce qu'il m'a affirmé, mais il n'a pas précisé le jour. Avec un peu de chance...

— Peut-être doivent-ils se répartir un cours sur deux ?

— J'espère, marmonnai-je en grinçant des dents.

Même si je crevais d'envie de le voir.

Je me levai et poussai un long soupir.

— Salut, Hannah, roucoula Minah en s'approchant.

— Salut.

— Tu te mets dans notre groupe ?

Prise au dépourvu, je ne sus quoi répondre. Le « notre » sous-entendait qu'elle et Darius ne seraient pas les seuls à faire la visite.

— Elle vient avec nous, tonna alors la voix de Leith dans mon dos.

Je sursautai et me retournai lentement.

Furibond, il attendait que je m'approche de lui. Ses yeux foudroyaient Minah et Darius. Je m'apprêtais à le rejoindre, mais mon premier pas fut stoppé tout net par la blonde qui se trouvait derrière lui. Mon cœur battait à tout rompre, et sa beauté renversante me donna presque la nausée. Que faisait-elle ici ?

— Hannah ? s'impatienta Leith.

J'étais statufiée. La fille avança pour le regarder avec intensité, et posa sur son épaule ses longs doigts aux ongles vernis. Le geste fut d'une telle douceur que j'en tressaillis. Elle se pencha vers lui et lui souffla à l'oreille quelque chose que je n'entendis pas.

Mon sang frémit dans mes veines, et mes joues devinrent aussi écarlates que le rouge à lèvres qu'elle portait. Alors, sans même réfléchir une seule seconde aux conséquences, je reculai pour me placer à côté de Minah.

— Je préfère faire la visite avec Darius et Minah.

Le visage de Leith exprima d'abord une profonde surprise avant de se durcir davantage, au point que je crus qu'il allait exploser. Il fit un pas dans notre direction, mais la superbe blonde le retint par le bras.

— Très bien, acquiesça-t-elle en me toisant froidement avant de porter son attention sur Minah. Le mieux est que le groupe se divise en deux. Seize avec nous, et seize avec vous. Vous êtes d'accord ?

— Absolument ! renchérit Darius en affichant un sourire bien trop éclatant pour être honnête.

Je n'osais plus lever la tête vers Leith, je regardais obstinément mes pieds alors que je devinais qu'il ne me quittait pas des yeux.

Tarja s'approcha et chuchota à mon oreille :

— Mais qu'est-ce que tu fabriques ?

— Je n'en ai aucune idée, répondis-je tout aussi doucement.

Elle poussa un long soupir et se gratta le front.

— Je vais rentrer à la maison.

— Quoi ? La visite est obligatoire, Tarja.

— Je sais, mais… je ne me sens pas très bien, je n'aime pas cette situation. Vous êtes ridicules.

Avant que je ne profère un mot, elle fit demi-tour. Bon sang, j'étais vraiment tentée de la rejoindre.

Alors que je la suivais des yeux pendant qu'elle s'éloignait, mon regard croisa celui de Leith. Jamais il ne m'avait considérée avec mépris, ce fut la première fois, et cela me serra le cœur si violemment que je faillis courir vers lui pour lui dire que j'étais désolée. Mais j'avais ma fierté. Ce n'était pas moi qui étais en relation avec une gravure de mode qui se comportait comme si on était ensemble.

Il me toisa une dernière fois avec déception et me tourna le dos pour entreprendre la visite avec son groupe. J'étais décomposée, ayant l'horrible impression que nous ne nous en remettrions jamais.

Chancelante, je suivis Darius et Minah et jetai un ultime coup d'œil derrière moi. Ils avaient déjà tous disparu dans une rue adjacente.

Alors que la plupart des étudiants prenaient assidûment des notes pendant que nos guides racontaient la ville, je n'avais sorti ni papier ni crayon. J'étais obnubilée par ce qui venait d'arriver avec Leith. Pourtant, je devais reconnaître que Darius était un excellent orateur. Tout le monde était suspendu à ses lèvres. Il décrivait le passé médiéval de St Andrews comme s'il l'avait vécu lui-même. Il ajoutait quelques anecdotes, que je supposai être de son cru, pour épater la galerie et ça fonctionnait très bien.

Contre toute attente, je constatai que Darius et Minah avaient une tout autre attitude que les fois précédentes. Agréables, souriants et courtois, ils répondaient patiemment à chaque question qu'on leur posait, même à la plus idiote. Ils étaient aux antipodes des personnages pédants que j'avais rencontrés le jour du bizutage.

Tout au long de la visite, j'espérai croiser le second groupe. Hélas, ils ne montrèrent pas le bout de leur nez.

— Tout va bien, Hannah ?

Je tournai la tête vers Minah, qui s'était discrètement approchée de moi. Elle m'invita à ralentir le pas de façon à nous éloigner un peu des autres.

Je n'avais pas le cœur à mentir, et personne n'était dupe. Surtout pas elle.

— Bof. La fille qui était avec Leith, la blonde, tu sais qui c'est ?

— Georgia ? Oui, bien sûr, tout le monde la connaît.

— Ah oui ?

— Elle s'est forgé une certaine réputation à la fac, si tu vois ce que je veux dire.

— Non, pas trop.

— C'est une croqueuse d'hommes.

Une sueur glaciale me parcourut la colonne vertébrale.

— Elle n'est pas très populaire parmi la gent féminine. La majorité des filles la perçoivent comme un danger.

— Pas étonnant, grommelai-je.

— Ton petit ami ne t'a jamais parlé d'elle ?

— Non. Il aurait dû ?

— J'imagine que oui…

Je pressentais que je n'aimerais pas ce que Minah allait me révéler. Parce que, même à demi-mot, elle en avait trop dit, et désormais, je tenais absolument à tout savoir.

— Pourquoi ?

Minah baissa furtivement les yeux sur moi.

— Tu devrais plutôt le lui demander.

Je m'arrêtai instantanément. Minah m'imita.

— C'est à toi que je pose la question, et si tu ne voulais pas que je le fasse, tu n'aurais pas supposé qu'il y avait quelque chose à ajouter sur le sujet.

Elle me regarda avec une intensité très particulière et, un moment, j'ai presque eu l'impression que de l'eau serpentait dans ses yeux.

— Comme tu le souhaites. Georgia était la petite amie de Leith toute l'année dernière.

Même si je m'y attendais, je reçus la nouvelle comme un coup de poignard. Leith m'avait dit que ses précédentes « aventures » étaient sans importance. Il m'avait menti. Un an, ça comptait.

— En fait, reprit-elle, personne n'a jamais vraiment su si leur relation était très sérieuse. Georgia, comme Leith, avait plutôt l'art de cultiver l'infidélité.

Ma respiration se heurta. Les mots « Leith » et « infidélité » dans une même phrase me faisaient suffoquer.

— Puisque manifestement tu sembles n'être au courant de rien, il y a autre chose que tu devrais peut-être savoir.

Je levai un sourcil. J'avais pourtant le sentiment que tout avait été dit, et je n'étais pas positivement enjouée à l'idée d'une autre révélation de ce genre.

— Georgia et Leith vivent ensemble.

— *Quoi ?* hurlai-je, si fort que tout le groupe se retourna sur nous.

— Mais attention, reprit-elle, pas de la manière dont tu l'entends. Ils étaient colocataires avant de se fréquenter, et... ils le sont toujours, enfin je crois.

Colocataires... Depuis le début, j'avais imaginé qu'il partageait son appartement avec un homme. Je ne pus m'empêcher de rire nerveusement. Le mystère de leur intérieur impeccable était résolu.

— Au départ, ils étaient trois. Leith, Georgia, et un type qui a quitté la fac très rapidement. Ils se sont retrouvés tous les deux et... des liens se sont créés.

— Comment sais-tu tout ça ?

Elle haussa les sourcils.

— St Andrews n'est pas si grand, tout finit par se savoir.

— Pourtant, il me semblait que Leith et vous, je parle du Cercle, n'étiez pas très proches.

Au fond de moi demeurait l'espoir infime qu'elle avait peut-être inventé toute cette histoire.

Un sourire fleurit au coin de ses lèvres.

— C'est le moins qu'on puisse dire. Il n'empêche que je suis quand même au courant.

Je la toisai fixement. Elle n'avait malheureusement pas l'air de quelqu'un qui racontait n'importe quoi.

— Merci de m'avoir informée, Minah.

Un milliard d'idées abominables étaient en train de germer dans mon esprit. J'aurais aimé en mettre une seule en pratique si ça n'avait pas été parfaitement inutile dans la mesure où Leith était fort comme un roc. Si je n'avais pas été convaincue qu'il ne sentirait rien, je me serais bien présentée chez lui ce soir pour l'assommer d'un bon coup de batte de baseball.

La rage au ventre, j'avançai à toute vitesse en direction du groupe d'étudiants. La visite serait terminée dans quelques minutes, mon calvaire avec.

Darius finit par siffler la fin très instructive de cette sortie. Sauf que moi, je n'avais rien retenu de l'histoire de St Andrews, et d'ailleurs, je m'en fichais comme de ma première chemise. Sans dire un mot, je fis un signe de la main à Minah et décidai d'aller dire ses quatre vérités à Leith. J'étais déterminée. Il n'avait aucun droit de me prendre pour une imbécile.

— Il va voir de quel bois je me chauffe ! grommelai-je entre mes dents.

Tout en marchant à la cadence d'une locomotive à plein régime, j'imaginais tous les scénarios qui illustreraient au mieux ma colère. Mais au fur et à mesure que j'arrivais près de chez lui, les quelques grammes de courage que je possédais s'envolaient un par un. Devant la porte ouverte de son immeuble, j'hésitai à entrer. Je n'étais plus du tout sûre de moi. Je ne savais même pas s'il était déjà là. C'est une pluie soudaine qui me décida. Je m'engouffrai dans l'allée et utilisai l'ascenseur. J'en sortis mollement et avançai jusqu'à la porte de Leith, les jambes tremblantes. Je pris une profonde inspiration et donnai quelques coups discrets. Pas de réponse. Mon cœur, qui palpitait à une allure folle, décéléra dans un moment de répit. Puis des pas précipités retentirent dans les escaliers, et moins de cinq secondes plus tard, je vis Leith apparaître sur la dernière marche.

Je m'apprêtais à dire quelque chose pour attaquer quand il passa devant moi sans un mot, ouvrit sa porte, la referma aussi sec, me laissant comme une imbécile sur le palier.

Leith Sutherland 1/Hannah Jorion 0.

La bouche béante à en tomber par terre. De toutes les situations sur lesquelles j'avais fantasmé en venant ici, et Dieu sait qu'elles étaient nombreuses, je n'avais pas imaginé celle-ci. J'étais sidérée.

Il me fallut plusieurs secondes pour me ressaisir et me décider à frapper chez lui pour qu'on s'explique. Alors que je levais le poing pour donner quelques coups au battant, celui-ci s'ouvrit. J'entrai après un léger moment d'hésitation, et sursautai lorsque Leith fit claquer la porte derrière moi.

Je me retournai et constatai qu'il s'y était adossé, les bras croisés sur la poitrine, silencieusement, affichant un air clairement accusateur. J'aurais pu lui lancer à la figure tous ses horribles mensonges, mais je n'en fis rien. Immobile et muette, je le regardais sans ciller. Pourtant, je n'en menais pas large. Je ne l'avais jamais trouvé aussi intimidant qu'en cet instant, si beau, si magnétique. Même sous sa forme lupus, il ne m'avait pas autant impressionnée.

Un rire nerveux prit soudain possession de moi. J'étais incapable de le contrôler. J'essayai de fermer les yeux et de prendre une grande bouffée d'air, rien n'y fit. Je m'entendais me ridiculiser, impuissante.

Pourtant, Leith ne sourcilla pas. Ce n'est qu'au bout de plusieurs longues secondes, et sous la pression de son expression implacable, que je réussis à me calmer.

— Terminé de rire ? siffla-t-il.

Je hochai doucement le menton.

— Comment as-tu pu faire une chose pareille ? chuchota-t-il presque.

Je relevai la tête pour le fusiller du regard. C'était la meilleure !

— Comment ai-je pu ? Tu me le demandes ?

— Oui, je te le demande ! Tu sais que je ne veux pas que tu les approches.

— Tu ne veux pas ? Tu ne veux pas ! Et moi, ce que je veux, ça ne compte pas, peut-être ?

— Et tu souhaites quoi, exactement, Hannah ? Une tonne de problèmes ? Tomber dans un guêpier infernal ? Ils. Sont. Dangereux. Pourquoi n'arrêtes-tu pas tes bêtises et ne décides-tu pas enfin de me faire confiance ?

Cette fois, la coupe était pleine.

— Te faire confiance ? Et à quoi ça m'a servi ? Je me suis réveillée pour me rendre compte que j'étais à des milliards d'années-lumière de la vérité !

— Tu recommences !

— Je recommence quoi ?

— À parler sans que je comprenne quoi que ce soit !

— Alors je vais essayer d'être plus claire, Leith Sutherland. Premièrement, je ne crois pas que Darius et Minah soient les démons que tu as dépeints. Au contraire, ils me sont apparus très amicaux et bien plus francs que tu ne le seras jamais.

— Non... mais tu...

— Deuxièmement, le coupai-je avec fermeté, la confiance se gagne, elle ne s'impose pas d'un coup d'esbroufe. Il ne te suffit pas de papillonner des cils pour me faire tomber dans tes filets. La confiance est une réponse à la sincérité, à la vérité. Deux choses que tu n'as vraisemblablement pas tout à fait intégrées. Tu as pris la mienne et tu m'as donné des mensonges en retour !

— Bon sang, Hannah ! éructa-t-il furieusement en s'approchant de moi. De quels mensonges parles-tu ?

Il me saisit par les épaules et me tint fermement de façon à m'empêcher de me détourner. J'avalai difficilement ma salive et me mordis les lèvres. Toutefois, je soutins son regard. Brûlant. Magnifique. Intense. Je me battis pour ne pas lâcher prise.

— Troisièmement, hoquetai-je en m'écartant, ne t'avise plus jamais de me... manipuler en cherchant à m'éblouir comme tu es en train de le faire ! Tu m'as menti. Je suis au courant pour Georgia.

Il sembla désemparé.

— Georgia ?

La colère jaillit en moi de plus belle.

— Oh, arrête de te donner cet air innocent ! m'exaspérai-je. Elle a été ta petite amie, pendant presque un an !

— Et alors ? Ne t'ai-je pas dit que j'avais eu des relations avant toi ?

Le flegme avec lequel il prenait ce que je lui reprochais me décontenançait, je l'aurais giflé tellement ça m'irritait.

— Oui, des relations sans importance ! Et une histoire qui dure un an n'est pas ce que j'appelle être sans importance !

— Et pourtant, c'est le cas.

— Vous viviez ensemble ! lâchai-je, hors de moi.

Il poussa un profond soupir.

— C'est vrai. Mais qu'est-ce que ça change ? Ça ne nous a pas rapprochés pour autant. Tout est fini entre nous.

— A-t-elle bien intégré ce fait ?

— Assurément, dans la mesure où c'est elle qui a mis un terme à notre relation.

— Je vois. Tu étais trop attaché à elle pour le faire toi-même ? persiflai-je.

Il plissa les yeux.

— Ne sois pas stupide, Hannah.

— Ne me dis pas que je suis stupide ! hurlai-je. Tu m'as menti ! Tu vis avec une fille sans même m'en parler, tu as un passé sulfureux avec elle et je devrais digérer tout ça sans rien dire ?

Il leva un index pour me faire taire.

— Attends, Hannah. Qui t'a raconté qu'on habitait encore sous le même toit ?

J'étais désarçonnée.

— Ce n'est plus le cas ?

— Non.

— Pourtant je... je l'ai vue lorsque je suis partie d'ici dimanche matin, bredouillai-je. Elle est venue ici.

— Oui, parce qu'elle devait récupérer un certain nombre de ses affaires. Je ne t'ai pas menti, Hannah. Je t'ai dit la vérité, mais je ne suis pas entré dans les détails. Je ne pensais pas que ça serait utile. Apparemment, je me trompais.

Il exprimait un tel mélange d'amertume et de consternation que je me sentis totalement ridicule, et n'eus pas la force de répliquer.

— Comment toute cette histoire t'est-elle venue aux oreilles ? finit-il par demander.

— C'est Minah qui m'en a parlé, chuchotai-je.

En entendant son prénom, les pupilles de Leith envahirent tout le vert de ses iris.

— Évidemment !

— Je lui ai posé des questions, crus-je utile de préciser.

— Et bien sûr, elle s'est empressée d'y répondre !

— Non, la défendis-je. Elle m'a recommandé de voir ça avec toi.

— Mais tu as voulu savoir à tout prix, siffla-t-il amèrement.

— Oui.

— Si tu me l'avais demandé, je t'aurais tout expliqué.

Il resta un long moment silencieux, puis il prit une profonde inspiration.

— Ça va devenir compliqué entre nous, Hannah.

Je tressaillis. Était-il en train de rompre ?

— Compliqué si tu fourres ton nez partout sans jugeote, ajouta-t-il.

J'avalai ma salive plus difficilement qu'une pelote d'épingles.

— Qu'est-ce que tu suggères ?

Leith me regarda droit dans les yeux.

— Étant donné ta nouvelle amitié avec les gens du Cercle, il va falloir que je t'informe de certaines choses. Tu pourrais avoir l'idée de leur poser d'autres questions, et les réponses qu'on te fournira seront, encore une fois, incomplètes.

Je secouai la tête.

— Je ne comprends pas.

— Je vais te montrer, ce sera beaucoup plus explicitc.

— Que veux-tu me montrer ?

— Récupère quelques vêtements chauds chez toi, et aussi une bonne paire de chaussures pour marcher. Tu ne seras pas rentrée avant demain matin.

Comme il se dirigeait vers la cuisine, je le suivis, déconcertée.

— Mais... mais... on va où ?

Il s'empara d'un verre sur l'évier et se servit de l'eau au robinet.

— Tu verras.

— Tu fais encore des mystères, lui reprochai-je.

Il se tourna et posa sur moi un regard d'une intensité désarmante.

— Parce que je n'ai encore jamais emmené d'Humain avec moi à cet endroit.

— Oh...

C'est tout ce que je trouvai à dire.

— Je ne t'accompagne pas jusque chez toi, je dois préparer mes affaires. Je te récupère dans une heure. Tu seras prête ?

J'acquiesçai.

— Alors à dans une heure, conclut-il en se dirigeant vers la porte d'entrée pour me l'ouvrir.

Et je sortis.

Chapitre 5

Je vous présente Hannah.
Mon âme sœur.

La nuit était déjà bien tombée. Le 4 x 4 de Leith filait à toute allure sur la M8 depuis environ trente minutes, nous avions passé Édimbourg. Je ne l'avais jamais vu conduire aussi vite. Le compteur affichait 100 miles à l'heure alors que la limitation nous imposait de rouler à 70. Mais Leith semblait loin de cette considération, il fixait la route sans ciller.

Je n'avais aucune idée de l'endroit où nous allions. Toutefois, j'avais suivi ses conseils et pris soin de mettre une paire de moufles en laine, une écharpe et un bonnet dans un sac à dos. Et comme je ne savais pas si cette sortie serait dînatoire, j'avais aussi emporté des biscuits et des barres de céréales.

— Nous avons parcouru les trois quarts du chemin, annonça Leith en voyant que je considérais avec consternation le panneau indiquant que Glasgow était à dix miles.

Nous étions à plus de cent trente kilomètres de St Andrews. Comptait-il nous faire traverser toute l'Écosse ? Encore cent cinquante bornes et nous arriverions sur la côte ouest !

Je lui jetai un regard en biais avec l'intention de dire quelque chose, mais m'en abstins. Il avait les mâchoires serrées et semblait plus crispé que jamais. Ce n'était pas le moment de râler et encore moins de lui faire remarquer que j'étais en train de mourir de faim. Je préférais encore grignoter mes manches. Je décidai de patienter et croisai les doigts pour que mon estomac n'explose pas en fond sonore.

Environ une heure plus tard, nous arrivâmes dans la bourgade d'Arrochar, dans l'*Argyll Forest Park*. Le parc naturel était entouré de deux grands lochs : *Loch Long* et *Loch Goil*. Il m'était familier parce que nous avions eu l'occasion d'y aller avec mes parents lorsque j'étais plus petite. On ne voyait rien avec l'obscurité, mais je savais que le paysage était magnifique, verdoyant et rocailleux, parfois teinté de jaune et de rouge quand la pluie s'était faite trop rare pendant l'été. D'ailleurs, contre toute attente, cela arrivait régulièrement.

Leith dépassa Arrochar pour rouler encore une trentaine de minutes plus au nord en longeant *Loch Long*. Il s'engagea sur l'A83 avant de bifurquer à gauche sur une plus petite route, le long de la forêt, puis il arrêta le 4 x 4 à l'orée du bois, tout proche d'un chemin de terre qui s'enfonçait dans la nuit noire, sous les arbres. Cinq autres voitures y étaient déjà garées. Médusée, je l'observai dans l'espoir qu'il me donne enfin quelque information.

— Enfile ta parka. Il fait très froid.

J'étais bien avancée...

Il sortit du Range Rover pour m'ouvrir la portière et récupéra dans le coffre un sac à dos presque aussi grand que moi et plein à craquer. Il y cala son vieux plaid entre les sangles et attendit que je le rejoigne...

Je mis le nez dehors et m'habillai rapidement, ne regrettant pas d'avoir pris de quoi me couvrir tant l'air était glacial. J'enfilai mon propre sac à dos et demandai à Leith qu'il m'indique la prochaine étape de notre périple.

— Nous allons au pied de *Cobbler Argyll*.

De mémoire, il s'agissait d'un pic rocheux. Leith se dérida sensiblement devant ma mine stupéfaite. D'après moi, ce n'était pas la porte à côté.

— Nous devons marcher longtemps ?

— À peine deux heures, peut-être un peu moins.

C'était bien ce que je craignais.

Leith alluma sa lampe de poche, ferma sa voiture à clé et commença à s'enfoncer dans les bois. Je le suivis sans attendre.

— J'espère que tu sais où tu vas, grommelai-je.

Il me servit son éternel sourire en coin railleur.

— Tu as déjà vu un loup se perdre en pleine nature, toi ?

Je dus me faire violence pour ne pas lui tirer la langue.

La marche ne fut pas aussi difficile que je le redoutais, et traverser la forêt en pleine nuit était finalement plutôt agréable. J'avançais en écoutant les sons. Tout était si calme. Seuls les bruits de nos chaussures sur les feuilles mortes, le crissement de quelques insectes qui chantaient, ou les hululements de quelques chouettes nous parvenaient. Autant dire que lorsque des hurlements humains déchirèrent la nuit, je sursautai d'effroi.

— Ne t'inquiète pas, me rassura Leith, ils s'amusent.

— Ils ?

— Mes amis. Ils nous attendent.

— Ah.

Il me coula un rapide regard en coin.

— Je vais te présenter la Meute.

Je retins mon souffle.

— Tu veux dire... d'autres loups-garous ?

— Oui, se réjouit-il. Ils sont tous étudiants à St Andrews.

— OK...

Comme je ne disais plus un mot, Leith porta son attention sur moi.

— Tu as peur ?

Je hochai imperceptiblement la tête.

Leith s'arrêta pour me faire face.

— Il ne faut pas, murmura-t-il en me prenant dans ses bras. Ils vont t'adorer.

Il ne restait qu'à espérer que ce soit le cas.

Nous avançâmes encore jusqu'à l'orée d'une vaste clairière jonchée de caillasse, au centre de laquelle nous aperçûmes les flammes d'un immense feu de camp. Je levai le menton sur la pleine lune et souris malgré moi tant sa présence relevait le cliché de la situation.

— On y est, m'informa Leith.

— Déjà..., murmurai-je pour moi-même.

D'un rapide coup d'œil, je comptai au moins neuf personnes réunies autour du feu. Instinctivement, je ralentis le pas, intimidée. Tous se tournèrent vers nous, le regard uniquement braqué sur moi cependant. Ils n'étaient pas seulement stupéfiés, mais également désappointés, ce qui acheva de me mettre mal à l'aise.

— Tu es en retard, tonna soudain une voix féminine juste derrière nous.

Je fis volte-face et découvris Georgia.

La Georgia... un loup-garou ?

J'en eus la chair de poule. Comme si le fait d'être si belle ne suffisait pas à me troubler.

— Un contretemps, marmonna Leith.

Crispée, je fis néanmoins comme s'il ne parlait pas de moi.

Tandis que nous nous approchions, un gars bien plus grand que Leith marcha vers nous d'un pas décidé. Arrivé à notre hauteur, il me détailla de la tête aux pieds et fronça les sourcils.

— Tu nous expliques ?

Je dus faire un effort considérable pour ne pas avaler bruyamment ma salive. Manifestement, l'Humaine n'était pas la bienvenue chez les loups. J'aurais voulu m'enfuir en courant.

Leith l'ignora, posa tranquillement son sac à dos à terre et plaqua la main sur mes reins pour me faire avancer. Il dut faire pression de ses doigts, car mes pieds semblaient ancrés dans le sol. Lorsque nous fûmes suffisamment proches du feu, il s'arrêta et me saisit par la taille avant de me ramener contre lui.

— Je vous présente Hannah. Mon âme sœur.

Mon cœur fit un bond à m'en crever la cage thoracique. Même dans un vieux film d'amour, je n'avais jamais entendu quelqu'un annoncer sa petite amie de cette façon. On me dévisagea comme si j'étais une bête de foire, quant à Georgia, elle me lança un regard qui manqua me geler les os tant elle irradiait de colère.

— Bienvenue parmi nous, Hannah, m'accueillit le grand type qui était venu à notre rencontre à notre arrivée. Je suis Jamie.

Je hochai la tête sans piper mot, et laissai la Meute se présenter.

Il me fut difficile de leur réattribuer à tous un prénom sans me tromper, mais il y avait Anneas, Dan, Jamie, Tony, Étienne, John, Mario, Jeff, Eddy, et bien sûr Georgia, qui se garda de m'approcher.

— Tu as faim, Hannah ? demanda Dan, un grand blond avec d'immenses yeux clairs.

— Un peu, admis-je, alors qu'en réalité, j'aurais avalé un éléphant.

Dans la surprise de rencontrer tout ce monde, je ne m'étais pas rendu compte qu'un énorme quartier de bœuf était en train de griller au-dessus du feu. D'ailleurs, dès que je l'aperçus, des odeurs merveilleusement alléchantes me parvinrent.

Je pris place à côté de Leith tandis que Dan me tendait un morceau de viande, et une fois que chacun fut servi, je mordis à pleines dents dans la chair juteuse. C'était bien meilleur que toutes les barres de céréales du monde ! Je ne regrettais pas de ne pas m'être calé l'estomac plus tôt.

— Tu viens de quel endroit ? me demanda soudain celui qui s'appelait Anneas.

— J'habite à Wick, mais en réalité, je suis française. De Paris.

— Hé, Étienne ! C'est une frenchy, elle aussi !

— À la bonne heure ! s'esclaffa ce dernier dans notre langue maternelle tout en m'adressant un large sourire patriotique.

Une conversation enjouée s'ensuivit à propos du lien particulier qui unissait les Français et les Écossais. Puis, après un repas copieux, Jamie sortit une guitare de son étui, ajusta les cordes, gratta quelques accords et commença à jouer l'air de *Wash Away*, de Joe Purdy.

Leith en profita pour s'allonger sur le dos et m'attira à lui.

— Ça va ? chuchota-t-il à mon oreille.

— Hum..., marmonnai-je en me moulant sur son corps chaud.

Nous savourâmes ce moment de quiétude jusqu'à ce que la musique s'arrête et que Jamie se lève. Il embrassa tout le monde des yeux tandis que, dans les siens, brillait une lueur d'excitation qui ne m'échappa pas.

— On y va ? lança-t-il.

Leith se redressa, je l'imitai et fronçai les sourcils.

— Où ça ? lui demandai-je discrètement.

— Nous partons nous dégourdir les jambes. Courir, précisa-t-il.

Je dus blanchir d'un coup.

— Comment ça « nous » ? Pas moi, n'est-ce pas ?

Car, comme chacun le sait, mon endurance était loin d'être légendaire.

Leith me gratifia d'un sourire moqueur.

— Toi, non, mais nous, oui, me rassura-t-il.

Puis il désigna les alentours de la main.

— Regarde cet endroit. Il est parfait pour ça. C'est la raison pour laquelle nous aimons y venir.

Mon cerveau se mit alors en branle pour de bon.

— Vous allez vous... métamorphoser ?

Il acquiesça.

— Je vais devoir rester ici ?

J'étais plutôt contente de ne pas avoir à courir, mais je n'étais pas sûre d'avoir envie de me retrouver seule au milieu de la clairière en pleine nuit.

— Laisse-moi le temps de muter et je te rejoins.

Je hochai la tête, incertaine. Leith caressa ma joue et se leva pour se diriger dans les bois. Hélas, les garçons ne prirent pas cette peine et mon cœur fit un bond quand je me rendis compte qu'ils étaient en train de se déshabiller sous mes yeux. Je m'efforçai de regarder ailleurs lorsque Leith leur cria de le retrouver sur-le-champ. Soulagée, je les vis s'éloigner vers les arbres. Puis un bruissement se fit soudain entendre dans mon dos. Je me retournai et avalai durement ma salive. Georgia s'approchait, avec une lenteur délibérée, féline et gracieuse, dans une totale et stupéfiante nudité.

Je ne parvenais pas à déterminer ce qui me choquait le plus. Le fait qu'elle soit en tenue d'Ève ou qu'elle soit si inhumainement parfaite.

— Alors, Hannah des loups, persifla-t-elle. Comme ça, les garous ne t'effraient pas ?

Les flammes du feu de camp renvoyaient à ses iris une lueur exceptionnelle ; ils étaient aussi dorés que ceux de Leith lorsqu'il était sur le point de se transformer. C'est à cet instant que je compris ses intentions.

J'aurais dû me protéger, m'éloigner pour éviter de perdre connaissance, puisque telle était la réaction des Humains face à un loup-garou sur le point de muter, mais j'étais hypnotisée, subjuguée par sa beauté, et je n'y parvins pas. Je sentais déjà venir les premiers signes de faiblesse lorsque Leith apparut torse nu pour se propulser sur Georgia avec un rugissement féroce. Me ressaisissant, je sautai sur mes pieds, horrifiée par la vision de leurs corps s'entremêlant, peau contre peau. Leith se jeta finalement en arrière, retombant avec agilité sur ses pieds, l'expression menaçante et la respiration saccadée.

— Ça va, ça va, calme-toi…, lança Georgia en souriant, fière de son petit manège. Si on ne peut plus rigoler.

— Dégage ! hurla-t-il.

Dans un éclat de rire, elle partit gracieusement en direction des bois tandis que Leith la suivait des yeux, le regard noir. Quand enfin elle eut disparu sous les arbres, il me fit face.

— Je suis désolé, murmura-t-il.

Je balayai l'air de la main.

— Ça va.

Leith semblait désemparé.

— Je ne sais pas ce qui lui a pris.

Je ne pus m'empêcher de rire cyniquement.

— Elle te l'a dit, elle voulait s'amuser.

— Elle ne se comporte pas ainsi, d'habitude.

— Il faut croire que ma présence lui fait perdre le contrôle, grinçai-je.

— Je suis désolé, répéta-t-il. Je vais rester près de toi.

— Mais non, c'est inutile, lui certifiai-je, refusant de le priver de ce pour quoi il était venu. Rejoins tes amis.

Il plissa les paupières.

— Tu es sûre ?

— Certaine, mentis-je.

Et très bien, pour une fois.

Il me dévisagea un moment, puis pencha la tête pour m'embrasser sur le front avant de faire demi-tour.

Tremblotante et sur mes gardes, je le regardai s'éloigner. J'avais froid.

J'ouvris les sangles du sac à dos de Leith et m'emparai de la couverture avant de m'envelopper à l'intérieur. Je jetai quelques bûches supplémentaires dans le feu et retournai m'asseoir. Les genoux remontés contre la poitrine, j'observai les flammes qui, ravivées, s'étiraient à en toucher le ciel. Et pendant quelques secondes, j'en oubliai jusqu'à mon nom.

C'est le friselis des feuilles qui me sortit de ma torpeur, je tournai la tête et les aperçus à l'orée du bois, le souffle court. Ils se tenaient à quelques mètres, immobiles et majestueux...

La Meute.

Tous les onze me faisaient face, leurs yeux rivés aux miens.

Si je n'avais pas été en possession de tout ce que je savais à ce moment-là, j'aurais eu peur, car ils étaient impressionnants. Je n'aurais pu dire lequel d'entre eux était le plus beau, le plus intimidant. Tantôt claires ou foncées, hirsutes ou lisses, chamarrées ou unies, leurs robes chatoyantes brillaient sous les reflets de la lune et du feu.

Soudain, le plus grand d'entre eux s'assit sur ses pattes arrière et poussa un hurlement qui résonna jusque derrière les collines. Son cri d'animal sauvage aurait glacé le sang de beaucoup d'Humains. Mais pas le mien. J'étais bouleversée.

Sans élan, les uns après les autres, ils firent un bond prodigieux au-dessus des flammes, filant telle une pluie de météorites avant de retomber avec légèreté et souplesse sur le sol juste derrière moi. Puis ils partirent en courant en direction de la montagne. Je me retournai aussitôt pour les suivre du regard, aidée par la lueur de la lune éclairant doucement *Cobbler Argyll*. Leurs ombres noires sillonnaient la clairière, s'en emparaient. C'était extraordinaire, si bien que j'en aurais pleuré.

Tandis que je levais le visage vers le ciel, je sentis un effleurement presque imperceptible sur ma main et baissai les yeux. Leith, le loup blanc, magnifique et sculptural, se tenait à mes côtés. Je retins mon souffle. Il était immense, sa tête m'arrivait presque au niveau de la poitrine.

Il me bouscula un peu et glissa son museau entre mes mollets pour s'y faufiler. Surprise, je lâchai un éclat de rire, et compris qu'il voulait que je grimpe sur son dos, que je l'accompagne.

Je ne me fis pas prier et, avec un gémissement d'excitation, je l'enjambai tout en m'accrochant fermement à son échine. Il poussa un hurlement, m'arrachant un cri de stupeur, avant de filer comme une flèche vers la montagne.

Il avançait à grandes foulées régulières, me permettant de trouver rapidement une posture plus confortable. Les pieds croisés sous son ventre, la poitrine à plat contre son dos, la nuque légèrement relevée, je voyais défiler le paysage nocturne, regrettant de ne pas être en plein jour pour profiter de la beauté de cet endroit.

Lorsque nous arrivâmes au pied de *Cobbler Argyll*, Leith s'arrêta tout net.

— Quoi ? demandai-je.

De la tête, il me fit signe de lever le nez. Je m'exécutai et laissai mon regard glisser sur le pic rocheux à moitié éclairé par la lune. Une poussée d'adrénaline me submergea.

— Non..., murmurai-je. Non, tu n'as pas l'intention de grimp... Ahhhh ! Non ! Leith !

Trop tard ! Il s'élançait déjà à une allure folle. Prise de panique, je fermai les paupières aussi fort que possible, ne voulant pas risquer de tomber parce que j'avais osé ouvrir un œil. Il me sembla que tout filait à la vitesse de l'éclair. Comment un loup pouvait-il être plus agile qu'un bouquetin ? J'étais subjuguée et effrayée à la fois. Cependant, pas un instant Leith ne dérapa ou ne perdit l'équilibre, il était sûr de lui. Quelques minutes plus tard, il ralentit enfin sa course folle pour s'arrêter complètement. Finalement, je rouvris les yeux, et le spectacle qui s'offrit à moi me coupa le souffle, effaçant ma nausée naissante. J'aurais presque pu toucher la lune tant elle semblait être à portée de main. Elle illuminait la roche métallique qui brillait tel du mica, comme si un milliard d'étoiles s'y étaient échouées.

— C'est magnifique, Leith…

Il émit un grognement, paraissant acquiescer. Puis il avança au bord du pic calcaire et s'assit sur ses pattes arrière. Je pris place à côté de lui et, prudemment, il reposa sa tête sur mon épaule, frôlant ma joue de sa truffe humide. J'entourai son échine de mes bras et me collai à sa fourrure soyeuse, respirant son odeur musquée si particulière.

Perdus au milieu de l'immensité de la nuit, installés au sommet de la Terre, nous étions seuls au monde. Et ce soir-là, j'acquis la conviction que personne ne pourrait nous séparer.

Jamais.

Chapitre 6

Qu'est-ce que c'est que ça, des Exploiteurs ?

Lorsque nous rejoignîmes les membres de la Meute, les flammes s'étaient complètement éteintes, il ne restait que quelques braises rougeoyantes. Je demeurai sagement assise à les contempler tandis qu'ils reprenaient tous forme humaine et se changeaient dans les bois.

Par pure provocation, Georgia déambula nue devant moi et prit tout son temps pour s'habiller. Je jetai un œil à Leith, il ne semblait même pas la remarquer, pas plus que les autres, du reste. Toutefois, le manque de retenue de cette fille commençait vraiment à me taper sur les nerfs. Elle me révoltait tant par sa beauté que par son audace. Je détournai le regard et me concentrai sur mes chaussures le temps qu'elle termine.

Leith réapparut quelques minutes plus tard et s'empara de son sac à dos, qu'il ouvrit complètement. Il en sortit un sac de sable plein à craquer devant peser au moins trente kilos. Il le déchira et déversa son contenu sur les braises. Jamie, Étienne et Anneas l'imitèrent, puis ils vidèrent plusieurs bouteilles d'eau dessus, si bien que l'auréole rougeoyante s'étouffa totalement sans risque de provoquer un incendie.

— On marche un peu ensemble ? me proposa Jamie en m'invitant à le suivre pour repartir.

Leith me fit un clin d'œil pour me signifier que ce serait une bonne idée, et avança devant avec ses amis.

— Sais-tu que tu es la seule Humaine à avoir jamais participé à l'un de nos regroupements ? m'informa-t-il.

Je hochai la tête.

— Ça t'ennuie ?

— Non, me répondit-il, pas maintenant que nous savons qui tu es et ce que tu représentes pour Leith.

Je ne pus éviter de sourire.

— Vous vous connaissez tous depuis longtemps ? l'interrogeai-je.

— Un ou deux ans pour la plupart. Sauf Georgia et moi, nous nous fréquentons depuis toujours, ajouta-t-il en souriant.

— Vraiment ?

— Eh oui, c'est ma petite sœur.

— Oh...

Je le dévisageai discrètement pour tenter de trouver une ressemblance, mais je n'en découvris aucune. Jamie était aussi brun que Georgia était blonde, et possédait des traits aussi bruts que ceux de sa sœur étaient fins et délicats. Il était beau à sa manière, viril et sauvage, avec un regard doux et... tout à coup, quelque chose me frappa. Je dirigeai franchement la lampe torche vers son visage et l'examinai.

— Qu'est-ce que tu fais ? m'interrogea-t-il, surpris.

Les iris de Jamie n'étaient pas verts, mais marron ! Comment était-ce possible ? J'avais bien lu que les Lupi possédaient tous les yeux verts, et qu'il s'agissait même d'une particularité propre à leur espèce.

— Pourquoi tes yeux sont-ils noisette ?

Jamie battit des cils, déconcerté.

— Quelle drôle de question ! Et toi, pourquoi as-tu les yeux verts ?

— Ben, ce n'est pas pareil pour moi, question de gènes familiaux, arguai-je, confuse.

Il rit aux éclats.

— Ça alors, je n'ai jamais rien entendu de tel ! Tu t'imagines que pour moi, ce n'est pas une question de gènes ?

— C'est-à-dire que j'ai lu que tous les Lupi possédaient des yeux verts.

— Qu'est-ce que c'est que cette idiotie ? Pourquoi ce serait le cas ?

Je levai les sourcils, décontenancée. Tous les Lupi que j'avais rencontrés avaient les yeux verts. Leith, Georgia, Jeremiah Sutherland, Alastair... Quant au reste de la Meute, certes, l'obscurité ne m'avait pas permis de le vérifier.

— Je ne sais pas où tu as lu un truc pareil, mais crois-moi sur parole, c'est n'importe quoi. Hé, frenchy ! De quelle couleur sont tes yeux ? hurla-t-il derrière lui.

— Bleus ! répondit Étienne.

— Et toi, Eddy ?

— Marron, mon vieux ! Alzheimer te guette ?

Jamie s'esclaffa et se reconcentra sur moi.

— Tu vois ? Qu'est-ce que je te disais !

J'admis ma défaite.

— D'accord, l'auteur ne savait sûrement pas de quoi il parlait, bougonnai-je.

— C'est le problème des livres sur les loups-garous écrits par les Humains. Il faut toujours qu'ils fassent dans le fantastique.

— Au risque de te paraître grossière, ce que vous êtes est quand même pas mal fantastique, non, dans le genre ?

Il rit doucement.

— Tu es marrante.

— Pourquoi ?

— Ce qui n'est pas comme toi est forcément fantastique ?

— Non, c'est simplement que...

J'avais subitement le sentiment d'entrer dans l'une de ces conversations interminables avec Gwen, la meilleure amie de Leith. Et vu l'heure qu'il devait être, je n'en avais pas la force. Je décidai de changer de sujet.

— Vous ne vous ressemblez pas avec Georgia.

— C'est vrai.

Ses lèvres esquissèrent un sourire malicieux.

— Elle est explosive, ma frangine, hein ?

Je me gardai de tout commentaire.

— Je sais ce que tu es en train de penser, prétendit Jamie.

— Vraiment ?

— Oui. Écoute, elle n'est pas mauvaise, mais elle n'a jamais vraiment su ce qu'elle voulait. Tu vois, à la maison, c'était pareil. Le jouet qu'elle réclamait était systématiquement celui que j'avais entre les mains.

L'analogie entre Leith et le mot « jouet » ne me plut pas du tout. Si Georgia le voyait comme ça, nous n'avions pas fini de nous affronter, elle et moi. Parce que je n'étais pas du genre prêteuse.

— Tu n'as pas grand-chose à craindre, me rassura-t-il.

Je haussai les épaules.

— Parle-moi de la Meute. Existe-t-elle depuis longtemps ou est-elle juste formée par vous ?

— Elle a été créée à peu près en même temps que l'université de St Andrews.

— C'est une confrérie comme le Cercle ?

Jamie baissa les yeux sur moi.

— Euh... non. C'est pas pareil.

J'arquai un sourcil.

— La Meute n'est pas dirigée par un idiot, ajouta-t-il.

— D'accord ! m'amusai-je. Tu en as la charge ?

Il hocha la tête.

— C'est ma dernière année de fac. L'année prochaine, un autre chef sera choisi.

Et il avait l'air ravi.

— Tu étudies quoi ?

— Physique-chimie. La mécanique des métaux. Tu veux que j'entre dans les détails ? ironisa-t-il, certain que je déclinerais.

Et il ne se trompait pas. Je lui fis signe que non.

— La Meute s'est constituée totalement par hasard, reprit-il. Les premiers étudiants garous ont ressenti le besoin de se lier, de rester entre eux pour se protéger, être plus forts. Quoi de plus normal ?

— Se protéger de quoi ?

Jamie soupira.

— Pour comprendre, il faut se remettre dans le contexte de l'époque. Au XVe siècle, les populations européennes étaient bien moins sceptiques que de nos jours. Elles croyaient au *fantastique*, me paraphrasa-t-il en se moquant gentiment. Tout le monde pensait que les loups-garous, les sorcières, les vampires existaient et en avaient peur. Les gens redoutaient de croiser un loup-garou de crainte d'être dévorés. Nous leur faisions une frayeur bien plus grande qu'une bête sauvage affamée.

» En Europe, il y avait bien eu quelques cas où, mus par un instinct qu'ils ne contrôlaient pas, des garous s'étaient révélés à l'Homme. Le résultat de ces transformations était généralement dramatique parce que les garous mis en cause, presque toujours des Crinos ou des Galbros, finissaient par tuer. Ils massacraient hommes, femmes ou enfants qui croisaient leur chemin. Ces faits étaient plutôt rares, mais ils ont suffisamment marqué l'Histoire pour qu'on en trouve quelques écrits à l'époque médiévale. Certes, tous ne sont pas complètement objectifs, mais le fond reste correct. Par chance, aujourd'hui, nombre d'entre eux ne dépassent pas le stade des contes et des rumeurs.

— Le contrôle de l'expansion humaine dépassait la rumeur, lui rappelai-je en faisant référence à l'histoire des loups-garous que le père de Leith m'avait narrée.

La barbarie devait être plutôt courante à ce moment-là, non ?

— Et elle sait ça aussi ! s'esclaffa-t-il, mouché.

Je penchai la tête de côté, embarrassée.

— Ce que je viens de te raconter se déroulait bien après cette période de notre histoire. Au XVe siècle, les loups-garous étaient déjà très liés à l'Homme. Mais il y eut une véritable vendetta contre mon espèce pendant plusieurs siècles. Il y avait même des avertissements publics dirigés contre nous, expliquant comment nous tuer. Tu apprenais que, pour venir à bout d'un garou, il fallait le brûler vif ou lui trancher la tête. Plus tard, on racontait qu'une balle en argent ou une balle bénite tirée en pleine poitrine lui était fatale. Et nous avons même eu droit au pieu dans le cœur !

— Tout ceci est faux ?

Il éclata d'un rire franc.

— Qui ne mourrait pas si tu le décapitais ? Et j'imagine que les flammes auraient aussi raison de nous au bout d'un moment. Quant aux balles en argent, ce serait dépenser inutilement un métal précieux. Un calibre de chasse ferait tout aussi bien l'affaire. Si tu sais bien viser et que je suis parfaitement immobile, bien sûr, ajouta-t-il avec un clin d'œil. Non, nous ne sommes pas invulnérables, Hannah…

— Oui, je le sais, chuchotai-je en regardant Leith au loin.

— Le problème dans cette histoire, c'est que les Humains ne se rendaient même pas compte qu'ils massacraient aussi les leurs. Ils qualifiaient de garous tous ceux qui avaient un comportement suspect. Ils ne faisaient pas la différence entre la maladie mentale qu'est la lycanthropie et de réels cas de transformation. Remarque, tant mieux pour nous… Les loups-garous ont beau être puissants, sache que devant une nuée d'êtres humains, même aussi inoffensifs que toi, ils ne sont plus aussi forts. Imagine une centaine d'enfants de huit ans se jetant sur toi ! Effrayant, hein ? s'amusa-t-il en voyant ma mine effarée.

— Donc la Meute a été créée pour se protéger des Humains, résumai-je.

— Oui. Sauf qu'aujourd'hui, elle nous permet de nous soutenir et de continuer à vivre tels que nous sommes sans risque d'être surpris. Nous veillons les uns sur les autres, nous sommes un peu comme une famille.

Je remarquai que cette dernière phrase était prononcée avec beaucoup d'affection.

— Des étudiants lupi du monde entier viennent s'inscrire ici, car ils savent qu'ils ne seront pas seuls.

— Aucune autre université ne possède de regroupement comme le vôtre ?

— Si, bien sûr, Harvard, Oxford, l'université de Pennsylvanie, la Sorbonne...

— La Sorbonne ?

Il sourit.

— Si quelqu'un m'avait dit ça il y a quelques mois, je l'aurais pris pour un fou ! fis-je observer. Depuis tout à l'heure, tu parles de Lupi. La Meute n'a-t-elle toujours été fréquentée que par des garous de ta race ?

— Oui. Mais ça ne veut pas dire qu'il n'y a que des Lupi à St Andrews. Cela dit, c'est assez rare en réalité. Depuis que je suis ici, je n'ai jamais croisé d'autres types de garous. L'université est plutôt évitée par les races cousines.

— Pourquoi ?

— Il y a trop de risques d'être dévoilés, trop d'occasions de chute, en quelque sorte.

— Quelles occasions de chutes ? insistai-je, intriguée.

— Ah, Hannah ! L'université est pleine de secrets, de mystères, de petites choses qui mettraient notre espèce en danger si l'un d'entre nous ne savait pas se contrôler.

Je fronçai les sourcils.

— Tu pourrais être plus explicite ?

— Je veux dire par là que seuls les Lupi et les Hispos parviennent à garder le contrôle total de leurs réactions quand ils sont... contrariés ou tentés de s'énerver. Les autres races de garous sont plus impulsives, plus sanguines, si je puis dire.

— Que peut-il bien y avoir de si extraordinaire à St Andrews pour que d'autres garous n'arrivent pas à se maîtriser ?

— Des ennemis ancestraux, par exemple, répondit-il du tac au tac.

— Lesquels ?

Jamie leva la tête et contempla la lumière de la lune à travers les frondaisons. Je remarquai que ses yeux brasillaient. Il semblait réfléchir à la réponse qu'il allait me donner.

— Des Exploiteurs, souffla-t-il.

— Qu'est-ce que c'est que ça, des Exploiteurs ?

— Des êtres qui profitent de la faiblesse humaine pour abuser de ce qu'ils ont de plus précieux.

— Franchement, je ne crois pas qu'il faille être spécifiquement à St Andrews pour rencontrer ce genre de personne, Jamie.

— C'est vrai, Hannah, mais ceux dont je te parle sont d'un genre unique. Ce sont des Souffleurs de vies.

— Souffleurs de vies, Exploiteurs, c'est du charabia pour moi ! lançai-je en secouant la tête, somme toute un peu amusée.

— Quoi qu'il en soit, tu as ton lot d'étrangeté avec nous, tu n'as pas besoin d'en savoir plus, affirma-t-il dans un sourire éclatant.

— C'est sûr ! rétorquai-je sans en demander davantage sur ce sujet.

Pour l'instant.

— Et dis-moi, avec la Meute, vous faites quoi, à part vous carapater la nuit ?

— Nous jouons au rugby.

— Sans blague ?

— Oui, on est même plutôt bons.

— Rassure-moi. Vous ne jouez pas avec les Humains ?

Imaginer leur force colossale face à des rugbymen de mon espèce, même les plus costauds, me terrifia. Bonjour la boucherie !

— Ça dépend de si on a vraiment envie de s'amuser ou pas, me taquina-t-il en me bousculant. Houla, pardon !

Je manquai tomber dans les fourrés, Jamie me rattrapa de justesse.

— Georgia joue avec vous ?

C'était plus fort que moi, il fallait que je la remette sur le tapis. Je me serais mis des claques.

Il eut l'air horrifié.

— Euh non, il ne faut pas pousser...

Je fis mine d'être étonnée.

— Elle est sûrement aussi forte que vous.

Le hurlement de rire de Jamie me laissa pantoise.

— Décidément, qu'est-ce qu'on s'amuse avec toi !

Quel macho ! J'étais à peu près sûre que Georgia pourrait briser en deux n'importe quel Humain si l'envie lui en prenait. Moi, par exemple...

— On parle de moi ? minauda l'intéressée derrière nous.

— Hannah se demandait si tu jouais avec nous au rugby, lui expliqua son frère.

— Tu veux rire, j'espère ? Tu sais combien de temps je passe à faire ça ?

Elle écarta les cinq doigts de sa main droite pour me montrer son vernis écarlate.

Une question complètement hors de propos me traversa l'esprit : les ongles peinturlurés de Georgia restaient-ils rouges sous sa forme animale ?

Je sentis un sourire moqueur se dessiner sur mes lèvres rien qu'en imaginant le tableau.

— Hannah pensait aussi que tu étais au moins aussi forte que nous, pouffa Jamie.

— Suffisamment pour t'arracher un œil ! l'avertit-elle en faisant un pas menaçant vers lui.

Et ils partirent tous les deux en courant comme deux gosses.

J'accélérai, moi aussi, et rattrapai Leith. Quand il me vit, il sourit et enroula son bras autour de mes épaules. Nous étions arrivés à l'endroit où étaient garées les voitures.

— Prête pour le retour ? demanda-t-il en me guidant gentiment vers le 4 x 4.

— Non, pas vraiment. Je suis claquée.

— On peut dormir à la belle étoile, si tu veux.

Son regard espiègle me fit complètement craquer.

Je jetai un œil alentour, les autres étaient déjà en train de monter dans leur véhicule.

— Reviens quand tu veux, Hannah ! me cria Jamie avant de grimper dans son 4 x 4.

— Avec plaisir ! lui répondis-je en tâchant d'ignorer le regard réprobateur de Georgia.

Leith retint la portière du Range Rover et je m'engouffrai à l'intérieur avant de m'effondrer sur le siège.

— Repose-toi, murmura Leith tout en faisant basculer le dossier de mon fauteuil.

Ses cheveux frôlèrent ma joue. Ils étaient imprégnés de l'odeur que j'avais sentie sur son pelage lorsque nous étions sur la montagne. Je fermai les paupières de bien-être.

— Et toi, tu n'es pas fatigué ? marmonnai-je.

— Non.

Il engloba mon menton dans sa paume, je levai les cils pour le regarder.

— Promets-moi une chose, souffla-t-il en plantant ses beaux yeux verts dans les miens. Promets-moi que plus jamais tu ne douteras de moi, que désormais, tu viendras me parler avant d'aller ruminer dans ton coin, que quoi qu'il arrive, tu te souviendras que je suis celui qui t'aime, qui t'adore et te protégera à jamais. Et de mon côté, je jure de tout te dire sur mon passé.

— Ça fait trois choses, tentai-je de plaisanter.

Mais Leith demeurait très sérieux.

— Promets-moi.

Je songeai aux incertitudes dont j'avais été empreinte, à la façon dont je pensais l'avoir haï lorsque j'avais cru qu'il m'avait menti, à cette douleur au creux de moi. Je ne voulais plus revivre ça. Il ne le méritait pas. Pas plus que moi.

Alors, c'est tout mon amour et ma foi en lui que je fis passer dans mon regard lorsque je lui répondis.

— Je te le promets.

Chapitre 7

Hannah Jorion 1/Leith Sutherland 0.

Décembre, deux mois plus tard.

De : Moi
À : Sissi

Salut, Sissi !

Je suis en train de boucler ma dernière valise pour partir à Wick. Je n'en reviens toujours pas que nous soyons déjà le dix-neuf décembre, ça a filé comme l'éclair. À la fois, je suis bien contente d'être en vacances, je suis lessivée. J'ai arrêté d'espérer un rythme moins soutenu, les profs vont nous tuer ! Ils ne nous laissent pas une minute de répit. Sans compter qu'on a dû bosser comme des malades pour les partiels. Mais c'est fini. Résultats début janvier, à la reprise des cours.

Je compte rester deux semaines à Wick, je suis folle de joie ! Leith et moi allons faire le trajet ensemble. Toutefois, on ne se verra pas vraiment pendant nos congés, il passera les quinze jours chez son oncle et sa tante aux Orcades. Je suis même prête à parier qu'à l'heure qu'il est, ils doivent mourir d'impatience à l'idée de le voir arriver ! D'après ce que j'ai compris, il y aura même Jeremiah, le père de Leith. C'est la première fois en dix ans qu'il retourne chez son frère. Comme quoi, notre aventure de cet été aura eu du bon.

Et toi ? Tu rentres à Paris pour Noël ?

Donne-moi vite de tes nouvelles,

Ta copine à qui tu manques sérieusement,

Hannah.

P.-S. : Rien à voir avec la choucroute, mais ma mère m'a envoyé un peu d'argent, et je me suis acheté une petite jupe plissée noire à mourir, ainsi qu'un gilet gris chiné légèrement moulant que je compte bien porter à même la peau. J'ai hâte de voir la tête de Leith quand il me verra dans cette tenue !

Sissi me répondit à peine une demi-heure plus tard.

De : Sissi
À : Moi

Salut, ma vieille !

Je suis à Paris depuis hier, complètement décalquée par le décalage horaire, mais ça va. C'est sympa l'Australie, je m'y fais vraiment, mais je suis contente d'être rentrée chez moi pour les fêtes, même si ce n'est que pour dix jours.

Pour la fac, je ne peux que compatir, ce n'est pas mieux de mon côté. Sans compter que mon anglais est moins bon que le tien, alors imagine comme je douille !

Comment ça se passe la colocation ? Pas au top pour moi. Ma *room mate* est plus coincée que la mère supérieure du lycée Notre Dame, elle pète un plomb pour le moindre bruit. Et avec Leith ? Tout va bien ? De mon côté, c'est le calme plat...

Des bises,
Sissi

La directrice du lycée Notre Dame... En y resongeant, je ne pus m'empêcher de sourire. On l'appelait la porte de prison. Tout le monde était persuadé qu'elle ne savait pas sourire.

De : Moi
À : Sissi

Je suis désolée pour ta colocataire. Tu ne peux pas trouver quelqu'un d'autre ?

Moi ça va. Tarja est une chouette fille, on s'entend bien. Elle est en Finlande pendant toutes les vacances.

Avec Leith, c'est au poil ! On ne s'est plus disputés, mais je dois tout de même m'accommoder de Georgia. Elle rôde inlassablement autour de lui. Si seulement tu la voyais faire. Elle prend des positions voluptueuses quand il est là, elle met du feu dans ses gestes à la moindre occasion... Franchement, c'est peut-être elle qui a mis un terme à leur relation, mais elle n'a pas renoncé à lui pour autant. Ça m'exaspère, elle instaure entre nous une rivalité qui ne devrait même pas exister. Quoi qu'il en soit, la place est prise et je compte bien la garder.

Après tout, elle avait eu sa chance et elle l'avait laissée filer. Tant pis pour elle !

De : Sissi
À : Moi

Tu as raison, ma vieille, *fight* !
Il est décolleté ton gilet au moins ? ;-)

Je souris jusqu'aux oreilles.

De : Moi
À : Sissi

Très décolleté ! Après tout, si on ne doit pas se voir pendant les deux prochaines semaines, autant lui laisser un bon souvenir, non ?

Sur ces bonnes paroles, je te laisse, Leith va arriver d'une minute à l'autre.

Et pense à m'écrire plus souvent, lâcheuse. Ce n'est pas parce que tu te fais dorer la pilule au soleil qu'il faut oublier les vieilles copines qui se gèlent en Écosse !

Je t'embrasse,
Hannah.

J'éteignis mon PC portable et le rangeai dans sa sacoche. Je l'emportais avec moi.

Je venais de remonter mes cheveux en chignon lâche et de chausser mes escarpins noirs quand la sonnette retentit. Je me précipitai pour ouvrir.

Chaque fois qu'il me voyait, Leith avait pour habitude de me détailler de la tête aux pieds, se gaussant de me mettre dans tous mes états. Alors je fus tout à fait satisfaite du petit effet que lui fit ma tenue. Sa bouche s'ouvrit béatement, et ses pupilles s'étrécirent jusqu'à ne former qu'un ridicule point noir.

— Quelque chose ne va pas ? minaudai-je.

— Waouh..., souffla-t-il. Je sais que j'ai une excellente condition physique, mais je te jure que là, je suis au bord de l'apoplexie. Tu es époustouflante !

Je trouvai son enthousiasme délicieux.

— Eh bien merci. Tu n'entres pas ? m'étonnai-je, voyant qu'il s'accrochait au chambranle de la porte comme un naufragé à un bout de bois.

Son regard se fit transperçant.

— Si je mets ne serait-ce qu'un pied chez toi, je ne suis pas sûr que nous ressortions de cet appartement, Hannah.

Avec un sourire non déguisé, je me retournai pour ramasser mes bagages et les déposai devant lui.

Semblant toujours immergé dans de folles rêveries, il empoigna mes valises et commença à descendre les escaliers aussi mécaniquement qu'un automate.

Le 4 x 4 était garé à cinq minutes à pied. Leith avançait d'un pas si décidé que je dus quasiment courir sur les pavés pour rester à sa hauteur. Hissée sur des escarpins de bien huit centimètres de hauteur, j'étais à deux doigts de tomber. Mais bon gré, mal gré, je réussis l'exploit d'arriver indemne à la voiture.

Leith jeta les valises dans le coffre et s'empressa de m'ouvrir la portière. Je retirai ma veste avant de m'asseoir, et baissai la poitrine sur mes genoux, frottant mes cuisses l'une contre l'autre pour me réchauffer. Ce qu'il faisait froid !

Leith s'installa au volant et alluma aussitôt le moteur avant de mettre le chauffage à fond. Sa voiture était récente, la chaleur ne tarda pas à arriver. Je me détendis et me plaquai contre le dossier, puis je soulevai les fesses afin de remettre en place ma jupe. Ne sachant pas trop quelle position prendre, je décroisai les jambes pour les croiser aussitôt dans l'autre sens. Et ce, plusieurs fois. C'est quand je cessai de gigoter que je remarquai que Leith avait les yeux fixés sur mes mollets, l'expression presque douloureuse.

— Quelque chose ne va pas ? demandai-je innocemment.

Totalement désarçonné, il leva les yeux sur moi.

— Tu veux me tuer, c'est ça ?

Feignant de ne pas comprendre de quoi il parlait – toutefois absolument enchantée –, je papillonnai des cils l'air de rien avant de décroiser les jambes une dernière fois pour prendre une posture qui lui serait moins... troublante. Il passa brusquement la marche arrière, sortit du parking et s'engagea sur Links Crescent.

J'eus un sourire éclatant.

Deuxième manche : Hannah Jorion 1/Leith Sutherland 0.

Le 4 x 4 s'engagea dans la cour du manoir vers dix-sept heures. Vu l'état du ciel, un orage n'allait pas tarder à craquer. À peine mis-je un pied dehors que ma mère s'élança hors de la maison pour se jeter sur moi.

— Hannah, *sweetheart* ! C'est tellement bon de te revoir. Tu es... MA-GNI-FI-QUE, s'exclama-t-elle en me détaillant de la tête aux pieds.

Leith, qui avait à peine osé me regarder plus bas qu'au niveau du cou pendant tout le trajet, afficha un léger rictus de frustration. Il salua ma mère et enfonça la tête dans le coffre du Range Rover pour le décharger. Mon père accourut aussitôt afin de lui prêter main-forte.

— Alors, mon garçon, la route a été bonne ?

Il leva les yeux sur le ciel noir de nuages.

— On a eu de la pluie tout le long.

Ce qui avait rallongé notre trajet d'une bonne heure.

— Tu restes dîner avec nous, Leith ? proposa ma mère.

Déçue, je le vis faire signe que non.

— Merci, madame Jorion, mais je dois rentrer chez moi.

— Une prochaine fois ! lança-t-elle avec un clin d'œil.

Elle le gratifia d'un sourire et rejoignit Elaine et Mathy qui nous attendaient sur le palier.

Je levai des yeux suppliants vers Leith.

— Tu ne pars quand même pas tout de suite ?

— Non, je reste encore un peu, souffla-t-il. Viens, on rentre.

Il me prit par la taille et m'attira vers la maison. De là, nous saluâmes affectueusement Elaine et Mathy et gagnâmes l'étage pour y déposer mes valises.

— Je ne m'y ferai jamais, grogna-t-il en entrant dans ma chambre.

— À quoi ? demandai-je, retirant mes chaussures.

— À... ça !

Il désigna du menton ma collection de chevaux et poneys miniatures installée sur la commode.

— J'ai du mal à t'imaginer dans la peau d'une petite fille.

Je ne pus m'empêcher de sourire.

— Et pourtant... je suis vraiment passée par là. Tu ne collectionnais aucune figurine ?

— Non.

— Même pas des super-héros ?

— Non.

— Allons bon. Des petites voitures, alors ? Des camions de pompiers ? Des soldats de plomb ?

— Non, non, et non, répéta-t-il.

Je fronçais les sourcils.

— Tu ne jouais jamais ?

Leith prit un air horriblement sérieux.

— Je lisais Kant.

J'en demeurai un instant interdite.

— Pff ! Tu me charries !

— Tout à fait !

J'attrapai un oreiller et le lui lançai à la figure. Dans un réflexe aérien, il barra sa trajectoire et le renvoya à l'autre bout de la pièce. Sans me laisser le temps de comprendre ses intentions, Leith se jeta sur moi et me plaqua sur le lit sans ménagement avant de m'immobiliser les bras au-dessus de la tête. La respiration saccadée, je n'essayai pas de me dégager, ça aurait été vain.

— Je jouais au chasseur, susurra-t-il à mon oreille.

Il fit courir ses lèvres le long de ma mâchoire et me mordilla le cou. Je tremblais de tous mes membres.

— Et je gagnais à chaque fois.

Il frôla mes lèvres et nous nous redressâmes. Il s'adossa au mur et me serra contre lui. Je posai ma tête au creux de son épaule et soupirai de bien-être.

— Tu l'as fait exprès, n'est-ce pas ? hasarda-t-il en attrapant un pan de ma jupe.

Je relevai le menton pour croiser ses yeux.

— Et si je te répondais que oui ?

Il sourit en coin.

— Je te dirais que tu as bien fait.

— Tu aimes, donc ?

Son regard s'intensifia.

— Énormément. Mais je vais éviter de te dire toutes les pensées qui m'ont traversé l'esprit à cause de cette jupe.

J'étais aux anges.

— Je ne suis qu'un homme, plaida-t-il.

J'éclatai d'un rire ravi et me retournai pour lui faire face, les jambes repliées sur le côté.

— Pour une fois que c'est moi qui te mets dans tous tes états. Je reconnais que ce n'est pas déplaisant.

Un peu désarçonné, il fronça les sourcils.

— Parce que tu penses que ça ne m'arrive jamais ?

— Si c'est le cas, tu caches bien ton jeu.

À son tour de rire grassement.

— Je rêve ! Tu préférerais que je te saute dessus ?

That's the point![1]

Leith m'observa longuement, puis il me caressa la joue du dos de la main.

— Je ne suis pas vieux jeu, Hannah, mais avec toi c'est spécial. Je te l'ai déjà dit.

Ses beaux yeux verts étincelaient. Je m'y noyais, subjuguée.

— Je ne suis pas en sucre, murmurai-je.

En réalité, entre les mains d'un homme tel que lui, quiconque l'était. Il sourit.

— Je ne voudrais pas être maladroit.

— Tu ne le serais pas plus que moi, lui certifiai-je en baissant les cils.

Il prit mon visage en coupe entre ses mains pour que je le regarde.

— Puis-je t'avouer quelque chose ?

Je hochai la tête.

— Nous sommes presque sur un pied d'égalité, toi et moi.

Je le considérai avec perplexité. J'étais encore vierge, et pas lui. Ça faisait une sacrée différence.

— Je n'ai jamais connu d'Humaine, ajouta-t-il. Je suis novice.

— Tu veux dire que tu n'as jamais fait... avec... ?

Je n'osai prononcer les mots. Leith libéra mon visage pour me frôler le menton.

— Jamais.

— Est-ce si différent ?

— Ça dépend.

— De quoi ?

Il se composa un visage impassible. Pour autant, j'étais presque certaine qu'il était embarrassé.

1. Dans le mille !

— De la forme que nous avons pendant l'acte.

Ça me fit l'effet d'une douche froide.

— Je ne me transformerai jamais avec toi, jugea-t-il bon de préciser.

J'observai un long moment de silence.

— Ce n'est pas exactement comme ça que tu avais imaginé ton prince charmant, n'est-ce pas ? conclut-il tristement.

Je plissai les yeux et lui offris un sourire sans équivoque.

— C'est vrai. Mais c'est trop tard, mon prince. Maintenant que tu y es, tu y restes !

Il rit de bon cœur avec moi, puis il plaça la main derrière ma nuque pour m'attirer contre lui.

— Tu es la meilleure chose qui me soit arrivée, Hannah. Ma vie est si différente depuis que tu es là, plus belle, plus douce, et captivante. J'ai très envie de toi, murmura-t-il à mon oreille. Très, très envie. Mais nous avons tout notre temps. Toute la vie devant nous. Rien ne presse.

Puis il s'adossa au mur et m'attira contre lui. Nous demeurâmes silencieux un long moment. Lui, à me câliner, et moi, à méditer sur ce qu'il venait de dire. Nos âmes avaient fusionné, mais à présent, c'étaient nos corps qui s'appelaient. J'étais plus que prête à me donner à lui, et j'espérais au plus profond de moi que ce serait pour bientôt.

— J'aime que tu sois un Lupus, affirmai-je subitement.

Il se contorsionna légèrement pour me regarder.

— Tu n'es peut-être pas un prince charmant, mais tu es celui que je veux. Toi, et personne d'autre.

Il releva mon visage et déposa un baiser humide sur mes lèvres. Nous nous embrassâmes longuement, intensément, puis Leith se recula, le souffle court et l'œil brillant.

— Gare au grand méchant loup, Hannah.

Je souris.

— Ça fait belle lurette que je n'ai plus peur de lui !

— Il est pourtant gros et féroce, tu devrais, m'avertit-il.

— Gros, c'est vrai, mais féroce... rien n'est moins sûr.

Il haussa un sourcil et tapota sur son abdomen tout plat.

— Tu me trouves gros ?

J'éclatai de rire.

— Non, mais lorsque nous étions à *Cobbler Argyll* et que tu t'es transformé, j'ai eu l'impression que tu étais plus grand encore que cet été.

— Petite maligne ! s'esclaffa-t-il en ébouriffant mes cheveux. Tu as raison, la maturité animale d'un loup-garou arrive vers l'âge de vingt-trois ans.

— Waouh ! Mais tu es déjà tellement grand !

Il sourit en secouant la tête.

— Tu as vu Jamie ?

— Il est immense, admis-je en songeant au magnifique loup qu'il était.

— C'est sûrement la corpulence que nous aurons tous, les garçons de la Meute et moi, lorsque nous aurons l'âge de Jamie.

— Georgia aussi ?

Il haussa un sourcil, surpris que je la mentionne alors que lui-même évitait soigneusement de parler d'elle.

— Non. C'est une femme, elle a déjà atteint sa taille maximale.

— N'y a-t-il jamais eu d'autres femmes qu'elle dans la Meute ? Depuis que tu y es, s'entend.

Les traits de Leith se crispèrent imperceptiblement.

— Euh... si, deux autres, l'année dernière.

Il avait tellement hésité à répondre que j'en haussai un sourcil.

— Et ?

— Elles ont quitté St Andrews, m'apprit-il, le regard fuyant.

— Qu'est-ce que tu caches, Casanova ?

Il fit mine d'être surpris.

— Casanova ?

— Han han... Tu étais proche des deux autres ou je me trompe ?

Ses yeux se plissèrent pour ne plus former que deux toutes petites fentes.

— Qu'est-ce que c'est que cet interrogatoire ?

— Tu es le moins sage de la Meute, pas vrai ?

— Étais, répliqua-t-il sèchement.

Puis il s'empara de mon menton et me regarda avec ferveur.

— Je t'aime, Hannah.

Je sentais dans sa voix une inquiétude naissante. Il craignait que les doutes ne me submergent de nouveau. Mais pour une raison que je n'expliquais pas, cette révélation à demi-mot sur les deux louves ne m'inquiétait pas.

— Je le sais.

Je lui souris et plantai mes lèvres sur les siennes.

— Et j'ai de la chance !

Doucement, il fit courir ses doigts sur ma joue. Je l'imitai et appliquai doucement les pouces sous ses yeux.

— Les garous vieillissent-ils au même rythme que les Humains ?

Si ma question le surprit, il n'en laissa rien paraître.

— Presque. Toutefois, notre condition physique fait que nous supportons mieux les épreuves de la vie.

Je me renfrognai.

— Vous vous ridez bien moins vite que nous, c'est ça ?

Il me gratifia d'un clin d'œil mutin.

Je levai les yeux au ciel.

— Si je comprends bien, quand j'aurai cinquante ans, tu auras l'air d'en avoir combien ? Trente-cinq, quarante ?

— C'est à peu près ça.

— Fantastique...

Soudain, il me fit basculer sur le dos et me dévora de baisers.

— Je te trouverai belle, même vieille, *honey*.

Je m'efforçai de croire que c'était vrai et soupirai. Dieu que je l'aimais !

Il m'embrassa encore et se redressa comme à regret.

— Il faut que je m'en aille.

J'étais abattue.

— Tu vas tellement me manquer, murmurai-je.

— Toi aussi, Hannah. Mais deux semaines, dit-il en remettant en place une mèche de cheveux échappée de mon chignon, ça va passer plus vite que tu ne le crois.

— Tu parles ! C'est le bout du monde ! grognai-je. Je vais mourir d'ennui.

Il rit doucement et se leva.

— Si tu rends visite à Gwen, elle te trouvera une occupation. Chaque fin d'année, elle fait l'inventaire de sa petite boutique des horreurs.

— Hum..., marmonnai-je, enthousiasmée. Avec un peu de chance, je t'y trouverai un cadeau de Noël.

Il parut abasourdi.

— Tu veux m'offrir un cadeau ?

— Eh bien, oui ! Pour Noël, ça se fait

— Cette fête ne représente rien pour moi.

Je l'observai avec attention.

— Vous ne l'avez jamais fêtée avec ta famille ?

Il acquiesça tristement.

— Si, lorsque ma mère était encore en vie, mais ensuite... Enfin bref, les garous ne se sentent pas concernés.

— Dommage. C'est un chouette moment.

— C'est comme ça.

— Je vais quand même t'offrir un cadeau ! m'entêtai-je.

Il haussa les épaules.

— Si tu le dis...

— Je l'affirme !

— Tu y tiens vraiment, Hannah ?

Je hochai vigoureusement la tête, alors un sourire fleurit au coin de ses lèvres.

— Dans ce cas... Déguise-toi en petit chaperon rouge, j'en serai absolument ravi !

Et moi donc !

Nous finîmes par rejoindre ma famille. Leith salua tout le monde, puis je le raccompagnai à la porte. Il pleuvait à verse. Protégée par le perron, je lui fis un dernier signe de la main avant qu'il ne disparaisse dans le chemin.

Il me manquait déjà.

Chapitre 8

L'ange démoniaque

Nous étions le vingt-trois décembre. Ce jour-là, ma mère me prêta sa voiture pour que je puisse me rendre en ville. Comme Leith me l'avait suggéré, j'avais proposé à Gwen de l'aider dans son inventaire, et par la même occasion je comptais bien trouver son cadeau de Noël, quoi qu'il en dise.

Lorsque j'arrivai à Wick, il pleuviotait, et il faisait si froid que les gouttes se transformaient instantanément en verglas. Ainsi, malgré le sel jeté çà et là, les rues du centre-ville étaient aussi glissantes qu'une patinoire. Je dus faire montre d'une sacrée concentration pour ne pas me casser la figure.

N'ayant vraiment aucune idée précise pour le cadeau de Leith, je flânai devant les quelques boutiques et m'engouffrai dans une venelle. Là, je tombai sur un atelier d'artisan métallurgiste avec une belle vitrine exposant divers objets. Je m'arrêtai pour l'admirer quand la pluie devenue battante me contraignit à entrer.

Il y eut un son ravissant de carillons lorsque je poussai la porte. Un monsieur bien en chair avec une grosse moustache et des cheveux mi-longs m'accueillit.

— Bienvenue dans mon antre, mademoiselle ! Que puis-je faire pour vous ?

Il avait l'accent et la sympathie des Écossais, il me plut immédiatement.

— Je cherche un cadeau pour mon petit ami.

Il étira les lèvres jusqu'aux oreilles.

— Avez-vous une idée ?

— Non. Je voudrais quelque chose de personnel et qui n'a pas été conçu en série, osai-je prudemment, de peur de le faire sortir de ses gonds.

— Rien de tout ça ici, ma jolie. Que des pièces uniques ! Je fabrique tout moi-même.

Soulagée, je lui rendis son sourire.

— Et qu'est-ce qu'il aime, votre amoureux ?

— Les loups, répondis-je sans réfléchir. Vous avez quelque chose qui se porte ? Un pendentif ?

Le propriétaire du magasin m'examina attentivement, puis il me fit signe d'avancer et de le suivre au fond de la boutique.

Sur tout un pan de mur étaient exposés des objets qu'on aurait jurés d'époque médiévale. Des faux, des haches, des serpettes, une épée, une hallebarde… En quelques secondes, je fus propulsée dans un autre siècle. C'était surprenant.

L'artisan me montra une étagère sur laquelle étaient présentés plusieurs petits animaux en bronze et en argent. Le travail était de qualité, fin et délicat. Cet homme avait un réel talent. Parmi les loups qu'il désigna du doigt, mon regard se porta sur un pendentif en ronde-bosse.

— Je peux ? demandai-je avec l'intention de le prendre.

— Mais bien sûr !

Je m'en emparai avec précaution et l'examinai.

L'animal, très stylisé, s'enroulait autour du corps agenouillé d'une femme nue aux cheveux longs. Il posait la tête contre sa poitrine tandis qu'elle l'encerclait de son bras pour le coller à lui. Je tombai littéralement sous le charme.

— Je voudrais celui-ci, murmurai-je.

L'homme me sourit.

— Excellent choix.

Il se détourna et s'éloigna vers le comptoir situé dans l'entrée. Il astiqua méticuleusement le bijou avant de le ranger dans une pochette de velours rouge. Il y ajouta une cordelette en cuir et emballa le tout. Je payai, pris le paquet, l'enfouis dans mon sac et remerciai sincèrement le commerçant.

Je quittai la boutique sous une pluie violente, si bien que j'arrivai trempée à *Simsalabim*. Je découvris Gwen en équilibre sur un escabeau, une pile de livres sous un bras, se raccrochant au garde-corps de l'autre.

— Oh mince ! m'écriai-je.

J'attrapai de justesse les quelques bouquins qui allaient tomber et les posai sur le comptoir.

Gwen souffla.

— Je ne m'en sors pas. Il y en a tellement ! Regarde-moi cette pagaille !

Elle désigna la pièce de la main.

Devant l'étendue des livres étalés sur le sol, j'eus presque le tournis. Mais j'étais là pour aider, alors...

— Je commence par quoi ?

— Tu vois l'armoire derrière toi ?

Elle désigna du doigt une étagère pleine à craquer d'ouvrages ésotériques. Après qu'elle m'eut expliqué en quoi consistait ma mission, je m'affairai, parfaitement consciente d'en avoir pour une éternité...

Deux heures plus tard, je cataloguais les manuels sur les vampires, les esprits vengeurs, les griffons et autres créatures merveilleuses – ah oui, j'allais oublier les indispensables *Comment relever un mort ?* ou *Quel âge avez-vous en lunes rousses et quelles en sont les répercussions* ? C'est alors que je tombai sur un bouquin qui me fit lever les yeux au ciel : *L'ange démoniaque*.

— Quoi ? demanda Gwen.

Je lui tendis le titre en question.

— Comment peut-on être à la fois ange et démon ? C'est paradoxal, non ?

— Pas du tout.

— C'est marrant, mais j'étais sûre que tu me répondrais ça.

— Satan est bien un ange déchu.

— C'est vrai. Ce livre est en rapport avec lui ?

— Pas vraiment.

— Ah, tu vois !

Je fis rire Gwen. Elle s'essuya le front du revers de la main et s'étira. Elle était épuisée.

— On fait une petite pause ? Un thé, ça te dit ?

Elle prit l'ouvrage et se leva pour se diriger dans l'arrière-boutique. Je la suivis.

Nous nous lavâmes les mains ; Gwen remplit la bouilloire pour nous servir deux grands mugs et s'assit à côté de moi, le livre devant elle.

— Alors, ce bouquin, c'est quoi ? demandai-je en le montrant du menton.

— Tu souhaites que je te raconte ?

Je haussai les épaules.

— Puisque tu l'as pris avec toi.

— Étonnant ! s'exclama-t-elle, ravie.

— Hum... Et puis comme je sais que tu dois avoir un avis hallucinant sur la question, je ne veux pas rater ça.

Elle se contenta de me sourire avec espièglerie.

— Les anges démoniaques sont des créatures surnaturelles tout à fait à part. Ils sont entourés de légendes extraordinaires, à tel point qu'on n'est pas vraiment sûrs de leur véritable origine. L'histoire la plus courante raconte qu'ils sont à moitié vampire, à moitié stryge.

— Stryge ? Qu'est-ce que c'est ?

— Des êtres issus de la mythologie romaine. On les classe dans la catégorie des démons ou des sorcières. Bien qu'elles soient totalement différentes, elles sont souvent confondues avec les sirènes qui sont représentées de la même manière, c'est-à-dire, tantôt avec une tête d'oiseau et un buste de femme, tantôt l'inverse. Et parfois, elles sont entièrement humaines, mais avec d'immenses ailes noires. On raconte qu'elles sont capables de changer de visage au gré de leurs envies.

— Qu'ont-elles de particulier ?

— Elles sont reconnues comme des enchanteresses. Leur voix harmonieuse charme quiconque ayant l'imprudence d'écouter leurs chants. Celui qui les entend oublie tout : père, mère, enfants. Il devient une proie facile, soumise. Les stryges sont cruelles, redoutables, agiles, rapides et assoiffées de sang humain.

» Elles étaient craintes de tous à l'époque romaine, on prenait très au sérieux leur existence. Elles auraient enlevé des bébés pour s'abreuver de leur sang et se repaître de leur chair. Ovide raconte dans son Livre IV des *Fastes* qu'elles étaient voraces, avec une tête énorme, des yeux fixes et un bec aiguisé. Il dit qu'elles déchiraient les entrailles de ceux qui se nourrissent de lait, qu'elles aimaient s'enivrer de sang humain, qu'elles épouvantaient la nuit de leur cri sinistre.

» Les populations redoutaient leur courroux et protégeaient leurs enfants avec toutes sortes d'incantations. Même s'ils n'en avaient jamais vu, ils savaient comment les tuer. Elles devaient être prises sur le fait, car concentrées sur leur proie, elles étaient plus faibles. Il fallait ensuite les brûler vives et manger leur chair pour dissuader les autres de revenir. Épatant hein ? s'enthousiasma Gwen.

— Quelles charmantes créatures ! Et elles auraient conçu les anges démoniaques avec les vampires ?

— C'est ce que raconte la légende. Et contrairement aux stryges, les vampires sont immortels et possèdent une apparence anthropomorphique. Ils sont d'une grande beauté, eux aussi, et se repaissent du sang des vivants – le nôtre ayant leur préférence –, mais parfois, dans des cas extrêmes, ils peuvent user de nourriture, disons... plus traditionnelle.

» À l'instar des stryges, ils ont la capacité de manipuler l'esprit de l'Homme. D'un simple regard, ils envoûtent leur proie qui tombe dans leurs bras sans violence, entièrement consentante.

— Comme c'est pratique ! me mis-je à rire.

— Oui, continua-t-elle avec sérieux, les vampires sont des prédateurs exceptionnels. Ils sont dotés de sens très développés, d'une force incommensurable, et peuvent se déplacer à une allure prodigieuse. Comme si subjuguer l'Homme ne leur suffisait pas à se sustenter !

— Finalement, ces deux créatures se ressemblent beaucoup, non ?

Gwen reprit une longue gorgée de thé.

— On peut dire ça. C'est même la raison pour laquelle ils sont parvenus à s'entendre, argua-t-elle en tapotant la couverture du livre.

— Je suis tout ouïe, Gwen, m'amusai-je.

— Il y a plusieurs milliers d'années, un vampire mâle en quête de nourriture errait sur les bords d'un lac aussi grand que le Titicaca. Il fut attiré par les effluves de sang qui se répandaient jusque de l'autre côté de la rive. Pourvu d'un odorat exceptionnel, le vampire n'eut aucun mal à repérer d'où venait ce parfum si enivrant.

» Tandis qu'il pensait découvrir le résultat d'un sacrifice humain ou d'un meurtre, il tomba nez à nez avec la créature la plus belle qu'il eut jamais vue. Plus encore que toutes ses congénères. Une femme dotée de traits délicats et gracieux, d'un corps à couper le souffle et arborant au sommet de son dos deux magnifiques ailes noires aux plumes chatoyantes. Une stryge.

» Le visage maculé du sang qu'elle avait bu, et nullement apeurée, elle fixa avec intensité le nouveau venu. On dit qu'il en tomba immédiatement amoureux. Oubliant la faim qui le torturait depuis des jours, il se jeta à ses pieds et la courtisa jusqu'à ce qu'elle accepte d'être sienne, usant de tous les charmes offerts à sa splendide existence. La stryge se donna passionnément au vampire, sans aucune retenue. Indépendante et cruelle, elle finit néanmoins par le tuer, telle une mante religieuse. Elle lui arracha la tête et but jusqu'à la dernière goutte de son sang glacé, s'en délectant comme d'un met délicieux.

» De cette union éphémère naquit un enfant aussi beau qu'un ange, et aux pouvoirs exceptionnels. De sa mère, il hérita de ses ailes noires magistrales et de ses redoutables serres, mais contrairement à elle, il savait rétracter ses attributs jusqu'à ce qu'ils soient totalement invisibles, lui permettant de se fondre parmi les nôtres. Il pouvait voler sans jamais ressentir la fatigue et, comme sa génitrice, il était capable de changer de visage selon son gré.

» De son père, il hérita presque tout. Son immortalité, sa rapidité, sa force prodigieuse, ses sens surdéveloppés, son charme dévastateur, son implacable beauté, ses dents acérées et son goût pour le sang humain. C'était un être exceptionnel, plus encore que ses parents eux-mêmes. Mais sa cruauté n'avait pas d'égal. On raconte qu'après être sorti des entrailles de sa mère, il a secoué ses ailes humides pour les sécher, et s'est jeté sur elle afin de la dévorer, se fortifiant de son premier festin. Ainsi est né le premier ange démoniaque.

— Charmant ! m'exclamai-je, rebutée par la fin de l'histoire.

Gwen éclata de rire.

— Tous les contes ne sont pas aussi beaux que celui de Cendrillon, hein ?

— En effet, grommelai-je. Et ce bouquin, sur quoi se fonde-t-il, exactement ?

— Essentiellement sur des légendes. Il semblerait que ces créatures soient extrêmement rares et bien moins nombreuses que les vampires.

— Tu y crois, toi ?

Question à mille euros… je connaissais la réponse. Gwen me décocha un clin d'œil.

Évidemment…

Je m'emparai de l'ouvrage et ouvris la première page. Elle y contenait une annotation.

À l'ange noir, sublime et envoûtant…
Celui que je voudrais être.

— L'ange noir ? demandai-je.

— C'est l'un des nombreux noms que l'on donne à l'ange démoniaque. C'est écrit plus loin.

— D'accord. Tu crois que ce mec avait conscience de ce qu'il faisait en dédiant son livre à une telle créature ? rigolai-je en le feuilletant.

— Au contraire, c'est peut-être une assurance vie… qui sait ?

Je tournai les pages et lus la liste des différentes appellations attribuées à l'ange démoniaque.

L'ange noir
Le diable noir
Le vampire ailé
Le démon ailé
L'écorcheur
Exploiteur
Souffleur de vie

Exploiteurs, Souffleurs de vies… Mon sang ne fit qu'un tour. Ne s'agissait-il pas, mot pour mot, des noms qu'avait évoqués Jamie lorsqu'il parlait d'ennemis ancestraux ? Bien sûr que si. Ça ne faisait aucun doute.

— Je peux te l'acheter, ce bouquin ? demandai-je à Gwen.

Elle écarquilla les yeux.

— Toi ? Tu rigoles ?

— Non. J'ai trouvé l'histoire intéressante, mentis-je.

— Hannah Jorion, grande rationaliste devant l'Éternel se procurerait volontairement un deuxième livre sur le monde occulte ? Je suis sciée ! s'exclama-t-elle. Pour la peine, je te l'offre.

— Non, non, protestai-je. Je veux le payer.

— Sûrement pas ! Ce sera mon cadeau de Noël.

— Mais moi je n'en ai pas pour toi, geignis-je.

— Tu plaisantes ! Cela va bientôt faire trois heures que tu me prêtes main-forte. Ça vaut tous les cadeaux du monde ! Accepte ce livre, s'il te plaît.

Je la gratifiai d'un grand sourire.

— C'est d'accord. Je te remercie.

Une heure et demie plus tard, nous avions bouclé l'intégralité de l'inventaire. J'avais tellement fixé le calepin des références bibliographiques que mes yeux semblaient sur le point de sortir de leurs orbites. Je n'étais pas mécontente qu'on ait terminé. Il pleuvait toujours, mais j'avais l'après-midi devant moi. J'avais l'intention de consulter le livre.

Comme je n'avais pas envie de rentrer immédiatement, je décidai de passer un moment chez *Broadman*, le salon de thé juste en face de *Simsalabim*. Je m'installai à une table et commandai un chocolat chaud accompagné d'un cookie aux noix de pécan. J'ouvris mon bouquin afin d'en apprendre un peu plus. Malheureusement, le sommaire ne proposait que la lecture de légendes où les garous ne semblaient apparaître nulle part. Mais pour une raison que je n'expliquais pas, l'idée que les Exploiteurs et les membres du Cercle ne faisaient peut-être qu'un m'effleura. Après tout, Leith et Jamie ne les aimaient pas et, à mon goût, ils en faisaient un peu trop à leur sujet. De fait, il y avait forcément un motif sérieux. Sans compter que je n'oubliais pas la remarque de Leith à propos de Minah : « Elle sait manipuler les esprits comme personne. » Il s'était vite repris, mais ça cachait quelque chose.

J'avais sans aucun doute déjà assisté à bien des étrangetés, je n'aurais donc pas dû être surprise par mon affolant rapprochement, sauf qu'une part de moi-même se demandait s'il était bien raisonnable de penser cela.

Les membres du Cercle étaient certes assez spéciaux, mais de là à les assimiler à des vampires ailés. Des vampires tout court, d'ailleurs... Rien que l'idée était absurde. À ma connaissance, bien que celle-ci soit maigre, les vampires n'étaient-ils pas supposés ne sortir que la nuit ? Sans compter que voir des immortels s'embêter à fréquenter l'université était totalement grotesque. Qui serait suffisamment fou pour s'infliger un tel supplice ? Les accros aux disserts ? Ridicule.

Je fouillai dans mon sac pour attraper mon téléphone portable et appeler Leith. Il aurait forcément une explication à me donner... ou un « On en reparlera plus tard ». Hum... C'était même ce qu'il me rétorquerait à coup sûr. Je décidai finalement d'attendre qu'on se voie la semaine prochaine pour en parler sur le chemin du retour. Face à face, je saurais me rendre particulièrement persuasive pour obtenir une réponse.

Bon sang, ce que ça allait être long !

Je soupirai en croquant enfin dans mon cookie et mâchai distraitement. Je ne m'étais encore jamais demandé si les vampires existaient. Pas plus que les loups-garous d'ailleurs, du moins... avant de rencontrer Leith.

Déroutée, je bus les dernières gorgées de mon chocolat et rassemblai mes affaires avant de quitter le salon de thé.

***

Le lendemain, une frénésie joyeuse avait envahi chaque membre de la famille. Nous étions le soir du réveillon de Noël. Traditionnellement, mon père et moi avions l'habitude de décorer le sapin peu de temps avant le repas. La pendule affichait à peine dix-neuf heures, et je n'étais pas encore habillée lorsqu'il arriva avec la malle aux trésors.

— Mais il est bien trop tôt ! protestai-je.

Il me décocha un clin d'œil.

— Monte rejoindre ta mère, elle t'attend. Je patienterai.

— Tu as intérêt !

Je grimpai les marches quatre à quatre et la retrouvai dans sa chambre.

— Ah, te voilà ! Tiens, je voudrais que tu portes cette robe, ce soir, m'enjoignit-elle en me tendant une housse de protection pour vêtement.

Je l'examinai avec curiosité.

— Tu mettras mes escarpins, ceux-là, ajouta-t-elle, désignant une paire de chaussures avec des talons si hauts que je ne donnais pas cher de mon équilibre.

Je fis la moue.

— Oh, Maman, je ne pensais pas faire de chichis.

— Tut, tut... C'est Noël ! Tu ne discutes pas et tu t'habilles ! Dépêche-toi, les Cameron ne vont pas tarder.

Sur ce, elle quitta la pièce.

John et Margaret Cameron, les amis de la famille, n'auraient sans doute pas été offusqués si j'avais enfilé une tenue plus simple. Je soupirai et filai dans la salle de bains. Après ma douche, j'ouvris la housse et découvris la fameuse robe. Noire, souple, s'arrêtant probablement au-dessus des genoux et doublée d'une fine dentelle, son bustier était incrusté de délicates perles de rocaille et de strass aussi translucides que du cristal, un pan de soie enserrait le dessous de la poitrine et retombait de côté en un drapé vaporeux. Bien que très sophistiquée, elle était superbe.

Je l'enfilai tant bien que mal, élaborai un chignon à peu près potable et, pour l'occasion, je me permis une légère touche de maquillage.

Lorsque je fus prête, je descendis l'escalier en prenant soin de ne pas me tordre la cheville et regagnai le salon. Là, je constatai l'infâme trahison de mon père. Il avait osé accrocher une boule rouge sur le sapin sans moi !

Quand je toussotai, il se tourna et siffla d'admiration.

— Eh bé ! C'est qu'on est carrément bien entourés, ce soir. Tu es splendide, ma fille.

Je fis mine de ne pas remarquer que lui aussi était particulièrement bien apprêté – pour l'occasion, il avait revêtu un smoking noir –, et pointai du doigt l'arbre de Noël.

— Tu as osé le profaner avant que j'arrive.

— Il m'a supplié, s'expliqua-t-il en riant.

Je souris et m'approchai pour lui embrasser la joue.

— Les Cameron seront bientôt là ?

— Oui, on a juste le temps de décorer le sapin.

Il nous fallut à peine quarante-cinq minutes pour tout terminer. Du rouge, du noir, de l'orangé, du blanc… Et au sommet, nous avions remplacé la traditionnelle étoile par un immense papillon doré. C'était grandiose.

Pendant que mon père aidait à la cuisine, je décidai de monter à l'étage afin de récupérer les cadeaux stockés dans la bibliothèque. J'avais fait plusieurs allers-retours et j'installais méthodiquement les paquets au pied du sapin lorsque la sonnette retentit. Je me précipitai et ouvris la porte pour accueillir John et Margaret.

— Bienvenue ! m'exclamai-je avec un large sourire.

Lequel se figea instantanément.

— Joyeux Noël, Hannah.

Je battis des cils.

— Leith…

Mon petit ami se pencha calmement et m'embrassa. J'étais parfaitement immobile, incapable de bouger.

Je n'en croyais pas mes yeux, la bouche béante de stupéfaction.

— Tu vas vraiment finir par me faire mourir, souffla-t-il en admirant ma tenue, le regard pétillant d'un désir qui ne m'échappa pas.

Lui aussi était magnifique, vêtu d'un smoking noir du même genre que celui de mon père, mais qu'il portait un milliard de fois mieux que lui.

— Tu devrais fermer la bouche, me recommanda-t-il en souriant. Il y a encore des insectes en cette saison.

— C'était prévu depuis le début ? parvins-je à demander.

Il opina.

— Mince alors...

Il rit doucement.

— Tu crois que je peux entrer ? Ou tu me condamnes à passer le réveillon sur le perron ?

— Oh... je suis désolée. Bien sûr, viens.

Tandis que je m'effaçais sur le côté, j'aperçus les phares d'une voiture. Cette fois, il s'agissait bien des Cameron.

— Mon Dieu, Hannah, s'exclama John lorsqu'ils nous eurent rejoints. Tu ressembles à une véritable égérie de haute couture ! C'est l'amour qui te rend si jolie ?

Je piquai aussitôt un fard.

Leith, toujours derrière moi, posa une main sur mon épaule.

— Bonsoir, jeune homme ! le salua John.

— Monsieur...

— Appelle-moi John. Tu es Leith, c'est ça ?

Leith, John et Margaret n'étaient pas de parfaits étrangers, ils avaient eu l'occasion de se rencontrer lors de ma fête d'anniversaire l'été précédent.

— Oui, c'est ça, répondit-il poliment.

— Je suis très heureux de voir notre petite Hannah en si bonne compagnie, ajouta-t-il uniquement pour me faire rougir davantage.

Leith se contenta de hocher la tête, histoire de ne pas m'embarrasser plus que je ne l'étais déjà, et recula pour laisser passer John.

— Joyeux Noël, Hannah, dit Margaret en me serrant contre elle. Tu es ravissante.

Puis elle se tourna vers Leith.

— Je me souviens de vous, l'informa-t-elle en lui tendant la main avec un regard mutin. Je suis Margaret.

Après, elle se pencha pour me susurrer.

— Remarque, avec un physique pareil, je ne vois pas comment j'aurais pu faire autrement.

Le sourire aux lèvres, je refermai la porte derrière eux tandis qu'ils se dirigeaient vers mes parents.

— Leith, si tu veux bien te donner la peine, l'invitai-je d'un ton révérencieux tout en lui montrant le salon.

Oubliant que nous n'étions pas tout à fait seuls, il me prit vigoureusement par la taille pour me soulever à hauteur de son visage.

— Tu sais, Hannah, glissa-t-il à mon oreille dans un murmure, jamais expression n'a été aussi vraie : je te mangerais toute crue !

Un peu plus tard dans la soirée, j'attirai Leith dans l'escalier dans l'intention de nous enfermer dans ma chambre. Je voulais lui offrir son cadeau sans les yeux voraces de ma famille posés sur nous.

— Enfin seuls ! soufflai-je en m'asseyant sur mon lit.

Les paupières à demi closes, il observa la pièce tout en se mordant les lèvres. Mon cœur battait la chamade, je lui aurais bien sauté dessus pour le couvrir de baisers. Je m'en abstins et me penchai vers la table de nuit pour ouvrir le tiroir, puis je m'emparai du petit étui de velours que j'enfermai dans mon poing. Lorsque je me tournai vers lui, il fouillait dans la poche intérieure de sa veste de smoking. L'instant d'après, il me tendait un ballotin rouge. J'en demeurai interdite.

— Tu... tu m'as fait un cadeau ? Mais... tu trouvais ça inutile.

Il sourit.

— Il faut croire que j'ai changé d'avis.

J'examinai avec attention l'étui qu'il tenait encore et pouffai. Leith fronça les sourcils.

— Qu'est-ce qui te fait rire ?

Sans répondre, j'ouvris la main et révélai un sachet identique. Il s'esclaffa à son tour.

— On a eu la même idée, on dirait.

— L'artisan a dit que les pièces étaient uniques, arguai-je.

— Je n'en doute pas, m'assura Leith avec un sourire en coin.

Nous entreprîmes de déchirer délicatement les papiers cadeaux et, sans surprise, nous en sortîmes chacun une petite bourse rouge. Leith attendit pour ouvrir la sienne.

— Toi d'abord.

Je tirai sur la cordelette et renversai le pochon pour en faire tomber le contenu dans ma paume. C'était un bijou en bronze. L'émotion s'empara de moi et je restai muette de saisissement. Il s'agissait d'un pendentif très proche de celui que j'avais choisi pour Leith. Une femme aux longs cheveux était assise nue, les bras enroulés autour de ses genoux. À côté d'elle, un loup reposant sur ses pattes arrière veillait.

Je l'adorais.

— C'est magnifique, murmurai-je, au bord des larmes.

Leith ouvrit le sien et sourit jusqu'aux oreilles.

— Quoi ?

— J'ai longuement hésité entre les deux. M. Culloch, le propriétaire, est un très vieil ami de la famille. Je lui ai demandé de réaliser un pendentif sur ce thème, expliqua-t-il en désignant les bijoux. Il en a fabriqué deux. J'ai choisi celui en bronze parce que je pensais qu'il irait merveilleusement bien avec la couleur de tes cheveux.

Il enroula une de mes boucles autour de son doigt avant de la faire retomber sur mon épaule.

— Je suis très heureux que tu m'aies offert le deuxième, Hannah. Je l'aime beaucoup.

Puis il s'empara de mon pendentif.

— Tourne-toi.

Je m'exécutais tandis qu'il glissait le bijou au creux de ma poitrine. Il noua le lien et m'embrassa doucement dans le cou.

— Il est fait pour toi...

Il me fit pivoter et baissa la nuque pour me permettre d'attacher le sien. Lorsque ce fut fait, il desserra son nœud papillon, ouvrit les deux premiers boutons de sa chemise et cacha la miniature.

— Ce M. Culloch... c'est un garou, n'est-ce pas ? demandai-je pour dissiper un doute.

Leith hocha la tête.

— Tu te sens encerclée, pas vrai ?

Je souris.

— Culloch a dû être surpris par ta requête, observa-t-il.

Je haussai les épaules en songeant à notre entrevue.

— Je crois que oui.

— S'il l'était, c'est parce que tu es le personnage féminin des pendentifs, et je serais prêt à parier qu'il t'a reconnue.

J'écarquillai les yeux.

— Moi ?

— Eh bien oui, qui d'autre ? pouffa-t-il.

J'attrapai le bijou pour mieux le détailler. La jeune femme avait des cheveux longs, certes, mais son visage était volontairement effacé. Difficile de me comparer à elle. Sans compter qu'elle était nue...

— Je t'ai décrite à la perfection, tu ne trouves pas ? argua-t-il d'un air mutin tout en faisant glisser sur moi un regard perçant.

J'avalai ma salive comme si de rien n'était.

— Si tu le dis...

Il approcha son visage du mien et plongea dans mes yeux.

— Je l'affirme.

Quelques secondes silencieuses s'écoulèrent pendant lesquelles j'imaginai, malgré moi, toutes les façons possibles qu'il aurait eues de le vérifier. Puis j'orientai sagement mes pensées dans une autre direction.

— Forgeron, c'est un métier peu banal.

Amusé, Leith sourit.

— C'est exact. Tu te souviens que je t'ai dit que beaucoup de Lupi étaient médecins ?

— Oui.

— Eh bien, bon nombre sont également forgerons. Il y a une vieille légende à ce sujet. Juste avant *Mór-Cogadh*, la grande guerre qui a séparé les deux communautés garolles, Fillan, mon ancêtre, a demandé une faveur aux dieux. En échange de dix ans de sa vie, et afin de se battre d'égal à égal contre Angus qui possédait une puissante armée, il aurait exigé qu'on offre à quelques forgerons lupi le talent de fabriquer des armes indestructibles. On raconte même que c'est la raison pour laquelle Angus a accepté le traité de paix. Il aurait eu peur de ne plus être assez fort pour vaincre l'ennemi. Ce n'est sans doute qu'une légende, toujours est-il que les forgerons lupi font partie d'une caste ancestrale et qu'ils savent manier le fer comme personne.

— Et pas que le fer, constatai-je en désignant mon pendentif en bronze.

— Et pas que les armes. Une autre histoire affirme qu'ils sont capables d'ensorceler les objets métalliques qu'ils façonnent, leur concédant un pouvoir particulier. Protection, envoûtement, chance, etc.

Je battis des cils.

— Et tu y crois ?

— Certainement ! Par ailleurs, celui autour de ton cou a une faculté très, très spéciale.

Je secouai la tête de droite à gauche.

— Mais non...

— Mais si, prétendit Leith en plissant les paupières.

J'émis un reniflement amusé et arquai un sourcil.

— Et lequel ?

— Celui de t'empêcher de remettre des pantalons !

Je soupirai.

— Idiot !

— Ben quoi ? On peut toujours rêver...

Je me levai et lissai la robe de mes paumes.

— Allons-y, ma famille doit se demander ce que nous faisons.

— Ou pas..., me taquina Leith avec un clin d'œil.

Je jetai un regard au plafond, puis nous retournâmes en bas.

Leith rentra chez lui bien après une heure du matin. Nous nous reverrions dans moins d'une semaine pour repartir à St Andrews. J'avais tellement hâte.

Avant de me coucher, j'aidai mes parents à ranger le salon et raccompagnai ma grand-mère dans sa chambre.

— Vous semblez très épris, fit-elle remarquer alors que nous montions les escaliers.

— Nous le sommes, confirmai-je dans un souffle.

— Lui as-tu révélé mon petit secret ?

— Bien sûr que non !

L'été dernier, Elaine m'avait confié que le grand-père de Leith et elle étaient tombés éperdument amoureux. Je lui avais promis de ne pas en parler à Leith, et jusqu'alors, j'avais tenu parole.

Elle soupira profondément.

— Je pense que tu peux le faire.

Je l'observai tandis que nous longions le couloir jusqu'à la porte de sa chambre.

— Mais pourquoi ?

— Peut-être parce qu'il est un peu mon petit-fils, désormais.

Si seulement elle avait pu voir ma tête. J'étais bouleversée.

— Allez, file ! m'ordonna-t-elle en m'embrassant sur la joue. Je suis épuisée.

Je lui rendis tendrement son baiser et ouvris le battant pour lui permettre d'entrer.

— Je t'aime, grand-mère.

Elle me tapota affectueusement le bras.

— Moi aussi, ma petite-fille. Moi aussi...

Chapitre 9

St Andrews est une zone neutre.

— À cette allure, on ne sera pas arrivés avant demain ! gronda Leith.

Nous étions partis depuis presque deux heures et nous n'avions parcouru que quatre-vingts kilomètres. La pluie verglaçante et le vent nous empêchaient de rouler à une vitesse normale, sans compter que les conducteurs devant nous n'étaient pas tous équipés d'un 4 x 4 comme Leith.

— Regarde-moi ces abrutis qui pédalent dans la semoule. Je déteste ce fichu temps ! rugit-il de plus belle.

Puis il agrémenta sa colère d'un bon coup de klaxon.

J'écarquillai les yeux.

— Ils font ce qu'ils peuvent, Leith, tentai-je de le calmer. Tu as peur de rater un rendez-vous ?

Il soupira.

— Je dois retrouver la Meute ce soir à vingt heures.

— C'est si problématique que ça si tu es en retard ?

— Non... probablement pas, admit-il en se passant une main dans les cheveux.

Je détachai ma ceinture de sécurité et me penchai pour lui embrasser la joue. C'est ainsi que ma mère s'y prenait pour apaiser mon père lorsqu'il était au volant. Ça eut l'air de fonctionner sur Leith, puisqu'il se tourna vers moi et sourit.

— Excuse-moi, je ne sais même pas pourquoi je m'emporte. Discutons un peu. Parle-moi pour que je me concentre sur autre chose que cette maudite pluie.

Je ne réfléchis pas plus de deux secondes avant de trouver un sujet de conversation. Pas le meilleur, toutefois.

— Le Cercle.

Il fronça les sourcils à s'en créer des rides à vie.

— Si c'est pour parler d'eux, je préférerais qu'on s'abstienne.

Je haussai les épaules.

— Tu voulais qu'on discute. Discutons du Cercle.

Il me regarda furtivement.

— Que veux-tu savoir ?

Je ne passai pas par quatre chemins.

— Ils sont ce qu'on appelle des Exploiteurs ?

À en croire ses mains crispées sur le volant, j'avais visé juste.

— Jamie a dit qu'ils étaient les ennemis ancestraux des loups-garous. C'est vrai ?

— C'est vrai.

— Il s'agit bien du Cercle, donc ?

— Oui, siffla-t-il entre ses dents.

Je m'y attendais tellement que je fus presque sans réaction.

— Je les trouvais excentriques, mais pas à ce point...

Leith laissa échapper un rire cynique.

— Tu ne croyais tout de même pas que je ne voulais pas que tu les fréquentes juste parce que leurs têtes ne me revenaient pas ?

Je décidai d'ignorer le ton sarcastique qu'il avait pris.

— Parle-moi d'eux. Qu'est-ce qu'un Exploiteur, exactement ?

— N'as-tu pas déjà eu cette conversation avec Gwen ? rétorqua-t-il platement.

Je me renfrognai.

— Si. Toutefois, j'ai du mal à admettre qu'ils puissent être ce qu'ils sont.

— Et moi, comment puis-je être ce que je suis ? persifla-t-il. Il n'y a rien à expliquer, ils sont ce qu'ils sont !

La moutarde commençait à me monter au nez, mais je préférai garder mon calme.

— Les vampires ne sont-ils pas supposés ne sortir que la nuit ? Ne craignent-ils pas le soleil ?

Il conserva le regard fixé sur la route.

— Non, pas ceux-là.

— Sont-ils dangereux ?

— Pas du tout, ce sont des anges ! cingla-t-il.

Je pris une profonde inspiration.

— Leith, est-il possible d'avoir une discussion avec toi sans que tu fasses preuve de condescendance ? Si pour toi cette situation n'a rien d'extraordinaire, ça l'est pour moi.

Il soupira longuement et posa doucement sa main sur mon genou.

— Excuse-moi, Hannah. Je suis très irrité. S'ils n'avaient pas été aussi intéressés par toi, tu n'en aurais jamais entendu parler.

— Justement, pourquoi se sont-ils penchés sur mon cas, à ton avis ? Sûrement pas à cause de la couleur de mes cheveux, comme tu l'as prétendu la première fois.

D'autant que maintenant que je savais ce qu'ils étaient réellement, je trouvais ça carrément effrayant.

— Peut-être parce que tu es la petite amie d'un loup-garou et qu'ils trouvent ça très amusant, grinça Leith.

— Ils tuent ? Gwen m'a raconté que les Exploiteurs se nourrissaient de sang humain.

— C'est leur préférence, mais ils peuvent s'alimenter autrement. Et non, pour répondre à ta question, en théorie, les membres du Cercle ne tuent pas. Cela fait partie des obligations auxquelles ils se plient.

— Lesquelles ?

— St Andrews est une zone neutre que nous nous engageons à respecter. Personne ne doit y être tué. Ni Hommes, ni loups, ni vampires ailés. L'histoire raconte que la ville a été fondée sur une terre sacrée par un Humain, un loup-garou et un ange noir. Ils ont tous les trois signé un accord établissant que nos trois races devaient vivre en paix.

— Mais cela n'empêche pas les confrontations…

— Non, en effet. Darius essaie de me faire sortir de mes gonds avec toi. Rien ne lui fait plus plaisir que me provoquer.

Il se pressa l'arête du nez.

— Ce n'était pas du tout prévu que Georgia et moi participions aux visites de la ville. C'est complètement par hasard que j'ai appris que vos excursions seraient organisées par Minah et Darius. Je n'allais pas te laisser te fourrer dans un tel guêpier. Je me suis arrangé pour qu'on soit choisis.

Il serra un peu plus fort le pauvre volant.

— Les anges noirs sont-ils nombreux à St Andrews ?

Il acquiesça.

— Bien plus que nous, oui.

— Pourquoi sont-ils vos ennemis ?

— Il y a une vieille légende à ce sujet, à laquelle je n'accorde aucun crédit.

— Je t'écoute.

— Les Exploiteurs se seraient liés aux sorcières pour soumettre les loups-garous. Fatigués de voler, ils leur auraient demandé de nous jeter un sort qui nous aurait obligés à devenir des montures. Leurs montures. En contrepartie, les anges noirs protégeraient les sorcières des Humains qui les brûlaient massivement.

— Et ta version ?

— Nous les détestons parce que ce sont des êtres fourbes. Ils enrôlent leurs victimes, les poussent à être des serviteurs, de simples objets. Et quand ils n'en ont plus besoin, ils sucent leur sang jusqu'à la dernière goutte. Certes, les membres du Cercle ne tuent pas, eux, mais le vice coule dans leurs veines.

Je frissonnai.

— Ils sont immortels ?

— Disons qu'ils ont des failles, mais pas assez à mon goût. Ils peuvent vivre des millénaires.

— Comment font-ils pour « s'agrandir » ? Ils mordent ?

Je prononçai ce dernier mot dans un souffle. Seuls les quelques clichés que je connaissais sur les vampires me permettaient d'émettre une telle hypothèse. Instinctivement, je portai la main à ma gorge. Leith suivit mon geste des yeux.

— Détrompe-toi, Hannah, ce n'est pas par la gorge qu'ils contaminent quelqu'un, mais par le cœur.

— Le cœur ?

— Oui, c'est plus rapide.

— Mais c'est horrible ! m'exclamai-je spontanément.

Il écarquilla les yeux.

— Quoi donc ? Qu'ils choisissent le cœur plutôt que la gorge ?

— Non ! Ce qu'ils font.

— C'est pour ça que nous les détestons, Hannah. Nul n'a le droit de voler la vie d'un être humain ainsi.

— Et si celui-ci est consentant ?

— Consentant ?

Il ricana.

— Le pauvre bougre qui tombe dans les mailles de leurs filets ne se rend compte de rien ! Il est consentant avant même de le savoir lui-même !

— Ils le manipulent ?

— Qu'est-ce que tu crois ? Qu'ils lui font signer un contrat en bonne et due forme ?

— Le Cercle a les mêmes pratiques ?

— C'est très rare, admit Leith, mais parfois, ils croisent quelqu'un qui les intéresse et ils en font l'un des leurs.

Je déglutis…

— Y a-t-il déjà eu des dérapages ? Des morts ? De véritables morts, je veux dire.

— Pas depuis des années. Mais il y a cette histoire… Un étudiant mort après avoir été mordu. L'Exploiteur qui a voulu le changer n'a pas su se retenir, il l'a presque vidé de son sang.

— Mon Dieu !

— C'était il y a longtemps. Mais ne sois pas surprise, Hannah, ça arrive beaucoup plus souvent que tu ne le crois, même si St Andrews en est rarement témoin. Il existe des lieux où les anges noirs sont rois, et où ils traitent les tiens comme de la viande. Mais de temps en temps, on est chanceux. On apprend qu'un homme ou une femme a été retrouvé décapité. Un vampire.

— Leith, tu me flanques vraiment la trouille. Sont-ils forts ? Aussi forts que vous, s'entend.

— Parfois davantage. Plus ils sont vieux, plus ils sont solides, puissants et expérimentés.

J'avalai ma salive bruyamment.

— Les anges noirs savent-ils vraiment voler, comme le dit la légende ?

Il hocha la tête.

— Les as-tu déjà vus faire ?

— Oui.

— Comment sont-ils ?

Il m'offrit un sourire crispé et répondit au bout de quelques secondes.

— Nul n'est plus majestueux qu'eux dans les airs.

Je laissai passer quelques secondes et revins à la charge.

— Pourquoi vont-ils à l'université ? À quoi ça leur sert ?

Leith rit pour la première fois depuis que nous avions commencé cette conversation.

— C'est une véritable question existentielle, dis-moi ! Bon, je t'explique. Leur intérêt n'est pas de se faire remarquer, mais de se fondre dans la masse, de vivre comme n'importe qui. L'université fait partie de ces choses que les Hommes font. Si l'Exploiteur est jeune, il lui sera plus difficile de s'intégrer ni vu ni connu dans un milieu de retraités. Tu vois ce que je veux dire ?

Je lui fis signe que oui.

— Certes, mais il ne peut pas revenir éternellement. Au bout d'un moment, on va trouver ça louche, non ? Il fait quoi ? Il s'inscrit ailleurs et commence une autre « vie » ?

Leith sourit.

— Ou pas.

Je levai un sourcil et repensai à ce que Gwen m'avait raconté.

— Ils ne changent quand même pas de visage ? Ce n'est pas la vérité ce truc, si ?

À en croire l'expression de Leith, ils en étaient vraiment capables.

— Mais… comment font-ils une chose pareille ? C'est impossible !

— Tu poses trop de questions, Hannah, je n'en sais fichtrement rien. Écoute, on va s'arrêter un peu, si tu veux bien. Là, décida-t-il en désignant un pub au bord de la route. Tu dois avoir faim.

Ce n'était pas franchement le cas. Et avec tout ce que j'avalais depuis une heure, je n'étais pas près d'avoir la fringale.

— Sans compter que Mathy dit que tu n'as que la peau sur les os, ajouta-t-il d'un air mutin.

— Mais ce n'est pas vrai !

— T'inquiète pas, moi je la trouve jolie, ta peau, affirma-t-il avec un clin d'œil.

Le pub ressemblait à tous les autres, une forte odeur de graillon en plus.

Nous nous installâmes à une table, une petite dame d'une soixantaine d'années nous apporta la carte. Je n'avais envie de rien, mais je choisis tout de même une salade verte pour accompagner Leith, qui commanda un gigantesque steak bien saignant.

— Il t'arrive de chasser sous ta forme de loup ? demandai-je tout à trac tandis qu'il enfournait un morceau de viande.

Il manqua s'étouffer avant de pouffer de rire.

— Honnêtement ? Non. Je n'ai jamais faim à ce point.

— Mais tu le pourrais ?

— Oui, c'est dans mes gènes.

— Tu pourrais tuer Bambi ? me révoltai-je.

— Sans aucun problème, mon chou.

J'étais scandalisée.

Je me raclai la gorge et m'humidifiai les lèvres.

— Je peux revenir à mon questionnement sur les anges noirs ?

Il poussa un long soupir.

— J'espère qu'ils ne seront pas notre seul sujet de conversation à l'avenir...

Je papillonnai exagérément des cils pour me faire pardonner.

— Pourquoi ont-ils tous les cheveux et les yeux clairs ?

— C'est un changement qui s'opère pendant leur mutation. De même qu'il arrive à leur pigmentation de devenir extrêmement pâle.

Ce qui n'était pas le cas de Darius et Minah. Ces deux-là semblaient plutôt sortir tout droit d'une cabine d'UV. Leur teint doré m'avait fichu le bourdon la première fois que je les avais vus.

— Vos deux espèces sont si différentes, constatai-je comme pour moi-même.

— À qui le dis-tu !

— Toutefois, vous avez un point commun.

Sceptique, il arqua un sourcil.

— Vraiment ?

— Vous êtes tous très beaux.

Il émit un rire nasal.

— Chacun ses sales goûts. Moi, je les trouve affreux.

Je souris.

— Vous en avez un autre également.

— Décidément !

— D'après ce que tu m'as raconté, ils sont tout aussi hypnotiques que les Lupi.

— Et comme nous, ils sont forts, vifs, agiles et extrêmement rapides, énuméra-t-il, blasé.

— As-tu déjà vu un garou affronter un ange noir ?

Il posa ses coudes sur la table et se frotta les yeux.

— L'année dernière, les choses ont failli mal tourner. Darius devait sévèrement s'ennuyer parce qu'il provoquait sans cesse Julia.

— Julia ?

— Une ancienne fille de la Meute.

— Ah... l'une de tes petites amies, ne pus-je m'empêcher de faire remarquer d'un air taquin.

Il grimaça.

— Julia a un tempérament explosif, elle est très sanguine et déteste Darius plus que tout. Ils se sont heurtés violemment un soir. Julia aurait pu être sérieusement blessée si je n'étais pas intervenu.

— Tu t'es battu avec Darius ?

Il acquiesça.

— Ne m'as-tu pas affirmé que St Andrews était un terrain neutre, que vous ne pouviez pas vous affronter ?

Il secoua lentement la tête.

— Non, Hannah, j'ai dit que nous ne pouvions pas nous entre-tuer.

— C'est rassurant ! Vous faites ça souvent ?

— Parfois, et ça fait un bien fou !

Je levai les yeux au ciel.

— C'est parfaitement ridicule. Vous êtes rivaux par tradition.

Leith resta dubitatif un moment.

— Il y a quelque chose qui me trouble, Hannah. Tu sembles prendre l'existence des Exploiteurs avec beaucoup de légèreté. N'es-tu pas apeurée par ce que je viens de te raconter ?

— C'est l'impression que je te donne ?

Il haussa les épaules, alors je claquai la langue d'agacement.

— Te souviens-tu de qui j'étais lorsque tu m'as rencontrée, Leith ? Je ne croyais en rien, et puis d'un coup, tout s'est écroulé sous mes pieds, comme ça. Depuis, je n'ai même jamais autant évoqué Dieu dans mes expressions, c'est pour dire ! Bref, je ne sais pas trop comment te l'expliquer, mais quand tu t'es révélé à moi, j'aurais pu faire le choix de te juger sur la réputation de ton espèce.

— Et ? me pressa-t-il, montrant clairement qu'il n'allait pas aimer la suite.

Je pris une profonde inspiration.

— Si tu devais interroger des gens dans la rue sur ce qu'ils pensent des loups-garous, que diraient-ils à ton avis ?

Il plissa les yeux.

— Que nous sommes des créatures sanguinaires, des monstres, des mangeurs d'hommes, des voleurs d'enfants...

— Tout à fait. C'est ce que j'aurais sans doute affirmé moi aussi avant de te connaître. Pourtant, tu es l'être le plus doux, le plus gentil, le plus merveilleux et... le plus beau qu'il m'ait été donné de rencontrer. Le fait que tu te transformes en animal ne change rien à ça, n'est-ce pas ?

Il secoua la tête en silence.

— Tu es le même, quoi qu'il arrive. Je le sais à présent. Mais imaginons qu'à l'instar de tes congénères, je pense aux Crinos, tu sois incontrôlable sous ta forme lupine. Serait-ce ta faute ? Serais-tu à blâmer ? Devrais-je te condamner d'être qui tu es ? Leith, ce que je veux dire par là, c'est que... Écoute, c'est dans la nature des anges noirs de boire du sang humain. Pour toi, c'est une chose inacceptable, mais pour eux, rien n'est plus normal. Ils sont nés ainsi.

— Attends, Hannah, m'interrompit-il sèchement. *Je* suis né comme je suis, pas eux ! Je n'arrive pas à croire ce que tu viens de dire ! Tu leur trouves des excuses ? Après tout ce que je t'ai raconté ?

— Leith, c'est comme si tu me privais d'eau. Ce serait contre nature. Honnêtement, pourquoi devrais-je avoir plus peur d'eux que de toi ? Je suis Humaine et vous... vous êtes différents. Sans compter que tu m'as dit toi-même qu'ils étaient capables de se nourrir comme n'importe qui et, apparemment, c'est ce qu'ils font puisque St Andrews est un terrain neutre. Moi, je crois qu'ils sont plutôt... raisonnables.

Les narines de Leith se gonflèrent, puis soudain, il éclata nerveusement de rire.

— Raisonnables... De toute ma vie, je n'ai jamais entendu pareille idiotie. Raisonnables, répéta-t-il en secouant la tête.

Il recula contre sa chaise et posa la main sur son front en fermant les yeux, donnant l'impression de réfléchir ou de tenter de se calmer... je ne savais pas trop.

— Et si vous vous trompiez à leur sujet ? insistai-je. Et si votre querelle n'était qu'une histoire aussi ridicule que l'intolérance ?

— La différence raciale, hein ? C'est vraiment ce à quoi tu penses ?

— C'est une théorie.

Blasé, il secoua de nouveau la tête.

— OK, j'essaie autre chose. J'ai lu quelque part que si les loups-garous étaient craints des miens, c'est parce que ces derniers en avaient une peur notoire.

Le contrôle de l'expansion humaine organisé par les vôtres il y a longtemps serait gravé dans notre mémoire. Du coup, vous nous flanquez la trouille sans que nous vous ayons jamais vus. Ton peuple a bien massacré des milliers d'innocents, n'est-ce pas ?

Il hocha la tête, le visage inexpressif.

— Pourtant, vous avez changé, vous vous êtes rapprochés de l'Homme. Enfin, je ne fais pas mention de la Communauté du Sutherland qui craint viscéralement mon espèce. Leith, c'est ça que je vois en toi. Quelqu'un qui est incapable de faire du mal à un être humain, parce que tu nous considères comme faisant partie des tiens. Et s'il en était de même pour les anges noirs ? Et si une poignée s'était repentie ? Après tout, les membres du Cercle sont assez... discrets. Leith, je suis navrée, mais même si je reconnais qu'ils sont étranges, je ne les perçois pas comme des créatures sanguinaires.

Leith plissa les paupières et m'observa de longues secondes avant de prendre la parole.

— Tu te trompes, Hannah.

Ses magnifiques yeux verts étincelaient.

— Je n'en suis pas si sûre..., murmurai-je.

Sans un mot, il recula sa chaise et se leva pour se diriger vers le comptoir et payer. Les mains calées entre mes cuisses, je portai mon attention sur son assiette à moitié pleine. Je lui avais visiblement coupé l'appétit.

Il revint vers moi et s'empara de sa veste.

— On peut y aller ?

J'acquiesçai.

Nous montâmes silencieusement dans la voiture pour reprendre la route. Nous en avions encore au moins pour trois heures.

Je jetai un coup d'œil furtif vers Leith. Il n'avait apparemment pas l'intention de desserrer les lèvres. Je poussai un profond soupir, baissai mon siège en position semi-allongée, et fis face à la vitre. Tout en regardant les arbres et les maisons défiler devant moi, je glissai la main sur mon cou et jouai avec le pendentif qu'il m'avait offert.

Hypnotisée par la vitesse, mes yeux commencèrent à se fermer tout seuls. Plusieurs minutes plus tard, alors que je sombrais dans le sommeil, je sentis quelque chose se poser délicatement sur moi. Un manteau. Il avait l'odeur de Leith. Comme dans un cocon, je me recroquevillai un peu plus et attrapai les pans du tissu pour les ramener contre mon nez. La main de Leith caressa doucement mes cheveux, tendrement, pendant un long moment. Rassérénée, je finis par m'endormir.

Chapitre 10

C'est ce que tu attends de moi ? Tu es prête ?

Lorsque je me réveillai, blottie dans les bras de Leith, il faisait nuit noire. La pluie s'était arrêtée.

— On est arrivés ? demandai-je d'une voix ensommeillée.

Du pied, il claqua la portière et actionna le bip du 4 x 4.

— Oui. Je monte avec toi et je reviendrai chercher nos affaires plus tard.

— Je peux marcher, protestai-je.

— Tu me priverais du plaisir de te porter ? s'alarma-t-il avec espièglerie. Et puis, l'ascenseur est en panne.

L'ascenseur ? Je levai la tête et remarquai que nous n'étions pas du tout en bas de mon immeuble.

— Mais... on est chez toi ! m'exclamai-je.

— Oui.

— Pou... pourquoi ? bégayai-je bêtement.

— Et pourquoi pas ?

Au lieu de répondre, je cachai mon visage dans son cou. Mon cœur cognait si fort qu'il me faisait l'effet du bourdon de Notre Dame de Paris, à matines.

— Quelle heure est-il ? m'enquis-je quand il eut parcouru la moitié des étages.

— Vingt et une heures.

— Tu ne vas pas à ton rendez-vous avec la Meute ?

— J'ai annulé.

— Pourquoi ?

— Pour rester avec toi.

Je me gardai de dire que j'étais ravie, mais c'était bel et bien le cas.

Leith ouvrit la porte de son appartement et me remit sur mes pieds.

— Encore tout seul ? fis-je remarquer. Tu habites avec un colocataire fantôme, c'est ça ?

— Il est parti chez ses parents pour les fêtes. Tu as faim ? demanda-t-il.

Je secouai la tête.

— Moi non plus, murmura-t-il en plantant ses yeux dans les miens.

Je ressentis un malaise incoercible qu'il me fallut vite dissiper, sous peine de me mettre à bêler comme une chèvre.

— On regarde un film ? lançai-je tout à trac.

Leith se fendit d'un sourire dévastateur.

— Si ça te fait plaisir.

— Tout à fait ! répliquai-je d'une voix bien trop aiguë pour être honnête. J'adore les films en noir et blanc. Tu en as ?

De plus en plus amusé, Leith joua le jeu.

— Orson Welles, *Citizen Kane*. Tu l'as déjà vu ?

— Plusieurs fois, mon père en est fan.

Leith sourit de plus belle, se dirigea dans le salon et ouvrit un immense meuble à doubles portes pendant que j'ôtais ma veste et mes chaussures. Il révéla un écran plat à vous couper le souffle. Je restai bouche bée.

— Quoi ?

— Si toi, tu ne t'habitues pas à ma collection de mini-poneys, moi, je ne me ferai jamais à... ça ! jetai-je en désignant la télévision.

Il parut ne pas comprendre.

— Tout cet argent, précisai-je à voix basse.

— Ah... Je suis bien né, c'est vrai, mais il me semble que tu n'as pas à te plaindre, toi non plus.

— Certes, mais on est loin du compte, Leith Sutherland. Très, très loin du compte.

Il arqua un sourcil.

— Et tu penses pouvoir t'en accommoder, princesse, ou il faut que je fasse immédiatement don de toute ma fortune à une fondation ?

Je lui tirai la langue.

Il attrapa ma taille et m'approcha de lui.

J'eus un rire étouffé lorsqu'il frôla mon front de ses lèvres chaudes. Dans un soupir, il me lâcha pour allumer la télévision et mettre en route le DVD. Le canapé me faisait de l'œil depuis que nous étions entrés dans le salon. N'y tenant plus, je me vautrai dessus et calai mes jambes sous mes fesses. Leith éteignit la lumière et s'assit avec moi sur le divan. Bien installée contre sa poitrine, ses bras autour de moi, je m'apprêtais à regarder avec lui un film devant lequel je m'étais toujours irrésistiblement endormie. Enveloppée par la chaleur corporelle de Leith, je ne donnais pas bien cher de ma faculté à rester éveillée.

— *Bien, Charles. Joyeux Noël.*

— *Joyeux Noël.*

— *Et bonne année. Votre vingt-cinquième année qui approche vous libérera de la tutelle de Thatcher et cie et vous mettra en possession de la sixième fortune du monde. Charles, pour vous faire mieux comprendre l'importance de votre position, je vous adresse la liste complète de vos biens.*

C'est à peu près à ce moment-là du film que mes paupières se mirent à cligner dangereusement.

— *Est-ce votre conception du journalisme ?*

— *Je dis ce qui me passe par la tête !*

— *Il n'y a aucune preuve que cette flotte espagnole...*

Ce fut la dernière phrase que j'entendis.

Je me réveillai groggy pendant que le générique de fin défilait. Je me frottai les yeux et fus subitement soulevée du canapé. Instinctivement, je m'accrochai au cou de Leith et me laissai aller contre son épaule. Il se dirigea tout droit vers sa chambre.

Mon cœur cognait lourdement dans ma poitrine.

Il me déposa en douceur sur son lit et me caressa la joue du revers de la main.

— Quelle heure est-il ? marmonnai-je.

— Un peu plus de minuit.

Assis à côté de moi, il m'observait d'un air amusé.

— Quoi ?

— Ton père serait absolument choqué de te savoir ici. Et encore plus parce que je t'y ai conduite sans vergogne.

Je n'en croyais pas mes oreilles.

— Tu es en train de penser à mon père ?

Il m'offrit un large sourire.

— On dirait bien...

— Sois rassuré, je n'ai pas pour habitude de lui rapporter ce genre de chose, bougonnai-je. Et tu n'es pas sans vergogne.

— C'est ce que tu crois ?

Je hochai fermement le menton.

— Tu es un vrai gentleman. Que veux-tu qu'il m'arrive ici ?

Leith fit lentement courir son regard le long de mon corps comme pour mieux renverser mes certitudes. J'en aurais frémi si je ne m'étais pas si vaillamment battue pour rester maîtresse de moi-même. L'effet qu'il me faisait était intolérable. J'étais telle une souris devant un serpent prêt à le dévorer : pétrifiée et subjuguée.

Manifestement content de lui, il sourit en coin, puis il fouilla dans le tiroir supérieur de sa commode pour en sortir un large tee-shirt qu'il me tendit.

— Tiens.

— Merci, pépiai-je.

— Je te laisse te changer.

Sur quoi, il s'apprêta à quitter la pièce.

— Reste !

Surpris, il fit volte-face.

— Je... je me changerai plus tard, bredouillai-je.

Alors il s'assit à côté de moi, prenant appui contre le mur derrière lui. Il passa un bras autour de mes épaules, je posai la tête sur la sienne et demeurai ainsi sans bouger de longues secondes durant.

Presque machinalement, je tendis la main et, du bout de l'index, entrepris de dessiner de petites arabesques sur sa cuisse. Il tressaillit.

— Je te chatouille ?

— Non, murmura-t-il d'une voix rauque.

Parfaitement conscience de l'effet que je produisais sur lui, je continuai les zigzags le long de sa hanche, jusqu'à sa taille, et cherchai timidement un espace de peau sous son tee-shirt. Quand je l'eus trouvé, je posai ma paume à plat sur son ventre, et ne bougeai plus. Leith était brûlant et retenait sa respiration.

— Pourquoi faut-il que tu sois si beau... ? marmonnai-je en me serrant un peu plus contre lui.

Il laissa échapper un son étranglé.

— Et aussi fort, intelligent, agile, rapide... et chaud.

— Chaud ? répéta-t-il.

— Tu n'as jamais froid.

— Bien sûr que si.

— Dehors, en petite tenue, à moins vingt degrés ?

Amusé, il leva les yeux au ciel en secouant la tête.

— Tu me crois si fort que ça, Hannah, si résistant ?

— À côté de moi, tu es un titan.

Il ne put s'empêcher de s'esclaffer.

— Rien que ça ! Tu ferais bien rire la Meute en leur racontant des trucs pareils à mon sujet.

Je me redressai pour m'asseoir en tailleur, il m'imita.

— Toujours est-il que je n'ai jamais connu quelqu'un d'aussi solide que toi.

Il ne répondit rien, alors je lui fis face et me perdis dans la contemplation du jade de ses yeux. J'étais si absorbée par leur couleur exceptionnelle que je ne rendis pas compte qu'il s'adressait à moi. Leith toussota, pour me ramener à la réalité.

— Tu es avec moi ?

Je clignai les paupières.

— Euh, oui...

Il afficha une moue sceptique.

— Tu as entendu ce que je disais ?

— Non, avouai-je en rougissant.

— Incroyable...

— Et de quoi me parlais-tu ?

— De la Meute.

— Et ?

— Je te disais que Jamie quitterait l'université à la fin de cette année.

— Je suis au courant.

— Il a proposé que je le remplace.

— Oh ! Ça te plairait ?

J'attendis qu'il me réponde, mais à son tour, il sembla subjugué par ma bouche.

— Leith ?

Il se ressaisit et revint à mes yeux.

— Évidemment, je suis un titan. Ce rôle me revient ! me railla-t-il.

— Tout à fait ! J'imagine que tu vas être gratifié de missions très particulières..., me moquai-je à mon tour.

— Oui, celui de croquer toutes les humaines qui auront le malheur de me provoquer ! D'ailleurs, tu seras mon premier sacrifice en tant que chef. Pour l'exemple !

Il me prit brusquement par la taille et me fit basculer sur lui. En moins de deux, je me retrouvai face à lui, assise sur ses cuisses dans une position pour le moins troublante. Là, il me dévora des yeux tandis que je sentais une ribambelle de papillons virevolter au creux de mon ventre.

— Leith..., pépiai-je.

Il intensifia son regard et me colla un peu plus contre son bassin. J'en perdis mon latin et manquai suffoquer.

— Oui ?

Je le considérai sans pouvoir trouver mes mots, alors il me vint en aide.

— Tu voulais connaître mon futur rôle en tant que chef de meute, je crois, s'amusa-t-il. Tu veux que je t'explique.

Déconcertée, je hochai la tête.

— Euh... oui, s'il te plaît.

Follement distrait, Leith recouvra un semblant de sérieux.

— La Meute n'en est pas une à proprement dit. Il n'y a pas de diktat, chacun est libre de faire ce qu'il veut. Le chef est celui à qui on demande conseil, il prend les décisions quand tous ne sont pas d'accord. Il peut aussi choisir de rejeter un membre lorsque celui-ci est néfaste pour le groupe. Il est comme les fondations d'une pyramide, solide, mais sans les blocs qui la constituent, il n'y a pas d'édifice. Comprendre ça est essentiel. C'est pourquoi la Meute fonctionne.

— Jolie métaphore... C'est déjà arrivé qu'un membre soit rejeté ?

— Oui.

— Par Jamie ?

Il acquiesça.

— Oui.

— C'est irrévocable ?

Ma remarque le fit sourire.

— Nous ne sommes pas aussi obtus que les sang-mort, mon chou !

Je soupirai et bâillai malgré moi. Leith me caressa la pommette du bout des doigts.

— Il est tard, chuchota-t-il, on devrait essayer de dormir.

Il éteignit la lumière derrière lui et se contorsionna pour ramasser le tee-shirt qu'il avait abandonné sur le sol. Je m'en emparai et le laissai tomber par terre. Leith posa sur moi un regard interrogateur, que je décelai grâce à la lueur subtile des lampadaires extérieurs. Sans rien dire, je me collai à son torse et j'enfouis le visage dans son cou pour mordiller sa peau. Il retint son souffle.

Il glissa une main derrière ma nuque et me fit doucement basculer la tête en arrière pour me forcer à croiser ses yeux. Je pris alors conscience de la chaleur émanant de son corps et m'enflammai. N'écoutant que mon désir indomptable de goûter à ses lèvres, je me penchai sur lui et l'embrassai.

Leith répondit à ma fièvre, délicatement, tendrement. Trop. Loin de me laisser impressionner par sa contenance, mon baiser se fit plus pressant, et mes doigts plongèrent dans ses cheveux tandis que j'ondulais sur lui. Chacun de mes gestes était enflammé, passionné. Mes mains se posèrent sur son torse, sur ses épaules solides, pour finir par agripper son tee-shirt afin de le lui ôter.

— Que fais-tu ? grommela-t-il contre ma bouche.

— Chut...

J'essayai une nouvelle fois de soulever ses vêtements mais, mêlant douceur et fermeté, il s'empara de mes poignets et les serra contre sa poitrine.

— Hannah... Je ne t'ai pas fait venir ici pour ça.

— Je sais, murmurai-je en cherchant ses lèvres, mais il recula la tête.

J'aurais juré qu'un éclat doré était passé dans ses yeux. Il était si beau, j'en perdais tout contrôle. Mais pas lui. Il demeurait sur ses gardes. Je détestais ça. Avait-il seulement réalisé combien je le désirais ? Combien j'avais envie de lui ?

Afin qu'il en soit complètement convaincu, je me penchai en avant, posai ma bouche sur son cou et remontai jusqu'à son oreille pour la mordiller, je suivis le contour de sa mâchoire et, du bout de la langue, dessinai la courbe douce de ses lèvres. Il grogna et me repoussa vraiment pour me regarder. Même dans la pénombre, je discernais toute la gravité de ton expression.

— J'ai tellement envie de toi, Hannah, que j'ai mal. C'est ce que tu attends de moi ? Tu es prête ?

— Oui, soufflai-je sans une once d'hésitation.

— Hannah, je...

Je plantai ma bouche sur la sienne pour le faire taire. Je le sentis crispé. Je la goûtai une nouvelle fois du bout de la langue avant d'en mordre la pulpe.

Il y eut comme une explosion, celle d'une tension retenue depuis trop longtemps. Les lèvres de Leith devinrent pressantes, déterminées, presque agressives. Son souffle s'accéléra, le mien aussi. Mon cœur entamait une course folle. Alors Leith me fit basculer sous lui et m'embrassa avec plus d'avidité encore. Il était partout sur moi. Il me désirait comme un diable, m'enflammant littéralement, je ne savais plus où j'en étais. Un gémissement sortit de ma gorge, l'arrêtant brusquement dans ses assauts. Il se figea quelques secondes pour me regarder, haletant.

— Je ne veux pas te faire mal, souffla-t-il.

— Je n'ai pas peur.

Il m'observa silencieusement, cherchant au plus profond de lui la maîtrise de ses gestes. Quand il eut repris son calme, il m'aida à retirer mes vêtements avec une patience dont je n'aurais pas été capable. Je bouillais. J'aurais aimé tout arracher. Puis il se déshabilla à son tour. Je le trouvais magnifique. Comme je l'avais imaginé. Fort, viril, sauvage.

Il baissa lentement la tête vers mon visage et fit pleuvoir un millier de baisers sur mon cou et mes épaules, aussi légers que les ailes d'un papillon. Ses mains brûlantes frôlaient mes jambes, mes hanches, ma taille, mon ventre..., s'attardaient là où personne n'avait jamais osé le faire avant. Je suffoquais presque, sur le point de mourir peut-être, mais jamais je n'avais été autant en vie. J'avais tellement, tellement envie de lui...

Un sentiment de plénitude s'empara de moi. J'étais aimée, chérie, et j'allais faire l'amour pour la première fois. Entre les bras de Leith, je goûtais à un total et irrévocable abandon.

Lorsque je l'entendis fouiller dans sa table de nuit pour en sortir un préservatif, je souris. Même le détail qui tue n'arriverait pas à me déconcentrer. Pas maintenant...

— Je t'aime, murmura-t-il à mon oreille. Pour toujours et à jamais.

Chapitre 11

Aimerais-tu que je te raconte mon histoire, Hannah ?

Lorsque je poussai la porte du pavillon d'histoire, je découvris un gigantesque attroupement dans le couloir. Les têtes étaient levées pour tenter de lire les noms sur la longue liste des résultats d'examens.

Je traînais les pieds, je n'avais pas du tout envie de prendre un bain de foule et d'être agglutinée entre le mur et les étudiants survoltés. Je pivotai dans l'autre sens pour me diriger vers le distributeur de boissons. Je cherchai de la monnaie et achetai une bouteille d'eau. Le banc à côté de la machine était libre, je m'y installai en attendant que la cohue se calme.

Le sourire aux lèvres, je sortis mon smartphone pour me connecter au Messenger. Sissi serait peut-être disponible.

|Hannah : :-D
|**Sissi : ???**
|Hannah : :-))))))
|**Sissi : Nannnnnn ????!!!**
|Hannah : :-P

Elle en aurait pour toute la journée à s'en remettre. Quant à moi, je n'en revenais toujours pas.

Lorsque j'avais imaginé ce moment maintes et maintes fois dans ma tête, j'étais à des milliards d'années-lumière de la vérité. Je n'aurais jamais pu présager un tel plaisir, un tel ravissement, un tel épanouissement. Rien de plus merveilleux ne m'était jamais arrivé.

Leith était parti jusqu'au lendemain avec les étudiants de sa promo à Édimbourg, je m'étais séparée de lui à contrecœur et n'avais qu'une hâte, qu'il revienne.

J'attendis encore dix minutes avant de me décider à rejoindre les quelques étudiants qui restaient obstinément scotchés devant le mur et, du doigt, je cherchai rapidement mon nom sur la liste. J'étais reçue dans toutes les matières sauf dans celle de M. Jefferson. Rien de surprenant, j'avais complètement raté l'examen sur la visite de la ville. Contrairement à Tarja, je ne m'étais pas donné la peine d'en demander le résumé à quelqu'un.

Les hurlements et les piaillements eurent raison de moi. Je sortis du pavillon la tête comme une pastèque. Une basse-cour n'aurait pas fait autant de bruit. J'avais besoin de prendre l'air et je décidai de ne pas rentrer immédiatement chez moi.

J'allais m'octroyer une balade sur la plage, je n'en avais pas encore eu l'occasion depuis que j'étais à St Andrews. Et aujourd'hui, malgré le froid, il faisait très beau.

Je fouillai dans mon sac pour en sortir les clés de ma voiture et me dirigeai vers le parking.

Je choisis de me rendre à St Andrew's West Sands Beach. On m'avait dit que la grève était très jolie, nue et très large. Idéale pour marcher sans trop se fatiguer. Il ne devrait pas y avoir grand monde, je n'aurais aucun mal à trouver une place de stationnement.

Comme je l'avais pressenti, l'endroit était presque désert. Je garai ma voiture à côté d'un gros 4 x 4 boueux et avançai tout droit sur un chemin de sable fin. Le vent était glacial. Je rajustai mon bonnet et fermai un bouton de plus sur ma parka.

Après une bonne dizaine de minutes de marche, j'arrivai enfin sur la plage. Elle était vraiment jolie et bordée par un immense parcours de golf réputé dans le coin. Je m'approchai de l'eau et, des yeux, cherchai quelques coquillages. Contre toute attente, je n'en trouvai aucun. À la place, le sable était jonché de morceaux de verre coloré et érodé ramenés par les vagues. On aurait dit de minuscules perles plates et translucides. J'en ramassai quelques-uns et les fourrai dans ma poche.

Je repris tranquillement ma balade et aperçus au loin deux enfants qui jouaient au ballon. J'étais bien à cinquante mètres d'eux, mais j'entendais distinctement leurs éclats de rire. Arrivée à leur hauteur, je vis qu'il s'agissait de deux garçons d'environ huit ou neuf ans qui se ressemblaient énormément. Les jumeaux étaient blonds comme les blés, avec des traits délicats. Je ne pus m'empêcher de les comparer à deux chérubins. Ils étaient magnifiques.

Indépendamment du fait qu'ils se trouvaient sur la plage sans adulte, et qui plus est un jour d'école, quelque chose m'intrigua et me conduisit à m'arrêter pour les observer. L'un d'eux ramassa le ballon gisant à ses pieds, tandis que le second courait en sens inverse. Quand il fut à bonne distance, il adopta la position d'un gardien de but, jambes fléchies et légèrement écartées, les paumes sur les cuisses. La balle arriva comme un boulet de canon, et le gosse la reçut en plein dans l'abdomen, si violemment qu'il se plia en deux avant de basculer en arrière, serrant le ballon contre lui.

Alarmée, j'allais accourir pour l'aider, mais il se releva comme si de rien n'était, tout en éclatant de rire. Puis les rôles s'inversèrent. Il devint le lanceur. Le projectile débarqua si vite et si fort que son frère, en arrêtant le tir, fut projeté sur au moins deux mètres avant de retomber sur les fesses. J'étais frappée de stupeur. Je n'avais jamais rien vu de tel de toute ma vie.

— Pierrick, Hermance, ça suffit ! hurla une voix masculine à leur attention.

Et à moins d'avoir des hallucinations, il me sembla bien qu'on avait parlé en français.

Je tournai la tête et distinguai à une bonne vingtaine de mètres un homme assez grand, un bonnet vissé sur le crâne. Il s'approchait à grandes enjambées, venant de je ne sais où. Je me tins immobile et l'observai progresser vers les enfants, qui s'étaient immédiatement calmés. Mais alors que je pensais qu'il s'arrêterait à leur niveau pour leur parler, il continua d'un pas vif dans ma direction. Surprise, je regardai derrière moi pour vérifier s'il y avait quelqu'un d'autre. Personne. Je ressentis un accès de panique et fis demi-tour aussi sec. J'entrepris de marcher énergiquement, espérant qu'il ne me suivrait pas, mais à peine quelques secondes plus tard, il s'adressa à moi.

— Hannah ?

Je me retournai d'un bond, il se tenait à quelques centimètres.

— Darius ?

— Il me semblait bien t'avoir reconnue, que fais-tu ici... toute seule ?

Ce « toute seule » me figea. Alors je ressentis un grand, très grand moment de terreur. Je me trouvais face à un ange noir, un Exploiteur, un genre de... vampire. L'instinct me fit faire un pas en arrière, si brusquement que je manquai tomber. Darius me rattrapa par le bras.

— Tout va bien ? Tu en fais une tête...

J'étais incapable d'ouvrir la bouche.

— Hannah, redemanda-t-il, visiblement inquiet, il t'est arrivé quelque chose ?

— Je... non. Tu... tu m'as surprise.

Il m'observa avec perplexité.

— Je suis navré, je ne voulais pas te faire peur. Que fais-tu sur la plage ?

J'avais fanfaronné auprès de Leith, affirmant qu'il en faisait des caisses et que les gens du Cercle n'étaient certainement pas comme il le pensait. Il n'empêche qu'à présent, devant Darius, leur chef, j'étais morte de trouille.

— Je... je me promène, balbutiai-je.

— Perceval ! On peut jouer encore, dis ? S'il te plaît ! s'écrièrent en chœur et en français les deux garçons qui s'étaient approchés de nous.

Darius, *Perceval*, je n'y comprenais rien, approuva d'un signe de la main avant de s'éloigner.

— Perceval ? osai-je demander.

— C'est mon véritable prénom, je suis français.

Un long frisson me parcourut, j'étais simplement en train de paniquer, et Darius s'en aperçut, ses yeux ne formant plus que deux toutes petites fentes.

— Je t'effraie ?

— Je sais qui tu es ! lançai-je brusquement.

Un large sourire étira alors son beau visage.

— Et c'est pour ça que tu trembles comme une feuille ? Que sais-tu de moi exactement, Hannah ? Que je suis un tueur assoiffé de sang ? Allez, lâche-toi et dis-moi tout ce que tu penses.

J'étais déconcertée. Darius ne semblait ni surpris, ni en colère, ni même contrarié. Il était juste moqueur.

— Je t'écoute..., insista-t-il.

Je pris une profonde inspiration.

— Tu es un... un Exploiteur.

Ses sourcils se soulevèrent.

— Oooh, quel vilain mot dans ta bouche ! Je vois que tu as bien appris la leçon. Les chiens sont de bons professeurs !

Je ne me risquai pas à lui dire que je n'aimais pas qu'il appelle la Meute ainsi. En fait, je ne me risquai plus à dire quoi que ce soit.

— Ça va. Relax, Rouquinette... J'aurais déjà pu te tordre le cou vingt fois si j'avais voulu. C'est toujours la même rengaine.

Il haussa les épaules, secoua la tête de droite à gauche et, les mains dans les poches, il fit demi-tour pour rejoindre les deux jeunes garçons.

J'étais interdite. Bouche bée. J'aurais dû partir dans l'autre sens puisque Darius était tout disposé à me laisser tranquille, mais à la place, je me mis à courir derrière lui.

— Qui sont-ils ? demandai-je en arrivant à sa hauteur et en désignant les enfants.

— Mes frères.

— Tes frères ?

— Pierrick et Hermance. Ils ont dix ans.

Les jumeaux avaient recommencé leurs jeux. Du poignet, ils projetaient le ballon en direction du ciel pour voir lequel des deux serait capable de le lancer le plus loin. Leur force était prodigieuse.

— Ils sont avec moi depuis toujours, reprit Darius. Depuis que notre mère est morte.

Puis il porta son attention sur moi.

— Mais dis-moi, Rouquinette, tu ne t'enfuis pas ? Tu n'as plus peur ?

Je lui fis signe que non. Folle que j'étais.

— Ils sont comme toi ?

— Oui, ils sont comme moi... en plus petits, mais pas moins dangereux, ajouta-t-il avec un sourire en coin.

S'il voulait me flanquer la trouille, il avait réussi. Ces deux magnifiques enfants avaient beau être plus petits que moi, ils étaient effrayants de puissance.

— Ils sont si jeunes..., ne pus-je m'empêcher de murmurer comme pour moi-même.

Le visage de Darius se durcit d'un seul coup. Pendant une fraction de seconde, j'aurais juré y lire de la tristesse. Ce qui me retourna les intestins.

— Alors, Hannah, qu'as-tu appris sur nous exactement ? Déballe tous tes clichés, que je rigole un peu. J'en ai si peu souvent l'occasion.

Je déglutis.

— Vous êtes des anges noirs, des vampires ailés…

— Ahhh… Voilà des mots que je préfère. D'odieuses créatures t'aura-t-on expliqué, n'est-ce pas ?

Je baissai les cils.

— Oui… non, je ne sais pas…

Il écarquilla les yeux.

— Tu ne sais pas ? Ça alors, le lavage de cerveau n'aurait-il pas fonctionné ? Pardonne-moi ce manque de tact, mais vous, les Humains, vous ne réfléchissez pourtant pas beaucoup. Vous mangez dans la main de celui qui vous nourrit. Vous êtes prêts à avaler n'importe quoi, du moment qu'on ne vous veut aucun mal.

— Tu ne sais pas ce que tu dis ! m'enflammai-je. La majorité d'entre nous n'est pas comme ça.

— Permets-moi de te contredire, ma jolie, parce qu'en presque sept cents ans d'existence, je peux me vanter de bien connaître ta race, au contraire.

Je blêmis d'un seul coup.

— Sept cents ans !

Il rit à gorge déployée, dévoilant de magnifiques dents blanches, régulières et sans canines saillantes.

— Sept cents ans…, répétai-je, ahurie.

— À peu de chose près… Tant d'années pour développer mon esprit de tueur, chuchota-t-il pour me faire peur.

— Non.

— Quoi, « non » ?

— Je ne suis pas sûre que tu sois si… mauvais.

Il cessa de marcher pour me regarder fixement. Il avait beau bien connaître les Humains, comme il disait, il m'apparut, à ce moment précis, qu'ils pouvaient encore le surprendre.

— Tu n'es pas sûre que je sois mauvais ? répéta-t-il, abasourdi. Explique-moi ça, je suis très, très curieux d'entendre ta version des choses.

J'eus soudain l'impression que ses yeux bleus devenaient translucides, comme si les iris avaient laissé place à de l'eau. Je ne pouvais décrocher mon regard du sien.

— Je crois que... tu fais des efforts pour être meilleur.

— Voyez-vous ça !

— Tu ne tues pas.

Il arqua un sourcil.

— En es-tu certaine ?

— Oui.

— Ce n'est pourtant pas ce qu'on t'a raconté...

Je secouai vigoureusement la tête.

— Non, on m'a dit que...

— Tu as raison, nous ne tuons plus, m'interrompit-il. Nous respectons les règles au même titre que ces chiens que tu affectionnes.

— Ne les appelle pas comme ça ! finis-je par gronder.

Ce qui l'amusa.

— Et comment te plairait-il que je les appelle, *Rouquinette* ? Les loups ? Mais en sont-ils vraiment ?

— Appelle-les loups-garous, alors.

Il s'esclaffa.

— Pourquoi vous détestez-vous autant ? m'exaspérai-je.

— Peut-être parce qu'ils sont répugnants ?

— Mais ce n'est pas vrai, murmurai-je.

— Ça reste ton point de vue.

Je haussai les épaules et décidai de ne pas insister. Essayer de convaincre Darius revenait à faire pipi dans un violon : ça ne servait à rien du tout.

— Comment vous nourrissez-vous, si vous ne tuez plus ?

Je connaissais la réponse, mais je voulais qu'il me le dise lui-même.

— Des aliments que tu ingurgites chaque jour, souffla-t-il en affichant un air profondément dégoûté.

— Pour quelle raison, si vous détestez ça à ce point ?

Il se mit à rire sans bruit.

— Tu préférerais que nous buvions du sang humain, gamine ? Oh, tu es en train de faire une donation de ton vivant ? C'est vraiment, vraiment généreux de ta part.

Je levai les yeux au ciel.

— Pourquoi ne pas prendre celui des animaux à la place ?

— Cela nous arrive quand nous sommes en baisse d'énergie. Nous chassons. Votre alimentation n'est pas assez nutritive pour nous. Toutefois, traquer le gibier réclame une organisation démentielle dans ces contrées. Une vache pourrait bien faire l'affaire, mais combien faudrait-il en tuer pour nous nourrir tous ? Nous devrions acheter un cheptel toutes les semaines. Nous finirions par nous faire remarquer.

— Vous êtes si nombreux que ça, à St Andrews ?

— Une centaine, probablement plus.

Un frisson me parcourut la colonne vertébrale.

— Mon Dieu !

Darius sourit franchement.

— Ah enfin ! Tu commences à avoir vraiment peur.

Il s'approcha de moi en se composant une mine menaçante.

— C'est délicieux… Lorsque l'Humain frémit, son sang prend un arôme indescriptible, murmura-t-il en se léchant les lèvres.

Je dus blanchir d'un seul coup. Darius éclata de rire.

— Détends-toi, Hannah, je blague !

Mais je n'en étais pas si sûre…

— Perceval ! crièrent les garçons. On a faim !

Leur synchronisation m'acheva. Darius adorait.

— Dans un moment, leur lança-t-il. En attendant, regardez dans le sac à dos si quelque chose vous tente.

Les enfants acquiescèrent et partirent en courant derrière une dune verdoyante.

— Mes frères sont habitués à la nourriture classique. Ils l'apprécient, même s'ils consomment aussi du sang animal. Tu n'es absolument pas attractive pour eux. Ils sont bien plus faciles à contenter que moi.

— Comment l'expliques-tu ?

Un nerf sauta plusieurs fois au coin de ses lèvres.

— Ils n'ont jamais bu de sang humain.

— Mais toi, oui ?

Il hocha la tête et je fis de mon mieux pour demeurer impassible.

— Depuis quand sont-ils des anges noirs ?

— 1349.

— Et toi ?

— 1345.

Six cent soixante-cinq ans pour lui et six cent soixante et un ans pour ses frères. J'en avais le vertige.

— Où es-tu né ?

— La première ou la deuxième fois ?

— Les deux.

Il se tourna et regarda en direction de la mer.

— D'abord en France, en 1323. Puis je suis devenu un ange noir dans le sud de l'Angleterre.

— C'était... douloureux ?

Il porta son attention sur moi et me considéra d'interminables secondes avant de reprendre la parole.

— Aimerais-tu que je te raconte mon histoire, Hannah ?

Je hochai la tête silencieusement.

— Très bien, Rouquinette, mais ça va être long, j'espère que tu as tout ton temps.

J'acquiesçai une nouvelle fois.

Il mit les mains dans les poches et leva son visage au ciel. J'étais déjà suspendue à ses lèvres.

— Je suis donc né en 1323, en France, dans l'actuel Finistère. Nous étions une famille de paysans et nous dépendions, comme pour la plupart, d'un seigneur. Nous étions des serfs, en somme. Ma mère était très jeune quand elle m'a mis au monde, elle avait à peine quinze ans. Mon père était bien plus âgé qu'elle, de vingt ans son aîné, et il est mort deux ans après ma naissance. Ma mère s'est débrouillée comme elle a pu, comme n'importe quelle femme de sa condition. D'aussi loin que je me souvienne, elle était extrêmement belle et douce, c'est pourquoi elle a fini par connaître un autre homme. J'avais environ quinze ans. Je n'ai jamais su qui il était, j'étais déjà bien trop occupé à tenter de nous faire vivre tous les deux pour avoir à me poser ce genre de questions. Certains racontaient qu'il s'agissait du seigneur lui-même, mais personne n'en était vraiment sûr. Ceci étant, neuf mois plus tard ou presque, elle a mis au monde mes deux frères. Deux bouches de plus à nourrir, c'était difficile, mais nous étions heureux tous les quatre.

» Lorsque Pierrick et Hermance ont eu deux ans, j'ai voulu tenter la grande aventure outre-Manche. On disait que la vie y était meilleure. Au prix d'un sacrifice immense, ma mère, mes frères et moi avons traversé la mer pour le sud de l'Angleterre. Nous avons été engagés par une riche propriétaire de domaine, Daria, une veuve terriblement excentrique. Elle avait des mœurs qu'aucune femme de son époque n'aurait jamais osé imaginer. Elle s'adonnait aux orgies et à la luxure sans vergogne, se moquant éperdument du qu'en-dira-t-on. Elle était tellement fortunée qu'elle pouvait se le permettre sans risquer les moindres représailles. Elle s'entourait de jeunes hommes tous aussi beaux les uns que les autres, mais qui disparaissaient de manière étrange. Je me rendais bien compte qu'il se passait des choses anormales, mais j'étais bien trop respectueux pour mettre mon nez dans ce qui ne me regardait pas. Je demeurais discret et m'occupais de mes affaires. Daria ne prêtait pas attention à moi et tout allait très bien comme ça. Mes frères grandissaient, ma mère était en paix, rien d'autre n'avait d'importance.

» L'été 1345, tandis que je coupais du bois pour l'hiver à venir, Daria me fit appeler. Elle désirait que je la rejoigne immédiatement au domaine afin d'effectuer de menus travaux. On m'a accompagné dans une pièce, une chambre dans laquelle elle m'attendait. Le jeune homme de vingt-deux ans que j'étais alors ne connaissait rien d'autre que le dur labeur qu'on nous imposait. Je ne savais rien des femmes non plus. Cependant, je trouvais Daria très belle, et quand elle s'est déshabillée devant moi, elle m'a littéralement envoûté. Je me suis abandonné à elle sans même réfléchir au fait que je risquais ma vie pour avoir osé toucher une femme de son rang. Mais j'étais bien loin d'imaginer ce qui allait m'arriver ensuite. Alors que nous avions consommé toute notre énergie à nous donner l'un à l'autre, elle a décrété que j'étais bien trop beau pour mourir. Avant même d'avoir compris le sens de ses mots, je l'ai vue se pencher sur moi pour me mordre en plein cœur. Je n'avais jamais vécu quelque chose d'aussi douloureux, mais ce n'était rien en comparaison du supplice que je devais connaître ensuite.

» À la fin de trois jours de mutation, la soif me tortura et m'anéantit. Je ne raisonnais plus, je ne voulais plus que me nourrir de sang. Je suis devenu un meurtrier, un Souffleur de vies. Daria me servait de pauvres innocents sur un plateau. Je n'avais plus qu'à les cueillir. Lorsque j'ai été repu, une nouvelle souffrance m'a emprisonné. Elle était insoutenable. J'ai subi une seconde transformation. Deux gigantesques ailes noires ont poussé au sommet de mon dos, m'offrant l'admirable don de voler. Le meilleur de tous, bien plus beau que l'immortalité que j'avais reçue. Après ça, Daria m'a gardé enfermé pendant des semaines pour me former et faire de moi son compagnon. Elle m'a rebaptisé Darius en hommage à l'incroyable cadeau qu'elle estimait m'avoir fait.

» Je suis finalement sorti au grand jour, un ou deux mois plus tard, apprenant alors que la nuit n'était pas le sacerdoce du vampire. Ma mère et mes frères avaient imaginé que j'étais mort, c'est pourquoi ils m'ont accueilli avec joie et soulagement. Toutefois, je gardais mes distances, je ne savais pas encore à quel point j'étais capable de me contrôler. Les tuer tous les trois aurait été si facile. Mais de mon ancienne vie, il me restait la conscience que ces trois êtres chers avaient besoin de moi. Étant devenu ce que je suis, j'étais en mesure de leur apporter une existence plus douce, faite de vin et de miel, de nourriture, d'un toit, et de vêtements somptueux. Ils ne manquaient plus de rien. Ma mère, qui était très pieuse, ne se doutait pas qu'une créature telle que moi puisse exister. J'ai réussi à la convaincre que Daria et moi étions irrésistiblement tombés amoureux l'un de l'autre et qu'elle m'offrait tout ce que je souhaitais. Mais en réalité, si Daria pourvoyait au moindre de mes désirs, j'étais loin d'être épris d'elle. Pendant quelques années, j'ai pris soin des miens, ne luttant même pas contre mon besoin incoercible de sang. J'assassinais inlassablement sans que personne se doute jamais de rien.

» Entre-temps, l'année 1346 avait été le témoin de maladies terribles, dont la plus dévastatrice était la peste noire. Le mal avait pris naissance au fin fond de l'Asie et tué treize millions de personnes. Puis il a fini par atteindre les portes de l'Europe où il a exterminé encore vingt-quatre millions d'êtres humains. Le quart de la population européenne. La peste noire a sévi parmi toutes les couches de la société. C'était une période détestable pour tous. Elle a fait rage en Europe jusqu'en 1356. Sept ans de cauchemar. Autant d'années pendant lesquelles je me suis alimenté du sang pourri de mes victimes tant le nombre de malades croissait. Je m'en contentais, car je ne voulais pas tuer ceux qui avaient la chance d'être encore sains. Mais plus les mois passaient et moins je me nourrissais, me satisfaisant du minimum pour survivre.

» Ma mère et mes frères, comme beaucoup d'autres, ont fini par être touchés. Ils étaient recouverts de bubons, de charbons et de pétéchies. Voir leur corps se détériorer ainsi m'a dévoré et fait entrer dans une rage incommensurable. Je devenais fou, je ne pouvais me résoudre à les laisser partir de la sorte. Hermance et Pierrick n'avaient que dix ans. Pendant qu'ils mouraient, moi, j'avais la vie éternelle, une santé sans faille, rien ne pouvait m'arriver. Je n'ai pas longtemps réfléchi avant de prendre une décision. Je devais sauver ma famille, faire d'eux des êtres intouchables, les rendre comme moi. Immortels. Ma mère a été la première sur laquelle je me suis penché. Elle était à l'agonie, ne mangeait pas, ne buvait pas depuis des jours. Recouvert de croûtes noires, son visage n'était plus celui que j'avais connu, mais ses yeux demeuraient les mêmes, immensément bleus et expressifs, et ce qu'ils criaient était une souffrance que je voulais désespérément balayer. Je l'ai mordue en premier, en plein cœur, comme Daria l'avait fait pour moi. Mais je n'étais pas aussi expérimenté qu'elle. En cette période de maladie, la faim me tenaillait sans cesse. Saisi par la frénésie, je n'ai pas pu m'arrêter à temps. Je l'ai vidée de son sang en quelques minutes. J'ai tué ma propre mère...

Alors que j'étais bouleversée, Darius fit une pause pour la première fois depuis le début de son récit. Je n'osais pas dire un mot, j'attendais qu'il continue. Ce qu'il fit après avoir respiré profondément.

— Lorsque j'ai repris possession de mes moyens, comprenant ce que je venais de faire, j'ai transporté son corps pour l'inhumer et je me suis enfui. J'ai parcouru plusieurs centaines de kilomètres en volant, avec l'intention de ne plus jamais revenir. Mais deux jours plus tard, l'image de mes jeunes frères seuls et agonisants m'obsédait toujours. Je ne parvenais pas à la chasser. Elle m'a hanté deux jours de plus avant que je ne décide de les rejoindre, convaincu qu'ils étaient déjà morts. Néanmoins, quand je suis entré dans la maison, je les ai retrouvés tous les deux dans leur lit d'enfant, serrés l'un contre l'autre pour se tenir chaud. Ils étaient bien moins abîmés par la maladie que ma mère ne l'avait été, ce qui m'a conforté dans l'idée que je devais essayer de les sauver coûte que coûte. Il n'était peut-être pas trop tard. La haine et l'amour sont des sentiments étrangement proches et ils sévissaient en moi, me donnant la force de résister à ma soif. En ce jour de l'année 1349, j'ai offert la vie éternelle à mes deux frères. Ils avaient dix ans.

Darius tourna la tête vers eux pour les regarder avec tendresse.

— Je les ai formés et élevés du mieux que j'ai pu, leur apprenant à ne pas faire les mêmes erreurs que moi. À ne pas assassiner d'Homme. Leur initiation a aussi été la mienne, celle du mode de vie que je voulais désormais suivre. J'étais déterminé à ne plus tuer tes semblables, Hannah. Lorsque j'ai entendu parler de St Andrews, nous sommes venus vivre ici.

Il se tut.

Plusieurs longues secondes après, il se tourna vers moi pour jauger ma réaction, et il fut surpris. Sans même m'en rendre compte, des larmes avaient jailli de mes yeux.

— Tu pleures ?

J'essuyai rapidement mes joues avant de lever les cils vers lui, sincèrement désolée. Il eut un sourire tendre.

— Ce n'est pas le genre de récit auquel tu t'attendais, n'est-ce pas ?

— Non, admis-je en reniflant. Qu'est devenue Daria ?

— Elle s'est lassée de moi. Je n'étais pas la plus drôle de ses conquêtes, puisque, en définitive, je refusais de vivre comme elle. Nous nous sommes quittés sans jamais nous revoir.

— La Meute connaît-elle ton histoire ?

Il opina.

— Mais ils n'en croient pas un mot. Ils disent que presque sept cents ans d'existence ont affûté mon imagination et mes talents de narrateur.

— Est-ce le cas ?

— À ton avis ?

Je secouai la tête.

— Non.

Et je le pensais sincèrement.

— Les autres sont-ils comme toi ? Ils ne tuent pas ?

Il acquiesça.

— Hannah, c'est la raison pour laquelle ils vivent ici, à St Andrews. C'est un endroit particulier, où l'existence de chacun doit être respectée.

— J'ai appris qu'un étudiant avait trouvé la mort après avoir été mordu par l'un d'entre vous.

Il me regarda avec intensité, la mâchoire serrée.

— C'est vrai. L'ange noir qui en est la cause était un novice, il a commis la même erreur que moi avec ma mère.

— C'est exactement ce qu'on m'a raconté... Darius, est-il vrai que parfois vous transformez un Humain sans qu'il soit vraiment conscient de ce qu'il s'apprête à deve...

— Mensonge ! coupa-t-il fortement. C'est un mensonge que les chiens aiment colporter. Personne à St Andrews ne crée jamais pour son propre compte !

Ses yeux étaient noirs de colère. Je reculai instinctivement.

— Je suis désolée... je ne voulais pas...

— Hannah, les tensions entre nos deux clans sont trop importantes pour que tu les comprennes. Ne cherche pas à t'immiscer entre nous pour régler une situation conflictuelle ancestrale. Tu y perdrais ton temps et ton énergie. Nous ne les aimons pas, ils ne nous aiment pas, et c'est tout.

Il poussa un long soupir, visiblement plus calme.

— Ton petit ami est le plus fougueux de la Meute. N'aborde pas ce sujet avec lui. Tu ne devrais même pas lui dire que nous nous sommes vus aujourd'hui. Cela évitera bien des heurts, crois-moi. Lui et moi nous sommes déjà frottés l'un à l'autre, et pour le bien de tous, il vaudrait mieux que ça n'arrive plus. J'ai juré de ne jamais tuer l'un des leurs sur le sol de St Andrews, ajouta-t-il calmement, mais en dehors, tout est possible. Il suffirait de peu. Et sois sûre d'au moins une chose qu'on t'a dite à mon sujet : je ne suis peut-être pas aussi gentil que tu le crois.

— Je n'en parlerai à personne, lui assurai-je, troublée.

— Ça vaut mieux.

Nous avions longtemps marché, Darius me proposa de faire demi-tour.

— Tu es bien différent de ce que j'imaginais, Darius. La première fois que je t'ai vu, je t'ai trouvé odieux. La seconde fois également.

Il eut un rire silencieux.

— Eh bien, moi, lors de notre première rencontre, je t'ai trouvée têtue, bornée et délicieuse, je l'avoue. Et quelle voix !

Je rougis doucement, malgré moi.

— Quant à la fois où tu as accepté de nous accompagner au *Red Lion*, j'ai pensé que tu étais très courageuse. Tu nous as suivis jusque dans l'antre du Diable !

— Hum... Je n'avais pas conscience de qui vous étiez.

— Le referais-tu avec tout ce que tu sais maintenant ?

— Oui.

La rapidité avec laquelle j'avais répondu me surprit moi-même.

— Vraiment ?

Je hochai la tête

— Mais je ne commanderai plus de vin chaud !

— Tu as raison, c'est épouvantable.

— Alors, pourquoi en consommez-vous ?

— C'est ce qui se rapproche le plus de la couleur de ce que nous aimons boire. Certains d'entre nous l'apprécient.

— Je vois...

— Tu nous as vraiment plu, Hannah...

— Tu peux toujours courir ! m'exclamai-je en comprenant l'allusion.

— Tu ferais un ange noir vraiment exceptionnel.

— Je ne veux même pas savoir pourquoi !

— Dommage, ça t'aurait sûrement convaincue, me certifia-t-il en me gratifiant d'un clin d'œil.

Je secouai la tête et lui souris.

— Minah, elle est aussi vieille que toi ?

Il éclata de rire.

— Holà, je vais te donner un petit conseil : ne lui présente jamais les choses comme ça ! Minah est un ange noir depuis cent trois ans.

— Elle est vraiment australienne ?

— Oui.

— Et son histoire...

— Tu veux tout savoir, hein ?

Je haussai les épaules d'un air désolé.

— Je l'ai faite.

L'entendre me fit un drôle d'effet.

— Avec mes frères, nous avons beaucoup voyagé, surtout ces deux derniers siècles. J'ai rencontré Minah en Australie, à Perth, elle venait tout juste d'avoir vingt ans. Elle marchait pieds nus dans les rues et semblait perdue, le regard dans le vide, inexpressif. J'ai ressenti en elle un grand désespoir, un immense chagrin. En six cents ans de vie, je n'avais encore jamais croisé d'Humain dégageant d'émotions négatives aussi fortes. Je l'ai suivie jusqu'aux rives du fleuve Swan. Elle voulait mettre fin à ses jours. Ignorant les gens autour d'elle, elle s'est enfoncée dans l'eau. Je l'ai rattrapée et l'ai convaincue de venir avec moi.

Il leva la main lorsqu'il vit mon sourire admiratif.

— Oh non, Hannah, je sais ce que tu es en train de penser ! Ne t'imagine pas que je sauve de la mort tous ceux qui ont décidé d'en finir avec la vie. Je n'ai pas cette bonté d'âme. Je n'ai d'ailleurs pas d'âme du tout ! Minah me semblait être un spécimen particulier de ton espèce, elle m'intriguait vraiment. Tu sais, pour les gens comme nous, les distractions sont rares, finalement, alors je voyais là un moyen d'y remédier. J'ai écouté l'histoire de Minah. Cette pauvre fille avait beaucoup souffert, subi des violences, des humiliations. Elle voulait en finir. Quel gâchis ! Une créature aussi belle qu'elle, six pieds sous terre... N'aurait-elle pas été mieux dans les airs ? Quitte à être un ange, autant être le meilleur de tous, non ? suggéra-t-il avec ironie. Elle a accepté, et je suis resté avec elle quelques mois. Je lui ai appris à vivre sa nouvelle vie. Mais Minah était rebelle, la vengeance la guidait et le sang humain l'appelait constamment. Elle était d'une très mauvaise influence pour Pierrick et Hermance. Nous avons quitté l'Australie pour repartir en Écosse. Il n'y avait guère que là que nous pouvions côtoyer des anges noirs ayant les mêmes convictions que nous. Minah a réapparu l'année dernière, fatiguée et contrite, disposée à devenir quelqu'un d'autre. Elle avait épuisé toute sa haine.

— Vous êtes-vous aimés ?

Il parut surpris.

— Aimés ? Non, pas comme tu le sous-entends, bien que notre affection réciproque soit immense. Minah est indépendante, endurcie, son cœur ne flanche pas ; jamais. Elle ne s'attache pas, c'est un vrai vampire.

— Et toi ? N'as-tu donc jamais aimé ?

La curiosité me démangeait, mais elle se justifiait – je n'avais jamais rencontré quelqu'un comme Darius, c'était un être exceptionnel, plein de mystères.

— Si, tous les jours, répliqua-t-il en posant les yeux sur ses frères.

— Pas de cette manière... Es-tu comme Minah, endurci ?

Si son regard se perdit dans le vide pendant un instant, il demeura bien vivant. Ses prunelles irradiaient d'une émotion indéchiffrable.

— En presque sept cents ans, mon cœur n'a flanché qu'une fois.

— Que s'est-il passé ?

La commissure de ses lèvres se plissa légèrement.

— Désolé, Hannah, mais voilà une histoire que je ne tiens pas à te raconter.

— Oh... je... oui, bien sûr, bégayai-je, embarrassée.

Il sourit.

— Il est temps que nous rentrions, avec les garçons, ils meurent de faim.

Je leur jetai un œil par prudence, toujours pas convaincue que mon sang ne les attire pas. Toutefois, ils ne semblaient absolument pas perturbés par ma présence. Je ne pus m'empêcher d'avoir un pincement au cœur pour eux, parce que, contrairement à tous les enfants de leur âge, ils ne grandiraient jamais.

Nous nous dirigeâmes ensemble pour rejoindre nos véhicules. Darius, Pierrick et Hermance montèrent dans le 4 x 4 boueux garé à côté de ma Mini, puis Darius klaxonna en me faisant un dernier signe de la main auquel je répondis chaleureusement. Ce n'est qu'à ce moment-là que je remarquai la voiture qui longeait lentement le parking où je me trouvais.

C'était Étienne.

Son regard croisa le mien.

Chapitre 12

Sois la bienvenue parmi nous, Hannah.

Le lendemain, en début d'après-midi, j'attendais Leith sur un banc de la cour de l'horloge. Il faisait un temps superbe. Il m'avait téléphoné un peu plus tôt pour me dire qu'il arriverait d'Édimbourg dans moins d'une heure.

J'avais terminé les cours avec un grand soulagement. Le dernier avait été dispensé par un étudiant si soporifique que je n'étais pas près de l'oublier. J'avais bien cru m'endormir sur ma table, et il m'avait sonnée pour le reste de la journée.

Pour patienter, je décidai de bouquiner un peu. Je sortis l'un de mes ouvrages préférés de mon sac, *Le nom de la rose*, que je lisais pour la deuxième fois, et m'installai confortablement.

Quelques minutes plus tard, très concentrée, j'arrivais au moment où Adso, le secrétaire de Guillaume de Baskerville, s'apprête à entrer dans la bibliothèque « interdite ».

— *Le nom de la rose*, hein ?

Je levai le nez pour découvrir qui avait l'audace de me déranger dans un pareil moment, et je souris. C'était Darius.

— Je peux ? s'enquit-il en désignant la place à côté de moi.

— Je t'en prie.

Je fermai mon bouquin et retirai mes affaires du banc. Darius s'installa et étendit ses longues jambes devant lui.

— Pas de souci majeur ?

— Comment ça ? demandai-je en arquant un sourcil.

— Lorsqu'on s'est quittés hier, l'un des chiens que tu affectionnes nous a vus ensemble.

— Ne les appelle pas comme ça !

Il ricana.

— Ce ne sont pas les yeux doux qu'il te faisait, hein ?

— Hum..., bougonnai-je.

Même de loin, j'avais bien remarqué le mépris que dégageait Étienne.

— Tu penses avoir des ennuis ?

— Pourquoi en aurais-je ?

— Ton petit ami sera au courant.

Je haussai les épaules. Ça ne faisait pas l'ombre d'un doute, mais je n'avais pas vraiment pris le temps d'y réfléchir.

— Je vois qui je veux, répliquai-je fièrement.

Il me servit un sourire en coin agaçant au possible.

— Hé, hé... Tu vas avoir des problèmes.

— Tu m'en diras tant... Tes frères ont-ils pu se caler l'estomac ? embrayai-je pour noyer le poisson.

— Ça t'a impressionnée, cette histoire, hein ? Tu ne piges pas comment deux jeunes anges noirs peuvent se passer de sang.

J'acquiesçai.

— Tout est une question d'habitude.

Ses épaules furent subitement secouées par un rire silencieux.

— Quoi ?

— Si tu avais pu voir ta tête hier quand ils sont venus me dire qu'ils avaient faim...

— Ce n'est pas drôle...

— Oh si, ça l'était... Du reste, Pierrick a trouvé que tu sentais bon.

Je blêmis malgré moi.

— Tu te moques de moi, c'est ça ?

Il sourit.

— À moitié. Cela dit, il n'a pas tort.

Et à coup sûr, mon odeur « agréable » n'avait rien à voir avec un quelconque parfum. Je n'en portais quasiment jamais.

— Comment fais-tu ça ? demandai-je.

— Faire quoi ?

— Résister à ce point. Surtout si tu peux nous sentir. En aucun cas je ne pourrais me priver d'eau.

— Ahhh... voilà toute la complexité de ma vie sur Terre. C'est la raison pour laquelle je suis si méchant avec les bizuts. Je suis frustré et je compense !

Pff.

— Je dois y aller, m'informa-t-il en se levant. J'ai un cours à donner.

Il ramassa sa besace et la cala sur son épaule.

— Rejoins-nous un de ces soirs, au pub. Je te promets que je nourrirai mes troupes avant ! ajouta-t-il, taquin.

— Dans ce cas !

Il me gratifia d'un clin d'œil et s'éloigna à grands pas.

J'avais à peine eu le temps de replonger dans ma lecture que Leith arriva. Vu sa mine renfrognée, il avait sûrement vu Darius partir. Mais si tel était le cas, il ne m'en fit pas la remarque.

— Tu m'as manqué, soufflai-je en me serrant contre lui.

Il sourit et m'embrassa sur le front.

— Je suis garé devant la fac. Je t'emmène chez moi, je dois récupérer mon sac de sport.

Interloquée, je me dégageai doucement.

— Nous partons faire du sport ?

— Non, rit-il. *Je*. Toi, tu vas juste regarder.

J'étais plutôt soulagée, parce que faire du sport avec Leith devait relever du calvaire ou du masochisme. Je m'imaginais très bien à moitié morte de fatigue pendant que lui serait aussi frais qu'un gardon.

— Et quel genre ? voulus-je savoir. Du rugby ?

— Précisément.

— Vous comptez jouer contre qui ?

— Entre nous.

Je haussai les épaules avec scepticisme.

— Vous n'êtes que dix.

Il eut un rire moqueur.

— Cinq contre cinq, ce sera parfait. Et à nous seuls, nous valons bien vingt hommes, non ? me railla-t-il.

— Eh bien, je suis curieuse de voir ça.

Nous marchâmes jusqu'au 4 x 4 stationné le long de l'université. Il m'ouvrit la portière et jeta mon sac sur le siège arrière.

— Installe-toi, je reviens dans une minute.

Je le suivis des yeux avant de monter, il rejoignait Jamie et John sur le trottoir d'en face.

Leur conversation s'anima immédiatement, Jamie faisait de grands gestes. Il n'y avait aucun doute, ils parlaient de moi. Ma petite excursion à West Sands Beach avait certainement déjà fait le tour, et Jamie n'appréciait pas. Bon sang, ce que ça me fatiguait, cette situation ! Il s'agissait d'un cercle vicieux ridicule : les anges noirs n'aimaient pas les loups-garous parce que ceux-ci ne les aimaient pas, et vice versa. Évidemment, il fallait que je me retrouve au milieu de tout ça. Quoi qu'il en soit, je ne prétendais pas pouvoir régler leurs histoires, j'en étais bien incapable. Comme l'avait justement fait remarquer Darius, j'y perdrais mon temps et mon énergie. J'allais devoir composer, et je n'avais aucune idée de la manière dont je devais m'y prendre.

Je soupirai et me collai à mon siège.

Leith me rejoignit presque aussitôt.

— Ils sont furieux, n'est-ce pas ?

Il tenta un timide sourire.

— Ne t'inquiète pas.

— Ils sont furieux ? répétai-je.

— Ça leur passera.

— Et toi ? Tu m'en veux ?

Il engloba mon visage entre ses mains et me regarda intensément, les yeux scintillants et bienveillants.

— Est-ce que ça changerait quelque chose ? Arrêterais-tu de les voir pour autant ?

Dans la mesure où il m'avait aperçue avec Darius un peu plus tôt...

— Non, avouai-je à mi-voix.

— Ça ne me plaît pas, mais je ne t'en veux pas, Hannah. Je ne vais pas non plus essayer de te convaincre une nouvelle fois. J'ai simplement l'intention de veiller à ce qu'il ne t'arrive rien.

J'en restai pantoise. Ce changement de cap ne lui ressemblait pas. Il y avait anguille sous roche.

— Tu ne vas pas me filer au train, quand même ? demandai-je en haussant un sourcil.

— Si peu...

— Tu ne peux pas faire ça !

— Et qui m'en empêchera ?

— Moi !

— Eh bien, j'ai hâte de voir ça...

— Leith Sutherland, le menaçai-je, mi-figue, mi-raisin. Si tu me suis à longueur de temps...

— Qui a parlé de te suivre ? Je compte t'accaparer tellement délicieusement que tu n'auras plus envie de voir quelqu'un d'autre que moi.

— Pff... prétentieux avec ça.

— Tu mets mes capacités en doute ? demanda-t-il avec une assurance typiquement masculine.

— Non..., bougonnai-je de dépit.

Il démarra en affichant un sourire de vainqueur exaspérant.

Nous arrivâmes dans un coin de campagne au sud-ouest de la ville, là où les pâtures régnaient en maître. On y croisait d'ailleurs plus de moutons au kilomètre carré que d'habitants. Nous roulâmes pendant environ vingt minutes sur l'A915 en direction de Largoward, puis Leith bifurqua à gauche, juste avant Cameron Reservoir. Il continua sur une route pastorale un moment, et emprunta un chemin de terre chaotique longeant un champ.

Il s'arrêta au milieu de nulle part, au bord d'une vaste prairie verdoyante où étaient déjà garées plusieurs voitures. En sortant du véhicule, j'entendis des cris et des éclats de rire. Leith attrapa son sac de sport dans le coffre et me saisit par la taille. Nous avançâmes ainsi jusqu'au lieu de rendez-vous.

Je n'avais aucune idée de l'accueil que la Meute me réserverait, mais je ne me faisais pas trop d'illusions. J'aurais sûrement droit à quelques réflexions. J'étais crispée, je n'avais pas besoin d'ouvrir la bouche pour que ça se remarque.

— Tout ira bien, tenta de me rassurer Leith en me serrant un peu plus contre lui.

Nous dépassâmes un bosquet et aperçûmes les garçons qui s'entraînaient au beau milieu d'un chaume verdoyant. À chaque extrémité étaient plantés des poteaux de but, ainsi qu'une barre transversale. Le fer était complètement rouillé et semblait dater de la dernière Guerre mondiale. La pelouse était en très mauvais état, comme après le passage de chevaux sur un champ de courses, et des lignes blanches avaient été tracées à la va-vite. Autant le dire : leur terrain était tout pourri. Mais bonne nouvelle, pas de traces de Georgia !

— Comment allez-vous faire pour jouer là-dessus ? demandai-je à Leith en lui montrant mes chaussures déjà bien crottées.

— Ce n'est que de la boue.

— Certes, mais regarde, rien qu'en marchant je risque de me prendre une gamelle, alors en courant, j'ose à peine imaginer les dégâts...

— C'est parce que tu n'as aucun équilibre, se moqua-t-il. Par chance, ce n'est pas toi qui joues, *honey* !

Il pouvait le dire !

— La pâture appartient à l'oncle de Dan, précisa-t-il. On a dégoté de vieux poteaux, aménagé à peu près l'endroit, ct voilà !

— Fascinant..., le raillai-je à mon tour.

Il fit mine d'être contrarié en prenant un air sévère.

— Méfie-toi, je vais te forcer à faire plusieurs tours de terrain !

— Dans tes rêves, oui !

— Tu veux parier ?

— Pff... si tu tiens à perdre...

Il lâcha ma taille et s'arrêta un instant pour me toiser. Je le fixai, interloquée.

— Quoi ?

— Continue devant. Je te laisse de la marge, m'informa-t-il d'un ton égal.

— De la marge pour quoi ?

— Avant que je ne te coure après, mon chou.

Je secouai la tête de droite à gauche.

— Mais moi, je ne *veux* pas courir !

— Tu vas y être obligée, pourtant.

— Et qu'est-ce qui te fait croire ça ?

Leith se baissa lentement, ramassa une motte de terre poisseuse, et la roula entre ses mains. Les yeux écarquillés, je commençais à comprendre ce qu'il avait l'intention de faire. Je me mis immédiatement sur mes gardes.

— Tu ne vas pas vraiment faire ça ?

— Je vais me gêner...

Je reculai prudemment.

— Dépêche-toi, m'avertit-il, tu n'as plus beaucoup de temps...

— Leith… Je t'interdis de faire un truc pareil !

Cette fois, il avança de deux pas.

— Nom d'un chien ! m'écriai-je.

Ni une ni deux, je me retournai pour courir loin devant lui.

Quelle galère, toute cette boue ! Mon sang se glaça lorsque j'entendis ses longues foulées dans mon dos. Je hurlai en continu et accélérai. Je n'étais plus qu'à quelques mètres de Jamie. Plus que deux, plus qu'un… Dans un effort désespéré, je m'agrippai à sa veste et me cachai derrière lui.

Leith et lui rirent aux éclats.

J'osai alors sortir ma tête de derrière Jamie afin de regarder prudemment en direction de Leith. Il me considérait avec amusement, le sourire aux lèvres, fier de m'avoir flanqué la trouille de ma vie.

— Tu cours pas mal, me félicita Jamie. Tu joues avec nous ?

— Non, marmonnai-je.

— Dommage, tu ferais un tabac.

Avec méfiance, et sans quitter Jamie d'une semelle, j'observai Leith jeter son sac au sol. Il l'ouvrit et enfila ses chaussures à crampons. Il ôta sa veste et son pantalon de sport pour se retrouver en short et en tee-shirt à manches longues. J'étais au bord de l'évanouissement. Ses vêtements le moulaient presque. Les sculptures antiques des plus beaux athlètes grecs se seraient brisées de jalousie devant lui. Béate et le cœur palpitant, je pris une profonde inspiration avant de me laisser tomber sur la couverture étendue à mes pieds. Malgré le froid, je bouillais.

Jamie s'agenouilla devant moi et me fixa sans ciller.

— Il y a quelque chose que je voudrais te dire.

Évidemment, je m'attendais à un sermon en bonne et due forme sur mes fréquentations.

— Vas-y, l'invitai-je à parler en serrant les dents.

— Même si tu es différente de nous, tu es l'une des nôtres, maintenant. Et quand l'un des nôtres se met en danger, la Meute réagit. Tu comprends ?

Je hochai la tête même si, résolument, j'étais convaincue qu'à aucun moment je n'avais couru de risque.

— N'en veux pas à Étienne, OK ?

Je secouai le menton.

— Sois la bienvenue parmi nous, Hannah, conclut-il en me tapotant doucement l'épaule avant de se relever.

Mon père était fan de rugby. Pas moi. En fait, je n'y comprenais rien du tout. Les quelques notions que j'avais se résumaient à ma connaissance de la forme du ballon, du nombre de joueurs par équipe, des chocs violents qu'ils pouvaient parfois recevoir, des oreilles abîmées et, j'en avais presque honte, du calendrier annuel et très populaire du Stade français. Voilà.

Mon père aurait adoré être là. Ce qui se déroulait devant moi n'avait rien à voir avec les bribes de matchs que j'avais pu regarder depuis le divan de notre salon. Ici, tout était sublimé. Littéralement. Outre le fait que chaque membre de la Meute possédait une musculature qui m'était bien difficile d'ignorer, j'étais en totale admiration de leurs performances sportives. Les essais et les pénalités se succédaient. Les garçons étaient tellement rapides...

John m'avait globalement expliqué le rôle de chacun, mais mis à part celui de Leith, qui était un demi de mêlée, et celui de Jamie, talonneur, je n'avais rien retenu de plus. Quoi qu'il en soit, je ne ratais rien du spectacle.

Le ballon sous le bras, Étienne courait à une allure prodigieuse en direction des poteaux adverses. Derrière lui, Dan et Anneas le serraient de près pour l'empêcher de marquer un essai. Soudain, ils se jetèrent tous les deux sur Étienne, qui était néanmoins parvenu à passer de l'autre côté la ligne de but.

Je réprimai un fou rire lorsqu'ils se relevèrent. Ils ressemblaient à d'épouvantables monstres boueux et, visiblement, ça les amusait autant que moi.

Le match reprit. Quelques minutes plus tard, une petite mêlée se forma. Les garçons se grimpaient dessus, ni plus ni moins. Leurs têtes s'entrechoquaient, mais personne ne semblait s'en plaindre. Le ballon sortit soudain de nulle part. Leith sauta comme un diable pour le récupérer et le lança à Jamie qui se tenait juste derrière lui. Mais avant que Leith ne repose les pieds sur le sol, il fut tiré par les jambes et retomba violemment sur Jamie.

Aïe ! Je fermai les yeux pour ne pas voir ça. Quand je les rouvris, ils étaient tous de nouveau en train de courir. Leith et Jamie passèrent devant moi, le visage couvert de sang. La méchante plaie qui fendait leur front ne semblait pas les déranger plus que ça : ils continuèrent à jouer comme si de rien n'était.

Au même moment, un bruit de moteur me fit me retourner. Une Jeep rouge était en train de se garer. La seconde d'après, Georgia sortit de la voiture.

Si j'avais été un homme, j'aurais sûrement fait une crise d'apoplexie. Bien qu'elle eût prétendu qu'il n'était pas question pour elle de participer à un match, elle avait revêtu une tenue de rugby comprenant quelques améliorations personnelles : un short qu'elle portait à ras les fesses, un tee-shirt à manches longues rayé bleu et blanc, moulant et largement ouvert sur la poitrine, une paire de chaussettes qui s'arrêtaient à mi-cuisse, et des baskets – ce qu'elle avait de plus sobre. Tout ça avec moins de huit degrés à l'extérieur ! Même avec une température corporelle aussi élevée que la sienne, il ne fallait pas pousser. Elle était là depuis moins d'une minute et elle me sortait déjà par les trous de nez. Cette nana me mettait dans tous mes états. Miss Univers serait passée pour un vilain petit canard à côté d'elle.

J'avalai ma salive et reportai mon attention sur la fille qui l'accompagnait. Il s'agissait d'une brunette aux cheveux courts, toute menue, avec un visage angélique et de grands yeux bleus. Sa tenue était bien plus discrète que celle de Georgia. Elle s'était contentée d'un simple jean, d'une paire de baskets et d'un sweatshirt à capuche.

Elles s'avancèrent vers moi, Georgia me coulant un regard mauvais en me voyant assise sur la couverture.

— Hannah ! Je ne pensais pas que tu serais ici. Je croyais que tu préférais la compagnie des sang-mort !

Je n'essayai même pas de répliquer. Quant à la fille à côté d'elle, elle fit mine de n'avoir rien entendu. Elle s'approcha pour me saluer et me tendit la main.

— Salut ! Je suis Julia, se présenta-t-elle joyeusement.

Ohhhh... *la* Julia.

— Hannah, répondis-je sans grand entrain.

— C'est ce que j'ai cru comprendre... Ils jouent depuis longtemps ? demanda-t-elle en désignant les garçons.

— Quarante minutes environ.

— Alors ils vont bientôt faire une pause. On a apporté des biscuits, du thé et du café.

Une pause ? Je levai les yeux sur le ciel. Le soleil était bien descendu et la luminosité n'était plus à son apogée. La nuit ne tarderait pas à tomber.

Sans attendre, Georgia s'éloigna et se mit à courir autour du terrain avant de s'arrêter à l'opposé d'où je me trouvais pour encourager les garçons.

Julia s'approcha et s'installa sur la couverture. Leith passa au même moment, nous saluant d'un signe de la main auquel Julia répondit timidement. Visiblement embarrassée, elle me jeta un regard furtif ponctué d'un léger sourire.

— Vous vous connaissez depuis longtemps, avec Leith ? m'interrogea-t-elle.

— On s'est rencontrés il y a quelques mois.

Les secondes s'égrenèrent silencieusement puis Julia reprit :

— J'étais à St Andrews l'année dernière.

— Leith m'en a parlé. Pourquoi es-tu partie, tu avais terminé tes études ?

— Non, je me suis inscrite ailleurs.

— L'université ne te convenait pas ?

Elle baissa la tête en riant du nez.

— Si, beaucoup, mais il y a eu des frictions dans le groupe.

— Au sein de la Meute ?

— Oui.

— Au sujet de Leith et toi ?

Ça m'était venu spontanément. Julia me considéra avec étonnement.

— Leith et moi ? Non. Écoute, il a sûrement dû t'en toucher un mot, mais ce n'était vraiment pas sérieux entre nous. C'était... presque un accident. Leith est un ami.

Je hochai la tête.

— Alors à quelles frictions fais-tu allusion ?

Julia se passa une main dans les cheveux.

— Eh bien... Tu veux marcher un peu ? demanda-t-elle subitement.

Ne sachant pas trop quoi faire d'autre, j'acceptai.

Nous empruntâmes un sentier empierré qui séparait le terrain de rugby du champ d'à côté. Nos chaussures étaient couvertes de terre dans laquelle de tout petits cailloux s'incrustèrent, rendant nos pas lourds et collants. Nous continuâmes en silence jusqu'à l'emplacement où étaient garées les voitures. Lorsqu'enfin nous arrivâmes sur le chemin, Julia et moi décrottâmes succinctement nos chaussures.

— J'aime bien cet endroit, fit-elle remarquer joyeusement. Mais quand il vient de pleuvoir, c'est vraiment galère !

Je retirai les derniers gravillons et tentai d'essuyer l'excédent de boue sur une grosse pierre.

— C'est l'Écosse ! lançai-je, faussement blasée.

Elle me regardait faire sans bouger, les bras croisés et la tête légèrement enfoncée dans les épaules. Ainsi, on aurait pu croire qu'elle avait froid, mais c'était tout bonnement impossible. Julia gratta le sol avec son pied avant de lâcher le morceau qui pendait manifestement à ses lèvres.

— On m'a raconté pour Darius.

— Oh... évidemment, ironisai-je.

— Personne ne te juge.

J'en doutais sérieusement. Je levai la tête en direction de Georgia. Julia comprit.

— Laisse tomber Georgia, il faut systématiquement qu'elle fasse un effet de style, c'est plus fort qu'elle. La situation est un peu compliquée avec le Cercle, et les garçons sont toujours très inquiets pour nous quand il s'agit des anges noirs.

Je fus surprise qu'elle ne les nomme pas Exploiteurs ou sang-mort comme tous les autres.

— Quand tu dis « nous », tu parles des filles du groupe ?

— C'est ça, s'amusa-t-elle. C'est leur instinct protecteur qui les motive.

— J'en sais quelque chose ! J'ai parfois l'impression d'être en porcelaine.

Elle sourit avec moi en tournant la tête du côté de Leith.

— C'est un chouette gars.

Je n'avais pas l'intention de prétendre le contraire.

Nous commençâmes à avancer lentement.

— Es-tu ce genre de fille qui répète tout ce qu'on lui raconte ? demanda-t-elle abruptement.

J'écarquillai les yeux.

— Non. Je sais garder un secret, si c'est ce que tu sous-entends.

— Tu tairas ce que je vais te révéler, alors ?

— Je suis surprise que tu me fasses confiance à ce point, on se connaît à peine, mais tu as ma parole. Je ne dirai rien.

Julia prit une profonde inspiration et me jaugea un instant comme pour déterminer si oui ou non elle pouvait avoir foi en moi. Enfin, elle desserra les lèvres.

— Leith a eu une violente altercation avec Darius, l'année dernière.

— Je suis au courant...

— Que sais-tu exactement ?

— Leith m'a raconté que Darius en avait sans arrêt après toi et que tu n'en pouvais plus. C'est pourquoi vous vous êtes confrontés.

Elle sourit tout en glissant nerveusement une main dans ses cheveux. Je fronçai les sourcils.

— Quoi ? Ce n'est pas ce qui s'est passé ?

— Non, pas tout à fait.

J'attendis patiemment qu'elle me dévoile la suite.

— Darius en avait effectivement après moi, mais... pas comme Leith l'entend.

Je demeurai interdite plusieurs secondes. Avais-je bien compris ce qu'elle désirait que je comprenne ?

— Il... vous... tu... tu veux dire que tu lui plaisais ?

— Beaucoup.

Elle baissa le menton, mais j'eus le temps de remarquer que ses pupilles pétillaient d'un éclat particulier.

— Toi aussi ? demandai-je, ahurie.

— Oui..., souffla-t-elle.

J'en restai coite.

— Mais... n'as-tu pas dit à Leith que tu détestais Darius.

— C'est ce que je leur racontais à tous, je jouais un rôle.

— Waouh...

— Les *Roméo et Juliette* du fantastique, ironisa-t-elle en serrant les dents.

— Vous êtes encore ensemble ?

Elle secoua la tête avec amertume.

— Il n'y a bien que dans ton monde qu'on accepte les différences.

Première nouvelle !

— Dans le mien, reprit-elle, il y a des règles qui ne doivent pas être transgressées. Jamais.

— Et pourquoi pas ?

— L'équilibre est fragile.

— Il ne s'agit que de groupements universitaires ! Quel équilibre allez-vous briser en partant tous les deux ?

— C'est bien plus que ça. La haine ancestrale entre nos espèces ne se résume pas à St Andrews. Nous devrions nous cacher sans arrêt des miens et des siens. À quoi bon ?

J'avais beau réfléchir, je ne voyais vraiment pas ce qui les empêchait de se carapater tous les deux.

— Écoute, reprit-elle, nous nous sommes chassés et entre-tués de tout temps. D'abord, parce que les anges noirs, immortels, voulaient nous dominer et que nous étions suffisamment forts pour nous défendre. Ensuite, parce que les garous attachés aux Humains ne pouvaient – ne peuvent – accepter qu'on les sacrifie pour se nourrir. Cette haine est si vieille que les miens sont incapables de faire la différence entre les anges noirs repentis de St Andrews et ceux du reste du monde. La Meute non plus, Hannah. Ce sont des Exploiteurs. Point. Je trahirais ma propre race si je partais avec Darius, tu saisis ?

— Moi je le ferais, et Leith aussi, affirmai-je. Vous ne pouvez pas porter le fardeau de vos ancêtres. C'est ridicule.

— Tu ne comprends rien, pour toi et Leith, ce n'est pas pareil.

— Et en quoi ? Imaginons que le traité de paix entre les deux communautés garolles soit brisé, qu'adviendrait-il de moi ?

Je faisais allusion aux règles qui régissaient la communauté du Sutherland, celle notamment qui interdisait à un garou d'être avec une Humaine.

— Si tel était le cas, repris-je, Leith et moi serions les premiers visés. Je risquerais la mort chaque jour, mais jamais je ne me séparerais de lui.

Julia fléchit la nuque.

— Regarde-nous, plaida-t-elle avec des yeux si tristes que j'en eus mal au cœur. C'est un vampire ailé, je suis un loup-garou, il traverse les siècles alors que je suis à peine capable d'en vivre un seul. Il restera jeune à jamais et je me flétrirai à petit feu. Quel avenir pour nous ?

— Pourrais-tu devenir comme lui ?

Elle sembla horrifiée par ce que je venais de suggérer.

— Un ange noir ?

— Ce n'est pas possible ?

— Non, c'est comme si tu souhaitais faire d'un chien un chat. C'est irréalisable.

Je pinçai les lèvres.

— Combien de temps a duré votre relation ?

— Presque toute l'année universitaire. Nous y avons mis un terme au mois de mai l'année dernière.

— Pourquoi ?

— À cause de l'altercation entre Leith et Darius. Après les partiels, nous avions décidé de nous voir, Darius et moi. Nous nous étions donné rendez-vous sur la plage dans la soirée. Nous y sommes restés jusque tard dans la nuit. Je n'en connais pas la raison exacte, mais Leith est passé avec son 4 x 4. Il a remarqué ma voiture et s'est arrêté pour savoir ce que je faisais là à une heure pareille et s'assurer que je n'avais pas d'ennui. Il nous a vus ensemble, Darius et moi.

— Il m'a dit que tu aurais pu être blessée s'il n'était pas intervenu. Qu'est-ce qui a pu lui faire croire ça ?

Julia poussa un long soupir.

— Il y a une chose merveilleuse que les anges noirs sont capables de faire : voler. Et ce que j'aimais le plus, c'était être dans les bras de Darius quand il était dans les airs. Il me tenait à plusieurs mètres au-dessus du sol lorsque Leith est arrivé. Ce dernier est devenu fou, il a cru que Darius me faisait du mal.

— Leith déteste Darius...

— Comment aurait-il pu en être autrement avec toutes les horreurs que je racontais sur lui et les soi-disant brimades qu'il me faisait subir ? Leith est très courageux, tu sais, et la Meute est comme une famille. On ne touche pas à la famille. Darius a juste eu le temps de me déposer au sol. Leith s'est transformé à la vitesse de l'éclair et lui a sauté à la gorge. Je ne pouvais même pas m'interposer pour celui que j'aime, dit-elle amèrement. Mais Darius est fort et rapide, il s'est dégagé sans trop de mal. J'ai réussi à convaincre Leith qu'il ne fallait pas briser les règles fragiles de St Andrews, que Darius n'en valait pas la peine. J'ai menti. Darius le savait. Il connaissait les enjeux aussi bien que moi, mais il a compris ce soir-là que nous ne pourrions *jamais* être ensemble. J'étais dévastée. J'ai quitté l'université le lendemain même et je n'y ai plus mis les pieds.

— Tu ne l'as pas revu ?

— Jamais.

J'étais vraiment retournée par son histoire. Darius et Julia... Ç'aurait pu être le titre d'une tragédie. Et à peu de chose près, c'en était une.

— Je suis désolée, Julia, murmurai-je avec sincérité.

Elle plongea ses yeux dans les miens, au bord des larmes.

— C'est la vie.

Puis elle baissa la tête, alors je posai une main réconfortante sur son épaule. Julia me sourit.

— Nous devrions faire demi-tour, maintenant. J'entends qu'ils ont fini de jouer.

Moi je ne percevais rien du tout, mais notre ouïe n'avait pas la même finesse. Nous commençâmes à marcher sans un mot. J'étais encore sous le choc de tout ce qu'elle venait de me raconter. J'avais mal pour elle, pour Darius. Ce n'était pas juste.

Lorsque nous ne fûmes plus qu'à une vingtaine de mètres de tout le monde, je rompis le silence.

— Pourquoi m'en as-tu parlé, Julia ? Tu me connais à peine.

Elle sourit.

— Depuis que je suis née, je n'ai jamais entendu personne dire que les anges noirs n'étaient pas des êtres abjects. Tu es la seule à prétendre le contraire et tu tiens tête à la Meute.

— Euh... techniquement, je ne tiens tête qu'à Leith.

— Leith, la Meute, c'est du pareil au même.

Je méditai cette dernière phrase. Leith en serait bientôt le chef.

— Pourquoi ne lui en parlerais-tu pas ?

— À Leith ? Tu es dingue !

Une frayeur démesurée se lut sur son visage.

— Je suis sûre qu'il comprendrait.

— Je ne crois pas, non !

— Écoute, il... Regarde-moi, Julia, je suis humaine, c'est un Lupus. Penses-tu que nous soyons considérés comme un couple normal aux yeux de ceux qui savent ? Et je ne parle même pas de ceux qui n'ont pas encore conscience de votre existence, ils nous lapideraient sur place s'ils apprenaient une pareille situation. Julia, je suis certaine que Leith aurait de la compassion pour vous, il ne peut en être autrement.

— Il déteste Darius.

— Parce qu'il ne le connaît pas comme toi !

— Laisse tomber, Hannah. C'est vain.

— Je suis sûre que...

— Garderas-tu tout ça pour toi ? m'interrompit-elle avec fermeté.

Je hochai le menton.

— Je ne dirai rien.

Elle parut soulagée et osa l'esquisse d'un sourire.

— Merci. Je suis heureuse de t'avoir parlé. Toi et moi, nous serons de grandes amies.

— J'en ai bien l'impression, admis-je en souriant aussi.

Contre toute attente, Julia me serra étroitement contre elle. D'abord, je ne bougeai pas, puis, maladroitement, j'enroulai mes bras autour d'elle et lui tapotai doucement le dos. Je n'avais pas d'autre réconfort à lui apporter. Pour le moment.

Lorsque nous rejoignîmes la Meute, la lumière se noyait dans le crépuscule. Nous trouvâmes les garçons allongés à même le sol, les bras en croix.

J'ouvris le sac de sport de Leith pour en sortir une serviette ainsi qu'une vieille bouteille d'eau encore à moitié pleine. Puis je m'agenouillai devant lui.

— On dirait que tu as pris un bain de boue, m'amusai-je en tentant de le débarbouiller.

Je remarquai par ailleurs que sa blessure au front avait complètement disparu.

— Justement, argua-t-il avec malice. Ce n'est pas équitable. Toi, tu es bien trop propre !

Il saisit mes poignets et me retourna brusquement sur le dos, ne prêtant aucune attention au fait que nous n'étions pas seuls. Après quoi il frotta ses cheveux sur mon visage. En moins de deux, je me retrouvai dans un état épouvantable. Lorsque je me relevai, tout le monde riait à gorge déployée.

J'essayai de me nettoyer un minimum, mais je ne parvins qu'à étaler davantage la terre.

J'abandonnai. Autant me laver chez moi. Toutefois, je n'en eus pas l'occasion. Chacun sait que le temps écossais est capricieux. Le soleil, encore radieux en début d'après-midi, s'était laissé envahir par une multitude de nuages qui décidèrent d'éclater à cet instant précis en grosses gouttes. La logique aurait voulu que chacun plie bagage rapidement pour se réfugier dans les voitures, mais une euphorie inexpliquée s'empara de la gent masculine. Ils sautèrent tous sur leurs pieds et se frottèrent comme s'ils étaient sous la douche. On se serait cru dans l'une de ces pubs pour gel moussant, j'en restai bouche bée.

Leith me fit signe d'avancer. Il m'attira à lui et entreprit de m'essuyer le visage avec la serviette.

En jetant un petit coup d'œil dans son dos, je croisai le regard mauvais de Georgia. Elle était verte de jalousie. Dommage !

Tout le monde finit par ramasser ses affaires pour se diriger vers les voitures. Dans quel état elles allaient être ! Leith partit devant moi pendant que je saluais Julia, lui promettant qu'on se reverrait bientôt. Nous échangeâmes nos numéros de téléphone et je fis demi-tour.

— Alors, *Hannah des loups*, me railla Georgia, qui n'était pas repartie avec Julia. Le beau Leith ne te convient plus ?

— De quoi est-ce que tu parles ? rétorquai-je sèchement.

Elle ricana.

— Il paraît que tu fricotes avec Darius.

Après la conversation que je venais d'avoir avec Julia, je n'avais pas du tout envie de papoter sur le dos de Darius.

— Tu racontes n'importe quoi.

— Remarque, il est plutôt mignon si on aime la viande froide.

— Tu essaies d'être drôle ?

Elle haussa les épaules.

— Je disais ça comme ça.

— Eh bien, justement, grondai-je, tu ferais mieux de te taire !

Elle m'avait tant énervée que je lui aurais bien volontiers envoyé une motte de terre en pleine figure, réduisant à néant son maquillage trop parfait qui ne dégoulinait même pas sous la pluie. J'accélérai le pas dans l'intention de la planter là.

Elle arriva comme une furie derrière moi et m'obligea à faire volte-face en me tirant violemment le bras.

— Écoute-moi bien, petite idiote, cracha-t-elle avec un air extrêmement menaçant. Mon frère t'accorde bien trop de crédit, mais pour moi, tu ne vaux pas plus qu'un pet de lapin !

— Je ne te permets pas de me parler comme ça ! aboyai-je, les joues empourprées de colère.

— Je n'en ai rien à cirer de ta permission. Tu penses pouvoir entourlouper tout le monde avec ton regard de biche ? Tu crois que nous sommes tous aussi faibles de cœur que Leith ? Tu rêves ! Je t'ai à l'œil ! Si tu imagines que je vais te laisser mettre en danger la Meute sous prétexte que tu ne peux pas t'empêcher de lorgner un autre, tu commets une grave erreur, ma petite !

Mais qu'est-ce qu'elle racontait ? C'était elle qui me disait ça ? Elle, le cauchemar de toutes les filles du campus ? J'avais l'impression de rêver.

— Je ne lorgne personne, moi, répliquai-je vertement. Tu dois confondre.

Puis je la détaillai de la tête aux pieds avec mépris.

— Regarde-toi ! Tu n'enflammes que toi à t'habiller de la sorte. Il ne te voit même pas ! sifflai-je en faisant allusion à Leith.

Georgia rejeta calmement en arrière ses cheveux dégoulinants de pluie.

— Oh, tu crois ça ? Puisque tu abordes toi-même le sujet, autant t'informer de deux ou trois choses importantes : j'étais là bien avant toi, *Hannah des loups*, et je serai encore là bien après. Leith le sait.

— Tu perds ton temps. Il se contrefiche de toi.

Un éclat de fureur traversa ses iris

— Tu te trompes sur toute la ligne. Premièrement, il ne se moque pas de moi, car je compte bien plus que tu ne le crois. Deuxièmement, je ne perds jamais mon temps. Je *prends* mon temps. Et te concernant, dit-elle en enfonçant son doigt dans mon thorax pour le retirer aussitôt, ce n'est qu'une question de temps, justement. J'obtiens toujours ce que je veux et malheureusement pour toi, j'ai bien peur que tu ne fasses pas le poids face à moi. Considère ça comme un avertissement, petite Humaine sans intérêt...

Le « petite Humaine sans intérêt » me fit l'effet d'un coup de poignard. Les yeux humides, j'essayai de me retenir de pleurer. Elle aurait été bien trop contente.

Georgia me servit son habituel sourire sournois et partit devant moi en courant.

Ce n'est que parce que la pluie tombait violemment que je laissai couler mes larmes. Que Georgia me menace de récupérer Leith ne m'affolait pas le moins du monde, j'avais passé le stade de m'en inquiéter depuis belle lurette. Non, j'étais horrifiée qu'elle me haïsse à ce point. Personne ne m'avait jamais détestée avant elle, et le sentiment que cela me procurait était affreux.

Je ravalai un sanglot et me mordis les lèvres.

Je ne la laisserais pas me marcher sur les pieds. Ça, non.

Je m'en fis la promesse.

Chapitre 13

Tu as un problème ?

Avril, trois mois plus tard.

— Et c'est ainsi que le plan de l'abbaye de Saint-Gall fut établi au IXᵉ siècle. Considéré comme un trésor national par la Suisse, il est aujourd'hui précieusement conservé dans l'actuel monastère. Je vous remercie pour votre attention, et vous dis à la semaine prochaine, nous parlerons des prieurés bénédictins.

Darius replia ses dossiers, éteignit le rétroprojecteur et enfila sa veste.

Parce qu'il était en troisième cycle, il donnait des cours magistraux aux première et deuxième années. Avec lui, l'amphi était toujours plein à craquer. Darius était un excellent orateur, et captivait son auditoire. Pourtant, ce jour-là, je n'avais pu m'empêcher de remarquer son manque d'entrain et son teint, habituellement doré, blafard. Je rangeai rapidement mes affaires et m'avançai vers lui.

— Bravo ! Pour quelqu'un qui n'a pas vécu à cette époque, tu ne t'en es pas mal sorti, le taquinai-je. Nous étions vraiment dedans.

Il lâcha un profond soupir de lassitude.

— Tu n'imagines pas le nombre de fois que j'ai donné ce cours...

— C'est toi qui as choisi, lui rappelai-je.

Il haussa les épaules.

— Tel est mon lot : l'éternelle répétition de la vie.
Je fronçai les sourcils.
— Tout va bien ?
— Comme sur des roulettes ! prétendit-il.
Puis il m'invita à sortir de l'amphi avec lui.
— Tu as cours ? demanda-t-il.
— Non, et toi ?
Il rit.
— Heureusement pour moi, c'était le dernier avant la semaine prochaine ! Quand je vois tous ces imbéciles plantés devant moi sur leur chaise... Je pourrais leur raconter n'importe quoi, ils n'iraient même pas ouvrir un bouquin pour vérifier si ce que je dis est vrai.
— J'adore être traitée d'imbécile, marmonnai-je. Du reste, tes interventions sont vraiment intéressantes.
— Vraiment ? fit-il mine d'être surpris. Très bien. Pour être bien sûr que tu n'en perds pas une miette, tu seras interrogée au prochain cours.
J'écarquillai les yeux.
— Tu rigoles ?
Il éclata de rire et secoua la tête de droite à gauche.
— Il y aurait mille et une façons plus divertissantes de te torturer, Rouquinette.
— Dans tes rêves !
Je me tournai vers lui lorsque nous arrivâmes à la sortie principale de la fac. De grands cernes lui mangeaient le regard.
— Tu sembles fatigué, Darius.
Il plissa les paupières.
— Rien ne t'échappe, hein ?
Je pris une moue gênée.
— Ça ira mieux ce soir, m'assura-t-il. Nous allons chasser.
Je tâchai de conserver un visage impassible.
— Oh... baisse d'énergie ?
Il hocha la tête.
— Vous le faites toujours la nuit ?

Il me coula un regard amusé.

— Non, mais cette fois c'est particulier. Un étudiant s'est proposé de nous nourrir. Nous lui laisserons un peu de marge pour courir devant nous et… clac !

Comme j'étais consternée, Darius s'esclaffa.

— Ah, Hannah, ne va pas raconter ça à la Meute, sans quoi ils seraient capables de venir vérifier par eux-mêmes et nous priveraient d'un bon gibier !

Je levai les yeux au ciel.

— Lors de notre dernière discussion, tu semblais dire que tu ne chassais pas très souvent.

— C'est vrai.

— Quand estimes-tu devoir le faire ?

— Je ne sais pas si je peux répondre à cette question, marmonna-t-il.

Ce qui ne fit qu'attiser un peu plus ma curiosité.

— Pourquoi ?

— Pour ne pas t'effrayer.

— Dis toujours…

Il soupira.

— Je chasse lorsque je suis faible, mais surtout quand l'odeur du sang humain devient insupportable.

J'avais beau me seriner que tout ceci était complètement normal, je trouvais effectivement l'idée angoissante.

— Tu ne pourrais pas te contenir, sinon ?

— Je ne sais pas. Je n'ai jamais pris le risque de pousser trop loin mes limites depuis que j'ai adopté un mode de vie plus… raisonnable.

— Le sang de certains Humains t'attire-t-il plus que d'autres ?

— Assurément !

J'avalai ma salive. Pour le coup, il éclata de rire.

— Sans vouloir t'offenser, Hannah, je trouve l'odeur du tien tout à fait banale. Agréable, mais banale.

— Eh bien, tant mieux !

Darius me sourit.

— Dans un amphi bondé de monde, les odeurs s'amalgament, repris-je. J'imagine à quel point c'est insupportable. Comme dans une parfumerie où toutes les senteurs se mélangent. C'est entêtant et pas toujours plaisant.

Il secoua la tête.

— Ce n'est pas désagréable, au contraire. Toutefois, il arrive que certains effluves se détachent franchement des autres et me rendent irritable. Très irritable.

Pour ne pas dire « excité », en déduisis-je.

— Et que fais-tu dans ce cas ?

— J'évite les personnes concernées du mieux que je peux. En général, ce sont celles-ci qui estiment que je suis un très mauvais enseignant, car je ne leur accorde aucun moment particulier.

J'étais bien contente de ne pas faire partie de cette minorité alléchante.

Je tournai la tête et aperçus Tarja qui m'attendait un peu plus loin. Nous avions prévu de faire du shopping, ce dont je m'étais réjouie toute la matinée. Me retrouver parmi les garçons de la Meute était parfois déroutant. Ils avaient beau être des loups-garous, leurs conversations n'en étaient pas moins humaines et typiquement masculines. Tout y passait : football, filles, rugby, filles, grosses voitures et… filles.

— Je dois y aller, avertis-je Darius.

Un sourire fleurit au coin de ses lèvres.

— Très bien, mais ne perds pas trop ton temps en futilités, n'oublie pas que tu seras interrogée la semaine prochaine !

— Compte là-dessus et bois de l'eau fraîche ! lançai-je en m'éloignant. Je sécherai ton cours !

— Encore avec lui ! siffla d'emblée Tarja lorsque je l'eus rejointe.

— Tu ne vas pas t'y mettre, toi aussi…

Les remontrances de la Meute me suffisaient largement. Tarja haussa les épaules et nous commençâmes à avancer en direction du centre-ville.

— Je ne comprends vraiment pas pourquoi tu les fréquentes.

— C'est mon prof ! me défendis-je.

— Et un imbécile ! rétorqua-t-elle.

— Ce n'est pas ce que je pense.

Elle pinça les lèvres.

— Bien sûr, c'est ton... prof. Et l'Australienne, tu la trouves intéressante, elle aussi ?

Je plissai les paupières. Je l'avais revue plusieurs fois ces dernières semaines, j'avais appris à l'apprécier.

— Oui, Tarja. Elle est très sympa.

— Vraiment ? ironisa-t-elle.

Comme je ne répondais rien, Tarja souffla rageusement.

— Je suis de l'avis de Leith. Ces gens sont complètement cinglés. Tu n'as pas l'air de t'en rendre compte, mais ils n'ont vraiment pas bonne réputation. J'ai discuté avec plusieurs étudiants, tout le monde les craint. Et pas seulement à cause du bizutage. Il semblerait qu'ils se servent des plus crédules pour leur faire faire leurs sales besognes.

Perplexe, je haussai un sourcil.

— Quel genre de besogne ?

— Des recherches dont ils n'ont pas envie de se charger, des dissertations, laver leur voiture... bref, des trucs de ce style.

— Je n'y crois pas une seule seconde.

Il avait presque six cent quatre-vingts ans d'avance sur la plupart d'entre nous, et il sécherait devant des sujets au point de faire faire son travail par quelqu'un d'autre ? J'avais beaucoup de mal à le croire.

— C'est ce qui se raconte, se défendit Tarja.

— Je suis prête à parier que c'est n'importe quoi.

Tarja me jeta un regard chargé d'incompréhension.

— Qu'est-ce qui a bien pu te faire changer d'avis à ce point ? Tu te souviens de ce que tu disais à leur propos au début ?

— Darius est quelqu'un de touchant.

— Quel revirement !

Si Darius ne me faisait guère de grandes confidences et que je ne passais pas tout mon temps avec lui, j'avais appris à mieux le connaître à travers Julia. Elle me questionnait très souvent à son sujet, pour savoir où il en était, ce qu'il faisait... Elle me parlait de lui, de ce qu'ils avaient partagé. Leur histoire me prenait aux tripes. Je me souviens de la réaction de Darius lorsque je lui avais annoncé que j'avais rencontré Julia, il s'était composé un air impassible, mais les tics nerveux faisant tressaillir sa joue ne m'avaient pas trompée. Il était troublé, et il en allait de même chaque fois que je l'évoquais. Ce que je faisais souvent. Volontairement.

— Ton petit ami doit être ravi, persifla Tarja.

Cette fois, je lui coulai un regard glacial.

— Leith respecte mon choix et tu ferais bien d'en faire autant !

Elle haussa les épaules.

— Et si on parlait d'autre chose ? m'exaspérai-je. Comment s'est passée ta matinée ?

Elle ne répondit qu'après un profond soupir qui en disait long sur ce qu'elle pensait de mon changement de cap.

— J'ai failli m'endormir sur la table de la bibliothèque.

— Vivement que l'année se termine, renchéris-je en regardant droit devant moi, incapable de déterminer si je faisais allusion aux cours ou aux conversations épineuses que je pouvais avoir avec Tarja.

Nous atteignîmes la rue commerçante et entrâmes dans l'une des boutiques branchées de la ville. Quelques jours plus tôt, Tarja y avait repéré un pantalon que je trouvais d'une horreur absolue, marron, avec des cordelettes pendouillant autour des cuisses. Quant à moi, je préférais acheter quelque chose de plus léger. Le printemps avait pointé son nez depuis trois semaines, et le temps se faisait plus agréable.

Je dégotai une robe verte ample se fermant devant sur toute la longueur par de petits boutons. Pour le fun, j'ajoutai un béret bleu marine et une paire d'escarpins de la même couleur.

— Alors ? m'enquis-je en sortant de la cabine.

Tarja s'esclaffa en levant le pouce.

— Très Française !

Ce que j'étais, après tout.

Ravie, je tirai le rideau sur moi et me déshabillai pour remettre mes vêtements.

— Où en es-tu avec Georgia ? voulut savoir Tarja lorsque nous eûmes quitté le magasin.

Je souris nerveusement.

J'avais expliqué à Tarja que, trois mois plus tôt, Georgia m'avait clairement menacée de récupérer Leith. Outrée comme une bonne copine devait l'être, elle m'avait bien fait rire en imaginant mille et un stratagèmes pour lui rendre la vie insupportable. Le plus drastique consistait à me débrouiller pour que Leith me demande en mariage et m'épouse sur-le-champ. Tarja m'avait ensuite suggéré de m'habiller de manière aussi sexy que Georgia, de prendre rendez-vous chez le même coiffeur et de défier ouvertement sa belle manucure par une peinture encore plus époustouflante. Je préférais presque me marier, c'est pour dire. L'idée de vivre à moitié nue à longueur de temps me donnait la chair de poule. Quant aux ongles rouges… brrr !

— Hannah ? Tu es avec moi ?

Je portai mon attention sur Tarja.

— Pardon, je réfléchissais…

— Alors, où en es-tu avec Georgia ?

— Je n'ai pas eu de nouveaux lâchages de bombe depuis janvier dernier. Mais tu connais l'expression : méfiez-vous de l'eau qui dort. C'est une véritable chasseuse, peu d'hommes doivent lui résister.

Tarja leva un sourcil et sourit en coin.

— C'est ça... une chasseuse. Heureusement que Leith n'est pas une proie facile.

Je fis mine d'être offusquée.

— Facile ? Inaccessible, tu veux dire ! Je veille au grain.

— Mouais... en achetant de jolies robes, par exemple, me railla-t-elle en éclatant de rire.

Alors que nous nous enfoncions dans la vieille ville, Tarja s'arrêta tout net pour regarder droit devant elle. Je l'imitai, interdite.

— Que se passe-t-il ?

— Les ennuis arrivent, répondit-elle froidement.

Je vis alors Minah qui fonçait sur nous, accompagnée d'un des membres du Cercle. Elle me fit un signe de la main et se posta devant moi.

— Salut, Hannah, tu sèches les cours ?

Comme d'habitude, elle ignora positivement Tarja, comme si cette dernière était parfaitement invisible.

— Non. Nous avons terminé. Et vous ? demandai-je en souriant au garçon qui était avec elle

Un type très, très mignon soit dit en passant. Une petite vingtaine d'années d'apparence, grand, blond, les cheveux courts, des iris clairs comme de l'eau, la peau hâlée et une carrure d'athlète. Il gardait des yeux étonnamment inexpressifs fixés sur Tarja, qui elle-même était rivée à ceux de Minah. Je n'avais jamais ressenti autant d'électricité dans l'air. Minah et Tarja avaient dû se rencontrer trois ou quatre fois en plusieurs mois, et encore, très furtivement. Pas de quoi en faire trembler la Terre, bon sang ! Mais devant l'insistance du regard de Tarja, Minah finit par reporter son attention sur elle.

— Tu as un problème ?

Tarja ne répondit pas, mais ses yeux lançaient des éclairs. Sur le coup, je craignis même qu'elle ne lui colle une gifle. Ce qui n'aurait vraiment, vraiment pas été une bonne idée.

— Est-ce que tu as un problème ? répéta Minah en détachant exagérément chaque syllabe.

Éberluée, j'observais leur réaction à tour de rôle. Tarja, qui faisait au moins une tête de moins que Minah, leva le menton aussi haut qu'elle le put.

— Ouais, tu encombres le passage.

— Tarja ! m'exclamai-je, outrée.

Minah fit un pas dans sa direction avec l'intention de répliquer vertement – physiquement ? –, mais le garçon l'en empêcha en la retenant par l'épaule. Un frisson d'angoisse me parcourut. J'aurais largement préféré faire l'autruche au lieu de rester à les regarder toutes les deux s'affronter des yeux.

— On doit y aller ! annonçai-je avec l'espoir qu'elles n'en viendraient pas aux mains.

Minah en aurait fait de la charpie.

— Désolée, Minah, m'excusai-je en tirant le bras de Tarja vers moi.

— Lâche-moi ! aboya celle-ci.

Elle se dégagea brutalement avant de toiser une dernière fois Minah et le gars à côté d'elle.

— Je me casse ! lança-t-elle, les yeux brillants de larmes.

Puis elle fit volte-face.

— Tarja ! criai-je. Attends !

— Fiche-moi la paix, Hannah, hurla-t-elle sans se retourner, et reste avec tes précieux amis !

— Tarja !

Mais elle disparut à l'angle de la rue en courant, laissant tous ses sacs derrière elle.

Complètement abasourdie, je demeurai statufiée. Je n'avais jamais vécu une telle situation de toute ma vie. Même dans mes plus vieux souvenirs de collège, je n'avais jamais vu d'anicroches aussi impressionnantes que celle-ci. C'était déroutant et monstrueusement exagéré. Silencieusement, je finis par me baisser pour ramasser les affaires de Tarja qui jonchaient les pavés.

— Je peux les porter, si tu veux, me proposa l'ami de Minah.

— Je... oui, merci. Je suis désolée, m'excusai-je. Je ne sais pas ce qui lui a pris.

— Une araignée au plafond peut-être ? ironisa Minah.

Le rouge me monta aux joues.

— Une araignée au plafond ? C'est aussi un peu ta faute, non ? Tu la traites comme si elle n'existait pas !

Minah arqua un sourcil avec arrogance.

— Certainement parce que c'est ce que je pense.

Je gonflai les narines.

— Mais enfin, à quoi rime tout ce cirque ?

Elle haussa les épaules.

— Ce n'est pas moi qui ai commencé.

— Oh, par pitié ! On n'est pas à la maternelle !

— Je suis désolée, s'excusa finalement Minah.

Je la toisai avec scepticisme.

— Désolée pour Tarja ?

— Non. Pour toi. Parce que tu étais là.

Pff.

— Bon, s'interposa le bel ange noir. On va boire un verre ? Je vous invite.

Un sourire se dessina sur mes lèvres. Je serais probablement la seule à consommer.

— Je m'appelle Pitt, annonça-t-il.

— Moi, c'est Hannah.

Il me gratifia d'un clin d'œil.

— Inutile de te présenter, jeune fille, tu es aussi connue que le loup blanc.

Ah, ah, ah !

Nous pénétrâmes dans la salle de billard au bout de la rue et prîmes place autour d'une grande table de *pool* anglais.

— Tu joues ? s'enquit Pitt.

— Un peu.

— Parfait ! se réjouit-il avant de s'éloigner vers le comptoir.

Minah m'observait en souriant.
— Il est chou, hein ?
J'acquiesçai.
— C'est ton copain ?
Elle soupira, mais ne répondit rien. J'insistai.
— Pas encore, peut-être ?
Minah demeura de marbre.
— Ce n'est pas au programme.
— Oh ! m'exclamai-je, déçue.
Ils faisaient un couple incroyablement assorti, mais Minah émit soudain un rire moqueur.
— Pour s'épanouir, les Humains ont irrémédiablement besoin de se trouver une moitié. C'est si convenu.
— Tu veux dire que ce n'est pas le cas pour les anges noirs ?
Au regard de Julia et Darius, j'en doutais vraiment.
Elle n'eut pas le temps de répondre, Pitt arriva avec un plateau contenant triangle et boules. Il les installa sur le tapis et me tendit une queue de billard. Je m'en emparai et en enduisis soigneusement l'embout de bleu.
— Qui casse ? demanda-t-il.
— Si tu sais contrôler ta force et ne pas éparpiller les boules aux quatre vents, vas-y, le taquinai-je.
Pitt mit la sphère blanche à l'opposé du triangle, et se positionna. Il jaugea la distance, donna un coup parfaitement maîtrisé, et sourit. Les boules roulèrent uniformément sur le tapis. Au passage, il en avait fait entrer quatre ! C'était encore à lui de jouer.
Soudain, une jeune fille aux longs cheveux noir corbeau pénétra dans la salle. Je tressaillis en croyant qu'il s'agissait de Tarja, mais elle était plus grande. Plus maigre aussi. Mon frémissement n'échappa pas à Minah, qui leva les yeux au ciel.
— J'ai du mal à comprendre que tu puisses être amie avec cette nana, lâcha-t-elle.
Je fronçai les sourcils.

— Pourquoi la détestes-tu autant ?

Minah et Pitt se consultèrent furtivement.

— Je ne déteste quelqu'un que lorsque j'ai une histoire particulièrement déplaisante avec lui. Ta copine, je ne l'aime pas, c'est tout.

— Mais pour quelle raison ?

— C'est à toi, m'informa Pitt en désignant le tapis de billard.

Surprise, je vis qu'il ne restait plus que trois boules rouges alors que j'avais toutes les jaunes à rentrer.

Je me penchai sur la table de *pool*, ajustai ma position et tapai d'un coup sec la bille de choc. Je jouai jusqu'à ce que ce fût de nouveau le tour de Pitt, puis je retournai m'asseoir vers Minah.

— Donc, pourquoi n'apprécies-tu pas Tarja ?

Minah pouffa de rire.

— Tu ne lâches rien, hein ?

— Non. Parce que je ne comprends pas.

— Elle est bizarre.

— Elle pense la même chose de toi.

Elle sourit en coin.

— Oui, mais ça, ce n'est pas un scoop. Tout le monde le dit. Écoute, Hannah, elle ne me plaît pas, on ne va pas en faire tout un plat.

Je n'ai jamais su me contenter du peu donc...

— Beaucoup de gens te font cette impression ?

— Parfois.

Dans un geste empli de grâce, elle passa une main sous ses longs cheveux dorés pour les ramener en arrière.

— Darius m'a dit un truc à propos des odeurs, avançai-je.

Elle haussa un sourcil.

— Des odeurs ?

— Celle du sang humain.

Les yeux de Minah s'illuminèrent.

— Hé, hé... je sens que je vais adorer cette conversation, ricana-t-elle en ponctuant sa remarque d'un rapide coup de langue sur ses lèvres.

— Darius m'a raconté que celui de certaines personnes peut être insupportable pour vous tellement il vous attire.

— C'est vrai, et alors ? Tu veux savoir si je trouve le tien à mon goût ? se moqua-t-elle.

Je secouai la tête.

— Non, pas le mien, Minah. Celui de Tarja.

— Tarja ? répéta-t-elle, abasourdie. Tu rigoles, j'espère.

— Absolument pas. Darius m'a également expliqué que le fait de vous contenir pouvait vous rendre particulièrement irritables avec les individus concernés, que vous les évitiez du mieux que vous pouviez. C'est pourquoi je me demande si c'est ce que tu ressens vis-à-vis de Tarja.

— J'ai gagné, nous informa Pitt.

J'examinai le tapis, il ne restait que des boules jaunes.

— Quelle surprise..., persiflai-je.

— La revanche ? proposa-t-il.

Je déclinai.

— Merci, Pitt, mais je dois rentrer.

Retrouver Tarja, elle devait s'être calmée depuis.

— Moi je joue ! s'écria Minah.

Sur quoi, elle se leva pour reformer le triangle. Elle ne me répondrait pas à propos de Tarja. Le chapitre était clos.

— À bientôt, Hannah, me lança-t-elle sans se retourner.

Je rassemblai mes affaires, les saluai et partis sans un regard. J'arrivai chez moi tout essoufflée, je déposai les sacs devant la porte et glissai la clé dans la serrure.

— Tarja ? criai-je en entrant.

Je la vis traverser le salon en trombe, les yeux rougis.

— Ça ne va pas mieux ? m'inquiétai-je.

Je la suivis quand elle s'élança dans la salle de bains. Elle ramassa tous ses cosmétiques, shampoing, gel douche et dentifrice, et les jeta sans ménagement dans sa trousse de toilette avant de regagner sa chambre d'un pas déterminé.

— Mais qu'est-ce que tu fais ?

Pas de réponse.

— Tu t'en vas ?

J'étais ahurie, elle avait commencé à remplir une énorme valise.

— Tarja, tu ne peux pas partir pour ça.

Elle posa sur moi des yeux inondés de larmes.

— C'est facile de dire ça pour toi, tu n'es en conflit avec personne. Personne ne te traite comme une moins que rien.

— Oh, Tarja...

Je l'attirai avec moi sur son lit, elle accepta de s'y asseoir.

— Écoute, commençai-je d'une voix douce, Minah ne t'aime pas et tu ne l'aimes pas non plus. Pourquoi ne pas vous ignorer, tout simplement ?

Tarja fondit en larmes. Je la pris amicalement dans mes bras, peu certaine d'être d'un grand réconfort. Toutefois, elle se laissa faire et pleura de plus belle.

— Tu ne vas pas tout planter pour une histoire pareille, arguai-je. Les cours seront terminés dans deux mois à peine.

— Je suis fatiguée, Hannah, je n'en peux plus.

— Tarja, vous ne vous croisez que très rarement, il n'y a pas de raison que ça se reproduise. À moins qu'il ne se soit passé autre chose ?

Sur le coup, j'eus un gros doute.

— Non, non..., me rassura-t-elle, mais je suis épuisée. Cette fille, la fac, le stress...

— Ne fais pas de bêtise. Tu le regretterais ensuite. Calme-toi maintenant, c'est fini.

Elle me dévisagea avec intensité et soupira.

— Je vais prendre un bain, ça me fera du bien.

J'acquiesçai vigoureusement.

— Bonne idée !

Puis je me levai pour quitter la pièce.

— Si tu as besoin de moi, je suis dans ma chambre.

Je fermai doucement la porte et la laissai seule.

Pendant qu'elle pataugeait dans la baignoire, j'en profitai pour terminer les deux ou trois devoirs à rendre. Tarja sortit de la salle de bains une trentaine de minutes plus tard, les joues rougies par la vapeur d'eau.

— Ça va mieux ?

Elle acquiesça.

— Je suis stupide, marmonna-t-elle, penaude.

— Mais non.

— Si tu savais à quel point elle m'irrite, elle est si méprisante. Je ne supporte pas d'être traitée ainsi.

— Je suis vraiment désolée, et je te comprends. Je n'aimerais pas non plus. Tu ne pars plus, hein ?

Elle secoua le menton.

— Parfait, parce que tu ne peux pas t'en aller sans m'avoir donné ta délicieuse recette de porridge !

Elle sourit.

— Menteuse, tu détestes ça.

Je me composai un air innocent.

— Hum... Ah bon ?

— Je vais défaire mes valises, m'informa-t-elle en fronçant le nez.

— Alors je t'aide !

Vers vingt et une heures trente, lorsque, après avoir pris une douche j'entrai dans ma chambre pour me coucher, j'avais le sentiment d'avoir le cerveau en bouillie.

Je soulevai ma couette, pressée de me vautrer sous les draps. Mais au moment de m'y installer, la messagerie de mon téléphone portable retentit. C'était Leith.

|Tu veux dormir chez moi ce soir ?

Fatiguée ou pas, il ne me fallut pas moins de deux minutes pour me rhabiller.

Chapitre 14

Georgia et Minah se sont affrontées.

Je n'étais sûre de rien, mais il me sembla entendre un drôle d'oiseau chanter dans la chambre de Leith, et c'est ce qui me réveilla, du reste. Toutefois, même à moitié endormie, je savais qu'il n'y avait aucune chance pour que ce soit le cas, il s'agissait manifestement d'une sonnerie. Je levai légèrement la tête et m'efforçai d'ouvrir les yeux. Il faisait encore nuit. Leith était en train de parler au téléphone.

— Qu'est-ce que tu dis ?

Une longue pause précéda la question suivante.

— Où est-elle, maintenant ?

Un autre silence.

— Nom de Dieu ! s'énerva-t-il soudain.

Je me redressai complètement et m'adossai au mur.

— Mon colocataire ? dit Leith en reniflant l'air. Non, il est sorti. OK. Dans dix minutes.

Il raccrocha.

— Leith ?

Il alluma la lampe de chevet et se tourna vers moi, une expression mêlée de colère et d'inquiétude sur le visage.

— À qui parlais-tu ?

— Dan. Georgia et Minah se sont affrontées.

Alors que je devais faire une tête de cent pieds de long, Leith sauta sur ses jambes et enfila son jean à la hâte.

— Ils seront là dans dix minutes, tu devrais t'habiller.

— Qui ça, « ils » ? demandai-je, déconcertée.

— Georgia, Anneas, Dan et Étienne.

Une fanfare ne m'aurait pas fait autant d'effet. Il était tout juste quatre heures du matin.

Leith s'assit à côté de moi et prit mon visage en coupe.

— J'aurais aimé me réveiller avec toi dans d'autres conditions. Je suis désolé.

Il m'embrassa longuement et grogna.

— Habille-toi, ils sont déjà en bas des escaliers.

— Comment le sais-tu ?

— Je les sens, dit-il avant de sortir de la pièce.

Je me laissai tomber sur l'oreiller encore chaud et, pendant quelques minutes, je demeurai les yeux rivés au plafond, les bras en croix.

La Meute frappa à la porte.

Je quittai le lit à contrecœur et cherchai mes vêtements éparpillés. Je m'en emparai et filai dans la salle de bains afin de me vêtir et me rafraîchir. Lorsque je rejoignis tout le monde, Dan, Anneas et Étienne me saluèrent d'un signe du menton. Ils avaient la mine grave. Quant à Georgia… eh bien, elle m'envoya en enfer d'un seul regard.

En silence, je m'approchai d'eux et m'assis en tailleur sur le canapé.

À première vue, Georgia allait bien. Pas de trace de sang, de coupure ou de morsure, mais elle n'avait franchement pas sa tête des meilleurs jours. Elle était même blanche comme un linge.

— Tu es blessée ? lui demanda Leith, les sourcils froncés.

Elle acquiesça et souleva son épaisse chevelure blonde. Une plaie rougeâtre barrait toute la largeur de son cou.

— Fais voir ça, dit Leith en regardant de plus près.

Il soupira.

— Ça va disparaître rapidement. Que s'est-il passé ? Vous êtes impliqués, vous aussi ? s'adressa-t-il à Dan, Anneas et Étienne.

Anneas secoua la tête.

— Jamie est-il au courant ?

— Non, il ne rentre que demain matin, répondit Georgia qui lui tournait toujours le dos.

— Bon sang, qu'est-il arrivé ?

Ce qui suivit me laissa bouche bée. Georgia me glissa un regard vengeur. Elle se leva pour faire face à Leith, et ses yeux, jusque-là parfaitement secs, s'emplirent subitement de grosses larmes.

— Oh, Leith ! sanglota-t-elle en s'effondrant dans ses bras. J'ai eu si peur... ils... ils étaient si nombreux et... elle s'est jetée sur moi, elle m'a agressée sans que je puisse réagir et...

— Arrête ton cinéma, Georgia ! s'irrita Leith en l'écartant fermement de lui. Explique-toi.

Blessée d'être repoussée, Georgia se retourna sur moi.

— C'est à cause d'elle !

— De moi ? m'insurgeai-je, ahurie.

Celle-là, on peut dire que je ne l'attendais pas ! Leith me coula un regard en biais.

— Qu'est-ce que Hannah a à voir là-dedans ? s'énerva-t-il.

Georgia fit quelques pas dans ma direction.

Je me propulsai du canapé comme un ressort, bien décidée à ne pas me laisser impressionner, même si, je l'avoue, je l'étais.

— Si elle ne passait pas son temps à fricoter avec ces maudits sang-mort, rien de tout ça ne serait arrivé !

— Je ne fricote avec personne ! répliquai-je.

— Ce n'est pas ce qu'ils racontent !

Nous nous affrontions du regard, aucune de nous ne voulant détourner les yeux.

— Tu mens, Georgia. Personne ne raconte rien à part toi. Je ne fricote avec personne. Je t'ai déjà dit de ne pas prendre ton cas pour une généralité !

J'étais rouge de colère. Elle me mettait hors de moi, comme toujours, à tel point qu'elle ne m'effrayait plus du tout, maintenant. J'étais peut-être inconsciente, mais je détestais ce pour quoi elle voulait me faire passer. Je n'avais aucunement l'intention de me laisser faire.

— Tu me donnes envie de vomir, cracha-t-elle méchamment en appuyant violemment son doigt sur ma poitrine ; si fort que je retombai directement sur le divan.

— Ne la touche pas ! hurla Leith en la tirant par l'épaule.

— OK, ça va, intervint Anneas. On se calme.

Il prit doucement Georgia par le bras pour l'amener vers lui et saisit une chaise de la table du salon pour l'y asseoir.

Georgia obéit, mais elle avait les yeux flamboyants de fureur, la respiration hachée, les joues écarlates. Je suis sûre qu'elle m'aurait sauté à la gorge si nous nous étions trouvées seules.

Leith me tendit la main afin que je le rejoigne. Je ne comptais pas me faire prier. Je m'appuyai contre lui, appréciant la sécurité de ses bras protecteurs.

— Tu lui expliques, maintenant ? finit par lancer Dan à Georgia, visiblement agacé.

Théâtralement, Georgia balança ses longs cheveux en arrière et prit une profonde inspiration. Je sentais le mélodrame à plein nez. Elle avala sa salive et commença à s'expliquer, les yeux rivés sur Leith.

— En fin d'après-midi, j'avais prévu de faire un saut à la fac avant que le bureau de l'administration ne ferme. J'avais des papiers à remettre. En repartant, et comme j'avais du temps devant moi, j'ai préféré emprunter la cour de l'horloge. Il n'y avait quasiment personne à l'extérieur sauf la moitié de ces crétins du Cercle. Ils étaient attroupés comme des bœufs au pied de la tour. Ils m'ont immédiatement remarquée, mais je ne voulais pas perdre la face en faisant demi-tour ni leur laisser penser que j'étais impressionnée. Je suis passée devant eux en silence sans même les regarder, mais j'entendais leurs railleries. Je vous jure que j'ai serré les dents pour ne pas rentrer dans le tas tout de suite. Je vous le jure ! Mais cette dinde de Minah s'est mise à hurler que j'étais la chienne que le prochain chef de meute avait plaquée pour une Humaine.

Dans sa bouche, ce mot sonnait comme une insulte. Leith raffermit son étreinte.

— Vous vous êtes battues pour ça ? articula-t-il, sidéré.

— Mais qu'est-ce que tu racontes ? C'est moi qui t'ai largué, je ne vois pas pourquoi cela m'aurait touchée.

Quelle comédienne ! Si elle ne m'avait pas déjà balancé tout son infâme poison sur ses intentions vis-à-vis de Leith, j'aurais pu la croire sur parole. Cette fille était puante de malhonnêteté.

— Alors pour quelle raison ? s'impatienta Leith.

— Minah a dit que ta petite amie préférait leur compagnie à celle de clébards malodorants. Qu'elle aimait passer davantage de temps avec Darius qu'avec toi et qu'elle comptait te quitter pour lui. Parce que toi, tu n'étais qu'un chien galeux. Je n'ai pas supporté.

— Tu mens ! éclatai-je.

J'étais ulcérée.

— Je ne fais que répéter ce que j'ai entendu !

— Tu mens ! hurlai-je. Si Minah veut te chercher querelle, il lui suffit de lever le majeur devant toi. Elle n'a aucunement besoin de se servir de qui que ce soit, et tu le sais !

Leith avait baissé la tête vers moi. Je n'aimais pas la manière dont il me regardait.

— Je n'ai jamais dit une chose pareille, me défendis-je. Ni sur toi ni sur la Meute. La Meute compte pour moi. Tu comptes pour moi.

— Je te crois, Hannah.

— Ben voyons ! siffla Georgia. C'est ma parole que tu remets en doute, alors ? Tu es complètement aveugle, Leith ! Si la Meute avait la moindre importance pour elle, elle ne fréquenterait aucun Exploiteur !

Pensait-il comme elle ? C'était le cas de Dan, Anneas et Étienne, en tout cas. Ça se devinait sur leur visage. Ils détestaient que je voie les membres du Cercle. Ils vivaient cela comme une trahison. Mais ils avaient tort.

Leith revint à la charge en choisissant d'ignorer la remarque de Georgia.

— Vous êtes-vous battues dans l'enceinte de l'université ?

L'air supérieur de Georgia s'affaissa brusquement.

— Je n'ai pas su me contenir...

— Tu n'as pas su te contenir, répéta-t-il trop calmement.

— Personne n'était dans la cour !

Elle regarda chacun des garçons, comme pour s'assurer qu'ils la croyaient bien.

— Je vous jure que personne n'y était à part eux et moi.

— Quelqu'un aurait pu vous voir, Georgia, grinça Leith. Te rends-tu compte des conséquences que cela aurait pu avoir ou faut-il encore te les rappeler ?

Je n'avais aucune espèce d'idée de ce à quoi ressemblait un affrontement en règle entre un loup-garou et un ange noir, mais s'il était d'une violence identique à celle dont j'avais été témoin l'été dernier lorsque Leith et Phillip s'étaient battus, ça devait être impressionnant. J'en éprouvai un long frisson.

— Je sais..., murmura Georgia, presque honteuse.

— Tu le sais, mais tu t'en moques ! explosa Leith. Tu nous mets plus en danger en agissant ainsi qu'Hannah elle-même en fréquentant des Exploiteurs. La Meute doit être préservée, les Humains aussi ! Je n'arrive pas à croire que tu aies pris autant de risques pour des broutilles !

— C'est à moi que tu fais la morale ? gronda-t-elle. Tu as fait la même chose, je te rappelle. Tu t'es battu avec Darius à quelques pas seulement des touristes !

— En pleine nuit, mais j'ai eu tort. Les raisons n'étaient pas les mêmes, Georgia, tu le sais. Julia risquait sa vie. Toi, tu risquais quoi, à part ta fierté mal placée ? Tu es ridicule !

— Ridicule ?

Elle se leva d'un bond.

— Tu nous ramènes une Humaine qui nous crache dans le dos et je suis ridicule ?

— Je n'ai jamais craché sur personne ! m'écriai-je. Tu es une manipulatrice, Georgia ! Je crois que tu es sortie de tes gonds parce que Minah s'est moquée de toi, car tu n'es plus avec Leith. Ça t'est insupportable ! Tout le reste, tu l'as inventé. Jamais Minah n'aurait raconté à mon sujet ce que tu prétends avoir entendu. Elle n'a pas besoin de mentir pour t'exciter, elle est suffisamment maline pour voir où le bât blesse. Tu fais une fixation sur Leith, il t'obsède. Tu es pathétique !

Je haletais, rouge de colère.

— Ne va pas trop loin…, m'avertit-elle, le regard noir, tout en s'approchant dangereusement de moi.

— Tu me menaces, Georgia ? Je n'ai pas peur de toi.

— Tu as tort, décréta-t-elle presque dans un murmure, les pupilles élargies et les iris étincelants.

L'agressivité qui se lisait sur son visage aurait dû me faire partir en courant, mais dans le tourbillon de mes émotions, il n'y avait plus de place pour la crainte. Je détestais Georgia.

— Ça suffit ! intervint Leith

Son visage était défiguré par la colère. Il était bien plus effrayant que Georgia le serait jamais.

— Georgia, regarde-moi, articula-t-il calmement tandis qu'elle se tournait vers lui. Ou tu changes d'attitude ou tu auras affaire à moi. Tu comprends ce que je dis ?

Elle était furieuse. Ses narines se gonflaient et se dégonflaient, ses yeux étaient brillants d'humidité. Il me sembla qu'elle se battait contre ses propres larmes. Mais je m'en moquais. Je n'avais aucune compassion pour elle.

— Tu te trompes de voie, Leith, hoqueta-t-elle. L'ennemi, ce n'est pas moi. Ça ne l'a jamais été. Tout ce que je fais, je le fais pour la Meute. Je suis l'une des vôtres.

— Alors, conduis-toi comme telle ! cingla-t-il.

Georgia serrait les dents. Elle avait probablement envie de l'injurier, de le gifler, mais elle n'en fit rien.

— Dans quel état as-tu laissé Minah ? demanda Étienne.

— Elle ne gardera aucune séquelle, mais je jure qu'un jour, j'aurai sa tête, promit-elle.

— Tu t'égares, Georgia, trancha Leith. Ici, on ne règle pas ses comptes par la mort, même si la tentation est grande.

Elle le fusilla des yeux.

— Je sais tout ça, je ne suis pas demeurée ! Et arrête de te donner les airs d'un saint que tu n'es pas. Ne fais pas comme si tu étais le seul à t'inquiéter pour la Meute.

Elle était clairement sur la défensive. L'unique personne qu'elle aurait voulu avoir de son côté ne l'était pas.

— Toi non plus tu n'es pas infaillible, Leith, reprit-elle. Tu es loin de respecter toutes les règles.

Il pencha la tête de côté et fronça les sourcils comme pour essayer de comprendre à quoi elle faisait allusion.

— Je n'ai brisé aucune règle, Georgia. Pas depuis l'épisode avec Julia.

— Vraiment ? Même celles qui t'ont été enseignées depuis ta naissance ?

Leith devint blême.

— Auquel de ces préceptes fais-tu référence, Georgia ? articula-t-il d'un ton qui me hérissa les poils des bras. Exprime le fond de ta pensée.

— D'elle ! cracha-t-elle en me pointant du doigt.

Je blanchis en moins de deux. Georgia venait d'évoquer des lois ancestrales imposées par la Communauté du Sutherland, et particulièrement celle qui interdisait à un loup-garou de s'éprendre d'un être humain. Même si elles avaient été abolies depuis, les garous vivaient quand même dans la crainte de représailles. C'était un coup bas. Les yeux de Leith lancèrent des éclairs.

— Sais-tu de quoi tu parles, Georgia, ou bien t'égares-tu de nouveau ? Je ne respecterai jamais cette règle. Et c'est le cas de chaque membre de la Meute. C'est même l'une des raisons pour lesquelles nous sommes réunis. Nous sommes tous d'accord sur ce point, l'as-tu oublié ? Peut-être veux-tu changer de camp ?

Il marqua une pause avant de reprendre, plus déterminé que jamais :

— Réfléchis bien, Georgia, avant de répondre.

Mais elle choisit de se taire. Leith plissa les paupières.

— J'aime Hannah, et rien ne m'empêchera jamais d'être avec elle. Ni toi ni aucune loi ancestrale. Est-ce clair ?

— C'est du gâchis ! vomit-elle, acerbe.

— Ça suffit ! Ma patience a des limites ! Dégage de là, je ne veux plus te voir.

Haletant, il lui montrait la sortie.

Les larmes aux yeux, Georgia nous fusilla du regard à tour de rôle avant de partir en claquant la porte.

Leith était définitivement furieux contre elle. Il restait fixé sur le battant, ne cachant pas sa déception.

On aurait dit qu'il avait reçu un coup de poing en pleine figure. Je pressentais qu'il lui serait bien plus facile de pardonner l'écart de conduite de Georgia que les mots qu'elle venait de prononcer.

— Ne la laissez pas rentrer toute seule, murmura-t-il à l'attention d'Anneas, Dan et Étienne.

Dan hocha la tête et quitta l'appartement, suivi d'Étienne.

— Je n'approuve pas, Leith, fit valoir Anneas.

Leith se crispa et se tourna vers lui.

— Qu'est-ce que tu n'approuves pas ?

— Que tu la traites de cette manière. Tu es dur avec elle.

Leith était stupéfait.

— Dur ? Tu trouves que je suis dur ? Penses-tu, comme elle, que je n'ai rien à faire avec une Humaine ?

— Non, bien sûr que non, affirma-t-il en me jetant un œil furtif. Les mots ont dépassé sa pensée, j'en suis certain.

— Indépendamment de ça, Anneas, as-tu compris ce qui s'est passé ce soir ? Combien d'étudiants auraient pu assister à leur querelle ? Tu connais la violence de ces affrontements, comment aurait-il fallu expliquer notre conduite ? Nous aurions dû laver le cerveau de tout le monde ?

— Elle a fait une erreur, ça peut arriver à chacun d'entre nous, tu es bien placé pour le savoir.

— Je ne crois pas une seule seconde que toi, Anneas, Dan, ou Jamie, auriez pris autant de risques pour des peccadilles ! Les excès de Georgia me sortent par les yeux.

— Elle n'est pas mauvaise, elle est désespérée. Elle se raccroche à ce qu'elle peut pour attirer l'attention.

— Parce que tout ce cirque n'avait pour but que d'attirer *mon* attention ?

Anneas hocha la tête.

— Je ne peux rien pour elle. Je ne lui donnerai plus ce qu'elle souhaite. Plus jamais. Elle doit le comprendre.

— À un moment, tu te serais battu pour elle, lui rappela Anneas. Elle s'en souvient, et elle veut y croire encore.

— Ne te méprends pas, Anneas, je le referais, comme pour chacun d'entre vous si vous étiez en danger. Georgia doit grandir, elle ne peut plus agir ainsi, raconter n'importe quoi, accuser injustement la femme que j'aime et la traîner dans la boue sous prétexte qu'elle se retrouve seule. Elle aurait pu tous nous mettre dans une situation irréparable, ce soir.

— Elle est amoureuse...

Leith regarda Anneas droit dans les yeux.

— Tu te trompes. Elle ne l'est pas. Elle ne l'a jamais été. Elle ne supporte simplement pas de ne pas obtenir ce qu'elle veut.

— On en est tous là, conclut Anneas d'un air triste. Atteindre l'impossible est une quête.

Leith l'observa avec stupéfaction. Il venait seulement de comprendre. Anneas était amoureux, lui aussi.

— Alors, prête-lui ton épaule, mon frère, lui conseilla Leith. La mienne ne lui est plus destinée.

Anneas soupira, le sujet était clos. Il hocha la tête et se tourna vers moi.

— Je suis désolé pour tout ça, Hannah. Sache que je ne mets pas ta parole en doute. Je te considère comme l'une des nôtres. Un membre à part entière.

Je lui souris timidement.

— Merci.

Sans rien ajouter, il quitta l'appartement. Il était un peu plus de cinq heures du matin.

Leith se tourna vers moi, perdu. Il n'avait pourtant pas encore la position de chef de meute, mais, ce soir, en l'absence de Jamie, il s'était conduit comme tel. Pour un premier essai, le constat était rude.

Il me prit dans ses bras et me serra contre lui. J'imaginais sans mal que tout devait s'entrechoquer dans son esprit. Il avait besoin de réconfort, de calme, de paix. Sans un mot, il me souleva de terre et me porta jusque dans sa chambre. Il n'alluma pas la lampe en entrant, et me déposa sur son lit pour s'allonger à côté de moi. Il cala sa tête contre mon ventre et s'immobilisa. Tendrement, je lui caressai les cheveux.

Nous restâmes longuement ainsi, silencieux et seuls au monde. Ce n'est que lorsque la chaîne hi-fi afficha sept heures et quart que nous nous décidâmes à bouger enfin.

— Je vais te raccompagner chez toi, murmura Leith. Je dois essayer de joindre Jamie.

Nous nous levâmes à contrecœur. Leith m'aida à enfiler mon manteau et nous nous dirigeâmes vers l'entrée. Au moment où il allait mettre la main sur la poignée, la porte s'ouvrit d'un coup sec. Un jeune homme bien plus petit que Leith, avec de grosses lunettes, apparut. Binoclard !

Si bizarre que cela puisse paraître, en six mois, je ne l'avais pas croisé une seule fois chez Leith. Lorsque je venais, soit il dormait, soit il était absent. Je me retins de rire. Le monde était si étrange.

— Salut ! lança-t-il d'une voix guillerette.

— Salut, l'animal ! répondit Leith en lui cognant doucement l'épaule. Tu as encore couché dehors ?

Binoclard émit un ricanement nasillard et s'engouffra dans sa chambre en claquant la porte.

— Tu vois, s'amusa Leith tandis que nous grimpions dans l'ascenseur, il existe vraiment.

Sur le chemin qui menait à chez moi, je lui racontai ma rencontre avec Ethan, le vrai prénom de Binoclard. Comme nous avions décidé d'y aller à pied, nous arrivâmes en quinze minutes. Je montai une marche du perron pour être un peu plus à sa hauteur et me hissai sur la pointe des pieds afin de l'embrasser. La main derrière ma nuque, Leith me rendit passionnément mon étreinte.

— Je t'aime, dit-on à l'unisson.

Alors, nous éclatâmes de rire.

— Je te téléphone, promit Leith en déposant un dernier baiser sur mes lèvres. Nous devons régler cette histoire avec Georgia.

— Pas de problème.

Alors qu'il s'apprêtait à partir, j'aperçus Anneas, Dan et Étienne derrière nous, sans Georgia.

— Où est-elle ? demanda Leith.

— On ne l'a pas rattrapée, l'informa Anneas. Sa voiture ne devait pas être garée très loin.

— Nous allons la trouver, affirma Leith dont la voix manquait tout de même d'un peu d'assurance.

Puis il se concentra sur moi avec un sourire triste.

— À plus tard.

Je hochai la tête et lui fis un signe de la main.

Quand je pénétrai chez moi, Tarja était déjà partie sur le campus. Je me traînai dans ma chambre et me jetai sur le lit.

Ce matin-là, je séchai les deux premières heures de cours.

J'étais claquée.

Chapitre 15

Ils étaient majestueux.

Je n'avais jamais autant traîné les pieds pour me rendre à la fac. La tentation de sécher complètement les cours m'avait assaillie jusqu'à ce que je sorte de chez moi. Après la nuit que j'avais passée, je serais volontiers restée au fond de mon lit...

En fin de matinée, assise au premier rang, comme d'habitude, j'essayais de garder les paupières ouvertes. Nous avions encore droit à ce doctorant soporifique... À force, je m'étais mise à douter de sa nature humaine. D'un seul regard, d'un seul mot, il était capable de m'envoyer dans les bras de Morphée. Toujours est-il que, dans cette université, Morphée avait un ennemi de taille : le travail à rendre... C'est pourquoi je m'efforçais d'écouter d'une oreille, histoire de prendre quelques notes... Enfin, des gribouillis, plutôt. Mes pattes de mouches ne ressemblaient à rien, je n'étais même pas sûre de pouvoir me relire.

À midi, on nous lâcha avec dix minutes d'avance. J'avais faim. Je décidai de prendre un sandwich au snack du coin de la rue. Je le mangerais à la maison. Je fis la queue et attendis.

— Un panini tomates-basilic, s'il vous plaît, demanda la fille devant moi. Le pain à peine croustillant, avec un peu d'huile d'olive, mais sans ail. Et de l'origan, mais à peine saupoudré. Non, finalement ajoutez de l'ail et du vinaigre balsamique... À moins que vous n'ayez un de ces succulents mélanges italiens qui...

J'appuyai mes doigts sur mes yeux pour ne pas laisser éclater mon agacement. Je n'étais pas franchement d'humeur pour un remake de *Quand Harry rencontre Sally*. Après dix minutes, je réussis enfin à commander mon sandwich tomates-feta, et pris la direction de chez moi.

J'étais tellement absorbée par la fatigue que je passai devant la porte de mon immeuble sans même m'en apercevoir. Quelques mètres plus loin, j'entendis quelqu'un s'esclaffer.

— Hannah ! Où vas-tu comme ça ?

Leith, assis sur les marches du perron, m'observait avec un sourire jusqu'aux oreilles.

— Je me suis vraiment demandé combien de temps tu serais capable de marcher avant de te rendre compte que tu avais largement dépassé ton allée, rit-il en venant à ma rencontre.

— Désolée... je n'ai pas toute ma tête aujourd'hui.

Il m'embrassa tendrement.

— Moi non plus...

Il se pencha et effleura encore mes lèvres.

— Tu fais quelque chose, maintenant ?

Je lui fis signe que non.

— Nous avons l'intention de déjeuner sur la plage avec la Meute, tu nous accompagnes ?

— Je te suis, je ne reprends pas les cours avant seize heures.

Il me saisit par la taille et me guida jusqu'à sa voiture.

La plage sur laquelle nous avions rendez-vous était celle tout au bout de l'estuaire de l'Éden. L'endroit était charmant, bordé de plusieurs parcours de golf et constellé de piquets d'amarrage en pierre, que la marée basse avait dévoilés. C'était calme et paisible.

Lorsque nous arrivâmes, la Meute était au complet, il ne manquait que Georgia. Ils avaient disposé des couvertures sur le sable gris et partageaient déjà un pique-nique gargantuesque.

Bien que le temps fût magnifique, la grève était déserte, et les greens semblaient désespérément vides. Seuls quelques oiseaux marins téméraires jacassaient au-dessus des nappes dans l'espoir de chaparder quelques victuailles.

Une fois notre repas terminé, les garçons décidèrent de jouer au beach-volley. Ils avaient pris avec eux deux piquets de fortune, un filet, et une dizaine de ballons.

J'eus du mal à comprendre pourquoi ils en avaient apporté autant, jusqu'à ce que Leith me conseille de m'installer une vingtaine de mètres plus loin, et qu'il frappe la balle avec une telle force que le cuir déjà malmené finit par crever. En une heure, ils en avaient bousillé quatre.

Peu passionnée par le jeu, je m'allongeai sur une couverture et observai les nuages. Le vent commençait à souffler, laissant présager une pluie prochaine. J'étais totalement absorbée par ma contemplation lorsque plusieurs ombres passèrent furtivement au-dessus de ma tête. Avant même que je ne me redresse pour vérifier de quoi il s'agissait, Leith était près de moi, le regard dur rivé au ciel. Je me levai, bouche bée.

Trois anges noirs torse nu tournoyaient autour de nous tels des oiseaux de proie. Si terrifiante que fût leur présence, je ne pouvais détacher mes yeux de ce spectacle. En parler était une chose, les voir voler était choquant, époustouflant, excitant. Ils étaient majestueux. Leurs immenses ailes de jais battaient harmonieusement l'air, et leur grâce n'avait d'égale que leur splendeur. J'étais parfaitement subjuguée. Rien n'aurait pu m'empêcher de les contempler.

Ils continuèrent à voler en cercle pendant quelques secondes encore, jusqu'à ce qu'un quatrième ange noir les rejoigne – Darius. Je ne l'avais jamais trouvé si beau.

Seulement après, ils se posèrent pieds nus sur le sable. Leurs ailes disparurent instantanément dans leur dos, comme si elles n'avaient jamais existé.

Leith me sortit violemment de ma torpeur.

— Je t'interdis de bouger. Tu m'entends, Hannah ? m'ordonna-t-il. Tu ne bouges pas d'ici.

Interloquée, je le suivis du regard tandis qu'il ralliait la Meute. Presque trop vite pour que je puisse distinguer ne serait-ce qu'une seule de ses foulées. N'en faisant qu'à ma tête, je fis quelques pas dans leur direction et, sans m'en rendre compte, je me retrouvai tout près d'eux. Les beaux yeux verts de Leith étaient noirs de fureur, ses pupilles dilatées à leur maximum. Ce n'était pas bon signe. D'un geste de la main, il me somma de cesser d'avancer. Je stoppai aussi sec.

— On ne vient pas pour elle ! annonça Darius.

Jamie gronda.

— Alors pourquoi ?

Chaque membre de la Meute était sur ses gardes, les genoux légèrement fléchis, les jambes écartées, les mains sur les cuisses, prêt à bondir.

Darius s'approcha lentement de Jamie, derrière lui se trouvait Pitt. Il me jeta un regard furtif, sombre, meurtrier, qui me glaça le sang.

— Vous avez donné la mort, articula Darius d'une voix que je reconnus à peine.

Jamie fronça les sourcils.

— Qu'est-ce que tu racontes, sang-mort ?

Son visage, habituellement si amical, était barré de rides de crispation ; alors, avec sa carrure imposante, Jamie n'avait jamais été si impressionnant.

— Je reconnais bien là les chiens galeux que vous êtes, siffla Darius. Lâches et puant le mensonge à plein nez.

— Fais attention à toi, le menaça Jamie, dont la joue tressaillait nerveusement.

En réponse, Pitt émit un grognement sourd qui me tétanisa. Sans quitter Jamie du regard, Darius leva la main pour le faire taire. Ses yeux devinrent presque iridescents, puis il retroussa sa lèvre supérieure, dévoilant deux canines saillantes.

Je sursautai. C'était la première fois de ma vie que j'en voyais, et ça me fit un drôle d'effet.

Concentrés sur Darius, ni Leith ni personne ne remarqua mon état de panique. La situation allait mal tourner, je le sentais. Toutefois, je n'étais pas prête à assister à ça, si bien que, lorsque je distinguai un bourdonnement familier dans mes oreilles et que mes genoux flanchèrent subitement, je me retrouvai à quatre pattes sur le sable, la tête en avant, le souffle court. La Meute s'apprêtait à muter, j'en percevais tous les effets.

— Nooonnn ! réussis-je à crier.

Il ne pouvait pas y avoir de combat... C'était trop dangereux. Ils ne pouvaient pas...

Je levai des yeux suppliants vers Darius. Il me regardait. Et dans les siens, je crus lire toute l'affection qu'il me portait. Il était désolé pour moi.

— Leith..., gémis-je. Arrêtez...

— Bon sang ! jura ce dernier en se baissant pour m'aider à me relever.

Il me serra dans ses bras et me caressa les cheveux. Cette intervention sembla calmer tout le monde, momentanément du moins.

— Vous avez brisé les règles, chiens..., grinça Darius. L'un des vôtres a fait couler le sang et vous allez payer pour ça.

Leith fit un pas vers lui.

— Nom de Dieu, mais de quoi tu parles ? Qui a été tué ?

Pitt poussa un cri déchirant tandis qu'un froid glacial remontait le long de ma colonne vertébrale. Minah ? Je ne voulais pas le croire ! Horrifiée, j'avançai vers Darius. Leith fit un bond pour m'en empêcher et me ramena contre lui.

— Tiens-toi tranquille et arrête de bouger !

Je cherchai le regard de Darius.

— Minah..., murmurai-je. C'est Minah ?

Il hocha la tête et Pitt hurla une nouvelle fois.

Mon cœur battait à tout rompre.

— Pourquoi ? m'étranglai-je.

— Demande-leur ! cracha Darius en pointant la Meute du doigt. C'est leur œuvre !

Déconcerté, Leith desserra son étreinte.

— Nous n'avons tué personne, Darius, se manifesta Jamie, impassible.

Et je le croyais. Bien sûr que je le croyais !

— Vous avez massacré Minah, et vous paierez ! vociféra Darius. Je vous jure que vous paierez, un par un !

Ses mots faisaient des ricochets dans ma boîte crânienne. C'était insupportable. Ce qu'il disait m'était insupportable.

— Non ! m'écriai-je.

Je mis toute ma force et mon énergie pour me dégager des bras de Leith. Cette fois, il ne tenta pas de me retenir. Alors j'avançai et me plantai devant Darius pour le regarder bien en face.

— Arrête..., murmurai-je, le souffle court, les yeux brouillés par les larmes. Ne dis pas ça...

Un éclair passa dans les iris bleutés de Darius. Son visage, si dur, sembla s'adoucir un bref instant. Il leva la main et frôla ma joue de ses doigts glacés.

— Ne la touche pas..., grogna Leith.

Darius se rétracta.

— Parle-moi, le suppliai-je. Parle-moi...

Je ne le lâchais pas du regard, j'attendais.

— On a trouvé le corps de Minah tôt ce matin, à St Andrew's West Sands Beach. Elle a été tuée un peu avant le lever du jour, m'annonça-t-il d'une voix étouffée.

— Oh, Darius…

— Elle a été mutilée, éventrée, sa tête… arrachée, s'étrangla-t-il.

J'eus un haut-le-cœur.

Darius se tourna vers Jamie, le regard chargé de haine.

— Les gamins fêtards qui l'ont découverte ne se souviendront de rien, siffla-t-il entre ses dents. Mais moi, oui !

— Nous n'y sommes pour rien, Darius, lui assura Jamie.

— Mensonge ! Seul un garou est capable d'une telle rage. Sa peau était lacérée de coups de griffes. Vous l'avez ravagée !

Ravagée…

— Non, Darius, ce n'est pas nous, insista Jamie.

Darius semblait faire un effort incommensurable pour conserver son calme.

— Alors qui ? Qui à part vous ?

Jamie secoua la tête. Il n'en savait rien.

Darius scruta un par un les membres de la Meute.

— Où est la fille ? demanda-t-il brusquement.

Jamie fronça les sourcils.

— Quelle fille ?

— Ta maudite sœur, où est-elle ?

Leith et Jamie se croisèrent du regard un instant.

— Elle n'est pas mêlée à ça, affirma Leith.

Darius laissa filer un rire amer.

— Comme c'est glorieux de ta part de vouloir protéger toutes tes femelles. Mais je n'en crois pas un mot. Où est-elle ?

Leith serra les dents, gonfla les narines, et prit une profonde inspiration.

— Georgia et Minah se sont battues, le Cercle était là, puis Georgia est partie. Elle n'y est pour rien. Ce n'est pas l'un d'entre nous que tu dois chercher.

Sauf que Georgia nous a quittés très tôt ce matin et que personne ne sait où elle est allée, pensai-je.

— Eh bien, il faut croire qu'elle n'en avait pas fini avec elle et qu'elle l'a retrouvée un peu plus tard !

Sur quoi, Darius fouilla dans la poche de son jean et balança violemment un objet en direction de Leith, lequel le rattrapa au vol sans que je puisse voir de quoi il s'agissait. Il ouvrit les doigts et l'étudia attentivement. Son visage se figea alors en une expression de surprise. Il leva les yeux vers Darius et tendit l'objet à Jamie, qui fit à peu près la même tête que lui.

— Épatant, hein ? ricana Darius.

— Où as-tu trouvé ça ? demanda Jamie, la peau blême.

— À côté de Minah, répondit Darius. Ce sont les gens de ton espèce qui fabriquent de telles pièces, n'est-ce pas ? Ceux de ton espèce, et plus particulièrement ton père ! Tu vois où je veux en venir, chien ?

Jamie arqua les sourcils. Je n'avais aucune idée de ce dont ils étaient en train de parler, mais il sembla surpris que Darius en sache autant sur son compte.

— Je n'en avais encore jamais vu, murmura Jamie en observant ce qu'il tenait toujours dans la main.

— Tu n'en as jamais vu..., répéta Darius avec sarcasme.

— Ça n'appartient pas à Georgia.

— Tu en es bien sûr ? insista âprement Darius.

— Certain.

— Georgia n'est pas responsable de la mort de Minah, Darius, réitéra Leith. Tu te trompes de cible.

— Elle me semble tout à fait trouvée, au contraire. Les dégâts ont été causés par l'un des vôtres, vous ne pouvez le nier. Cet objet a été fabriqué par un garou, et le père de Georgia est forgeron. Maintenant, on a assez joué. Pour la troisième fois, où est ta sœur ? redemanda-t-il à Jamie.

Darius respirait bruyamment, ses doigts se crispaient dangereusement sur ses cuisses. Il ne se contiendrait pas longtemps. Derrière lui, Pitt et les deux autres anges noirs n'avaient pas baissé leur garde. Pitt était prêt à bondir, les canines dépassant de ses lèvres. Il était terrifiant.

— Il est impossible pour une femelle lupus de venir à bout d'un vampire aussi facilement, argua calmement Leith. Tu sais tout ça. Georgia n'est pas responsable.

— Raison pour laquelle je suis convaincu que vous y êtes tous pour quelque chose ! Peut-être t'en es-tu chargé personnellement, chien ?

— Darius ! m'écriai-je, affolée. Leith n'a rien fait !

Ses yeux ne formaient plus que deux toutes petites fentes.

— Vous avez choisi de briser les règles établies dans cette ville et vous en paierez le prix, les prévint Darius.

— Arrête tes menaces, sang-mort ! l'avertit Jamie. C'est un affrontement en règle que tu souhaites ? Donne-nous le change, ça nous fera un prétexte pour vous écraser !

— Darius..., murmurai-je d'une voix suppliante.

Il m'ignora et montra les dents en feulant. Mais à part moi, personne ne semblait impressionné par ce genre d'intimidation.

— Jamie, Darius... ne faites pas ça, implorai-je encore.

Personne ne m'écoutait.

Pitt fit un pas qui m'arracha un cri. La tension était montée à son maximum et semblait sur le point d'éclater à tout moment. Déjà, mes jambes me picotaient. Ça recommençait.

— Arrêtez ça ! Arrêtez ! m'égosillai-je.

Mais la Meute était prête. Les anges noirs aussi. Ils levaient le cou fièrement, tous crocs dehors, plus menaçants que jamais.

Ma panique redoubla lorsque j'aperçus au loin un groupe d'enfants venant vers nous, inconscients de ce qui allait se jouer. N'écoutant que mon courage, je tentai de m'interposer entre Darius et Jamie au moment où ils se jetaient l'un sur l'autre. Mais une douleur lancinante me vrilla les tempes et me paralysa totalement. Les yeux grands ouverts, je me laissai avaler par un trou noir. Inconsciente.

C'est la voix profonde et douce de Leith qui me ramena à la réalité.

— Hannah..., réveille-toi.

Je soulevai lentement les paupières et découvris plusieurs visages penchés au-dessus de moi. Ils m'observaient. J'étais à moitié allongée sur le sable, les bras de Leith me tenaient fermement contre lui.

— Tout va bien, chuchota-t-il en m'embrassant le front.

J'essayai de me redresser, mais il m'en empêcha. Je regardai alentour tant bien que mal, les anges noirs avaient disparu.

— Où sont-ils ? murmurai-je.

— Ils sont partis.

Je dégageai l'une de mes mains et massai ma tempe droite, les sourcils froncés.

— J'ai mal...

J'entendis Jamie étouffer un rire.

— Je n'ai jamais vu quelqu'un d'aussi courageux que toi, dit-il en souriant. Ou d'aussi fou ! Tu aurais pu te faire écraser comme un insecte.

— Que m'est-il arrivé ?

J'attendais une réponse, mais personne ne semblait disposé à éclairer ma lanterne. Je portai alors mon attention sur Leith, qui plongea ses yeux dans les miens, dégageant une telle culpabilité que je compris immédiatement le rôle qu'il avait joué.

— C'est toi ?

Il hocha la tête.

— Pour ton bien.

Je fronçai les sourcils.

— Pour mon bien ?

Même si je saisissais parfaitement sa motivation, je n'en étais pas moins furieuse contre lui.

— Tu ne peux pas me voler mon libre arbitre, Leith. Je peux parfaitement assumer les conséquences de mes actes.

Face à ma colère, Leith demeura impassible.

— Tu n'as justement aucune idée des conséquences, Hannah. Ils auraient pu te tuer malgré eux.

Il avait raison sur ce point, c'est pourquoi je choisis de ne pas polémiquer. Toutefois, je n'approuvais pas la méthode. Loin de là.

Je tentai de me dégager pour me relever. Comme Leith refusait catégoriquement de me lâcher, je tendis la main vers Jamie, lequel l'attrapa. Leith desserra finalement son étreinte et je pus me remettre debout.

— Ça tourne..., gémis-je.

Jamie me soutint un instant.

— Merci. Ça va, maintenant.

Leith m'offrit une bouteille d'eau, que je pris sans même le regarder.

Bon sang, ce que j'étais en colère contre lui !

— Vous vous êtes battus ? demandai-je à Jamie.

Il secoua la tête.

— Tu nous as coupé la chique.

— Tu parles, ils ont fui ! ricana Étienne. Ce sont des lâches.

Les membres de la Meute se mirent presque tous à rire. La moutarde me monta au nez en moins de deux.

— Vous n'êtes que des idiots ! Et toi, tu es encore plus crétin que les autres, si c'est ce que tu penses ! lâchai-je en français afin que seul Étienne comprenne. Aucun d'entre eux n'a peur de vous !

— Hey, dans quel camp es-tu ? s'interposa Tony, qui avait manifestement compris ce que je venais de dire.

— Dans celui des plus intelligents, et pour le moment, ça veut dire aucun ! Quant à toi, Leith

Sutherland, tu oses faire la morale à Georgia et agir comme elle derechef ! Jamie, bramai-je, il y avait du monde sur la plage, des enfants, des innocents. Tu es un chef, comment as-tu pu te laisser avoir de la sorte ? Les Lupi ne sont-ils pas supposés se maîtriser plus que n'importe qui ? Vous voulez que je vous dise ? Vous êtes pathétiques et pas plus malins que des chiens de combat !

Ils sursautèrent. Mais peu m'importait qu'ils soient choqués, j'étais furieuse.

— J'entends ta colère, Hannah, mais ce qui se passe est très sérieux, plaida Jamie avec gravité.

— Je m'en doute, Minah est morte !

— Nous risquons tous notre peau. Toi, y compris.

— Arrête, Jamie ! Je ne crains rien du tout. Darius est mon ami, il ne me ferait jamais de mal.

— Laisse-moi rire ! persifla Leith. Il n'est plus question que tu le voies, désormais. Plus du tout. Darius ne contrôle pas toute la ville.

— Comment ça « toute la ville » ?

Le regard de Leith s'embrasa.

— Parce que tu penses vraiment que la mort de Minah ne touche que le Cercle ? Ils croient que nous l'avons tuée, et fais-moi confiance, ils voudront se venger coûte que coûte. La guerre est ouverte.

— La guerre ? murmurai-je, déconcertée.

Il exagérait sûrement. St Andrews était un terrain neutre. Darius disait même que c'était la ville où se réfugiaient les anges noirs qui préféraient ne pas vivre comme leurs semblables. Qui prendrait le risque de briser un équilibre instauré depuis des centaines d'années ?

— Et Georgia ? demandai-je enfin.

— Quoi, Georgia ? s'irrita Jamie.

— Ils la croient coupable.

— Ils se trompent, gronda Anneas.

Contre toute attente, je pensais comme lui. Je détestais Georgia, mais je n'arrivais pas à imaginer qu'elle puisse aller aussi loin. Néanmoins, elle était partie seule de l'appartement de Leith et, *a priori*, personne n'avait aucune idée de l'endroit où elle se trouvait.

— Vous savez où elle est ? demandai-je.

Anneas secoua la tête gravement.

— Peu importe, elle n'y est pour rien ! conclut sèchement Jamie, mettant un terme non contestable au sujet « Georgia ».

Comme toutes les affaires étaient déjà repliées, nous marchâmes jusqu'aux voitures. Jamie se dirigea vers le 4 x 4 de Leith.

— Je monte avec vous.

Je lui laissai la place à l'avant et m'installai en silence sur la banquette arrière. Personne ne parlait, et Leith avait pris le chemin pour me ramener chez moi. Dans le rétroviseur, il me jetait un œil de temps à autre pour s'assurer que tout allait bien. Il tenta un timide sourire dans l'espoir que je ne lui en veuille plus. Je poussai un long soupir et étirai les lèvres à mon tour.

— Quel est cet objet que Darius vous a donné ? les interrogeai-je.

Jamie fouilla dans sa poche et me tendit un pendentif. J'en restai muette de stupéfaction. À première vue, bien qu'il soit plus usé et cabossé, il s'agissait du même que celui qu'Elaine m'avait offert pour mes dix-huit ans, j'en aurais mis ma main au feu.

— Mon père est forgeron, expliqua Jamie, il crée toutes sortes d'objets et c'est ce qui conduit Darius à penser que cette amulette appartient à ma sœur. Mais je n'en ai encore jamais vu de semblable. Je suis certain qu'elle n'est pas à Georgia.

Le seul forgeron lupus que j'avais rencontré se vantait de fabriquer des pièces uniques. S'il en allait de même pour ses confrères – ce dont je ne doutais pas vu ce que m'avait raconté Leith au sujet de cette caste –, quelle probabilité y avait-il pour que mon pendentif et « celui de Georgia » soient identiques ?

S'agissait-il d'amulettes jumelles ? Dans ce cas, comment le grand-père de Leith et la famille de Georgia, séparés par des centaines de kilomètres, auraient-ils pu se trouver en possession de ces deux objets ? J'étais aussi dubitative que curieuse. Discrètement, je sortis mon téléphone portable et pris le médaillon en photo. Je vérifierais une fois chez moi. Sans rien dire, je la rendis à Jamie.

Nous arrivâmes à proximité de mon immeuble. Leith gara la voiture au plus près de la rue piétonne et descendit afin de m'ouvrir la portière.

— Je reviens, Jamie, je raccompagne Hannah.

Il hocha la tête.

Leith entoura mes épaules et m'escorta jusqu'au pied du bâtiment. Devant le perron, il s'arrêta et prit mon visage entre ses mains.

— Promets-moi de ne pas quitter ton appartement.

Je fronçai les sourcils.

— Et mes cours ?

— Tu as raté celui de seize heures. Ne sors pas.

— Et je suis consignée jusqu'à quand ? ironisai-je. Je ne pourrai pas rester éternellement chez moi.

— Ce soir. Ne bouge pas, jure-le.

Je regardai ses prunelles briller et me noyai dedans.

— OK, soupirai-je, résignée.

— Je t'aime, murmura-t-il, les yeux perdus dans les miens.

— Je t'aime aussi.

Il frôla mes lèvres du bout des doigts.

— Que comptez-vous faire ? Où vas-tu, maintenant ? m'enquis-je. J'ai peur pour toi, avouai-je en me serrant contre lui.

— Ne t'inquiète pas, *honey*, je fais un saut chez moi avec Jamie, puis on partira chercher Georgia.

— Vous savez où elle se trouve ?

— On a une vague idée… Je t'appelle très vite, laisse ton portable allumé.

Je hochai la tête.

— Fais attention à toi.

— Je te le promets... rentre maintenant. J'attends en bas que tu me fasses signe.

Comme je résistais encore, Leith ouvrit lui-même la porte de l'allée.

— Vas-y.

À contrecœur, je rentrai chez moi.

— Tout va bien ? voulut s'assurer Tarja lorsque je pénétrai dans l'appartement, la mine morose.

Comme je ne desserrais pas les lèvres, elle me suivit jusque dans ma chambre.

— Tu as une drôle de tête, insista-t-elle. Tu t'es disputé avec Leith ?

Je me collai à la fenêtre et fis un signe à Leith comme il me l'avait demandé. Il hocha la tête et disparut pour rejoindre Jamie.

— Non, répondis-je enfin.

— Alors qu'y a-t-il ?

Comment lui expliquer tout ça ?

Je me mordis les lèvres, fixant toujours la baie vitrée. Mon voisin était devant un jeu vidéo.

— Hannah ?

Une vague d'émotion me submergea. Tout ce que j'avais contenu semblait vouloir remonter à la surface. Je m'effondrai à même le sol et pleurai tout mon saoul.

— Hannah ! s'écria Tarja, désemparée.

Puis elle m'étreignit.

— Que se passe-t-il ?

Elle me tendit la boîte de mouchoirs posée sur mon bureau. J'en pris un et soufflai dedans avant de sécher mes larmes.

— Willeminah est morte.

Le visage de Tarja fut déformé par l'effroi.

Je tâchai de choisir mes mots.

— Elle a été assassinée, retrouvée ce matin sur une plage de St Andrews.

Tarja porta les mains à sa bouche et se retint de respirer quelques secondes.

J'avais conscience que je n'aurais pas dû lui en parler. Elle se rendrait vite compte qu'aucune enquête ne serait menée, qu'aucun journal n'écrirait d'articles sur sa mort. Personne n'irait réclamer le corps de Minah. Elle devait être tout juste recensée sur les listes universitaires, et une faculté ne lance pas d'avis de recherche parce qu'une de ses étudiantes décide de ne plus venir en cours Oui, j'aurais dû me taire, mais j'avais tellement besoin de vider mon sac...

— Je suis... désolée, murmura Tarja.

Je fermai les paupières. J'avais de nouveau envie de pleurer.

— J'aimerais bien rester seule un moment, si tu veux bien, murmurai-je.

Tarja acquiesça.

— Bien sûr. Je dois partir de toute façon. Si tu as besoin de moi, appelle-moi sur mon portable.

Je hochai brièvement la tête. Puis juste avant de sortir, Tarja se retourna.

— Sur quelle plage Minah a-t-elle été retrouvée ?

— St Andrew's West Sands Beach.

Elle m'offrit un sourire compatissant et referma la porte derrière elle.

Chapitre 16

Chez moi, à Ballachulish, très chère !

Je restai un long moment agenouillée sur le sol à réfléchir.

St Andrew's West Sands Beach…

Comment Darius avait-il fait pour savoir qu'il était arrivé quelque chose à Minah ? Il ne se promenait quand même pas toutes les nuits au bord de l'eau ? Qui l'avait informé ? C'était une poignée d'étudiants qui avaient découvert le corps de Minah, ils n'avaient eu le temps de prévenir personne. Darius ne s'était certainement pas trouvé là par hasard. Et bon sang ! Qu'allait devenir la dépouille de Minah ? Aurait-elle seulement des funérailles comme n'importe qui ?

Quant à cette histoire d'amulette…, j'avais presque failli l'oublier. Je me levai et fouillai dans ma table de nuit pour en sortir la mienne. L'écrin de velours noir s'y trouvait. Je m'assis sur le lit et m'emparai de mon téléphone. La photo que j'avais prise était de piètre qualité, mais il n'y avait aucun doute possible. Les pendentifs étaient parfaitement identiques.

Qu'est-ce que cela pouvait bien signifier ? Je n'en avais pas la moindre idée, mais la coïncidence était tout de même déroutante. J'aurais été bien moins perturbée si j'avais remarqué un médaillon similaire autour du cou d'un des membres de la Meute. Sauf que là, il y avait eu un meurtre, et le médaillon en question appartenait au tueur.

Il fallait que j'en parle à Leith et Jamie. Ils m'avaient semblé surpris en découvrant le pendentif et je voulais en connaître la raison. Quant à moi, j'allais devoir expliquer à Leith que son grand-père et Elaine étaient tombés amoureux des dizaines d'années plus tôt. Sans hésiter, je composai son numéro de téléphone. Il décrocha dès la première sonnerie.

— Tout va bien ? commença-t-il avant que je ne prononce un mot.

— Oui, ne t'inquiète pas. Vous êtes encore chez toi ?

— Oui, nous étions sur le point de partir.

— Je crois qu'il vaudrait mieux qu'on se voie avant que vous ne vous en alliez.

Il marqua une courte pause.

— Que se passe-t-il ?

— Je ne peux pas trop te dire de quoi il s'agit par téléphone. Je peux vous rejoindre ?

— Non !

Il avait pesté avec une telle colère qu'il me fit sursauter. Puis il reprit plus doucement :

— Tu ne sors pas toute seule, nous te retrouvons chez toi.

— Je ne sais pas quand Tarja va rentrer et... enfin... elle n'aime pas trop quand tu es là.

— OK, OK. Attends-nous dans l'allée.

Je réprimai un rire nerveux.

— Que veux-tu qu'il m'arrive dans la rue avec une quantité effroyable de passants ? Je peux patienter dehors.

— Dans ton allée, insista-t-il avec une autorité irritante. Nous serons ici dans dix minutes.

— Très bien. À tout de suite.

Quelques minutes plus tard, je descendis au rez-de-chaussée. Je n'attendis pas cinq secondes avant que Leith me rejoigne.

— Est-ce que ça va ? me redemanda-t-il, survolté.

Je ne pus m'empêcher de sourire.

— Eh bien, oui. Toujours aussi bien qu'il y a dix minutes.

Je ne l'avais jamais connu si parano.

— Alors ? s'impatienta-t-il.

— Un endroit tranquille serait plus approprié pour avoir une discussion. Pouvons-nous aller ailleurs ?

— Oui, bien sûr, Jamie nous attend dans la voiture.

Le 4 x 4 était garé à deux pas. Jamie en sortit et me proposa le siège avant.

— Non, non... ne bouge pas, protestai-je en souriant. Je monte à l'arrière.

Je m'installai entre les deux fauteuils et fouillai dans mon sac pour prendre l'amulette. Leith et Jamie, qui suivaient mon geste du regard, donnèrent l'impression d'avoir la berlue.

— Mais que... à qui appartient ce médaillon ? demanda Leith, interloqué.

— C'est le mien.

— Le tien ? firent-ils en chœur.

Leith était de plus en plus désorienté.

— Mais d'où le tiens-tu ?

— Il m'a été offert par Elaine.

— Elaine ! glapit-il.

— Qui est Elaine ? nous interrogea Jamie, positivement perdu.

— Ma grand-mère.

Il y eut un blanc.

— OK, reprit-il. Je suis complètement paumé. Pourquoi ta grand-mère t'a-t-elle fait cadeau d'une amulette garolle ? Comment l'a-t-elle acquise ?

À voir leurs têtes, je ne pus m'empêcher de glousser.

— Ce n'est pas drôle ! se renfrogna Leith.

— Je sais, pardon, m'excusai-je en portant une main à ma bouche. Je vous explique. Elaine me l'a offerte pour mes dix-huit ans. Au départ, elle m'a d'abord dit qu'il s'agissait d'un talisman tribal qu'on lui avait remis quand elle avait mon âge. Elle m'avait alors affirmé qu'elle n'avait aucune idée de ce qu'il représentait.

— Et puis c'est tout ? risqua Jamie.

— Non, laisse-moi finir. Comme tu le sais sûrement, Leith a été agressé l'année dernière par un Galbro.

Jamie acquiesça.

— Afin de pouvoir rester près de lui, j'ai raconté à ma famille que nous avions eu un accident de voiture et que Leith avait subi un traumatisme crânien. Mon père et ma mère m'ont crue, mais pas Elaine.

— Pas Elaine ? s'étonna Leith. Pourquoi ?

— Tu te souviens que lorsque tu allais mieux, j'ai dû retourner chez mes parents ?

Il acquiesça.

— C'est Elaine qui m'a fait rentrer, ce jour-là. Elle voulait absolument me parler. Elle m'a déclaré tout de go que j'avais menti et que tu n'avais eu ni accident ni traumatisme crânien. J'étais estomaquée. Oui, oui, m'amusai-je en voyant l'expression de Leith. Un peu comme toi en ce moment. Bref, elle est au courant que tu es un loup-garou.

— Quoi ? vociféra-t-il. Tu lui as dit ?

Je secouai le menton.

— Bien sûr que non. C'est elle qui me l'a annoncé.

Jamie était complètement à l'ouest, Leith aussi.

— OK. Explique, exigea-t-il en recouvrant son calme.

— Bon. Je vais commencer depuis le début.

— Ce n'est pas ce que tu viens de faire ? hasarda Jamie avec circonspection.

— Non. Leith, tu te rappelles le jour où tu m'as fait visiter le phare de Noss Head ?

Il s'agissait du jour où le Mór-aotrom avait révélé que j'étais son âme sœur. Leith arqua le sourcil gauche, limite vexé.

— Tu plaisantes, c'est ça ?

Je lui souris, embarrassée.

Comme Jamie nous considérait l'un après l'autre sans comprendre, Leith lui fit signe de laisser tomber et m'invita à continuer.

— Pendant que nous marchions jusqu'au phare avec ma grand-mère, elle m'a raconté qu'elle avait connu un premier grand amour avant mon grand-père. Elle avait environ seize ans et il en avait dix-sept. Ils se sont fréquentés à l'insu de mes arrière-grands-parents pendant presque une année. Il était séduisant, brun, avec de magnifiques yeux verts...

Je laissai un blanc pour que Leith fasse la déduction tout seul, mais ça n'eut pas l'air de l'inspirer. Pas surprenant, il fallait être une fille pour opérer des raccourcis pareils.

— Viens-en au fait, s'impatienta-t-il.

— En plus d'être admirablement beau, insistai-je, il était également apprenti au phare de Noss Head. Son père en était le gardien.

La mâchoire inférieure de Leith s'ouvrit en grand.

— Euh... on m'explique ? demanda Jamie, qui n'en perdait pas une miette, mais sans trop savoir quoi en faire.

— Mon grand-père..., murmura Leith.

— Ton grand-père ?

— Oui, ce type était mon grand-père paternel.

— Ta grand-mère a eu une aventure amoureuse avec le grand-père de Leith ! s'horrifia Jamie. Rassure-moi, ils n'ont pas eu d'enfant ?

Je manquai éclater de rire.

— Non, Jamie. Leith et moi ne sommes pas de la même famille. Mon père est né d'un parfait Humain.

Il sembla soulagé.

— Bon, et pour l'amulette ?

Leith était toujours sous le choc.

— Donc, je disais qu'ils avaient eu une relation pendant à peu près un an. Et pendant tout ce temps, Dallas ne dévoila rien de sa véritable nature à Elaine. Elle avait bien remarqué qu'il possédait des capacités extraordinaires, comme une force démentielle par exemple, mais elle ne s'en était jamais inquiétée. Un jour, alors qu'ils se promenaient tous les deux dans des sous-bois, Dallas a été frappé par le Mór-aotrom. C'est là qu'il a tout avoué à Elaine, qu'il lui a révélé ce qu'il était vraiment.

Leith était ébahi.

— Je ne savais pas qu'il s'agissait d'Elaine. Mon grand-père avait raconté cette histoire à ses fils sans trop entrer dans les détails. Mais quand mes parents se sont rencontrés, il s'est farouchement opposé à eux. Ils se sont violemment disputés. Il voulait que mon père et ma mère se séparent immédiatement pour se préserver des lois ancestrales. Il n'a jamais toléré que son fils cadet n'ait pas le même courage que lui, qu'il ne décide pas de protéger celle qu'il aimait en la rejetant. Tu vois, souffla-t-il en caressant ma joue, ces confrontations sont une vieille histoire de famille...

— C'est pourquoi ton père était si virulent avec nous...

Il hocha la tête, alors je continuai.

— Après les aveux de ton grand-père, Elaine a refusé de le voir pendant plusieurs jours. Puis elle a décidé qu'elle désirait quand même être avec lui et que rien ne l'en empêcherait. Elle l'a retrouvé sur le phare où ils se sont parlé pour la dernière fois. Ce jour-là, lorsqu'elle est rentrée chez elle, elle a découvert une enveloppe contenant l'amulette, ainsi qu'un mot sur sa fenêtre. « Les âmes sœurs se protègent pour l'éternité », quelque chose comme ça. Elle n'en a jamais compris le sens, et m'a offert ce pendentif le jour de mes dix-huit ans, parce qu'elle me savait amoureuse de Leith. Voilà, je vous ai tout dit.

— Elaine n'a jamais revu mon grand-père ? s'enquit Leith.

— Si, une fois, sur la jetée, à Wick. Mon père était déjà né, le tien et ton oncle aussi. Après cette fois, plus jamais.

— C'est triste ! s'exclama Jamie.

Il paraissait sincèrement bouleversé.

— Alors ? Pour l'amulette ? Vous pensez qu'elle représente quoi ? demandai-je.

— Aucune idée, avoua Jamie.

Pas mieux pour Leith...

— Dans ce cas, pourquoi sembliez-vous si étonnés en la découvrant ?

— Parce qu'elle porte le signe universel de la race garolle, m'informa Leith.

J'écarquillai les yeux de curiosité.

— Oh... Lequel est-il ?

— Regarde ça.

Jamie s'empara des deux médaillons et désigna du doigt les quatre minuscules cercles concentriques gravés en dessous de la bélière.

— Il n'y a aucun doute : ces amulettes ont été confectionnées par un garou, affirma-t-il.

— Et tu penses qu'il en existe beaucoup de semblables ? C'est quand même surprenant que ces deux-là aient été séparées par cinq cents kilomètres. J'ai cru comprendre que les forgerons lupi ne travaillaient que sur des pièces uniques.

— Pas nécessairement, me contredit Leith. Tout dépend de la demande. Imaginons que tu aies besoin de trois pendentifs identiques...

— Certes... Alors que fait-on pour en savoir plus ?

Jamie s'esclaffa. Je battis des cils.

— Quoi ?

— C'est à cause du « on ». Leith et moi nous rendons chez mes parents. Nous pensons que Georgia s'y trouve. Nous avions l'intention de montrer l'amulette à mon père. Ça t'embête que je prenne aussi la tienne ? J'y ferai très attention.

Je réfléchis un court instant à une solution qui me convienne davantage.

— Tu peux l'emporter, mais à une condition.

Jamie parut surpris.

— Laquelle ?

— Je viens avec vous.

Leith secoua la tête.

— Ce n'est pas une bonne idée, Hannah. Je ne suis pas sûre que Georgia apprécie.

Laisser Leith aller « seul » dans l'antre de Georgia ? Jamais de la vie !

— Très bien, fis-je mine d'approuver. Mais dans ce cas, je ne te promets pas de rester enfermée chez moi à vous attendre. Je mènerai ma petite enquête... de mon côté.

Leith m'observa longuement, l'air follement amusé.

— Désolé, Holmes, mais il n'y a pas d'enquête qui tienne. Tu vas finalement venir avec nous.

Je lui offris mon plus beau sourire.

— Quoi qu'il en soit, Jamie, tu as bien dit que je faisais partie de la Meute, non ?

— À part entière...

— Comme ça, tout le monde est d'accord !

Je me jetai contre la banquette et bouclai ma ceinture de sécurité, pas mécontente de ma petite entourloupe.

— Et où allons-nous, exactement ?

Jamie se tourna vers moi.

— Chez moi, à Ballachulish, très chère, dans l'Argyll. L'un des coins les plus paumés de la côte ouest-écossaise !

Comme nous avions plus de trois heures de route et que nous passerions probablement la nuit sur place, Jamie me proposa de récupérer quelques affaires chez moi. Je préparai un sac en vitesse, y fourrai aveuglément tout un bric-à-brac dont je n'étais pas sûre d'avoir besoin, et laissai un mot à Tarja pour qu'elle ne s'inquiète pas.

Nous arrivâmes en même temps que le crépuscule. Le village de Ballachulish était implanté au bord du Loch Leven, à l'aplomb d'une petite chaîne montagneuse très verdoyante et tapissée d'arbres feuillus. Les façades de la plupart des maisons étaient blanches, les toits recouverts de tuiles grises et, effectivement, c'était paumé ! Bien davantage que Wick, mais absolument ravissant.

— On arrive dans cinq minutes, nous informa Jamie. J'espère que Georgia sera là...

— Tu n'as pas essayé de joindre tes parents pour t'en assurer ?

Jamie tourna la tête et m'offrit un sourire éblouissant.

— Disons qu'ils sont... marginaux.

— C'est-à-dire ?

— Ils n'ont pas le téléphone, la télévision, la radio... Uniquement des journaux et un accès réduit à l'électricité, mais il y a l'eau courante ! s'esclaffa-t-il.

— Sérieusement ? On peut encore vivre comme ça ?

L'ex-Parisienne que j'étais n'en revenait pas.

— La preuve que oui. Et ça fait des gars costauds ! argua-t-il en montrant ses biceps.

— Pff... ça n'a strictement rien à voir ! C'est ton patrimoine génétique qui te rend parfait !

Il éclata de rire de plus belle.

— J'adore cette fille ! lança-t-il en tapant l'épaule de Leith.

Leith croisa mon regard dans le rétroviseur et me gratifia d'un sourire en coin ponctué d'un clin d'œil.

— Tes parents n'habitent pas dans le village ? demandai-je, voyant que nous en sortions presque.

— Non... C'est ici, tourne à droite, indiqua-t-il à Leith.

Lequel prit un chemin caillouteux s'enfonçant dans les bois. Nous roulâmes encore environ cinq cents mètres et arrivâmes devant ce qui aurait pu être la chaumière de Blanche Neige et les sept nains. On se serait presque attendu à trouver une charrette dans la cour, mais au lieu de quoi, un gros pick-up blanc bien rouillé y était garé. Tout n'était pas perdu !

Nous descendîmes de la voiture avec nos affaires.

Jamie passa le porche en bois, faisant craquer les lattes de la terrasse sous ses pas. Il entra sans sonner en hélant à tue-tête :

— C'est moi ! Il y a quelqu'un ?

Personne ne se manifesta.

— On va voir dans l'atelier.

Jamie posa nos sacs sur l'avancée et nous intima de le suivre. Nous fîmes le tour de la maison et gagnâmes un vaste jardin couvert de fleurs sauvages. Au fond de celui-ci se trouvaient un baraquement rudimentaire en bois et un autre en pierres d'où s'échappaient des bruits d'enclume. Nous approchâmes et Jamie ouvrit la porte.

— Hé ! cria-t-il.

Le portrait craché de Jamie se retourna sur nous. Même carrure, même couleur brune de cheveux, mêmes yeux noisette, mais avec au moins vingt ans de plus.

— James ! J'ai cru que mon odorat me faisait défaut. Formidable, la famille est au complet. Ta sœur est arrivée ce matin.

Dans le mille !

Le père et le fils se donnèrent l'une de ces accolades qui m'auraient fait rendre mon déjeuner en une seule tape.

— Simon McLachlan, se présenta enfin son père en nous tendant la main.

Une pogne gigantesque.

— Papa, voici Leith, et Hannah, sa petite amie.

Mes doigts furent littéralement écrasés entre les siens, mais comme j'étais bien élevée, je me tus et me frottai discrètement la paume derrière le dos dès qu'il l'eût lâchée.

— Ta mère et les filles sont sorties il y a à peine une demi-heure, informa-t-il Jamie.

Lequel, interrogatif, haussa un sourcil.

— Les filles ?

— Oui, Georgia est venue avec Julia.

— Julia est ici ? m'exclamai-je, ravie.

— Oui, s'esclaffa M. McLachlan, il va falloir pousser les meubles !

— Papa, nous voudrions te montrer quelque chose.

Jamie s'empara de l'écrin noir dans sa poche et le tendit à son père. Celui-ci essuya ses grandes mains sur son tablier en cuir avant de le prendre et de l'ouvrir.

La réaction fut immédiate.

— Où avez-vous eu ça ?

Puis il me jeta un œil inquiet.

— Hannah est au courant pour nous, le rassura Jamie.

Il considéra brièvement Leith.

— Oui, bien entendu. À qui appartient cette amulette ?

— En réalité, il y en a deux, lui apprit Jamie tout en lui montrant la deuxième. Celle qui est dans l'écrin était au grand-père de Leith. L'autre, nous n'en savons rien. Que peux-tu nous dire à leur sujet ?

— Venez, nous ordonna-t-il en nous conduisant au fond de l'atelier.

Il poussa une porte donnant sur une salle comprenant quelques chaises et une table. Il nous invita à nous asseoir et posa une bouilloire en fonte sur un poêle à bois qui carburait au maximum. Je n'avais jamais rien vu de plus pittoresque, à part dans *La petite maison dans la prairie* peut-être…

Nous prîmes place et attendîmes que le père de Jamie veuille bien nous parler des amulettes. Il les scrutait à la loupe, en silence, les retournant dans tous les sens, les touchant, grattant le fer.

— Ont-elles été faites par la même personne à votre avis ? m'enquis-je.

— Non, absolument pas, répondit M. McLachlan. Les poinçons ne sont pas les mêmes.

Leith se pencha vers lui.

— Il y a des estampilles ?

— Oui, regardez. Sur celle-ci on retrouve un cercle avec un point central.

Il désigna un minuscule sceau qui aurait été indécelable à l'œil nu.

— Sur la deuxième, ce sont deux vaguelettes parallèles.

Nous vérifiâmes, elles y étaient.

— Qu'est-ce que cela représente ? voulus-je savoir.

— Ce sont les signes distinctifs de chaque artisan. Je connais celle-ci, affirma-t-il montrant le poinçon de mon médaillon (le cercle et le point). Elle a été fabriquée par les Culloch.

— Les Culloch de Wick ? intervint Leith.

— Ceux-là mêmes.

Sans surprise...

— Monsieur McLachlan, à quoi servent ces amulettes ?

Simon McLachlan se leva pour récupérer la bouilloire qui sifflait et remplit quatre mugs. Il nous offrit du sucre, du lait, nous remit des sachets de thé et se rassit avec nous.

— Elles sont très rares, car peu de forgerons sont capables d'en fabriquer. Du moins, de les rendre telles qu'elles sont.

Jamie fronça les sourcils.

— C'est-à-dire ?

M. McLachlan se gratta la tête.

— Eh bien, dans la technique elle-même, il n'y a rien de très compliqué. Le métal est chauffé, tordu, enchevêtré et façonné sans être martelé. Ce qui est singulier, c'est le sortilège qui leur est attribué. Il est extrêmement complexe. Le nombre de forgerons capables de le réaliser se compte sur les doigts de la main. L'énergie qu'un tel enchantement demande est considérable, il requiert un abandon total à l'Esprit. C'est très éprouvant. L'artisan se coupe du monde pendant plusieurs mois pour y parvenir. C'est la raison pour laquelle il existe si peu d'amulettes de ce genre, ajouta-t-il en riant. Et vous, vous m'en ramenez deux !

— Quel en est le charme, précisément ? l'interrogea Leith.

— Oh, un sortilège bluffant pour n'importe lequel d'entre nous ayant besoin de discrétion. Ces pendentifs cachent la réelle identité des garous qui les portent.

Leith et Jamie se considérèrent avec perplexité.

M. McLachlan récupéra un morceau de ficelle graisseuse qui traînait par terre, et le glissa dans la bélière du médaillon.

— Regardez ça, nous lança-t-il en riant comme un gosse. Si je la tiens simplement dans ma main, comme ça (il referma l'amulette dans son poing), rien ne se produit. Mais si je la mets contre ma poitrine...

Il détacha quelques boutons de sa chemise et passa la cordelette qu'il noua autour de son cou.

— Mais c'est pas vrai ! s'horrifia Jamie en se levant comme un diable de sa boîte.

Leith avait l'air tout aussi choqué, les yeux exorbités.

— Mais comment est-ce possible ? murmura-t-il à son tour.

M. McLachlan riait à gorge déployée, Leith et Jamie étaient blêmes, quant à moi, médusée, je les observais à tour de rôle sans rien comprendre à la situation.

— Quelqu'un pourrait-il m'expliquer ? hasardai-je.

— Il sent comme toi ! s'étrangla Jamie en désignant son père du doigt.

— Quoi ?

Si j'avais été susceptible, je l'aurais mal pris. M. McLachlan empestait la transpiration et la poussière. Pour le coup, je baissai discrètement la tête vers mes aisselles histoire de vérifier que ce n'était pas également mon cas. Leith nota mon manège et sourit. J'étais terriblement gênée. Alors Simon McLachlan vint enfin à mon secours.

— Désolé, Hannah, tu ne peux rien remarquer, car ton nez n'est pas assez fin. En portant cette amulette, mon odeur peut se confondre avec celle de n'importe quel Humain. Je peux me promener parmi une meute de loups-garous, personne ne me prendra pour l'un des leurs. C'est fabuleux !

Il s'extasiait comme je l'aurais fait si on m'avait annoncé que j'avais gagné à la loterie.

— Personne ne peut vous reconnaître ? voulus-je m'assurer, ébahie.

— Uniquement ceux qui me connaissent déjà. Pour les autres, je deviens un citoyen lambda. Mais le plus étonnant, c'est que cette amulette ne fonctionne pas seulement sur mes semblables. Ses pouvoirs s'étirent aux animaux et toute créature dite surnaturelle.

— Quel est le rapport avec ma grand-mère ?

Comme M. McLachlan n'était évidemment pas au courant, Leith lui raconta succinctement l'histoire d'Elaine et de Dallas. Il réfléchit un instant.

— Avant qu'il y ait un traité de paix entre les deux communautés garolles, quelques rares familles mixtes privilégiées avaient recours à la magie des amulettes pour se cacher de la répression. Tu vois, lorsqu'un Humain porte ce type de médaillons, il perd l'odeur des garous qu'il côtoie.

J'en restai bouche bée.

— Je sens comme vous ? m'étonnai-je.

Il secoua la tête.

— Non, pas exactement. Lorsque tu fréquentes intimement l'un de mes semblables, physiquement s'entend, son odeur se dépose sur toi et tu finis par sentir un peu comme lui.

Intimement ? Je m'empourprai.

— Quoi qu'il en soit, l'amulette inhibe cette odeur, reprit-il. Tu restes une femme quelconque ne représentant aucun danger pour la race garolle. Tu comprends ?

Estomaquée, je hochai la tête.

— Quel âge a ta grand-mère ? m'interrogea-t-il.

— Soixante-dix ans, pourquoi ?

— Dans ce cas, ça signifie qu'elle a rencontré le grand-père de Leith pendant la dernière vague de répression. C'est sûrement la raison pour laquelle il lui a offert l'amulette. Grâce à elle, elle n'était pas repérable.

— Mais il ne s'est jamais rien passé entre eux, fis-je remarquer. Elle ne lui servait à rien.

Il haussa les épaules.

Sur le coup, j'eus un doute quant à la chasteté d'Elaine. Mais peu importait.

— Papa, tu veux bien retirer ce machin, maintenant ? s'exaspéra Jamie. Ça va finir par me rendre dingue !

— Hum… je ne sais pas si j'ai envie te la redonner. J'ai là un bon moyen de me cacher de ta mère quand elle me cherche pour les travaux de la maison !

Leith ne goûta pas à la plaisanterie, il fronçait les sourcils et semblait préoccupé.

— Avez-vous une idée d'où peut provenir l'autre amulette, monsieur McLachlan ? demanda-t-il en désignant le médaillon découvert près de Minah.

— Non, Leith, je ne connais pas cette estampille.

— Et comment pourrait-on en apprendre plus ?

— Je peux me renseigner, mais pas aujourd'hui. J'ai un ami forgeron qui a beaucoup voyagé, il saura peut-être me répondre.

Simon sortit du tiroir de la table un papier et un crayon. Il reproduisit habilement le pendentif et le poinçon qui se situait derrière. Il tendit les deux amulettes à Jamie, qui me rendit la mienne. Je la replaçai dans son écrin et la rangeai au fond de mon sac.

— J'aimerais savoir une chose, les garçons. Où avez-vous trouvé celle qui n'appartient pas à la grand-mère d'Hannah ?

Les regards de Leith et Jamie se croisèrent. L'air grave, Simon McLachlan les considéra à tour de rôle et reprit son sourire avenant.

— OK, laissez tomber, je n'ai pas besoin de le savoir. Je m'occupe de ça et je vous tiens au courant.

— Merci, Papa.

— Ta mère arrive, annonça-t-il soudain.

Mais avant même que M. McLachlan ne le dise, ils s'étaient retournés tous les trois en même temps sur la porte de l'atelier. Évidemment, je n'avais rien entendu du tout. D'ailleurs, lorsqu'on fréquente des loups-garous, on a toujours l'horrible impression d'être sourd comme un pot !

Nous nous levâmes de table et quittâmes le cabanon pour nous diriger vers la maison. Je marchais derrière Jamie et Leith, quelque peu angoissée à l'idée de voir Georgia. Elle ne me ferait sûrement pas le même accueil que son père.

Nous entendîmes claquer les portières d'une voiture, puis une voix féminine qui s'esclaffa.

— Leith !

J'eus juste le temps d'apercevoir Georgia qui se jetait dans les bras de Leith pour l'étreindre. Elle fermait les paupières de contentement et souriait à pleines dents en le serrant fort contre elle, la tête posée sur son épaule. Leith ne la repoussa pas. Il resta les bras ballants, franchement surpris par cet accueil. Puis Georgia rouvrit les yeux, ses prunelles noires de colère braquées sur moi.

— ELLE ? ICI ?

Georgia se détacha de Leith et fonça droit sur moi d'un œil menaçant. Son père, qui se tenait juste derrière moi, m'entoura les épaules de son bras et accueillit sa fille avec un large sourire.

— Tu te rends compte, mon bijou ? On n'a pas eu autant de monde à la maison depuis que vous êtes tous les deux partis à la fac. C'est chouette, non ?

— Fantastique ! siffla-t-elle avant de tourner les talons.

— Hannah ! s'écria Julia en me serrant contre elle chaleureusement. Je ne m'attendais pas à ce que tu viennes jusque-là. C'est génial ! Vous êtes arrivés il y a longtemps ?

— Moins d'une heure, bredouillai-je en regardant Georgia s'éloigner.

Simon passa devant et nous invita tous à le suivre tandis que les garçons récupéraient les sacs de courses de Mme McLachlan avant d'entrer dans la maison.

— Ne t'inquiète pas pour Georgia, tenta de me rassurer Julia. Elle ne sait plus trop où elle en est. J'ai bien essayé de lui parler, mais elle est têtue comme une mule. Pourquoi êtes-vous ici, au juste ? Leith est venu s'excuser ?

Je secouai la tête. Julia me sourit.

— Peu importe, Leith et Jamie me raconteront. Allez. Viens.

Chapitre 17

Darius et moi sommes amis.

Si Jamie était le portrait craché de son père, Georgia aurait pu être prise pour la sœur cadette de sa mère. La ressemblance était frappante. Chacune était d'une beauté renversante.

— Rentrez, les filles ! Hannah, n'est-ce pas ? m'accueillit-elle en me tendant la main. Ça va, vous ne vous sentez pas trop perdue parmi tout ce monde ?

Parmi tous ces loups-garous ? compris-je.

— Ça va, répondis-je timidement

Julia éclata de rire !

— Pensez-vous, Pam, on croirait qu'elle nous a fréquentés toute sa vie !

Nous rejoignîmes Leith et Jamie dans un petit jardin d'hiver. Il s'agissait d'une vaste véranda dans laquelle était exposée une quantité impressionnante de fleurs et de plantes exotiques. Il y faisait très chaud.

Jamie, Leith et Georgia s'installèrent sur des fauteuils en rotin, Julia et moi préférâmes nous asseoir à même le sol.

— Pourquoi êtes-vous venus jusque-là ? attaqua Georgia.

— Minah a été tuée, répondit Jamie d'une voix égale.

L'étonnement avala l'air supérieur que Georgia s'était donné. Julia blêmit et étouffa un cri en appuyant ses deux mains contre sa bouche.

— Quand ? demanda Georgia, blanche comme un linge, elle aussi.

— Cette nuit. Approximativement quand tu as quitté l'appartement de Leith.

Georgia se leva d'un bond. Elle considéra Jamie, puis Leith, et se perdit furtivement dans les yeux de Julia.

— Vous ne croyez quand même pas que je l'ai...

Sa voix s'étrangla et elle se rassit, assommée.

Jamie se pencha sur sa sœur et enveloppa ses mains dans les siennes.

— Non, la rassura-t-il. Pas une seule seconde.

— Mais tu nous as dit que tu la tuerais ! lui rappela sèchement Leith.

Elle le considéra, le regard perdu.

— Je... non ! J'étais furieuse, je...

Elle se tut pour avaler sa salive et secoua la tête de droite à gauche.

— Tu ne me crois pas ?

Pas un mot ne sortit de la bouche de Leith, et la panique s'empara de Georgia.

— Après m'être accrochée avec Minah, je me suis immédiatement rendue chez Anneas, et puis nous sommes allés chez toi. Tu m'as fichue à la porte vers cinq heures du matin, tu te souviens ? Ensuite j'ai appelé Julia, et nous nous sommes retrouvées moins d'une heure plus tard à son domicile.

— C'est vrai, confirma Julia. Georgia était avec moi. Nous sommes parties pour Ballachulish vers six heures et demie.

— Je n'ai été seule que le temps de me rendre chez Julia, comment aurais-je pu la tuer ? renchérit Georgia. Leith, dis-moi que tu me crois...

Leith était toujours aussi désespérément muet.

— Leith ? répéta-t-elle d'une voix suppliante.

Son regard se fixa longuement sur elle. Je n'osais plus respirer.

— Je te crois, finit-il par dire d'un ton neutre.

Elle était à deux doigts de se mettre à pleurer.

— Merci, souffla-t-elle.

— Comment a-t-elle été tuée ? les interrompit Julia de manière presque inaudible.

Jamie se pressa l'arête du nez avant de lui répondre.

— Darius a découvert son corps sur la plage de St Andrew's West Sands Beach, tôt ce matin. Elle avait été lacérée à coups de griffes, éventrée, et sa tête arrachée.

— Mais qui a pu faire une chose pareille ? hoqueta Julia.

— Un garou, admit Jamie.

— Mais qui ? demanda Georgia sans quitter Leith des yeux. Aucun d'entre nous ne l'aurait fait. Je n'y crois pas une seule seconde.

— Darius a retrouvé une amulette garolle à côté de Minah, l'informa Jamie.

Il la sortit de sa poche et la tendit à Georgia, qui s'en empara et la détailla avant de la faire passer à Julia.

— Tu l'as montrée à Papa ?

Jamie hocha la tête.

— Qu'en pense-t-il ?

— Il s'agit d'une amulette de protection inhibant l'odeur des garous qui la portent, intervint Leith.

Elle fronça les sourcils.

— Comment ça ?

Au lieu d'entrer dans de grandes explications, Leith ouvrit quelques boutons de sa chemise et détacha le lien retenant le pendentif que je lui avais offert. Georgia vit ce qu'il représentait et se renfrogna. Leith retira le bijou et tendit la main afin que Julia lui remette le médaillon. Il passa la cordelette à l'intérieur et la noua autour de son cou.

Georgia et Julia réagirent à peu près de la même manière que Jamie lorsque son père lui avait fait une petite démonstration. Julia se leva d'un bond et Georgia jura violemment.

— Mais qu'est-ce que c'est que ce bordel ?

Leith retira le pendentif et le rendit à Jamie.

— Papa doit se renseigner sur la provenance du médaillon. Avec un peu de chance, nous saurons qui l'a fabriqué et à qui il appartient. En attendant, *statu quo*.

— OK, acquiesça Georgia après avoir digéré ce qu'elle venait de voir, ou plutôt, de sentir. Mais qui a tout intérêt à porter ce machin-là, bon sang ? Aucun membre de la Meute ne l'aurait fait, n'est-ce pas ?

— Bien sûr que non, assura Jamie. L'amulette inhibe les odeurs, elle ne lave pas le cerveau. Nous sommes connus des Exploiteurs, le sortilège ne serait d'aucune utilité à St Andrews.

— En tout cas, celui qui a perdu ce médaillon sera facilement identifiable, maintenant, je suppose. Un loup-garou ne passe pas inaperçu. C'est un point non négligeable, fit remarquer Julia.

— Ouais, s'il n'a pas déjà filé, siffla Leith.

— Quoi qu'il en soit, ce n'est que la surface du problème, ajouta Jamie.

Georgia plissa les yeux et pencha la tête.

— Ce qui signifie ?

— Que Darius en a après toi. Il est convaincu que tu es responsable.

— Non ! s'écria Julia malgré elle.

Tous se retournèrent vers elle, surpris.

— Je veux dire que... quel intérêt aurait-il à aggraver la situation ? bredouilla-t-elle, incertaine.

Leith manqua s'étrangler.

— L'intérêt ? Parce que tu crois que ces maudits sang-mort ne comptent pas réagir ? Le prétexte idéal pour nous affronter vient de leur être donné.

Jamie, qui se tenait en face de sa sœur, la regarda droit dans les yeux.

— Il est furieux, et il va se venger. C'est dans leur nature. On ne veut courir aucun risque, alors tu ne bouges pas d'ici tant qu'on n'a pas éclairci la situation.

— C'est hors de question ! Je n'ai pas l'intention de m'enterrer dans ce trou pendant que vous, vous réglez les problèmes !

— OK, petite sœur, reprit Jamie d'une voix étrangement calme. Je ne te laisse pas le choix.

— Va te faire voir, Jamie ! s'emporta-t-elle. Je sais me défendre, je fais partie de la Meute autant que toi !

Cette fois, les joues de Jamie se colorèrent légèrement.

— J'en suis le chef, tu fais ce que je te dis.

Georgia avait une tête de moins que lui, mais elle le toisait sans ciller, et ses beaux yeux verts étincelaient de colère. Le frère et la sœur étaient aussi impressionnants, têtus et effrayants l'un que l'autre.

— Si tu arrêtais d'agir comme une enfant gâtée, Georgia ? riposta-t-il. Ne pourrais-tu pas simplement obéir plutôt que de chercher à envenimer les choses ?

— Ne me donne pas de leçon, Jamie. Je suis assez grande pour savoir ce que j'ai à faire !

Leith s'approcha de Georgia et posa la main sur son épaule. Elle se retourna sur lui en sursautant.

Leith la regardait intensément et sans cligner les paupières.

— Reste ici, lui intima-t-il de sa voix la plus douce.

Interdite, elle le considéra, bouche bée.

— Qu'est-ce que ça peut te faire s'il m'arrive quelque chose ? Tu te fous complètement de moi !

Les yeux de Leith se plissèrent en même temps qu'il esquissait un timide sourire.

— S'il te plaît.

Une vague de nausée s'empara de moi. Je savais qu'il faisait tout ce qu'il pouvait pour la mettre à l'écart, mais sa technique de persuasion me hérissait les poils.

— Tu veux que je reste ici ? pépia-t-elle.

— Oui.

— Pourquoi ?

— Pour toi, pour la Meute... pour moi.

J'avalai ma salive. Mon cœur battait à tout rompre.

Georgia se tourna lentement vers moi d'un air victorieux.

— Si c'est toi qui me le demandes, je reste.

De ses longs doigts fins, elle frôla la cicatrice sur la joue de Leith, qui n'amorça pas un geste pour la repousser. Je serrai les poings et m'abstins de tout commentaire.

À côté de moi, Julia ne tenait plus, elle s'excusa en bredouillant quelques mots inintelligibles et quitta le jardin d'hiver. Je jetai un dernier regard irrité à Leith et Georgia, et sortis rejoindre Julia.

— Pam, avez-vous une lampe de poche ? demanda-t-elle à Mme McLachlan.

— Je te donne ça toute de suite. Mais tu sais, ma chérie, se moqua-t-elle en la gratifiant d'un clin d'œil, tu n'en as pas vraiment besoin pour voir la nuit.

— Peut-être, mais c'est plus pratique, grommela Julia.

Mme McLachlan fouilla dans un tiroir du buffet et remit la torche à Julia.

Julia s'élança hors de la maison sans prévenir.

— Julia, attends !

— Ne tardez pas, les filles, nous cria Pam. Le repas sera servi dans peu de temps !

— Julia ! m'égosillai-je tout en lui courant après.

Elle s'arrêta au milieu de la cour en reniflant.

— Ils ont raison, Hannah, Darius voudra se venger. Minah comptait beaucoup pour lui. C'est lui qui l'a faite, tu comprends ?

— Oui, murmurai-je.

— Je ne peux pas laisser faire ça. Il faut que je lui parle. Je dois lui dire que nous n'y sommes pour rien, s'emballa-t-elle en gesticulant.

— Julia...

— Je dois le contacter au plus vite. J'aurais peut-être une chance de le raisonner avant qu'il ne commette l'irréparable.

Elle réfléchit un instant en se frottant la tête.

— Il raccrochera quand il entendra que c'est moi.

J'acquiesçai. J'en étais certaine, moi aussi. Je ne connaissais personne de plus fier que Darius. Il n'avait rien contre Julia, à proprement parler, mais ils étaient séparés depuis des mois, et les nouveaux événements ne faisaient qu'élargir le gouffre entre eux.

— Je peux le faire, affirmai-je sans réfléchir.

Julia écarquilla les yeux.

— Toi ?

— Oui. Darius et moi sommes amis. Il acceptera peut-être de m'écouter.

Elle hocha la tête.

Je lui demandai de m'attendre pendant que je récupérais mon téléphone dans la maison. Leith, Jamie et Georgia étaient installés dans le salon avec Simon et Pam. Je pris soin de ne pas tenir compte du regard scrutateur de Leith, je le gratifiai d'un timide sourire et m'emparai de mon sac avant de rejoindre Julia.

— Éloignons-nous, conseilla-t-elle.

Nous marchâmes d'un pas rapide en direction du chemin et, le cœur battant, je composai le numéro de Darius. Les quatre premières sonneries retentirent avant que je ne tombe sur la messagerie.

— Il ne répond pas.

— Essaie encore, m'enjoignit Julia.

Ce que je fis trois fois avant qu'il ne daigne décrocher.

— Hannah..., soupira-t-il.

— Bonsoir, Darius.

— Que puis-je faire pour toi ?

— Je... Comment vas-tu ? m'enquis-je machinalement alors que j'avais conscience de la stupidité d'une telle question.

— Dis-moi ce que tu veux, Hannah, répliqua-t-il sèchement.

— Je... je suis désolée pour Minah. Sincèrement, Darius.

Je m'étranglai en avalant ma salive.

Darius laissa filer quelques secondes, puis il souffla.

— La Meute n'y est pour rien, repris-je.

— Ne te mêle pas de ça, m'avertit-il calmement.

— Darius, écoute-moi et...

Il me coupa tout net.

— Je te conseille de ne pas te mettre entre ces chiens et moi. N'essaie pas de jouer au héros, tu n'en sortirais pas indemne. Tu m'entends, Hannah ?

J'acquiesçai, mais je n'avais aucunement l'intention de rester sagement dans mon coin.

— Minah aura-t-elle des funérailles ? Je veux dire..., les anges noirs en ont-ils ?

— Oui.

— Comment ça se passe ?

Darius brûlait d'envie de raccrocher, pourtant, il prit le temps de me répondre.

— Son corps sera incinéré cette nuit, juste avant l'aube, dans un endroit où elle aimait particulièrement aller.

Sa voix s'était faite si plate et régulière que j'en frissonnai.

— Est-ce que je peux faire quoi que ce soit ? murmurai-je.

— Non, Hannah. Rien du tout.

Il soupira avant de se reprendre.

— Ou plutôt, si.

— Tout ce que tu souhaites.

— Garde tes distances.

Et il raccrocha. J'étais toute retournée.

— Alors ? voulut savoir Julia.

Je secouai la tête.

Elle se gratta le front et émit un grognement.

— Je m'en doutais. Nom de Dieu, je dois absolument lui parler moi-même ! gronda-t-elle en s'agitant.

— Tu crois que ça changerait quelque chose ?

— Je n'en ai aucune idée, mais je dois essayer. Que t'a-t-il dit exactement ?

— Pas grand-chose. Il a évoqué les funérailles de Minah. Son corps sera inciné dans un endroit qu'elle aimait, juste avant le lever du jour et...

— Bon sang ! Laquelle dois-je prendre pour taper sur l'autre ? vociféra une voix derrière nous.

Je sursautai, réprimant un cri. Leith se tenait derrière nous. Furieux, il regardait Julia d'un œil mauvais.

— Tu nous laisses un moment ? lui demanda-t-il.

Elle n'essaya pas de discuter et me tendit la lampe torche avant de se diriger vers la maison. Le cœur battant, j'avalai une longue goulée d'air et fis face à Leith. Il me dominait de toute sa taille, l'expression plus sévère qu'une seule de celles jamais affichées par mon père.

— Il faut que tu fasses ta tête de mule jusqu'au bout, hein ? Même dans une situation aussi grave que celle-ci. Enfin, Hannah, à quoi tu joues ?

Je fis de mon mieux pour rester calme, mais Leith ne semblait pas avoir l'intention d'en faire autant.

— Nom d'un chien, mais que lui voulais-tu ?

— Prendre de ses nouvelles, répondis-je avec détachement.

— Prendre de ses..., s'étrangla-t-il. Je rêve ! Pourquoi as-tu besoin de prendre de ses nouvelles ?

— Parce qu'il est mon ami, Leith ! m'emportai-je.

— Ton ami est dangereux, Hannah. À plus forte raison parce que désormais, il n'a qu'une idée en tête : se venger de nous. Tu ne dois plus avoir aucun contact avec eux. Ni avec lui ni avec aucun autre membre du Cercle.

— C'est absurde, il ne me fera aucun mal.

Pour le coup, Leith manqua exploser.

— Si c'est vraiment ce que tu crois, c'est que tu es véritablement inconsciente ! Il n'hésitera pas à se servir de toi pour arriver à ses fins. Bordel de m..., Hannah, c'est un Exploiteur !

— Arrête de me parler sur ce ton, Leith Sutherland ! me fâchai-je en agitant l'index devant lui. Je n'ai jamais été d'accord avec toi sur le sujet, et ce depuis le début. Il a perdu une amie très chère dans cette histoire, et pas toi, que je sache. Tu n'as aucune raison d'être dans cet état.

— Je n'ai aucune...

Il passa la main sur son visage, comme pour éviter de proférer des insanités.

— Moi, c'est toi que je ne veux pas perdre ! Je fais tout pour que ça n'arrive jamais, mais il semblerait que tu t'obstines à me mettre des bâtons dans les roues !

— C'est faux !

Il soupira et ferma fortement les paupières pendant un instant.

— Hannah... J'ai peur pour toi, mais on dirait que tu ne me prends pas au sérieux. C'est insupportable de voir les risques que tu encours. Bon sang, j'ai l'impression de me battre contre des moulins à vent !

Il grogna et m'attira contre lui en encerclant ma taille.

Je me laissai faire, impuissante quand sa force et sa chaleur m'enveloppaient. Il posa sa main derrière ma nuque et appuya ma tête contre son torse.

— Est-ce que tu entends les battements de mon cœur ?

L'oreille collée contre lui, j'écoutai. Ils étaient si rapides...

— Je suis fou d'inquiétude pour toi. Il t'appartient, Hannah, il frémit à chacun de tes gestes et je ne peux pas l'en empêcher.

Il saisit mon visage entre ses paumes et m'embrassa doucement.

— Promets-moi, chuchota-t-il contre mes lèvres, promets-moi que tu ne chercheras plus à les contacter.

Il fit courir sa bouche sur ma mâchoire et le long de mon cou. Je frissonnai, mais ne rendis pas les armes.

— Non.

Il prit une profonde inspiration et me ramena un peu plus contre lui.

— Tu es une véritable tête de mule.

— Fais-moi confiance, Leith. Je suis sûre que Darius est quelqu'un de bien.

Il me repoussa doucement pour me regarder fixement.

— Tu te trompes, Hannah. Aucun ange noir ne l'est.

Il colla ma joue à sa poitrine et respira l'odeur de mes cheveux. En moi, la révolte grondait. C'est lui qui faisait erreur, j'en étais certaine. Mais je ne me battrais pas avec lui. Il finirait par comprendre. Seul.

— Le repas est prêt ! cria Pam.

Serrés l'un contre l'autre, nous regagnâmes la maison pour dîner.

Un peu avant vingt-trois heures, Pam et Simon nous invitèrent à nous organiser pour le couchage. J'accueillis leur offre avec joie. J'étais épuisée.

— Je vous laisse ma chambre, nous proposa Jamie.

Je levai les yeux vers Leith, terriblement gênée. Quant à Georgia, elle exprima son irritation en grimpant l'escalier au pas de charge avant de claquer violemment une porte.

— Pourquoi ne resteriez-vous pas entre mecs ? suggéra subitement Julia. On ne s'est pas vues depuis longtemps avec Hannah. Les filles adorent papoter la nuit. Pas vrai, Hannah ?

Elle me coula un regard lourd d'insistance dans lequel je lus, malgré ma fatigue, une supplication.

— Euh... oui, bredouillai-je. Si tu veux.

Leith hocha la tête.

— Sans compter que j'aime dormir devant la cheminée, renchérit-elle. Bon. Je vais me débarbouiller !

Et elle s'élança en direction de la salle de bains.

— Je monte me coucher, annonça Jamie.

Nous le saluâmes, et Leith et moi nous retrouvâmes seuls un instant.

— Je te préviens, Julia ronfle comme un cochon, m'avertit-il en encerclant ma taille.

Je levai les yeux au ciel et me hissai sur la pointe des pieds afin de lui planter un baiser sur le menton.

— Je t'aime.

Ses lèvres dessinèrent un arc mutin.

— Dans ce cas, reste sage...

— Ah non, pas encore, Leith ! le morigénai-je.

Il sourit et s'écarta lorsque Julia réapparut.

— Dormez bien.

— Toi aussi, soufflai-je. À demain.

Il ramassa son sac à dos et rejoignit Jamie.

Pendant que je me lavais les dents dans la salle de bains et que j'enfilais mon pyjama, Julia ouvrait le canapé pour faire le lit. En la retrouvant, je bâillai à m'en décrocher la mâchoire. Il était tout juste vingt-trois heures.

— Fatiguée ? demanda-t-elle lorsque je me faufilai sous les draps.

— Je suis claquée. Tu voulais me parler ?

Elle me dévisagea avec le plus grand sérieux.

— Ça peut attendre.

— Dans ce cas, tu permets que j'éteigne ?

— Bien sûr.

Dans le lit, je m'effondrai sur l'oreiller et fermai les paupières sans attendre.

— Bonne nuit, Hannah.

— 'nuit..., murmurai-je avant de m'endormir.

Chapitre 18

Décroche ce maudit téléphone, Hannah !

— Hannah ? Hannah, réveille-toi, m'ordonna Julia en me secouant doucement par les épaules.

— Laisse-moi tranquille, marmonnai-je.

— Réveille-toi, je te dis.

J'ouvris brusquement les paupières et me redressai d'un coup, le cœur battant.

— Que se passe-t-il ?

— Chut, pas si fort, il ne faut pas qu'on nous entende.

Je me frottai les yeux et plissai le nez. Le feu n'était pas tout à fait éteint, j'arrivais nettement à distinguer Julia.

— Quelle heure est-il ?

— Quatre heures.

— Quatre heures ! Il y a un problème ?

— Non. J'aurais préféré qu'on discute hier soir, mais tu semblais épuisée.

Je fis la moue.

— C'est toujours le cas...

— Je dois voir Darius.

— Tu m'as déjà dit ça hier, grommelai-je en bâillant.

— Retrouvons-le.

J'écarquillai les yeux.

— Où ça ?

— Je sais où sera incinérée Minah.

Pas très réveillée, je mis cinq bonnes secondes avant de comprendre.

— Tu veux qu'on le rejoigne là-bas ?

— Tu vois d'autres solutions pour lui parler au plus vite ?

Je secouai la tête.

— Tu viens avec moi ?

Je soupirai. Ce n'était peut-être pas la meilleure chose à faire.

— Je vais avoir des ennuis avec Leith…

— Je lui dirai que c'est ma faute. Que je t'ai forcée.

Je ris sous cape.

— Il va sûrement te croire…

Julia me fixa intensément.

— Que crains-tu le plus ? La colère de Leith ou celle des anges noirs de la ville ? On doit éviter le bain de sang.

Dit comme ça…

Je me levai en ronchonnant et m'habillai en vitesse, faisant le moins de bruit possible. Nous ramassâmes nos affaires et sortîmes en catimini de la maison.

Dehors, le froid était vivifiant, et il faisait encore nuit.

— On s'y rend avec quelle voiture ? demandai-je.

— La mienne. Elle est garée plus en amont du chemin. Suis-moi !

— Aïe ! criai-je sourdement en trébuchant sur une pierre.

Julia, qui se trouvait déjà loin devant moi, fit demi-tour.

— Tu permets ? suggéra-t-elle en me tendant les bras.

— Hein ?

— Je te porte ?

— Quoi, mais…

Elle émit un rire silencieux.

— Allez, ne fais pas ta fière. Tu sais que je suis au moins cent fois plus forte que toi.

— Au moins ! persiflai-je.

Je baissai les armes et m'accrochai à son cou. Elle me souleva comme si j'étais aussi légère qu'un nouveau-né et courut avec agilité, sans perdre l'équilibre, jusqu'à la voiture. Elle me déposa devant et sortit le bip afin d'ouvrir les portières de sa Jeep rouge. Je montai. Les sièges étaient gelés. Julia alluma le moteur, tourna le bouton du chauffage à fond et passa son bras gauche derrière mon appuie-tête pour amorcer la marche arrière. Elle se ravisa au dernier moment et me considéra avec gravité.

— Hannah... Merci.

— Je t'en prie. Tu aurais fait pareil, non ?

Elle hocha la tête et manœuvra avant de s'élancer sur le chemin.

— Où allons-nous exactement ? m'enquis-je.

— Un jour, on s'est promenés près de Tay Forrest Park avec Darius. Il m'a dit que Minah adorait cet endroit.

— Et si ce n'était pas le bon ?

— Je n'en connais pas d'autres, on doit essayer.

— Tu sauras y retourner ?

Elle se tourna brièvement vers moi en ricanant d'un air supérieur.

Évidemment qu'elle saurait. C'était un loup.

— Ne t'inquiète pas, Hannah, un jour, tu t'y feras !

— Mouais... On y sera dans combien de temps ?

— Dans deux heures environ.

— Il a dit que les funérailles auraient lieu juste avant l'aube, à quelle heure se lève le soleil ?

— Un peu avant six heures et demie, on y arrivera.

C'était jouable. Restait à espérer qu'il s'agisse du bon endroit et que je ne m'attire pas les foudres de Leith pour rien... Il serait furieux. Et déçu.

Nous étions parties depuis une bonne heure et demie lorsque mon portable sonna. Je le sortis de mon sac et vis s'afficher le numéro de Leith.

— Laisse sonner, m'ordonna Julia.

J'acquiesçai.

Le téléphone se tut sans que la messagerie bipe. À peine quelques secondes plus tard, il brailla encore, et comme ça, une dizaine de fois au moins.

— Tu devrais l'éteindre.

Je fis la grimace.

— Oui, mais...

— Tu comptes lui dire où on est ?

— Non, bien sûr.

— Alors éteins-le. À part nous énerver, c'est tout ce que ce fichu portable va réussir à faire. Tu appelleras Leith quand j'aurai parlé à Darius.

J'opinai et m'apprêtai à obtempérer lorsque je remarquai les deux SMS que Leith venait de m'envoyer.

Le premier disait :

`|Décroche ce maudit téléphone, Hannah, et dis-moi où vous êtes !`

Le deuxième était du même genre :

`|Tu es partie retrouver Darius ? De toute façon j'arrive. Dis à Julia qu'il vaut mieux que je ne la croise pas !`

Mon sang se glaça.

— Il prétend qu'il a l'intention de nous rejoindre, Julia.

Elle haussa les épaules.

— Comment veux-tu qu'il sache où on va ? Laisse-le perdre son temps.

— Il va retourner tout St Andrews.

— Grand bien lui fasse, on n'y sera pas. Arrête de t'inquiéter, maintenant. On a plus urgent à faire.

De l'index, elle désigna un panneau indiquant Trinafour.

— On arrive dans quelques minutes.

Mon cœur battait de plus en plus fort. J'éteignis enfin mon portable et croisai très fort les doigts pour que tout se déroule comme on le souhaitait.

Et si Darius nous faisait mauvais accueil ? Pire... Et si ses compagnons nous attaquaient ? Nom d'un chien ! Ça ne m'était même pas venu à l'esprit. Prise d'angoisse, je compris combien ce que nous nous apprêtions à faire était inconscient.

Julia gara la Jeep à l'entrée d'un chemin de randonnée balisé, coupa le moteur et respira un grand coup.

— On y va.

— Attends ! la retins-je.

Elle posa sur moi un regard interrogateur.

— Tu ne peux pas y aller.

— On est venues là pour ça, je te rappelle.

— Darius n'est sûrement pas seul. Les anges noirs ne vont pas apprécier ta présence, Julia.

— Tu as raison..., admit-elle à contrecœur.

Je me mordis les lèvres et frottai mon front avec force.

— Je vais y aller, décidai-je.

Elle ouvrit de grands yeux.

— Quoi ?

— Les anges noirs n'ont rien contre moi, ils ne me feront aucun mal. Ils savent que je ne peux pas être responsable de la mort de Minah. J'y vais et je ramène Darius ici.

Interloquée, Julia ne me quittait pas du regard.

— Tu es l'Humaine la plus courageuse que je connaisse, Hannah.

J'émis un rire très faux.

— La plus barjo, oui !

— Un peu, c'est vrai, me concéda-t-elle en souriant.

Elle respira un grand coup.

— OK. Tu gardes ton téléphone portable, et si tu as le moindre problème, appelle et j'arrive, d'accord ?

J'acquiesçai.

— Tu n'as qu'à suivre le chemin balisé. Tiens, prends ça.

Elle ouvrit la boîte à gants et s'empara d'une lampe qu'elle me tendit.

— Tu marches environ cinq cents mètres jusqu'au premier plan. Il te propose d'aller à gauche, tu ne le fais pas.

J'opinai du bonnet.

— À partir de là, ce n'est plus fléché, alors écoute-moi bien. Tu bifurques à droite et avances sur vingt mètres dans la forêt. Tu vas tomber sur un chêne que tu ne peux pas rater, une croix blanche est peinte sur le tronc. Tu te mets derrière et tu comptes quinze pas tout droit. Repère-toi grâce au frêne. Il est si grand qu'il se différencie de tous les arbres. Tu continues à gauche, en équerre, pendant cinq minutes jusqu'à l'orée du bois. Même si c'est difficilement praticable, ne cherche pas à contourner les branches au sol pour ne pas te décaler de la trajectoire. Tu t'égarerais. Compris ?

Je secouai la tête de haut en bas, pourtant convaincue que j'allais me perdre.

— Dans la clairière, poursuivit Julia, tu dois encore marcher dix minutes jusqu'à la colline. La pente est faible. Si on ne fait pas d'erreur, les anges noirs seront de l'autre côté. Tu as bien tout enregistré, Hannah ?

— Oui.

— Tu en es sûre ?

Non. Pas vraiment.

— Oui, je te dis, mentis-je. Et toi, tu es certaine du chemin que tu me donnes ?

Un sourire fleurit au coin de ses lèvres.

— Oui. Dépêche-toi.

J'enfilai ma veste, vérifiai que mon portable était bien dans mon sac et allumai la torche.

Lorsque je posai les doigts sur la poignée pour l'ouvrir, Julia me retint.

— Merci encore, Hannah.

Je hochai la tête et sortis de la voiture.

La lampe éclairait bien. Heureusement, car on n'y voyait rien du tout. Les arbres bordant le sentier étaient touffus et bien serrés les uns contre les autres. Je mis dix minutes avant d'arriver au panneau qui me demandait de suivre la route sur la gauche. Julia m'avait dit de prendre à droite.

Je braquai la lumière vers les taillis et ne distinguai que ronces, troncs et branches mortes... rien de très accueillant. Je gonflai les joues d'air et m'enfonçai dans les bois.

Le sol, jonché de caillasse, rendait la marche difficile. Toutefois, je comptai vingt mètres et tombai devant le chêne dont Julia m'avait parlé. En moins de deux, j'avisai la croix blanche et la contournais avant de continuer. Julia avait dit quinze pas jusqu'au frêne. Un balayage rapide avec la lampe me permit de voir que le passage était encore moins avenant. Je pris mon courage à deux mains et avançai.

Julia n'avait pas tort, crapahuter ici n'était pas de tout repos. Il fallait enjamber les branches et les troncs effondrés, si bien que je perdis le compte de mes pas en très peu de temps. Neuf ou huit ? Pas moyen de m'en souvenir, et je ne savais même pas à quoi ressemblait un frêne ! Pour moi, tous les feuillus étaient identiques. Mon père n'avait jamais réussi à m'en faire enregistrer les subtilités. Je regardai derrière moi pour essayer de repérer le chêne, sans succès. Je n'avais pas pu m'éloigner à ce point ! Je jurai dans ma barbe et décidai d'avancer tout droit. Mais au bout d'une bonne dizaine de minutes de marche, je n'avais toujours pas trouvé l'arbre. De toute évidence, je m'étais perdue.

Je venais de m'arrêter pour réfléchir lorsque j'entendis un vague brouhaha. Remontée à bloc, je braquai la lampe torche dans sa direction et m'élançai. Au bout de cinq minutes à peine, j'atteignis l'orée du bois. Je m'engouffrai avec soulagement dans la clairière, jusqu'à ce que la colline finisse par poindre devant moi. Elle n'avait rien de la pente douce dont m'avait parlé Julia. Mes pieds ne suffiraient pas à me faire grimper. Mon âme de non-sportive me sommait de m'éloigner immédiatement, mais le chevalier profondément caché en moi surgit pour m'intimer d'avancer.

Je coinçai la torche entre mes dents et commençai l'ascension. Des mains, je m'agrippais à tout ce que je pouvais : rochers, plantes, mottes de terre... Finalement, au bout d'un temps interminable, j'atteignis le haut de la colline.

Le ciel s'éclaircissait doucement, suffisamment pour rendre le paysage plus visible. Les anges noirs en contrebas.

J'éteignis la lumière pour ne pas être repérée trop vite, et amorçai la descente.

Lorsque j'arrivai enfin en bas, je n'étais plus qu'à une centaine de mètres de l'attroupement. Je rallumai la lampe pour attirer l'attention et n'attendis pas cinq secondes avant qu'on me remarque. Un ange noir me tomba dessus et m'agrippa par l'épaule pour me secouer. Je dus faire preuve de toute ma volonté pour ne pas crier.

— Qu'est-ce que tu fais là ? Dégage ! Il n'y a rien à voir !

Manifestement, il n'avait aucune idée de qui se tenait devant lui. Pas plus que je ne savais qui il était, du reste.

— Je viens pour Darius.

Il se figea.

— Que lui veux-tu ?

— Lui parler. C'est important.

Il me scruta longuement, puis me guida par le coude jusqu'au groupe – si vite que j'aurais juré que mes pieds ne touchaient plus le sol. Il s'arrêta brusquement et me planta au milieu d'une dizaine de paires d'yeux m'observant avec stupéfaction. Je reconnus Pitt parmi eux.

Étourdie, je tentai de reprendre mes esprits et balayai l'endroit du regard. Je ne vis pas Darius.

— Reste ici, m'ordonna mon accompagnateur.

Où voulait-il que j'aille ? J'étais convaincue que si je bougeais ne serait-ce qu'un orteil, les douze ou treize vampires ailés se tenant devant moi me sauteraient dessus. Je demeurai complètement immobile, oubliant presque de respirer.

L'un des anges noirs se déplaça et me permit de voir le bûcher sur lequel reposait le corps de Minah. J'étouffai un cri et avalai ma salive, le cœur battant la chamade. Une silhouette masculine se détacha de l'horizon pour se diriger vers moi. C'était Darius, pieds nus, et vêtu d'un simple pantalon de cuir. Il parcourut la vingtaine de mètres qui nous séparaient et se planta devant moi, le visage dur.

J'allais dire quelque chose, mais il m'attrapa le bras sans douceur et me fit avancer à moins d'un mètre du bûcher, en retrait. Là, il coinça mes épaules fermement entre ses mains et me jeta un regard courroucé.

— Que fais-tu ici ?

Ma langue refusait de se délier, j'étais tétanisée devant le corps de Minah, qu'on avait couchée sur un lit de brindilles, de fagots et de feuilles. Une couverture de soie rouge était remontée jusqu'au niveau de son cou, ne permettant pas de deviner qu'elle avait eu la tête arrachée. Ses cheveux avaient été coiffés et s'étalaient autour d'elle telles de longues vagues dorées. Le visage de Minah était si beau. Si paisible. On aurait pu croire qu'elle dormait. Mais la situation était sans retour possible, aussi fus-je incapable de retenir mes larmes.

Avec douceur, Darius cala mon dos contre son torse et m'encercla de ses bras. Je laissai ma tête basculer en arrière et pleurai tout mon saoul.

Tandis qu'il me berçait, Darius demeura muet. Sa colère était tombée.

— Merci, murmurai-je en séchant mes joues.

— Tu peux rester, chuchota-t-il. Mais ensuite, tu me raconteras pourquoi tu es ici.

Il caressa ma pommette du bout des doigts et rejoignit ses amis se tenant à quelques mètres de nous. Chacun retira ses vêtements afin de se mettre torse nu. Leurs corps sculpturaux semblaient façonnés dans un matériau délicat et lisse. Le ciel chargé de couleurs lumineuses et rouges donnait à leur peau des tonalités ocre et brillantes. Ils étaient tout simplement magnifiques. Inhumains et magnifiques.

Lorsqu'ils se regroupèrent autour de la dépouille de Minah, je reculai et leur laissai de l'intimité. Darius pointa du doigt les premiers rais de soleil, et tous se retournèrent pour en admirer l'éclat. Je les imitai. C'est alors qu'un son majestueux et poignant brisa le silence, un chant mélancolique, une complainte. Plusieurs voix se mêlèrent à la première, semblables à des gémissements, des lamentations, une harmonie envoûtante dans laquelle se confondaient des notes graves et aiguës se répondant avec justesse et douceur. Cette polyphonie bouleversante me toucha au plus profond de moi-même. Il ne me semblait pas avoir déjà entendu quelque chose d'aussi beau. Subjuguée, j'en oubliai jusqu'à l'endroit où je me trouvais. Je fermai les yeux et écoutai.

Lorsque je rouvris les paupières, les anges noirs tendaient les bras vers le ciel, déployant leurs ailes. Un par un, ils s'élevèrent dans les airs en même temps que leur chant s'amplifiait, et tournoyèrent autour du corps inanimé de Minah, dessinant des arabesques imaginaires. Puis les voix se turent brusquement. Ils se posèrent en douceur et encerclèrent le bûcher.

Darius leva une dague au manche d'ivoire ciselé. Il tendit le bras gauche et trancha d'un coup sec la peau de son poignet. Je sursautai lorsque son sang se déversa et qu'il le fit couler sur les lèvres de Minah. Il remit le poignard à l'un de ses pairs, et chacun, à tour de rôle, suivit le même rituel. J'étais fascinée par leurs plaies béantes qui se refermaient comme par magie. Darius offrit ensuite son visage au ciel, tous crocs dehors. Il était terrifiant, et il le fut bien plus encore lorsqu'un cri strident s'échappa de sa gorge, arraché au fin fond de ses entrailles. Jamais un hurlement ne m'avait paru plus inhumain, il me sembla que mon corps était sur le point d'exploser comme du verre. Terrassée, je tombai à genoux. Il se tut enfin, replongeant la clairière dans un silence poignant. Darius alluma une torche faite de bois, de tissus et de graisse, puis, la douleur déformant son visage, il incendia le bûcher. Les flammes prirent aussitôt une hauteur extraordinaire, entourant la dépouille de Minah pour finalement l'étreindre totalement.

Je m'étais convaincue que cette vision serait insoutenable, la combustion lente et nauséabonde. Rien de ce que j'avais imaginé ne fut vrai. Sans la moindre odeur, et en quelques minutes, le corps de Minah disparut dans une épaisse fumée sombre, me laissant stupéfaite.

Je contemplai longuement les braises rougeoyantes, écoutant le crépitement du feu, et réalisai que tout était fini.

La nuit avait enfin fait place au crépuscule.

L'ange noir n'était plus.

Chapitre 19

C'était mon amie...

Darius m'observait avec curiosité alors que ses amis étaient partis depuis plusieurs minutes. Il se décida à bouger et s'approcha silencieusement de moi. Ses iris avaient l'aspect d'une eau tumultueuse, et ses canines dépassaient largement de sa lèvre supérieure. Instinctivement, je reculai. Il eut conscience de m'effrayer, c'est pourquoi il s'immobilisa et rétracta ses crocs tandis que ses yeux reprenaient une apparence humaine.

— Comment nous as-tu trouvés ?

Avec tout ce que je venais de voir, j'en avais complètement oublié Julia, qui devait toujours attendre dans la voiture. Depuis combien de temps étais-je ici exactement ? Je n'en avais pas la moindre idée, une éternité sans doute.

— Hannah ?

Je grelottais.

— Le corps de Minah est parti en fumée...

— Est-ce que ça va ? insista-t-il.

J'acquiesçai sans conviction.

Darius se posta en face de moi et me prit par les épaules.

— Tu en es sûre ?

— Oui, je crois.

— Tu as froid ?

Je secouai vigoureusement la tête.

— Pourquoi est-elle partie en fumée ? demandai-je.

— Nous sommes des vampires, répondit-il, comme si ça suffisait à tout expliquer.

Mon corps fut agité par de véritables tremblements. Tant de questions me venaient à l'esprit.

— Pou... pou... pourquoi avez-vous enduit son visage de sang ?

— Chut, dit-il en posant son doigt sur mes lèvres.

Il m'invita doucement à m'asseoir sur le sol et s'installa en tailleur devant moi.

— Nos chants sont des mélodies ancestrales que nous connaissons sans même les avoir apprises. Elles racontent la tristesse, la douleur et le ressentiment d'avoir perdu un être cher. Mais aussi la joie, le bonheur et la gratitude d'avoir croisé sa route.

— Le sang, sur son visage... Vous... vous saignez.

Il acquiesça.

— C'est vrai, au même titre que toi.

— Je pensais que ce n'était pas le cas.

Il sourit.

— Bien sûr que si, mais notre sang est plus froid que le tien. C'est pourquoi notre peau est si fraîche, expliqua-t-il en posant ses doigts sur ma joue.

— Pourquoi en avez-vous fait couler sur Minah ?

— Il fortifie l'être cher après la mort.

Je déglutis. Tout ceci était si irréel pour moi.

— Ton cri était si inhumain.

Son regard compatissant me fit du bien. Darius comprenait. Il comprenait toujours tout.

— La légende raconte que les hurlements des stryges étaient insoutenables. Nous en aurions hérité. Bien des mythes affirment qu'ils étaient destinés à avertir d'un massacre imminent, mais c'est faux. Ils ne sont que douleur. J'ai éveillé Minah à la vie éternelle, elle faisait partie de moi. J'ai perdu un morceau de mon âme.

— Je suis désolée, Darius...

— Je ne crois pas qu'un seul Humain ait déjà assisté à ce rituel, chuchota-t-il comme pour lui-même.

Je ne sus quoi dire, alors je poursuivis mon questionnement.

— C'est parce que Minah et toi étiez liés que tu as deviné qu'elle se trouvait sur la plage ?

Il hocha la tête.

— Lorsqu'un vampire meurt, son créateur le ressent au plus profond de lui-même. Il se laisse guider par ses sens pour le retrouver, par son odorat. C'est ce qui s'est passé avec Minah. Nous étions connectés. Même au bout du monde. Rien n'aurait pu m'empêcher de la rejoindre.

Je me tus pendant quelques secondes en songeant à ces liens que nous, Humains, sommes incapables de développer.

— Il en aurait été de même pour elle si c'était toi qui avais péri ?

— Oui.

— Minah était-elle la seule femme du Cercle ?

— Oui.

Après quoi, je restai silencieuse de longues secondes. Darius m'observa, puis il plissa les paupières.

— Tu as d'autres questions ?

Je lui fis signe que non.

— Dans ce cas, c'est mon tour. Pourquoi es-tu ici, et comment as-tu fait pour nous trouver ?

— Julia..., répondis-je d'une voix à peine audible.

Il se raidit tout net.

— Quoi, Julia ?

— Elle souhaite te parler.

Il blêmit.

— Tu dois l'écouter.

— Je ne crois pas.

— Darius...

Il sauta d'un bond sur ses pieds.

— J'ai dit non !

Je me relevai à mon tour, la mine dépitée.

— Elle n'est pas ton ennemie, Darius.

— Ils le sont tous.

— Tu te trompes et tu devrais vraiment l'écou…

— Je t'ai demandé de ne pas te mêler de ça, Hannah.

Il semblait sur le point d'exploser. Toutefois, je conservai mon sang-froid.

— Tu n'es pas surpris que je sache pour vous deux ?

— Non. Julia est bavarde.

— Mais pas toi, lui reprochai-je d'un air pincé.

— Effectivement, pas moi. Cette histoire est derrière moi. Julia n'existe plus.

Je secouai la tête de droite à gauche.

— Comment peux-tu être aussi rigide ? Vous vous aimez.

— Les loups-garous et les anges noirs ne s'aiment pas, Hannah.

J'arrimai mes yeux aux siens, tentai d'y lire l'ombre d'un espoir. Je n'y vis rien. Darius demeurait implacable.

— Elle est ici.

— Quoi ? éructa-t-il.

— Elle attend à l'orée du bois. Elle veut te parler, Darius. Écoute-la. Je t'en prie…

Je ne voulais pas seulement avoir l'air suppliant, je l'étais vraiment.

Son beau regard bleuté s'était perdu dans les lueurs matinales du soleil levant. Il réfléchissait.

— Vas-y…, l'encourageai-je, et ensuite tu décideras si oui ou non tu la crois.

Il baissa les yeux vers moi et déploya subitement ses ailes. Je reculai d'un pas. De près, elles étaient immenses. J'étais sûre qu'il allait s'envoler et me planter là, refusant catégoriquement de parler à Julia. Mais je me trompais. Darius s'approcha, me saisit par la taille et glissa une main sous mes genoux. D'un coup, je me sentis hissée du sol. Il s'éleva dans les airs et me serra fermement contre lui. Terrifiée, je m'accrochai aussi fort que possible à son cou. Je n'osais pas ouvrir les yeux, j'entendais simplement ses ailes battre l'air qui nous entourait. Finalement, et parce que j'étais bien trop avide de découvrir ce prodige, je soulevai les paupières. Nous étions à plus de quinze mètres au-dessus du sol. Je vivais le rêve le plus secret et le plus fou de l'Homme ; je volais.

Après une poignée de secondes, il passa au-dessus du bout de forêt que j'avais eu tant de mal à traverser. J'aperçus la Jeep rouge de Julia. Darius donna encore quelques battements d'ailes, puis il se posa en douceur à moins de cinq mètres de la voiture avant de me faire délicatement glisser à terre. Il resta immobile, le regard rivé sur la silhouette qu'on distinguait à l'intérieur. Redoutant qu'il change d'avis, je ne perdis pas de temps et m'élançai pour rejoindre Julia. Elle s'était endormie. Je grattai à la vitre, et reculai quand elle se réveilla en sursaut et ouvrit la portière.

— Hannah !

Sans dire un mot, je tournai la tête vers Darius.

Julia sortit de la Jeep et se figea. Ses yeux se mirent à briller comme jamais, et je jure que j'aurais presque pu entendre les battements de son cœur tant il cognait fort dans sa poitrine. Elle passa nerveusement une main dans ses cheveux courts et avança de quelques pas. Elle s'arrêta, puis ses épaules furent secouées de spasmes. Elle pleurait. D'un coup, Julia courut en direction de Darius pour se jeter dans ses bras.

De là où j'étais, je voyais le visage dur et froid de Darius. J'en avais mal au ventre. Celle qu'il aimait le serrait contre elle et il ne bougeait pas d'un pouce.

Après quelques secondes, il la repoussa doucement et la regarda fixement.

J'entendis Julia renifler.

— Je suis désolée, Darius, tellement désolée pour Minah.

Il ignora ses excuses.

— Je te jure que nous n'y sommes pour rien.

— Tu mens.

Sa voix était sèche, abrupte et tranchante.

— Je ne mens pas, Darius. Je ne te mens jamais, souviens-toi. Je ne te mens jamais…

Il baissa ses yeux sur elle, la dominant de toute sa taille.

— Georgia n'est responsable de rien, elle était avec moi lorsque Minah a été tuée, nous étions en route pour aller chez ses parents.

Il secoua la tête de droite à gauche.

— Écoute-moi, nom de Dieu ! Nous avons découvert quelque chose. L'amulette que tu as retrouvée auprès de Minah sert à inhiber l'odeur du garou qui la porte. Le meurtrier qui l'utilisait ne voulait pas qu'on devine sa vraie nature, et c'est pourquoi il ne peut s'agir d'aucun d'entre nous. Minah nous connaissait tous. Aucun membre de la Meute n'aurait pu se jouer d'elle.

Darius la dévisageait avec surprise.

— Tu entends ce que je dis ?

— Alors, à qui est-elle ?

— Nous n'en avons aucune idée. Le père de Georgia essaie de comprendre. Il cherche et il finira par trouver, Darius. Tôt ou tard, nous saurons qui est le responsable. Nous n'y sommes pour rien. Tu dois me croire.

Darius poussa un long soupir.

— C'était mon amie...

Julia tendit la main pour lui caresser la joue. Il attrapa son poignet au vol et le maintint entre eux.

— Je te crois.

— Tu... tu me crois ? bégaya-t-elle.

Mon cœur battait à une allure folle. J'étais sûre que personne d'autre que Julia n'aurait été capable d'une telle prouesse. Parce qu'il avait confiance en elle. Parce qu'il l'aimait.

— Je te crois, répéta-t-il.

Il la lâcha et posa ses doigts sur sa joue. Elle sursauta. Son geste recelait une douceur infinie, mais ce n'était pas une promesse. Il glissa la main derrière la nuque de Julia et l'attira à lui avec rage. Elle se blottit contre lui, en larmes.

Darius se détacha brusquement d'elle et recula, le souffle court. Ses ailes se déployèrent et, sans un mot de plus, il s'éleva du sol avant de disparaître dans le ciel, laissant Julia fébrile, tremblotante et dévastée.

J'en aurais pleuré. Désemparée, je la rejoignis.

— Julia...

Elle se retourna et me serra à m'en étouffer.

— Il m'a crue, renifla-t-elle.

— Oui..., j'ai entendu.

Elle se détacha et essuya ses joues humides.

— Je suis tellement désolée, murmurai-je.

— Pas tant que moi. Mais c'est la vie, se reprit-elle en se redressant fièrement. Je savais depuis le début que ça se passerait comme ça. Lui et moi, c'est impossible.

La respiration heurtée, elle marcha jusqu'à la voiture.

— Tu devrais téléphoner à Leith, maintenant. Il doit être fou d'inquiétude.

— Comment lui expliquer la situation ? Il ne doit pas savoir que tu as parlé à Darius.

Je réfléchis un instant.

— Je lui dirai que c'est moi qui voulais le voir, et que tu as accepté de m'emmener.

Elle acquiesça et remonta en silence dans la Jeep, non sans avoir scruté le ciel une dernière fois. Je m'installai à côté d'elle et m'effondrai sur le siège tandis qu'elle démarrait.

— Que va-t-il se passer, maintenant ?

Elle manœuvra pour faire demi-tour et repartir.

— Je n'en ai aucune idée, Hannah. J'imagine que le Cercle va nous laisser tranquilles, désormais.

— Et pour l'autre garou ?

— Nous devrons le traquer. Sans son amulette, il sera facilement repérable.

— De quelle race est-il, à ton avis ?

Elle secoua la tête.

— Je ne sais pas, mais ce n'est sûrement pas un Hommidé. Il n'aurait pas pu venir à bout d'un ange noir, même d'une femme.

— Tu penses qu'un Lupus aurait pu le faire ?

— On en est physiquement capables, mais mes semblables sont en mesure de se contrôler. Il aurait vraiment fallu une raison très grave pour qu'un des miens tue.

— Pareil pour un Hispo ?

— Je suppose que oui.

Je poussai un long soupir.

— Je me suis mise dans une situation impossible, Julia, Leith va m'en vouloir à mort.

Elle sourit.

— À mort ? J'en doute.

Je haussai les épaules.

— Il t'aime. Que veux-tu qu'il te fasse ?

— Je n'ai pas peur qu'il me fasse quelque chose, mais qu'il soit déçu et qu'il n'ait plus confiance en moi.

— Tu préfères que je lui dise que je suis responsable ? Je peux révéler toute la vérité.

Elle était très sérieuse.

— Non.

La Meute ne comprendrait pas que Julia puisse aimer un ange noir. Ils ne le digéreraient pas, et elle serait rejetée des siens.

— Leith sera furieux contre toi aussi, tu sais, l'avertis-je.

Je lui montrai le dernier message qu'il avait envoyé. Elle le lut rapidement et sourit en coin.

— Ne t'inquiète pas pour moi, j'en fais mon affaire.

Je haussai les épaules et éteignis mon portable. J'étais épuisée, vidée, je ne réalisais pas encore très bien tout ce qui venait d'arriver. Je me laissai aller contre l'appuie-tête, repoussant au maximum le moment où je devrais contacter Leith. Nous étions à environ deux heures de St Andrews, dans une heure, j'appellerais. Peut-être.

Je passai la porte de mon appartement vers dix heures, et je dois reconnaître que j'étais plutôt surprise de ne pas trouver Leith sur le palier. Surprise et rassurée.

J'avais ruminé pendant la totalité du trajet, et évidemment, je ne lui avais toujours pas téléphoné, ni rallumé mon portable, du reste. J'avais la tenaille au ventre et ne savais pas ce que j'allais bien pouvoir lui dire. Pourtant, j'avais conscience que, tôt ou tard, il se manifesterait ici même.

Angoissée et fatiguée, je me dirigeai mécaniquement dans la salle de bains pour me rafraîchir, ensuite, j'avais l'intention de retrouver mon lit. Tarja devait déjà être partie à la fac, mais moi, j'étais bien décidée à dormir un peu avant que la foudre ne me tombe sur la tête.

Je vidai mes poches et posai l'amulette sur l'étagère au-dessus du lavabo. Je me brossai les dents sans grand soin, me glissai rapidement sous la douche, et dix minutes plus tard, j'étais dans les bras de Morphée, emmitouflée sous la couette, ma serviette éponge en guise de pyjama.

Je me réveillai en sursaut, vaseuse et étourdie, au bout de quarante-cinq minutes de sommeil à peine. Quelqu'un tambourinait comme un diable à la porte de mon appartement et s'acharnait sur la sonnette.

Je ne me faisais pas trop d'illusions, il s'agissait de Leith.

Il frappait si fort que je vis le moment où il allait tout faire partir en éclats.

Je resserrai la serviette autour de moi, et, sans vraiment prêter attention au fait que je n'étais pas franchement présentable, traversai fébrilement le salon. À peine avais-je ouvert que Leith poussa brusquement la porte. Je reculai instinctivement lorsque son mètre quatre-vingt-cinq et des poussières s'engouffra comme un ouragan, claquant violemment le battant derrière lui. Je n'en menais pas large.

Sa colère allait bien au-delà de ce que j'avais imaginé. Il était littéralement fou de rage, les pupilles dilatées, les narines gonflées, la mâchoire serrée... Horrifiée, je me demandais si un Lupus pouvait vraiment perdre le contrôle de lui-même, s'il était possible que Leith envisage une seule fois d'être brutal avec moi. Si tel était le cas, ce serait pour maintenant, j'en étais presque sûre.

Il fit un pas dans ma direction, puis deux. Je lâchai un cri strident, et déguerpis tout droit dans ma chambre sans fermer la porte. Je m'assis au fond de mon lit, repliai mes jambes contre ma poitrine et appuyai l'oreiller contre ma bouche pour empêcher mes lèvres de trembler.

Leith apparut dans l'embrasure.

— Est-ce que je peux entrer ? demanda-t-il d'une voix étrangement douce.

Je hochai imperceptiblement la tête.

Il referma derrière lui et s'adossa contre le battant, les bras croisés sur son torse. Il baissa un instant les paupières et prit une profonde inspiration. Quand il reporta son attention sur moi, ses yeux avaient recouvré leur aspect habituel.

— Je ne voulais pas t'effrayer. Jamais je ne te ferai le moindre mal.

J'avalai ma salive et regardai mes orteils se crisper sur les draps. Impossible de me détendre.

— Hannah... Est-ce que tu me crois ?

Je lui fis signe que oui.

Il s'approcha et s'installa à mes côtés sans me toucher. Il se contenta de m'observer. Après un long moment de silence, je déliai enfin ma langue.

— Tu m'as fait peur…

Il hésita, puis passa délicatement un bras autour de mes épaules pour me ramener contre lui avec douceur.

— Je te demande pardon.

Il se frotta les yeux.

— Moi aussi, Hannah, j'ai eu peur. La moitié de la Meute vous cherche, toi et Julia. J'ai retourné toute la ville pour te trouver. J'ai vraiment imaginé le pire. Je suis d'abord allé jusque chez Julia, vous n'y étiez pas. Je suis venu ici plusieurs fois. Rien. J'ai foncé au *Red Lion* et j'ai défoncé leur porte de service en pensant que peut-être vous étiez retenues là-bas. J'ai arpenté chaque endroit que je savais fréquenté par le Cercle, je n'en ai raté aucun. J'ai cru devenir fou. Où étais-tu, Hannah ? Qu'est-ce qui vous est passé par la tête, à toutes les deux ?

— Je suis désolée, murmurai-je, honteuse.

— Ce ne sont pas des excuses que je veux. Dis-moi ce qui s'est passé. Explique-moi pourquoi j'ai dû conduire comme un dingue jusqu'à St Andrews et ratisser toute la ville à ta recherche ? Quelle est cette chose qu'il t'était impossible de me dire au point que tu t'enfuies avec Julia ?

Son expression mêlait tant de sentiments différents : la crainte, la tristesse, la colère et l'inquiétude. Comment allais-je m'en tirer ? Au fond de moi, je me rebellais à l'idée de lui mentir.

— Julia voulait parler à Darius pour le raisonner afin d'éviter que la Meute soit en danger. Comme il est mon ami, nous avons décidé d'y aller ensemble.

— Où ? demanda-t-il calmement.

— Là où Minah a été incinérée. Dans un parc naturel à deux heures de St Andrews. J'ai assisté à ses funérailles pendant que Julia attendait dans la voiture que je ramène Darius. Ils se sont parlé. Julia l'a convaincu. Il sait que la Meute n'est pas responsable de la mort de Minah.

Dubitatif, Leith arqua un sourcil.

— Vraiment ?

J'opinai du bonnet.

— Elle lui a expliqué pour l'amulette, il l'a crue.

— Il a cru ce que lui disait Julia ? répéta-t-il.

Si j'avais pondu un œuf, il n'aurait pas été plus surpris.

— Soit... Puis-je savoir comment vous avez su où se dérouleraient les funérailles de Minah ?

Je cessai de respirer. Je ne voulais pas lui mentir, et pas trahir Julia non plus, alors j'optai pour la solution la plus lâche.

— Ne m'en demande pas plus, Leith. Je ne t'en dirai pas davantage. Tout ce qu'il faut retenir, c'est que le Cercle a l'intention de vous laisser tranquilles. C'est l'essentiel, non ?

Les yeux plissés, Leith me considéra avec la plus grande attention. Je soutins son regard scrutateur sans ciller.

— Très bien, conclut-il d'un ton sec. Je vais appeler Jamie afin que tout le monde arrête de vous chercher. J'espère que tu ne t'es pas attiré d'ennuis, Hannah.

Je secouai la tête.

— Je te promets que non.

Il m'observa encore quelques secondes et sortit de la chambre pour téléphoner.

Lorsqu'il réapparut, il était toujours tendu.

— Jamie dit que Julia est partie récupérer Georgia.

J'acquiesçai.

— J'imagine que désormais, elle n'a plus aucune raison de rester chez ses parents...

Leith s'approcha et m'invita à me mettre debout pour lui faire face. Je rattrapai de justesse ma serviette de bain. Gentleman jusqu'au bout, il ne releva même pas et prit mon visage en coupe.

— Je t'aime, Hannah.

J'arrêtai de respirer.

— Je t'aime aussi.

— Mais tu m'en fais voir de toutes les couleurs.

— Je suis désolée.

Et c'était vrai.

— De tous les amis que tu aurais pu avoir dans cette université, c'est Darius que tu as choisi. Faut-il être stupide ?

Je lui offris un timide sourire.

— Et si je t'attachais aux tuyaux de ton radiateur pour t'empêcher de sortir et de te fourrer dans le pétrin ?

— Tu ne peux pas, j'ai cours, arguai-je effrontément.

— Ah oui, les cours... bien sûr, c'est *fondamental*. Je te laisse libre, puisqu'il le faut.

Il me décocha un clin d'œil.

— J'ai séché celui d'hier après-midi et celui de ce matin, bougonnai-je. Les examens sont dans un peu plus de trois semaines. J'ai pris tellement de retard...

Il fit la grimace.

— Pareil pour moi.

Je souris. Leith haussa les sourcils.

— Quoi ? demanda-t-il.

— Notre conversation est plutôt rassurante.

Il eut sincèrement l'air d'en douter.

— Tu trouves ?

— Malgré toutes ces histoires, nous sommes capables de nous conduire comme deux étudiants normaux ayant des préoccupations... normales.

— Alléluia !

Je poussai un long soupir.

— Tu crois qu'entre deux affrontements nous arriverons à prendre du bon temps ?

Leith se passa la langue sur les lèvres et plissa les paupières.

— J'ai bien une petite idée sur la question...

Il tendit la main et défit le nœud de la serviette de bain, qui tomba à mes pieds. Je m'empourprai en moins de deux tandis qu'il amorçait un sourire en coin.

— Des objections ?

Je secouai vigoureusement la tête.

Alors, Leith se chargea de me montrer combien son imagination était fertile.

Je ne trouvai rien à y redire.

Chapitre 20

Où vas-tu comme ça, l'Humaine ?

Il était dix-neuf heures et je terminais juste les cours. Avant de rentrer chez moi pour faire un somme digne de ce nom, je décidai de me rendre dans la salle commune des première année pour vérifier que mon emploi du temps n'avait pas changé – c'était souvent le cas d'une semaine à l'autre. J'y croisai Tarja, concentrée, ou plus exactement scotchée à dix centimètres d'un programme affiché au tableau principal.

— Tu as des problèmes de vue ? lançai-je en riant par-dessus son épaule.

Elle se retourna avec des yeux tout ronds.

— Waouh ! Tu as une de ces têtes ! Tu ressembles à un zombie ! Mais qu'est-ce que tu as fichu de ta nuit ?

— Tarja, tu n'es pas une vraie copine, me renfrognai-je, sans quoi, tu me mentirais en me disant que je suis ravissante.

Elle me tira la langue d'un air mutin.

— Je me sauve, je dois rendre des documents au secrétariat avant qu'il ne ferme, on se voit à la maison ?

Je hochai la tête et la regardai s'éloigner.

Je contrôlai rapidement mon emploi du temps pour le reste de la semaine et sortis en bâillant. Juste avant de quitter la fac, j'aperçus Julia qui venait à ma rencontre. Toute guillerette, elle sautillait comme un cabri.

— Déjà rentrée ? m'étonnai-je. Où est Georgia ?

— Avec le reste de la Meute. Ça s'est passé comment avec Leith ? Il ne t'a pas mangée, on dirait.

En quelque sorte, si, mais je gardai ça pour moi.

— Non, lui répondis-je en souriant. Mais il se doute que je ne lui dis pas tout. Je me fais horreur.

Elle afficha une mine coupable.

— Je suis désolée…

Je haussai les épaules.

— C'est pour la bonne cause. Qu'est-ce que tu fais là ?

— Je suis venue te chercher.

— Ah bon ?

— On doit rejoindre la Meute au pub.

Je fronçai les sourcils en ronchonnant.

— J'imagine que ce n'est pas pour refaire le monde ?

— En effet, acquiesça-t-elle avec un sourire contrit.

— On est vraiment obligées ?

Elle pinça les lèvres. Ça voulait dire oui.

— Tu as déjà vu Leith ? m'inquiétai-je.

— Non. On y va ?

— Puisqu'il le faut…

Nous empruntâmes la voie piétonne sur une dizaine de mètres avant de bifurquer à gauche dans une ruelle sans vie. Le soleil n'était pas encore couché, l'enseigne du pub était déjà éclairée, elle menaçait même de rendre l'âme d'une minute à l'autre. Lorsque nous pénétrâmes à l'intérieur, toute la Meute était installée autour d'une table. Dès qu'il nous aperçut, Leith bondit comme un ressort et fonça sur Julia. Nullement impressionnée, elle prit une posture très décontractée, le sourire aux lèvres.

— La prochaine fois que tu auras des idées aussi foireuses que celle d'aller retrouver Darius, Julia, je jure que je t'étripe ! Et je ne plaisante pas !

Julia était à peine plus grande que moi. Avec son corps menu et ses cheveux courts, on aurait dit une petite fille. Les mains sur les hanches, elle se leva sur la pointe des pieds et déposa un bisou sur la joue de Leith. Puis elle baissa les talons et lui fit un clin d'œil.

— Même pas cap !

Elle se tourna vers la Meute, laissant Leith complètement interdit.

— Vous avez déjà commandé ?

— Non, lança Étienne.

— Parfait. Viens, Hannah !

Elle m'attrapa par le bras et me conduisit au bar.

Nous commandâmes à boire pour tout le monde. Il faudrait au moins ça pour nous faire pardonner - les garçons appréciaient moyennement d'avoir été réveillés en pleine nuit pour nous courir après - ça, et une bonne explication. D'ailleurs, ce n'est qu'au bout d'une heure et demie de justifications que Julia et moi eûmes enfin le droit de passer à autre chose. Ils étaient tous plutôt soulagés que Darius ait décidé de les croire, mais ils n'en étaient pas moins surpris. Darius était du genre têtu, et tous se mirent d'accord pour dire qu'il y avait anguille sous roche. Mais Julia et moi n'allions sûrement pas entrer dans les détails.

— Nous restons dîner au pub ? proposa Tony.

Ce que tout le monde accueillit avec joie.

— Je vais déposer mes affaires à l'appart, informai-je Leith en lui montrant mon sac de cours plein à craquer. Je vous retrouve dans vingt minutes.

— Je viens avec toi.

— C'est inutile, protestai-je, c'est à côté.

Comme il fronçait les sourcils, Julia s'interposa.

— Reste, je l'accompagne.

— Ne vous perdez pas en route, persifla-t-il.

Je levai les yeux au ciel.

— Ouais, et ne vous carapatez pas une nouvelle fois..., renchérit Anneas. On aimerait bien avoir la paix.

Pas la peine de répondre.

Julia mit son bras sous le mien et nous sortîmes.

— Ça va ? Tu as digéré la séance d'inquisition ? s'enquit-elle.

— Hum..., marmonnai-je en avisant les deux silhouettes qui venaient de se poster à quelques mètres de nous.

Nous n'étions pas encore au bout de la ruelle et ils nous barraient clairement la route. Il me fallut à peine cinq secondes pour constater qu'il s'agissait de deux anges noirs absolument pas sympathiques. C'est fou comme à force de fréquenter des êtres surnaturels on a l'œil aguerri ! Le premier était beaucoup plus âgé que nous – avoisinant la quarantaine –, quant au second, il ne devait pas dépasser les vingt-cinq ans.

Julia se raidit.

— Alors, l'Humaine, cracha le plus vieux, tu as sorti ton animal de compagnie ?

— Passez votre chemin, gronda Julia en me poussant derrière elle.

Le plus jeune lâcha un rire tonitruant.

— Parce que tu crois que tu fais le poids, sale cabot ?

— Dégagez ! leur intima-t-elle.

Ça allait forcément mal tourner. Ils ne donnaient pas l'impression de vouloir nous laisser tranquilles, et Julia ne ferait effectivement pas le poids contre eux deux.

Je jetai un œil vers le pub à une dizaine de mètres derrière nous. Il me suffisait de courir pour appeler les garçons. Alors, sans même trop calculer mes chances d'y parvenir avant qu'on ne m'en empêche, j'abandonnai mon sac à terre et m'élançai.

Le plus jeune bougea à la vitesse de l'éclair et me colla contre le mur avec une telle violence que je vis des étoiles.

— Où vas-tu comme ça, l'Humaine ?

Julia poussa un rugissement sourd et fit un bond de géant vers mon assaillant pour l'obliger à me lâcher. Le plus vieux se jeta à son tour sur elle et la fit brutalement basculer par terre. Simultanément, la porte du pub s'ouvrit sur Leith et Étienne. Ils s'abattirent sur les anges noirs comme un marteau sur une enclume. J'en vis un s'écraser contre le mur en face de moi et d'un coup, plus rien. Tout fut bien trop rapide pour que je comprenne quoi que ce soit. Toujours est-il que les deux vampires filèrent sans demander leur reste. Leith me rejoignit, le regard inquiet.

— Ça va ?

— Oui, je n'ai rien. Et Julia ?

— Ça va, répondit-elle.

Le néon de l'enseigne s'alluma et éclaira furtivement son visage. Une longue estafilade sanguinolente lui barrait la joue jusque dans le cou.

— Mais non, ça ne va pas ! hurlai-je. Ils t'ont blessée !

Étienne lui leva le menton pour mieux inspecter la plaie.

— Ce n'est rien. Elle se résorbe déjà.

Au troisième clignotement de l'enseigne, la griffure paraissait effectivement moins impressionnante. La régénérescence est aussi prodigieuse qu'effrayante.

— Venez. Rentrons, nous intima Leith en me saisissant par la taille.

Toute la Meute était debout derrière la vitrine du pub. Lorsque nous entrâmes, chacun reprit calmement sa place à table.

Julia s'engouffra dans les toilettes pour se nettoyer tandis que Leith me conduisait jusqu'à la banquette. Je m'y installai, complètement sonnée par l'agression.

— Qu'est-ce qu'ils nous voulaient, murmurai-je. On ne leur a rien fait.

Sans répondre, Leith et Jamie s'observèrent de longues secondes. Puis leur échange muet fut interrompu par Julia qui revenait s'asseoir.

— Hannah, tu es toute blanche, remarqua-t-elle. Tu ne te sens pas bien ?

— Non. Pourquoi ai-je l'impression de ne pas pouvoir reprendre mon souffle ? Voilà trois jours que je suis en plein cauchemar. Ce n'est pas une vie.

Leith était défait. Je n'aurais pas pu trouver mieux pour le faire culpabiliser, bien que ce n'eût pas été mon intention.

Subitement, la Meute porta son attention en direction de la porte. Je jetai un œil à Julia, elle était blême. Comme j'avais le dos tourné, je me contorsionnai pour voir ce qui se passait.

Il ne manquait plus que ça !

Darius venait d'entrer.

Julia et moi, nous nous levâmes aussitôt. Les garçons nous imitèrent.

Le patron du pub, qui avait plus ou moins suivi la bagarre extérieure, remarqua que l'ambiance s'était lourdement chargée en électricité.

— Je ne veux pas d'histoires ici ! C'est compris ? nous avertit-il.

— Pas de problème, lui affirma Darius d'une voix douce mais ferme.

Du grand art ! Son visage souriant aurait ébloui n'importe qui à dix kilomètres à la ronde. D'ailleurs, le patron hocha la tête et retourna à l'essuyage de ses verres sans rechigner. Darius s'avança finalement vers nous et prit une chaise.

— C'est très gentil à vous de vous lever pour me saluer. Vous êtes plus civilisés que je ne l'aurais cru…

Je me rassis la première, les autres suivirent. Darius était en bout de table, à un mètre de Julia. Fébrile, elle crispait les mains sur ses cuisses. Darius tourna la tête vers elle et fixa ce qu'il restait de la cicatrice sur sa joue.

— Que veux-tu ? demanda Jamie avec un dégoût non dissimulé.

— Vous avertir, répondit Darius sans quitter Julia des yeux.

Laquelle s'obstinait à baisser les cils sur ses doigts.

— Encore des menaces ? cingla Tony.

Darius se détourna enfin de Julia.

— Tout doux, mon beau, ricana Darius comme s'il s'adressait à un animal. Vous savez que vous avez de la chance d'avoir avec vous deux femelles aussi courageuses ?

Son regard se posa sur moi, puis sur Julia.

— Que veux-tu ? répéta Jamie.

— Vous avez conscience de ce qui est en train de se passer dehors ?

Le visage de Jamie se ferma.

— Quel que soit le meurtrier de Minah, les miens estiment que vous êtes responsables puisque le fautif fait partie de votre espèce. Ils réclament une vie pour une vie. L'un des vôtres doit mourir.

— Une vie pour une vie ? cracha Anneas. Quelle vie ? Vous êtes déjà à moitié morts ! Vous tuer tous vous rendrait service !

Les iris bleutés de Darius prirent l'apparence du mercure quand il se pencha légèrement vers Anneas.

— Méfie-toi, chien. Ton prénom pourrait être celui que je suggérerai en premier.

— Parfait, j'adore le sport !

— On commence quand tu veux, Croc Blanc !

— Darius, de qui parles-tu ? demandai-je avant qu'il ne réplique. Pas des membres du Cercle ?

— Non. Aucun d'entre eux ne vous cherchera querelle, assura-t-il en fixant Jamie. Mais je ne contrôle pas le reste d'entre nous. Ils réclament une vengeance et ne laisseront pas tomber tant qu'ils ne seront pas satisfaits. Ils n'ont pas l'intention de suivre les règles puisqu'ils estiment que vous les avez transgressées en premier. À partir de maintenant, considérez que vous n'êtes plus tranquilles. Ils sont nombreux, et moi, je ne peux rien pour vous.

— Tant mieux, ricana Georgia. Parce qu'on ne te veut pas dans nos pattes !

Darius sourit en coin.

— Méfie-toi, poupée, tu es leur première cible. Je serais bien triste de voir un si joli minois détaché d'un si joli corps.

Le regard qu'il lui lança était tellement éloquent que Julia ferma très fort son poing dans son autre main, luttant pour ne pas le lui envoyer dans la figure. Elle était furieuse, même si elle savait qu'il jouait la comédie.

Darius se leva, prêt à partir.

— Comprenez bien que je ne suis pas leur porte-parole. Je fais ce que je crois être juste. Concluez-en ce que vous voulez.

— Ne peux-tu pas les raisonner, leur parler, leur dire que… que nous n'y sommes pour rien ? suggérai-je.

Il secoua la tête.

— Ce qui s'est passé ce soir ne se reproduira plus, je te le promets, Hannah. Quiconque essaiera de t'atteindre aura affaire à moi. Tous le savent, maintenant. Mais pour eux, ajouta-t-il en portant son attention sur la Meute, c'est différent.

— Elle n'a pas besoin de toi ! gronda Leith, qui s'était levé d'un bond pour se planter droit devant Darius. Tu ne l'approches pas, tu ne penses pas à elle, tu ne la regardes pas, tu l'oublies ! Elle est avec moi. *Juste moi*, compris ?

Darius le considéra en souriant, puis me dévora des yeux par pure provocation.

— Je suis là pour toi, Hannah. C'est une promesse.

Leith grogna un peu plus fort alors que Darius détaillait une dernière fois Julia.

Leurs regards s'arrimèrent un instant avec ferveur, si bien que, interdit, Leith les dévisagea à tour de rôle. Puis Darius fit demi-tour et quitta le pub.

Je me rassis doucement et attrapai la main de Julia. Elle tremblait.

— Je te ramène, m'informa Leith d'un ton sans réplique.

Je n'essayai pas de protester. J'en avais plus qu'assez. Je ramassai ma veste, embrassai Julia sur la joue, et suivis Leith à l'extérieur.

Dans la rue, il resta silencieux et marcha d'un pas soutenu, regardant sans arrêt autour de lui. Il maintenait ma taille avec une telle force qu'il me faisait presque mal, mais je ne dis rien. Nous arrivâmes rapidement devant mon immeuble où nous gravîmes les trois étages. Avant d'ouvrir la porte, je fis face à Leith.

— Que va-t-il se passer, maintenant ? Les anges noirs sont bien plus nombreux que vous.

Son visage demeurait impassible.

— Ne t'inquiète pas pour nous, nous saurons nous défendre. Tu es ma seule préoccupation.

Il me ramena contre lui et me serra très fort.

— Je n'ai pas envie de te laisser, souffla-t-il, la bouche sur mes cheveux.

Je levai les yeux sur lui.

— Il ne m'arrivera rien chez moi.

Leith baissa son beau regard vert et lumineux sur moi.

— Je m'en veux, Hannah.

Je fronçai les sourcils d'incompréhension.

— C'est ma faute si tu es ici. Je t'ai exhortée à venir à St Andrews. Ailleurs, tu aurais été bien plus en sécurité.

— Tu ne m'as pas forcé la main, Leith. Je suis venue ici libre et consentante.

— Regarde-toi, chuchota-t-il en caressant du pouce le dessous de mes yeux. Tu es perpétuellement sous pression et fatiguée. Combien de bons moments astu passés en comparaison des mauvais, hein ?

— Suffisamment pour me rendre heureuse, éreintée ou pas.

Il sourit tristement.

— Tu es affectée par tous ces événements. J'ai bien compris ce que tu disais au pub.

— C'est vrai, Leith, je ne le nie pas, j'aspire à plus de calme, mais tant que tu seras avec moi, ça ira.

J'enroulai mes bras autour de sa taille et reposai la tête sur son torse, humant profondément son odeur si familière.

— Rien que cet instant est capable de me faire carburer pendant des jours. Tu vois, il en faut peu. Et ce peu, c'est déjà beaucoup.

Ses épaules furent secouées par un rire silencieux.

— Les filles ont toujours des phrases compliquées…

Je lui souris en papillonnant des cils.

— Tu aimerais entrer un moment ?

Il arqua un sourcil.

— Tu veux que ta colocataire ait une crise cardiaque ? Et puis, tu dois te reposer, tu es épuisée.

Je fis mine d'être choquée.

— Me reposer ? Mais je n'avais pas l'intention de te proposer autre chose qu'un thé, voyons ! À quoi tu pensais ?

Il m'attira à lui et mordilla mon cou juste sous l'oreille.

— À tout sauf boire du thé, *honey*… Et ça t'aurait plu.

Je frissonnai si violemment que je dus me tenir à ses épaules.

— Pff, j'en doute.

Il embrassa le coin de mes lèvres.

— Menteuse… File avant que je ne change d'avis.

Je tournai la clé dans la serrure et ouvris la porte.

— Bonne nuit, Hannah.

— Bonne nuit.

Chapitre 21

Tu ne peux pas me dire que tu es désolée !

Darius était en train de rassembler ses affaires, il venait de donner son dernier cours de l'année à un amphi complètement démotivé et à bout de nerfs. C'était la première fois que je le revoyais depuis cette fameuse soirée au pub, c'est-à-dire depuis presque deux semaines.

— Darius ? Je peux te parler ?

— Je n'ai pas beaucoup de temps, marmonna-t-il sans même me regarder.

Tout en lui me fuyait.

— Que se passe-t-il ? J'ai essayé de te joindre à plusieurs reprises. Tu ne réponds à aucun de mes mails, de mes appels, pourquoi ?

Il rangea ses notes dans sa sacoche et leva les yeux.

— Nous voir n'est pas une bonne idée.

Je fronçai les sourcils.

— Et pourquoi ça ?

— Pourquoi ? À cause de ce qui se trame. On ne peut pas faire comme si de rien n'était. Minah est morte.

— Tu es en train de me dire qu'il vaut mieux que tu ne me fréquentes plus ? Parce qu'en ce qui me concerne, je n'ai aucune obligation. Je côtoie qui je veux. Et Minah n'a rien à voir avec ça.

— Écoute, Hannah. La situation est compliquée. En règle générale, on ne fait pas ami-ami avec l'ennemi.

— Avec l'ennemi ? Depuis quand suis-je ton ennemie ?

Il n'avait même pas osé me regarder en face.

— Ce n'est pas ça...

— Alors, de quoi s'agit-il ? Tout à coup, parce que je suis la copine d'un loup-garou, il ne faut pas qu'on se voie ?

— C'est ça.

J'en restai comme deux ronds de flan.

— Tu plaisantes, Darius. Ce n'est pas ton genre.

Il soupira profondément.

— Ne le prends pas pour toi, Hannah. Tu es l'Humaine que je préfère.

— Ne parle pas de moi comme si j'étais un animal.

Il ne résista pas à un sourire.

— Non. Tu n'es pas un animal. Mais tu fréquentes un loup-garou. Aux yeux de mes semblables, ça signifie que tu es de leur côté. Et vu la tension qui règne dans cette ville, il vaut mieux que je me fasse tout petit et que je ne donne aucun prétexte à l'affrontement.

— Mais il est déjà tout trouvé, tu nous l'as dit toi-même. Ils veulent une vie pour une vie.

— Oui, Hannah. Sauf que pour le moment, je fais mon possible pour les garder à distance. J'ai réclamé un *statu quo* afin que tous réfléchissent aux conséquences de ce qu'ils demandent. Te fréquenter serait les provoquer encore plus. Tu comprends ?

— Non. Mais si tu le dis... Je n'aime pas me priver de ton amitié, Darius.

— Moi non plus, Hannah, mais soyons raisonnables. Et puis, tu fais au moins un heureux...

Évidemment que Leith était heureux. Pas moi.

— Le père de Jamie McLachlan en sait-il davantage concernant l'amulette ? s'enquit-il.

— Non. Il cherche toujours. Ils cherchent tous, et ils finiront par trouver. J'en suis certaine. Pff... c'est à croire que ce médaillon sort de nulle part et que le loup-garou qui le portait est imaginaire.

Darius afficha un sourire arrogant.

— Nous aurons sûrement des informations avant eux...

— Mais c'est pas vrai ! La rivalité jusqu'au bout, hein ? Si tu savais à quel point je vous trouve ridicules. Vous et votre haine ancestrale. Vos aïeux étaient des idiots et vous, vous êtes leurs dignes héritiers.

Il se pencha sur moi pour qu'on ne l'entende pas.

— N'oublie pas que tu t'adresses à un vampire...

— Tu parles d'un scoop ! Il y a belle lurette que tu ne me fais plus peur, Dracula !

Cette fois, il me servit son plus beau sourire. Puis subitement, une main invisible le lui retira.

— Comment va Julia ?

— Je ne l'ai pas revue depuis la soirée au pub. Mais je suppose qu'elle va aussi mal que toi. Pourquoi ne lui poserais-tu pas la question toi-même ? Le téléphone, c'est discret, non ? Et vous avez sûrement moult choses à vous dire.

Il secoua la tête de droite à gauche.

— Du monde attend derrière toi, gamine. On doit écourter notre conversation.

Ça l'arrangeait bien !

Trois étudiants faisaient le pied de grue pour lui parler, dont une fille qui le dévorait des yeux sans vergogne.

— OK. J'ai compris. On peut au moins se contacter par mails ? Tu sais, Internet, la révolution informatique du XXe siècle...

Il rit doucement.

— Mais bien sûr, fillette. On n'a qu'à faire ça.

Fillette... Il ne manquait plus que ça.

Je quittai Darius et rejoignis Leith dans un coffee-shop du centre-ville. Studieux, il avait étalé une quantité effarante de notes sur la table. Il révisait.

— Tu en as mis du temps, fit-il remarquer en regardant l'heure sur la pendule suspendue derrière moi.

— Tu ne me donnes pas l'impression de t'être ennuyé, observai-je.

Je me penchai pour l'embrasser et pris place à côté de lui.

— C'est vrai. J'en ai par-dessus la tête.

À qui le disait-il !

— Je peux ? demandai-je en montrant son verre de Coca.

Il acquiesça.

Je mourais de soif. Je m'en emparai et bus presque la moitié.

— Alors ? Pourquoi as-tu mis si longtemps ?

Il fallait toujours qu'il pose les questions les plus sensibles.

— J'avais cours avec Darius...

— Je vois. Et vous avez papoté un brin.

J'opinai.

— Il essaie de corriger le tir et de maintenir le calme parmi les anges noirs.

— C'est ce qu'il t'a dit ?

J'acquiesçai une nouvelle fois.

— Comme c'est gentil ! persifla-t-il.

— Il a autant à perdre que vous dans cette histoire, arguai-je. Qui voudrait vraiment rompre la paix ? Pas lui, crois-moi sur parole.

Il se renfrogna.

— Pourquoi faut-il que tu prennes systématiquement sa défense ? C'est dingue !

— Pas systématiquement, non. Tiens... tu as vu, ils cherchent une serveuse, lançai-je pour changer de sujet.

Je fis un geste du menton en direction de la pancarte en question.

— Tu aimerais travailler ? s'étonna Leith.

— Pourquoi pas... Tarja retourne en Finlande après les exams, et le loyer de mon appartement est plutôt cher. Ça pourrait soulager mes parents.

— Tu pourrais trouver une colocataire.

— Certes, mais personne ne voudra s'y installer pendant les vacances, et en attendant, il faudra quand même payer.

— Travailler l'été, c'est une chose, mais bosser pendant les cours en est une autre. Vu ton emploi du temps, ça relève de l'impossible, Hannah, argumenta-t-il très sérieusement.

Je haussai les épaules.

— D'autres le font.

— C'est vrai, et ils mettent deux fois plus de temps pour obtenir leur diplôme. Laisse tomber.

Comme je pinçais les lèvres et détournais les yeux d'agacement, il posa un doigt sur mon menton afin que je le regarde.

— Je peux t'aider.

Je clignai les paupières.

— Tu veux dire, payer pour moi ?

— C'est ça.

C'était la meilleure...

— Jamais de la vie, Leith.

— Pourquoi, se renfrogna-t-il, parce que tu as ta fierté ?

— Ce n'est pas qu'une question de fierté, mais de bon sens. Tu ne vas pas m'entretenir, quand même !

Il haussa les épaules. Il y avait vraiment réfléchi. Je n'en revenais pas.

— J'ai une autre idée, dit-il en me regardant dans le blanc des yeux. Cède ton appartement et viens vivre avec moi.

Le verre à mes lèvres, je m'étranglai aussi sec avec le Coca.

— C'est une blague...

— Non.

— Leith Sutherland, tu ne serais pas resté trop longtemps au soleil par hasard ?

Un éclat de colère brilla dans ses prunelles.

— Tu sais être sacrément vexante quand tu veux...

— Nom de Dieu ! Tu es sérieux ?

— Tu n'aimerais pas vivre avec moi ?

Alors là...

— Euh... si, bien sûr, mais...

— C'est trop tôt ?

— Je pense, oui.

Il haussa nonchalamment les épaules.

— Tant pis, j'aurais essayé.

J'arquai un sourcil.

— Tu n'insistes pas ?

— Non.

Abandonner aussi vite ne lui ressemblait pas. Qu'était-il en train de tramer ?

— Tu m'en veux ?

— Non plus.

Il enroula son bras autour de mon cou et m'attira à lui pour m'embrasser sur la bouche.

— Mais je te ferai changer d'avis, promit-il.

S'il s'y prenait comme ça, je ne donnais pas bien cher de ma volonté à m'assumer seule...

***

Le mois précédant les examens avait filé à une allure démentielle. Tarja et moi étions avachies sur le canapé du salon, et autour de nous, des feuilles de papier A4 jonchaient le sol et recouvraient les poufs. Nous révisions depuis plus de quatre heures. Les dernières évaluations seraient pour demain. L'histoire de la famille médiévale, les Vikings, les guerres de religion, les traités de paix, la littérature... Tout ça nous sortait par les yeux.

— J'en ai ma claque de toute cette pression ! vociféra Tarja.

Ma colocataire repartait en Finlande dans deux jours, elle n'attendrait pas les résultats des partiels. Qu'elle réussisse ou non n'y changerait rien, elle voulait retourner chez elle au plus vite.

— Tu crois qu'on peut faire une pause ? marmonna-t-elle.

Je me jetai en arrière sur le canapé et me frottai les yeux.

— Une pause ? Désolée, mais moi je rends mon tablier pour ce soir, il est déjà vingt-trois heures et demain, mon exam commence huit heures.

— Je ne suis pas prête, ronchonna-t-elle pendant que je remettais de l'ordre.

— Mais si, tu l'es, la rassurai-je. Va te coucher.

Elle me toisa avec perplexité.

— Tu n'es pas trop stressée, on dirait. Je ne sais pas comment tu fais.

— J'ai juste pas envie de passer la nuit à regarder le plafond… Tu devrais essayer de te calmer.

— J'ai toujours été très nerveuse, se justifia Tarja.

Elle me servit un sourire crispé et se leva pour m'aider à ranger notre bazar. Un quart d'heure plus tard, le salon était de nouveau présentable et les feuilles de papier parfaitement empilées sur la table basse. Logiquement, à moins d'une insomnie, je ne devais plus réviser du tout.

Je posai les yeux sur Tarja, elle me regardait avec intensité.

— Qu'y a-t-il ?

— Rien, je…

Et subitement, elle fondit en larmes.

— Mince ! m'exclamai-je.

Je m'installai à ses côtés et lui entourai les épaules.

— Tu vas vraiment, vraiment me manquer, Hannah.

— Oh… toi aussi, renchéris-je en lui tapotant le dos comme je l'aurais fait avec une enfant.

Elle s'essuya les yeux et renifla.

— Ça va aller ?

Elle hocha le menton et fonça dans la cuisine.

— J'ai faim. Tu veux manger ?

Je lui fis signe que non en souriant.

— Tu sais, reprit-elle, la tête enfoncée dans le frigo, quand on manque d'énergie, les protéines, c'est excellent.

Elle s'empara d'une tranche de jambon et d'un œuf dur.

— Si tu le dis...

Je m'étirai et bâillai à m'en décrocher la mâchoire.

— Je suis crevée. Je vais me coucher, Tarja, à demain.

— Bonsoir, Hannah.

Je me brossai les dents, enfilai un shorty, un tee-shirt, et me glissai au fond de mon lit, très heureuse d'être bientôt libérée de la fac pour l'année. J'étais sur le point de sombrer, prise dans la touffeur de ma couette, quand mon téléphone sonna, me faisant sursauter de frayeur. Je décrochai.

— Allô ?

— C'est Darius.

Je me raclai la gorge.

— Darius ?

— Je te réveille ?

— Euh, oui...

— Excuse-moi. Je n'ai pas vraiment la notion des heures...

— Ce n'est pas grave, qu'y a-t-il ?

Je n'avais pas de nouvelles de lui depuis un bon moment, j'étais plutôt surprise de son coup de fil.

— Comptes-tu rentrer chez toi après les examens ?

— Non, ce n'est pas au programme. Pourquoi ?

— Me trouverais-tu impudent si je te demandais de le faire sans discuter ?

Je me frottai les yeux.

— Un peu, oui. Que se passe-t-il ?

— Je pense qu'il va y avoir du grabuge.

— Tu soupçonnes... une attaque ?

Malgré moi, je frissonnai.

— Je n'en ai pas la preuve, mais c'est calme, beaucoup trop calme. Il y a une tension énorme au sein de ma communauté. Ne cours aucun risque, Hannah. Si tu peux, retourne près de ta famille.

— D'accord...

Il y eut un blanc.

— Tu es d'accord avec moi ? s'enquit-il avec étonnement.

— Oui.

Il eut l'air de réfléchir.

— Ça signifie que tu vas rentrer chez toi, donc ?

— Non, que je ne prendrai aucun risque.

— Tête de mule, grommela-t-il.

Puis quelques secondes silencieuses s'égrenèrent avant qu'il ne reprenne la parole.

— Comment va Julia ?

— Nom d'un chien, Darius ! Vas-tu enfin te décider à lui téléphoner toi-même ? Je ne suis pas votre intermédiaire !

Je l'entendis rire sans bruit.

— Bonne nuit, Hannah.

— Bonne nuit.

Après ça, j'eus un mal fou à me rendormir.

Ces derniers temps, j'avais presque cru que les anges noirs nous laisseraient tranquilles. Raté. Il se passerait forcément quelque chose. Mais quand, et quoi ? Bon sang, une épée de Damoclès au-dessus de la tête n'était pas ce qu'il y avait de plus confortable. Toujours est-il que Darius avait raison, si bataille il y avait, je ferais bien de prendre mes jambes à mon cou.

Le ferais-je seulement ?

Rien n'était moins sûr...

***

Le vendredi matin, au volant de ma Mini, je conduisis Tarja à l'aéroport. La circulation était fluide et nous étions presque arrivées. On voyait déjà dans le ciel le ballet quasi perpétuel des avions qui décollaient et atterrissaient. Chargées de mélancolie, nous gardâmes le silence presque tout le trajet. J'avais passé une excellente année avec Tarja, elle allait me manquer et, contre toute attente, ses petits déjeuners aussi. Quant à elle, elle n'avait cessé de dire combien notre cohabitation l'avait réjouie et aidée à affronter cette session universitaire.

Nous entrâmes dans le parking courte durée, je garai la voiture au plus près des chariots – les valises de Tarja pesaient une tonne –, et nous avançâmes jusqu'au Terminal 1 pour enregistrer ses bagages. Son avion décollerait dans une heure et demie. Lorsque nous gagnâmes enfin la porte d'embarquement, il y avait déjà une queue d'une vingtaine de personnes.

Tarja se tourna vers moi.

— Ben voilà...

Elle ouvrit ses bras et les enroula autour de mes épaules.

— J'ai tellement aimé habiter avec toi, Hannah...

Je refoulai mes larmes. Je détestais les adieux.

— C'était chouette. On reste en contact, tu promets ?

Tarja opina timidement de la tête, puis elle baissa les yeux sur sa besace.

— J'ai quelque chose pour toi.

— Pour moi ?

— Oui.

Elle fouilla dans son sac et en sortit une petite enveloppe à bulles qu'elle me tendit.

— Qu'est-ce que c'est ?

— Ne l'ouvre pas tant que je n'ai pas passé cette porte, d'accord ?

Elle montra du doigt les barrières de détecteurs de métaux.

— D'accord, promis-je en la fourrant dans la poche de ma veste.

Tarja me serra une nouvelle fois contre elle.

— C'est l'heure... Tu ne vas pas te mettre à pleurer, dis ?

— Non, non..., lui affirmai-je alors que j'étais en train de m'essuyer la joue. Fais bon voyage, Tarja.

— Merci, murmura-t-elle en s'éloignant.

Je la suivis des yeux jusqu'à ce qu'elle passe la porte de contrôle. Derrière la baie vitrée, elle se tourna sur moi et me fit signe de prendre mon téléphone. Il sonna. Je m'esclaffai en décrochant.

— Tu viens juste de me quitter et je te manque déjà ?

Il y eut un long silence inattendu, alors je penchai la tête de côté pour dévisager Tarja.

— Tarja ?

— J'ai tué Minah.

Mon cœur s'arrêta de battre.

— Qu'as-tu dit ?

Elle ne cilla pas.

— Je suis un loup-garou, Hannah. Un Crinos.

D'abord incapable de bouger, je fus saisie d'un malaise, je me retins de justesse à l'un des plots de sécurité qui bordaient la porte d'embarquement. Le Crinos... la race de garou la plus terrifiante qui soit. Un cauchemar nommé Tarja. J'étais sur le point de fondre en larmes et ne parvenais pas à remettre en cause ce qu'elle venait de me révéler. Un Crinos avait tué la mère de Leith, Tarja en était un et... elle avait massacré Minah.

Le souffle court, j'avalai ma salive et ramenai mon téléphone à l'oreille.

— Je suis désolée, chuchota-t-elle.

Tout explosa dans ma boîte crânienne et ma poitrine.

— Tu ne peux pas me dire que tu es désolée ! hurlai-je à travers la vitre. Comment as-tu pu me mentir ! Comment as-tu pu faire ça ? J'étais ton amie. Minah était mon amie !

Le personnel de l'aéroport préposé aux contrôles des bagages admis en soute me regardait d'un sale œil. Au prix d'un effort immense, je me calmai.

— Pourquoi ? soufflai-je.

— Je t'ai expliqué tout ça dans une lettre. L'enveloppe que je t'ai donnée. Je... j'ai changé d'avis.

Elle se rapprocha de la vitre qu'elle frôla de la main.

— Il fallait que je te le dise moi-même...

Son regard brasillait. Comment avais-je pu ne pas m'en rendre compte plus tôt ? C'était un loup-garou ! Tout en elle le démontrait : qu'elle avait toujours trop chaud, mangeait en permanence, ne s'essoufflait jamais. Elle refusait de voir Leith, et ne supportait pas Darius.

— Je suis venue à St Andrews alors que je savais que l'université était fréquentée par les anges noirs. C'est habituellement la raison pour laquelle ceux de ma race évitent la ville, pour ne pas être provoqués. Mais c'est là-bas que je voulais aller, et je pensais pouvoir me contrôler. Mon père m'a remis une amulette de protection, celle qui est dans ma famille depuis des générations. Ainsi, je pouvais me cacher de tous et ne jamais révéler ma vraie nature. Malgré tout, le médaillon n'était pas sans faille. Sans pouvoir l'expliquer, Minah n'était pas à l'aise en ma présence.

Elle ferma un instant les paupières et crispa la main autour de son téléphone.

— Je n'ai jamais pu me résigner à aller à la rencontre de la Meute. J'avais trop peur d'être rejetée. Peut-être aurais-je dû le faire ? ajouta-t-elle d'une voix chargée de regrets. Cela m'aurait évité bien des erreurs.

Elle posa sur moi un regard humide de larmes.

— Je ne peux pas revenir en arrière.

— Non, en effet !

— Je suis désolée...

— Arrête de dire que tu es désolée ! explosai-je. Tes excuses ne servent à rien.

Elle baissa la tête et reprit :

— Quand je t'ai rencontrée, j'étais bien loin de me douter que tu avais connaissance de l'existence de mon espèce. J'ai failli tomber à la renverse lorsque tu as ramené Leith à la maison la première fois. De tous les étudiants de cette fac, j'avais choisi la seule qui fréquentait des loups-garous.

» J'étais si perturbée qu'après mon séjour en Laponie pour Noël, je ne voulais plus revenir. Mes parents ont insisté pour que j'y retourne. Ils avaient tellement sacrifié pour me payer ces études. Ils m'ont exhortée à redoubler de vigilance et je me suis laissé convaincre. Je n'aurais jamais dû.

Elle posa sur moi un regard torturé.

— J'ai lutté contre ma colère, Hannah, j'ai lutté de toutes mes forces, mais Minah s'acharnait. J'aurais pu me maîtriser si elle m'avait tout simplement ignorée. Elle me rendait dingue.

— On ne tue pas les gens parce qu'ils nous rendent fous, Tarja ! crachai-je avec mépris.

— Mais je suis une Crinos, Hannah ! plaida-t-elle. Tu sais ce que ça veut dire ?

— Oui, admis-je.

Elle passa nerveusement une main dans ses cheveux.

— Le jour de notre altercation avec Minah dans les rues de St Andrews… Ce soir-là, tu es allée chez Leith. Je n'arrivais pas à trouver le sommeil. J'étais trop mal parce que j'avais failli perdre le contrôle devant tout le monde. Je suis sortie vers trois heures du matin et j'ai couru jusqu'à St Andrews West Sand Beach. J'étais certaine que ça me calmerait. Puis j'ai eu envie de me baigner, alors je me suis déshabillée et, comme je ne voulais pas risquer d'égarer mon amulette dans l'eau, je l'ai retirée. J'ai nagé longuement, et à mon retour, Minah m'a surprise. Je n'avais pas eu le temps de remettre le médaillon.

— Elle t'a attaquée ?

Tarja secoua la tête.

— Elle m'a insultée.

— Et tu l'as tuée pour ça ! m'écriai-je d'une voix étouffée.

— Non, Hannah, non ! Je... je n'en ai aucun souvenir. Les Crinos ne se rappellent rien de ce qu'ils font sous leur forme animale. Je me suis réveillée complètement nue, trois kilomètres plus loin, cachée derrière les dunes. Le jour était levé depuis au moins trois heures, mais tout était encore désert, et j'étais couverte de sang. Je ne me souvenais de rien, à part que Minah m'avait vue sur la plage. J'étais toute proche des habitations. J'ai volé quelques vêtements sur un fil à linge, et je me suis jetée dans la mer pour me laver. Je suis retournée à l'endroit où Minah et moi avions dû nous affronter, elle n'y était pas, il n'y avait aucune trace de sang sur le sable, et mon amulette avait disparu.

— Tu n'as vraiment rien en mémoire ? insistai-je.

— Non. C'est toi qui m'as appris la mort de Minah. C'est ainsi que j'ai compris que j'étais forcément responsable.

— Pourquoi ne m'as-tu rien dit, bon sang ?

— J'avais peur...

J'enfouis les doigts dans ma poche et touchai l'enveloppe que Tarja m'avait donnée. Quelque chose de dur et circulaire s'y trouvait. Il me fut facile de deviner de quoi il s'agissait.

— Comment as-tu mis la main sur mon amulette, Tarja ?

Durant ces dernières semaines, je l'avais complètement oubliée, et n'avais pas cherché à savoir où elle était.

— Après que tu m'as appris la mort de Minah, je me suis éloignée de St Andrews. Je suis revenue le jour où on s'est croisées dans la salle commune des premières années. Avant de me rendre à la fac, j'ai quand même pris le risque de retourner à l'appartement pour récupérer quelques affaires. J'avais l'intention de repartir en Finlande. Tu n'étais pas chez nous. C'est en me précipitant dans la salle de bains que j'ai vu ton amulette sur l'étagère. Je n'en revenais pas.

— C'est tombé à pic, persiflai-je.

Grâce à elle, Tarja avait pu continuer à évoluer parmi nous ni vu ni connu.

— Comment se fait-il que tu en aies une ? voulut-elle savoir.

De la main, j'esquissai un geste d'agacement.

— Peu importe. Tu l'as prise en te disant que tu pourrais aller plus loin dans le mensonge, faire comme si de rien n'était ? Que le médaillon te permettrait de te cacher encore ? Mais comment as-tu pu être aussi fourbe ? Quelqu'un est mort !

Le regard de Tarja se fit glacial.

— Pas quelqu'un, Hannah, un ange noir.

— Tu es odieuse ! m'étranglai-je.

— Ne me juge pas ! gronda-t-elle. Mes parents ont beaucoup sacrifié pour que je vienne à St Andrews, je ne voulais pas les décevoir.

Évidemment, en bons loups-garous qui se respectent, ils seraient fiers que leur fille ait tué un fichu Exploiteur ! J'avais envie de vomir.

— N'éprouves-tu pas l'ombre d'un regret ?

Elle me regarda droit dans les yeux.

— Si, Hannah, bien sûr. Je suis désolée de t'avoir menti, de vous avoir tous mis dans une situation impossible. Tu es la dernière personne à qui je souhaitais faire du mal. Tu comptes beaucoup pour moi. Mais tu te fiches sûrement de le savoir. Tu dois me haïr à présent, et je ne peux pas t'en vouloir. Tout est ma faute.

Je préférai ne rien répondre.

— Les passagers du vol R54312 en direction d'Helsinki sont priés de se rendre en zone d'embarquement, chantonna la voix d'une hôtesse.

— Je dois m'en aller, murmura Tarja.

— C'est tellement plus simple comme ça, sifflai-je.

Je soutins le regard de celle qui était mon amie encore une heure avant. Il y avait tant de choses que je ne comprenais pas.

— Les amulettes ont été fabriquées pour se cacher de la répression garolle. Pourquoi ta famille en possédait-elle une ?

— Nous sommes pacifistes, répondit-elle d'une toute petite voix. Nous ne suivons pas les règles de la Communauté du Sutherland. Nous aussi nous avons dû nous protéger à plusieurs reprises. Ma mère est Humaine.

Tarja baissa les yeux un instant avant de reporter son attention sur moi.

— Hannah... voudrais-tu laisser un message à Leith ?

Je hochai la tête sans trop savoir pourquoi.

— Dis-lui que je suis très fière d'avoir rencontré un descendant de Fillan Sutherland.

Je haussai les épaules. Que pouvais-je bien ajouter ?

Elle marqua une longue pause, prit une profonde inspiration et plongea son regard noir comme la nuit dans le mien.

— Pardonne-moi, Hannah.

— Ça va être difficile.

— Je le sais...

Sur ce, elle me tourna le dos et s'éloigna.

Je la suivis des yeux jusqu'à ce qu'elle disparaisse, et je fouillai dans ma poche pour en sortir l'enveloppe que Tarja m'avait remise. Elle contenait mon amulette ainsi qu'une lettre, comme elle l'avait dit. Tout y était écrit.

J'étais dévastée.

— Mademoiselle ? Vous allez bien ?

Un gros monsieur moustachu me regardait d'un air inquiet.

— Je peux vous proposer de l'eau ?

Il me tendit une petite bouteille en plastique, mais comme je ne réagissais pas, il l'ouvrit devant moi. Je la pris et la portai à mes lèvres. Ça me fit du bien.

— Merci, murmurai-je.

— Gardez-la, m'enjoignit-il aimablement. Vous vous sentez mieux ?

Je hochai la tête. Puis il se passa quelques secondes pendant lesquelles il ne cessa de m'observer.

— Mademoiselle ?

— Oui ?

— Votre téléphone n'arrête pas de sonner.

Je baissai les yeux sur la poche de ma veste, je ne m'en étais pas aperçu.

Je le remerciai et décrochai tandis que le gentil monsieur s'éloignait.

— Allô ?

— Hannah, c'est Leith. Où es-tu ?

— À l'aéroport. Tarja est... partie.

— Partie ? Tu veux dire qu'elle n'est plus avec toi ?

— Non.

Il poussa un long et profond soupir de soulagement.

— Le père de Jamie vient de nous téléphoner. L'amulette provient du Grand Nord, de Finlande.

— Je sais, murmurai-je, dépitée.

— Tu sais ?

— Tarja m'a tout expliqué. C'est elle qui a tué Minah.

Ma voix était si rauque qu'elle était à peine reconnaissable.

— Tu te sens capable de rentrer chez toi ?

— Je crois.

— Tu n'en es pas sûre ?

— Non.

— Ne bouge pas. Je viens te chercher avec Jamie. Nous serons là dans moins d'une heure.

Et il raccrocha.

Chapitre 22

Je devais parler à Darius.

En rentrant de l'aéroport, Leith avait insisté pour que je reste chez lui quelques jours. Nous étions tous les deux, son colocataire était déjà retourné dans sa famille, mais malgré la présence rassurante de Leith, je passai une première nuit très agitée. Au réveil, j'étais aussi épuisée qu'on peut l'être quand on n'a dormi que quelques heures.

Je me levai, pâteuse, vers neuf heures. Leith était parti tôt, il lui restait encore trois jours d'examens. Je me dirigeai dans la cuisine pour faire bouillir de l'eau, me servis un thé, m'attablai. En quelques secondes, je retraçai tous les événements de la veille et je réalisai qu'il me fallait avertir Darius. Je possédais désormais une lettre qui prouverait à la communauté des anges noirs que la Meute n'était pour rien dans la mort de Minah. J'allai chercher mon téléphone dans la chambre et composai le numéro de Darius. Je tombai sur son répondeur.

— Darius, c'est Hannah. J'ai besoin de te parler, c'est urgent. Rappelle-moi très vite, s'il te plaît. Merci.

Après quoi, je gagnai la salle de bains avec la ferme intention de profiter de l'immense cabine à ma disposition.

Entre le moment où je quittai la douche et onze heures et demie, j'essayai de joindre Darius au moins quinze fois. Il ne répondait pas et je commençais à m'impatienter. Pour m'occuper l'esprit, je décidai de préparer le repas de midi. Je sortis une salade verte et quelques légumes du réfrigérateur. Je détachai, lavai et essorai soigneusement les feuilles de laitue, j'entrepris de couper tomates et champignons en lamelles et mélangeai le tout dans un saladier. Je parsemai quelques grains de maïs par-dessus, grattai du parmesan et assaisonnai rapidement la composition d'un filet d'huile d'olive et de vinaigre balsamique. Enfin, je fis griller de grandes tranches de pain et étalai une crème de tofu fumé et d'herbes que j'avais dégotée quelques jours plus tôt dans un magasin bio à côté de chez Leith. Nous les mangerions avec la salade, c'était un régal.

Je venais juste de mettre la table lorsque la porte d'entrée claqua. Leith apparut. Je me jetai aussitôt dans ses bras pour l'embrasser.

— Tu devrais vraiment rester ici définitivement, me souffla-t-il, ravi de cet accueil.

Je lui souris.

— N'y prends pas goût, il n'est pas question que je m'installe sous ton toit. J'ai un appartement.

Il baisa habilement la naissance de mon cou.

— Je peux être très persuasif, et je peux te promettre que, si j'insiste, tu ne pourras pas me résister.

Je le repoussai gentiment.

— J'en serai peut-être incapable, mais mon père, si. Je suis certaine qu'il viendra jusque-là pour te botter les fesses s'il apprend que tu me forces à vivre avec toi. Et tu sais, il chausse du quarante-quatre, alors…

Il éclata de rire.

— Une fillette… Il serait effrayé de connaître la taille de mes savates !

Je baissai la tête sur ses Converse et collai mon pied contre le sien. Je n'avais jamais remarqué qu'ils étaient si grands.

Pendant que nous passions à table et qu'il grimaçait devant les tartines de tofu, j'abordai un sujet épineux.

— Est-ce que tu aurais croisé Darius ?

Il fit la moue.

— Non. On n'est pas amis, je te rappelle.

— J'ai besoin de lui parler. À propos de Tarja.

— J'avais compris, se renfrogna-t-il.

— Je n'arrive pas à le joindre.

— Ça, c'est le genre de nouvelle qui me met vraiment de bonne humeur ! se réjouit-il avec un sourire exagéré.

Je ne me départis pas de mon sérieux.

— Si j'étais dans son cas, j'apprécierais qu'on me tienne au courant de la situation.

Il haussa les épaules.

— Sans doute, mais je n'aime pas l'idée que tu aies à le fréquenter.

— Tu radotes, Leith...

Il posa sa fourchette et me considéra en fronçant les sourcils.

— Pas assez, apparemment.

Je n'avais pas envie de me disputer avec lui, c'est pourquoi je préférai changer de sujet.

— Comment se sont passés tes partiels de ce matin ?

— Satisfaisants. Les prochains sont ceux que je redoute le plus.

Je hochai la tête.

— Tu comptes réviser, cet après-midi ?

Il se jeta en arrière sur sa chaise.

— Oui. Et toi, qu'as-tu prévu ?

— Je pensais éplucher les petites annonces.

Il grimaça.

— Ah oui, encore cette histoire de job...

— En effet, encore cette histoire de job, répétai-je en lui tirant la langue.

Je le gratifiai d'un clin d'œil et me levai pour l'aider à débarrasser la table. Il fit la vaisselle, puis il s'enferma dans le salon pour bûcher.

Pendant ce temps, je m'installai dans sa chambre et vidai ma besace afin de faire du tri. J'étalai son contenu sur le lit et, évidemment, je tombai sur la lettre de Tarja.

Je devais parler à Darius.

C'était une idée fixe, et si Lagardère ne venait pas à moi, j'irais à Lagardère.

Je renonçai au rangement et remis mon foutoir à l'intérieur du sac. Je l'accrochai en bandoulière sur mon épaule et m'approchai du salon pour frapper à la porte vitrée. Leith se retourna et me fit signe d'entrer.

— Je sors faire un tour en ville.

Il acquiesça.

— Sois prudente.

Je hochai la tête et m'éclipsai rapidement.

D'ici, je n'étais qu'à quinze minutes à pied du *Red Lion*. Je n'y étais allée qu'une seule fois, mais je me rappelais exactement où il se situait. Avec un peu de chance, Darius s'y trouverait. Et s'il n'y était pas, je pousserais jusque chez lui. J'ignorais où il habitait, mais Julia devait probablement le savoir.

Dix minutes plus tard, j'arrivais devant le pub.

Sa façade était austère, à peine égayée par un panneau sur lequel était dessiné un lion rouge sur fond noir. Habituellement, dans les établissements de ce genre, les vitrines étaient larges, avenantes et éclairées. Ici, de grands rideaux de velours sombre empêchaient de voir à l'intérieur.

Je n'aimais pas ce lieu. Y entrer me faisait froid dans le dos, c'est pourquoi je pris une profonde inspiration avant de pousser la lourde porte en bois carmin.

La tête haute, je marchai tout droit en direction du comptoir. Le patron me regarda avancer d'un sale œil. Les Humains ne devaient pas franchir le seuil de son pub très souvent. Il faut dire que le *Red Lion* n'était pas le genre d'endroit où on a naturellement envie de mettre les pieds.

Je me raclai la gorge et appuyai les mains bien à plat sur le comptoir en marbre noir.

— Bonjour. Je souhaiterais parler à Darius. Il est là ?

Le patron me jaugea de la tête aux pieds avec un mépris non dissimulé. Son imposante carrure, son épaisse moustache et ses favoris qu'on aurait dits d'un autre temps le rendaient plus impressionnant encore.

— Je ne connais pas de Darius.

Ça se présentait mal.

Je ratissai la pièce des yeux et commençai à avancer pour me diriger vers la salle du fond.

— Où allez-vous ? lança le tenancier d'une voix menaçante. Je vous ai dit qu'il n'y avait pas de Darius ici.

Je m'arrêtai tout net pour le considérer froidement.

— Alors dans ce cas, vous avez peut-être un Perceval qui est client de votre établissement ?

Ses sourcils se levèrent de surprise, et au même moment, la porte du pub s'ouvrit.

— Hé hé... Il me semblait bien que je connaissais cette puanteur. Tu n'es pas venue avec ton chien de garde, l'Humaine ?

Il s'agissait de l'un des types qui nous avaient agressées dans la rue, Julia et moi, quelques semaines plus tôt. Le plus vieux était un grand brun aux tempes grisonnantes et au ventre légèrement arrondi.

Ne voulant nullement paraître impressionnée, même si je l'étais en réalité, je ne bougeai pas d'un pouce et me tournai plutôt vers le patron.

— Alors ? Vous êtes sûr qu'il n'est pas là ?

Il haussa les épaules sans répondre.

— Qui cherches-tu, l'Humaine ? m'interrogea le nouveau venu qui s'était approché au point qu'il ne se trouvait plus qu'à quelques centimètres de moi.

Je retins ma respiration lorsqu'il sortit les canines pour m'intimider.

— Je ne vous ai rien demandé, rétorquai-je.

— Mais moi, si, insista-t-il en attrapant brusquement mon poignet. Qui cherches-tu ?

J'essayai de me dégager, en vain... Et le patron qui n'avait pas l'air de vouloir intervenir. Je venais de me mettre dans de beaux draps !

— Tu vas répondre ! s'impatienta-t-il en me secouant.

— Elle ne cherche plus personne, tonna la voix de Darius derrière moi, elle m'a trouvé. Laisse-la tranquille, Pietro.

Lequel me lâcha aussitôt. Darius me fit signe d'avancer vers lui. Je ne me fis pas prier pour le rejoindre en vitesse.

— Tu as de la chance d'avoir comme protecteur un personnage aussi éminent que Darius, siffla Pietro le gros pas beau.

Darius lui lança un regard noir qui m'aurait pétrifiée s'il m'avait été destiné. Pietro le soutint avec dignité et ricana.

— Méfie-toi, Darius, tu vas te transformer en clébard si tu continues à les fréquenter.

Darius fit un pas dans sa direction et s'adressa à lui avec un calme effrayant.

— Fais attention, Pietro, ne va pas trop loin.

— Et toi, n'oublie pas qui sont les tiens !

— Je ne l'oublie pas, comme tu ferais bien de te rappeler qui t'a fait et ce qu'il est advenu de lui. Tu ne voudrais pas qu'il t'arrive la même chose, si ?

Pietro émit un grognement et m'envoya en enfer avec la seule force de son regard avant de sortir bruyamment du pub.

— Viens avec moi, m'ordonna Darius en appliquant sa paume au creux de mes épaules.

Il me conduisit dans une salle en retrait et me fit face.

— Que fais-tu là ?

Il semblait furieux.

— J'ai essayé de te joindre toute la journée, plaidai-je.

— Il ne t'est pas venu à l'idée que je ne voulais pas te répondre ? Je t'ai dit qu'il fallait qu'on mette de la distance entre nous, et toi, tu te pointes ici !

— Justement, si tu avais décroché, je ne serais pas là ! rétorquai-je.

Il haussa les épaules avec indifférence.

— Je dois te parler. Ça concerne Minah, repris-je calmement.

Darius regarda autour de lui et, brusquement, il me saisit par le coude pour me conduire à l'extérieur.

Sur le trottoir, il avançait si vite que je dus quasiment courir pour le suivre jusqu'à Bow Butts, un square fleuri en bord de mer. Là, Darius désigna un banc de pierre sur lequel nous nous assîmes.

— Que veux-tu me dire ? demanda-t-il sèchement.

Je le fixai un instant en silence.

— Pourquoi es-tu si fâché contre moi, Darius ?

Le bleu de ses iris sembla soudain se liquéfier.

— Pourquoi ? Sais-tu quels efforts j'ai dû fournir pour que toi et ces chiens ayez la paix ? Afin que vous ne soyez pas attaqués à tout bout de champ ? Non, tu n'en as aucune idée, apparemment !

J'allais ouvrir la bouche pour dire quelque chose, mais il me coupa la parole.

— Je suis l'ange noir le plus ancien de St Andrews, l'un des plus respectés aussi, ce qui me donne le privilège d'être écouté. Les miens étaient furieux, ils réclamaient vengeance, et certains la revendiquent encore. Je leur ai parlé, je les ai persuadés de vous ignorer pour le bien-être de cette ville, de la vie tranquille que nous menons depuis des centaines d'années. Je les ai conjurés de ne pas briser l'équilibre fragile que nous formons. Je n'ai certes pas réussi à les convaincre que la Meute n'y était pour rien dans la mort de Minah, mais je les ai apaisés. Et toi... *toi*, gronda-t-il en me pointant du doigt, tu débarques l'air de rien ! Ils savent qui tu es et quel camp tu as choisi, bon sang !

— Je n'ai choisi aucun camp, protestai-je.

Il haussa les épaules.

— Tu es avec un garou, ça revient au même.

— C'est ridicule !

Darius prit une profonde inspiration.

— Hannah, j'ai beaucoup d'affection pour toi. J'ai même rarement été attaché à un Humain à ce point. Si je mets de la distance entre nous, ce n'est pas de gaieté de cœur, mais pour te protéger, car ils te considèrent comme une ennemie. Écoute, des anges noirs comme Pietro, il y en a beaucoup dans cette ville. Ils attendent la moindre faille pour chercher querelle. Je leur demande à tous de vous ignorer et je ne le fais pas moi-même. Quelle crédibilité ai-je alors ? L'occasion serait trop bonne pour ceux-là, ils pourraient décider de revenir sur leur parole uniquement parce que j'ai fait un pas de travers. Tu comprends ça ?

Je hochai la tête.

Il soupira et secoua le menton.

— De quoi voulais-tu me parler ?

Au lieu de me perdre en babillages inutiles, je fouillai dans mon sac pour en sortir la lettre de Tarja et la lui tendis.

— Qu'est-ce que c'est ?

— Lis.

Au fur et à mesure qu'il la parcourait, je voyais son visage se décomposer et ses iris prendre une teinte inquiétante. Il lut la dernière phrase et froissa les feuilles dans ses mains avec rage.

— Elle l'avait sentie. Elle me l'avait dit et je ne l'ai pas écoutée.

— Minah ?

— Elle avait senti cette fille, répéta-t-il. Minah pressentait qu'un truc n'allait pas chez elle. Elle n'a pas arrêté de me dire que son comportement la troublait, son odeur. Minah possédait un discernement et une finesse d'esprit que je connais chez peu de gens, même au sein de ma race. Je lui ai répondu qu'en sept cents ans, j'avais rencontré des Humains qui m'irritaient particulièrement, et que j'étais parfois à la limite de leur faire un sort. Et crois-moi, quand ça arrive, se retenir est dur. À force de lutter contre notre soif, on est tentés de tout foutre en l'air d'un simple claquement de dents. Je lui ai demandé de se battre contre ses émotions et de laisser cette pauvre fille tranquille. Si j'avais su, je lui aurais réglé son compte en premier !

— Tarja n'était pas mauvaise, Darius, protestai-je d'une voix faible. Loin de là. Elle ne se maîtrisait pas. C'est une Crinos.

— C'est une tueuse !

— C'est vrai, mais toi et Minah n'avez jamais tué, peut-être ?

Il me coula un regard noir. Il savait que j'avais raison.

— Je suis désolée pour tout ça, Darius, tu le sais. Je voudrais que Minah soit encore ici.

D'un bond, il sauta sur ses pieds et se tourna vers moi, la haine dessinée sur son visage.

— Pour eux comme pour toi, ne t'approche plus de moi. Garde tes distances.

Il jeta la lettre froissée dans la poubelle à côté du banc, et commença à s'éloigner à grands pas.

Interloquée, je le rejoignis en courant.

— Darius ! Attends !

Je l'attrapai par le bras. Il s'arrêta.

— Tu aurais préféré ne pas savoir ?

Il demeura muet, mais j'étais persuadée qu'il m'en aurait voulu si je ne lui avais rien dit. Je levai sur lui un regard suppliant.

— Nous sommes toujours amis, n'est-ce pas ?

Il plongea dans mes yeux.

— Oui, Hannah, nous sommes toujours amis. Mais c'est compliqué. Éloigne-toi de moi. C'est mieux pour tout le monde.

— Mais je n'en ai pas envie. J'aime ta compagnie.

— Et moi la tienne. Là n'est pas la question.

— Tu pourrais au moins me téléphoner, répondre à mes mails. Personne ne le saura à part nous deux.

Il sourit brièvement.

— Je suppose que oui. Depuis presque deux siècles, j'ai beaucoup de mal à me faire à l'idée que l'Homme peut communiquer autrement que par lettres interposées et conversations de visu.

Je ris doucement.

— Tu te rends bien compte que ton excuse me paraît insensée ?

Il leva les sourcils.

— Darius..., soupirai-je d'amusement, j'ai toujours connu le téléphone et je suis née en 1990, alors...

Il se dérida sincèrement

— 1990... Bon sang, tu n'es qu'un bébé !

— Il ne faut pas pousser !

Il me pinça tendrement la joue.

— Que va-t-il se passer, maintenant ? m'enquis-je. Tu comptes alerter les tiens à propos de la lettre ?

Il secoua la tête.

— Non.

— Pourquoi ?

— Ça ne ferait aucune différence.

Je soupirai profondément et l'observai.

— Darius, puis-je être curieuse ?

Il ouvrit la main comme pour m'inviter à parler.

— Tu as demandé au type qui nous a agressées, Julia et moi, de se rappeler qui l'avait fait et ce qui lui était arrivé. De quoi s'agit-il, exactement ?

Il fit la grimace.

— Quoi ?

— Son créateur était un pauvre mec qui s'ennuyait profondément dans sa peau de vampire. Il passait son temps à donner naissance à de nouveaux anges noirs. Lorsqu'il est arrivé à St Andrews avec Pietro, il a promis de cesser ses petites habitudes, toutefois, il s'est tourné vers d'autres combines moins sportives, mais plus lucratives. Il obtenait du sang humain dans les hôpitaux et le revendait aux plus faibles d'entre nous. Comme tu le sais, chaque ange noir vivant à St Andrews a décidé de renoncer à votre sang. Il a rendu fous la moitié des vampires de cette ville. Il n'a pas écouté nos avertissements, et il a été puni.

— C'est-à-dire ?

Il grimaça encore.

— Il a été exécuté.

J'écarquillai les yeux.

— C'est comme ça que vous réglez les problèmes ? demandai-je, ahurie.

— Non, c'est comme ça que *je* règle les miens.

J'étais estomaquée.

— Toi ? C'est toi qui l'as tué ?

Il opina du bonnet.

— Je ne suis pas un saint, Hannah.

— Mais... pourquoi ?

— Pourquoi je ne suis pas un saint ? se moqua-t-il.

— Non. Pourquoi t'en es-tu chargé toi-même ? Que t'avait-il fait ?

— Il a proposé du sang humain à mes frères, répondit-il d'une voix sourde.

— Ils... ils l'ont bu ?

Darius secoua la tête.

— Ils n'en ont pas eu le temps.

— On peut dire que tu n'y vas pas avec le dos de la cuillère.

Un petit sourire en coin se dessina sur ses lèvres.

— Jamais.

— Ce Pietro, tu l'as menacé aussi. Cela signifie que tu irais jusqu'à lui régler son compte ?

— Sans hésitation s'il te faisait du mal.

Je ris nerveusement, alors il arqua un sourcil.

— Qu'y a-t-il de drôle ?

— C'est juste que… j'ai l'impression d'être entourée de gens qui pourraient tuer pour moi. C'est un peu particulier comme sentiment.

Un coup de vent passa et ramena l'intégralité de mes cheveux en avant. Darius leva la main plus rapidement que moi et les écarta avec tendresse avant d'appuyer doucement l'index sur le bout de mon nez.

— C'est toi qui es particulière, gamine.

Nous nous observâmes un moment en silence.

— Je dois y aller, finit-il par dire.

— Tu ne me laisses pas sans nouvelles, d'accord ?

Il acquiesça.

— Promets-le.

Il fronça les sourcils.

— Tu sais que lorsqu'un ange noir fait une promesse, il est obligé de la tenir ?

— Raison de plus. Promets.

Il soupira et embrassa doucement mon front.

— Je promets.

Je lui souris et le suivis des yeux tandis qu'il s'éloignait en direction de la vieille ville avec une démarche assurée.

J'avais le cœur plus léger lorsque je rejoignis à mon tour la rue piétonne.

Avant de m'y enfoncer, je me retournai une dernière fois pour regarder la mer. Je m'arrêtai, médusée. Pietro rôdait près du banc sur lequel Darius et moi étions assis un peu plus tôt. Il ne s'agissait manifestement pas d'une coïncidence. Et s'il était en train de me chercher ? Réalisant qu'il ne m'avait pas encore remarquée, je pressai le pas et entrai dans le premier magasin que je trouvai. Cachée derrière un portique de vêtements, je fixais la vitrine, le cœur battant. Une poignée de secondes plus tard, je vis Pietro passer devant la boutique.

J'attendis dix bonnes minutes et glissai prudemment la tête à l'extérieur afin d'observer la rue. Comme la voie était libre, je sortis et marchai au pas de course jusqu'à l'appartement de Leith.

Je ne lui parlerais pas de Pietro et éviterais le clash. Oui, il valait mieux que je me taise.

Chapitre 23
Tu n'aimerais pas qu'on vive ensemble ?

— Merci, monsieur Becket, je suis absolument ravie de notre accord.

— Je suis aussi très content, mademoiselle. Je vous attends le sept juin à huit heures. Je vous présenterai le reste de l'équipe et fixerai avec vous votre emploi du temps pour l'été.

— C'est parfait pour moi.

— Alors à dans trois semaines.

— Au revoir, monsieur Becket.

Au moment où je raccrochais, la porte d'entrée s'ouvrit sur Leith qui rentrait de la fac.

— Je l'ai eu ! m'écriai-je.

Il écarquilla les yeux.

— Tu as eu quoi ?

— Le job que je voulais ! J'ai passé un entretien ce matin. Tu sais, dans le *coffee-shop* où nous avons pris un verre il y a quelque temps. M. Becket vient de me rappeler, la place est pour moi !

Leith en resta sans voix. Puis il plissa le nez et m'embrassa sur le front.

— Tu n'as vraiment pas besoin de faire ça, Hannah, dit-il en m'attirant dans le salon. Je peux t'aider financièrement.

Sur le canapé, il me fit m'asseoir sur ses genoux.

— On a déjà eu cette conversation, marmonnai-je.

— Je sais, mais je ne suis pas sûr que tu m'aies vraiment pris au sérieux. J'aimerais prendre soin de toi. Vraiment.

— C'est très gentil de ta part, Leith, mais ce n'est pas exactement l'objectif que je me suis fixé. J'ai besoin d'être indépendante.

Il fronça les sourcils.

— Je ne te demande rien en retour. Je veux juste que tu sois heureuse.

De l'index, je suivis la ligne de sa cicatrice sur la joue droite et souris.

— Ça me rend heureuse de devoir travailler.

— Ça ne va pas être facile avec tes cours, me prévint-il.

— C'est vrai, mais d'autres étudiants l'ont fait avant moi et s'en sont très bien sortis. Ça ne me fait pas peur.

Il secoua la tête.

— Pourquoi est-ce si difficile de te laisser faire ?

Je le trouvais adorable. Si j'avais été plus faible, j'aurais craqué juste à cause de la façon dont il me regardait.

— C'est trop tôt. Mon père te dirait à juste titre que nous avons besoin de nous construire pas à pas.

— C'est ridicule, grommela-t-il. Nous allons rester ensemble toute notre vie.

Je souris.

— Comment peux-tu le savoir, Leith ?

Cette fois, il eut l'air d'avoir reçu une gifle.

— Je te demande pardon ?

— Je sais que tu m'aimes, Leith, et je t'aime également, mais la vie est parfois bizarrement faite, et cruelle. Dans quelques années, je serai peut-être un fardeau pour toi.

Il était carrément en colère, à présent.

— Je n'ai jamais rien entendu d'aussi stupide !

Il prit mon visage entre ses mains.

— Sais-tu combien de personnes sur six milliards auraient pu prétendre devenir mon âme sœur, Hannah ? Une seule. Juste une toute petite chance. Et tu crois qu'après avoir eu le privilège de te rencontrer je vais te considérer comme un fardeau ? Jamais. Je serai toujours là pour toi, quand bien même tu ne voudrais plus de moi. Je serai ton ombre. C'est dans mes veines. C'est là ! ajouta-t-il en tapant violemment sur son cœur.

J'en frissonnai de la tête aux pieds.

— Je le sais…

— Alors pourquoi perdre notre temps en futilités ? Laisse-moi prendre soin de toi.

— C'est ce que j'ai l'intention de faire, Leith, mais pas de cette manière-là. Je veux apprendre à subvenir à mes besoins toute seule. C'est un passage obligatoire. Essaie de comprendre.

Il m'observa longuement sans rien dire, puis il soupira.

— J'ai du mal… Mais si c'est ton choix…

— Ça l'est.

Je l'embrassai doucement sur les lèvres.

— Merci.

— Allez, viens, conclut-il en se levant. Je meurs de faim. On prend des plats à emporter au restau grec et on mange à Bow Butts ?

— Extra !

On y fut en dix minutes. Nous commandâmes des feuilles de vigne farcies pour moi, des soutzoukakia pour Leith, et nous nous installâmes sur les bancs de Bow Butts.

— Tu commences à travailler quand ? s'enquit-il.

— Le sept juin.

Il fit une grimace.

— Pourquoi pas à la rentrée, plutôt ? Tu aurais pris de vraies vacances.

— J'en aurai quand même un peu, Leith.

Il grommela, mais se garda de faire quelque commentaire.

— Que dirais-tu de rendre visite à tes parents, pendant que tu es encore libre ?

Mon visage se fendit d'un sourire. Je n'avais pas revu ma famille depuis Noël, ils me manquaient tous terriblement.

— On part demain ? proposa-t-il. Une semaine ?

J'opinai énergiquement du bonnet en avalant une grosse bouchée de feuilles de vigne.

— Ça ne t'effraie pas de vivre seule ? demanda subitement, Leith.

— J'avoue que je ne serais pas contre partager mon appart. Je n'ai jamais vécu seule nulle part.

— Ça te fait peur ?

— Peut-être, reconnus-je en toute confiance.

Il fronça les sourcils et me fixa avec une intensité tout à fait déstabilisante.

— Hannah. Habite avec moi.

Je battis des cils.

— Leith...

— Chut... Écoute, m'interrompit-il. Tu prends ton job, tu participes aux achats quotidiens et tu économises le prix du loyer à tes parents. Réfléchis. L'idée n'est pas idiote ni extravagante.

— C'est vrai, mais...

— Tu n'aimerais qu'on vive ensemble ?

Il me regardait avec cette expression qui me fascinait tant. Les yeux brillants, les pupilles resserrées.

— Si bien sûr, mais...

— Mais quoi ?

— Non, mais tu imagines la tête de mon père ? m'esclaffai-je.

Leith haussa les épaules.

— Si ça se trouve, il serait d'accord.

— Franchement ? Ça m'étonnerait. Il a fait beaucoup d'effort cette dernière année, mais crois-moi sur parole, il est du genre vieux jeu.

— Et toi ? Tu penses comme lui ?

Je ne répondis pas.

— Est-ce que tu aimerais qu'on essaie ?

— Peut-être, admis-je.

— Tu vois, se réjouit-il, tu es déjà en train de changer d'avis.

Je fis la moue. C'est-à-dire qu'il savait être sacrément convaincant, le bougre !

— On n'aura qu'à dire à ton père que tu viens vivre sous mon toit en tant que colocataire, ce qui ne serait pas complètement faux.

— C'est ça, prends-le pour un idiot ! Et puis, un colocataire, c'est supposé participer aux charges, je te rappelle.

— Non. Pas tous.

— J'aimerais bien voir ça !

Il sourit en coin.

— Tu ne vas pas me faire croire que Binoclard ne te payait pas de loyer ?

Il haussa les épaules.

— Tu plaisantes ?

Il secoua la tête.

— Je n'ai pas besoin d'argent et il en avait très peu.

J'étais estomaquée.

Leith ramassa nos déchets et les jeta dans la corbeille à côté de nous. Puis il me tendit sa main, que je saisis pour me lever.

— Tu veux bien repenser à tout ça ?

— Juste y penser. Ça n'ira pas plus loin pour l'instant, l'avertis-je.

— Pour l'instant..., répéta-t-il d'un air mutin.

Et il m'embrassa.

***

Ma mère nous accueillit le lendemain avec une excitation non dissimulée. Je n'étais pas rentrée à Wick depuis des mois, et immédiatement, elle me trouva changée. Quand on est petit, ce genre d'appréciation glisse toute seule, mais lorsqu'on a presque dix-neuf ans, on se demande si ça ne veut pas simplement dire qu'on a pris un bon coup de vieux !

Avec ma famille, nous passâmes l'après-midi à discuter de notre vie à Wick, des examens, de l'année prochaine... Il était déjà vingt et une heures lorsque Leith retourna chez lui, et je n'avais pas vu filer la journée.

Ma mère me rejoignit dans ma chambre peu de temps après, j'étais encore en train de défaire mes valises.

— Je peux entrer ?

— Oui, Maman, viens. Je range mes affaires.

Elle m'observa un moment, le sourire aux lèvres. Je fronçai les sourcils.

— Quoi ?

Elle s'approcha et m'attira avec elle sur le lit. Ses yeux brillaient d'une tendresse mâtinée de gravité. Bizarrement, mon estomac se tordit.

— Il y a vraiment quelque chose qui a changé chez toi, Hannah, dit-elle avec douceur. Tu sembles... différente.

L'allusion était trop évidente, je piquai un fard aussi sec. J'étais convaincue que je courrais m'enfermer dans la salle de bains si elle me sortait un truc du genre : « Tu es devenue une femme, ma chérie. »

— Vous vous protégez ?

Ma salive se bloqua au fond de ma gorge, et je m'étouffai en un quart de seconde.

— Maman !

— Je suis très sérieuse, Hannah.

Je lâchai un profond soupir. Je n'y couperais pas.

— Oui.

— Alors tant mieux. Comment est-ce ?

Interdite, je clignai les paupières.

Je n'allais tout de même pas devoir entrer dans les détails, si ?

— Dans ton corps. Comment te sens-tu ? précisa-t-elle.

— Euh... normale.

Je ne sais pas si c'était la réponse qu'elle attendait, mais elle s'en contenta.

— Est-il gentil avec toi ?

Le sourire que cela me décrocha se suffit à lui-même, et ma mère ne put s'empêcher de rire.

— Bon, je peux te l'avouer, Hannah. Je viens de prendre une grande claque.

— Ah ?

— Oui. Mais je digère, je suis une femme. Ainsi va la vie. Ton père en revanche..., eh bien, ce sera une autre paire de manches.

— Tu ne comptes pas lui en parler, dis ? m'horrifiai-je.

J'osais à peine imaginer la tête qu'il ferait...

— Non, ne crains rien. Il risquerait un infarctus. Il aime beaucoup Leith, mais il y a des détails qu'il vaut mieux lui épargner, même s'il est loin d'être idiot, et qu'à votre âge, il n'en faisait pas moins !

Elle caressa ma joue doucement et sourit.

— Tu sembles plus épanouie que jamais. Venir à Wick était une bonne idée, n'est-ce pas ?

— La meilleure, Maman.

Les jours s'écoulèrent à une allure folle, bien que Leith et moi ne nous soyons pas vus une seule fois en une semaine. Il était parti avec son père sur les îles Orcades pour rendre visite à Al et Bonnie. Depuis l'épisode du Galbro, l'année dernière, tous les Sutherland s'étaient considérablement rapprochés, et je m'en réjouissais. C'est donc de belle humeur que je me réveillai ; Leith venait me chercher aujourd'hui.

Il sonna à la porte à dix heures alors que je terminais juste de m'habiller. Je descendis les escaliers en trombe pour lui ouvrir.

— Tu m'as manqué ! lançai-je joyeusement en me jetant contre lui.

— À qui le dis-tu ! Mon oncle m'a quasiment fichu dehors pour que j'aille te retrouver. Il n'en pouvait plus de me voir tourner en rond.

Nous entrâmes gaiement dans le grand salon où ma famille était déjà installée.

— Tu es en avance ! s'exclama ma mère en lui ouvrant les bras. Nous t'attentions vers midi, mais tu as très bien fait.

— Euh oui, s'excusa-t-il en saluant mon père, Elaine et Mathy. Je souhaitais vous parler. À vous deux, précisa-t-il en se tournant vers mon père.

J'étudiai Leith avec curiosité. De quoi retournait-il ?

Poliment, Mathy et ma grand-mère prétextèrent devoir s'occuper des fleurs de la serre afin de nous laisser tous les quatre. Mon cœur battait la chamade sans que j'eusse la moindre idée de ce dont il était question, mais j'avais un sacré pressentiment. Un mauvais pressentiment.

— Hannah vous a dit qu'elle commençait à travailler dans deux semaines, n'est-ce pas ? attaqua Leith.

Mon père leva un sourcil tandis que je fronçais les miens.

— Oui, nous sommes au courant, évidemment.

— Vous a-t-elle exposé les raisons de son choix ?

Quoi ? Je n'en revenais pas. Qu'est-ce qu'il lui prenait ?

— Bien entendu, assura mon père. Elle souhaite avoir un peu d'indépendance et, pour reprendre ses termes, alléger nos dépenses. Mais où veux-tu en venir, mon garçon ?

— Je me le demande, grinçai-je en fusillant Leith des yeux.

Lequel m'ignora parfaitement.

— C'est vrai qu'un loyer comme celui de son appartement est un sacré budget, renchérit-il en souriant à mes parents.

Entendre parler de moi comme si je n'étais pas là était fort désagréable, d'autant que j'aurais vraiment aimé savoir ce qu'il préparait, le traître !

Leith fit quelques pas vers moi et effleura mon épaule du bout des doigts. Je m'électrisai.

— Surtout qu'Hannah n'est pas certaine de trouver une colocataire. L'année dernière, vous avez eu de la chance que ça se goupille aussi vite.

— C'est vrai, admit ma mère.

— Hannah vous a-t-elle dit qu'elle craignait de vivre seule dans son appartement ?

La mâchoire m'en tomba. Quand avions-nous décidé de mettre mes parents au parfum, au juste ?

Bien évidemment, ils se tournèrent tous les deux vers moi.

— Euh, non, reconnut ma mère. Pourquoi, Hannah ?

— Leith exagère, m'empressai-je de les rassurer, un sourire commercial accroché aux lèvres. Je lui ai simplement fait remarquer que c'était bizarre et que je n'en avais pas l'habitude.

Sereinement, Leith croisa les bras sur sa poitrine et m'affronta du regard.

— Non. Ce n'est pas ce que tu as dit. Tu as dit que ça te faisait peur et que tu préférerais nettement trouver quelqu'un.

J'en demeurai bouchée. J'avais sous-entendu ça, oui, mais pas avec autant de drame que le laissait supposer Leith ! Qu'essayait-il de faire ? Me ridiculiser devant mes parents ? D'ailleurs, interloqués, ils nous toisaient à tour de rôle.

— Tu ne nous en as jamais parlé, Hannah, nota mon père. Tu aimerais qu'on t'aide dans ta recherche ?

— Non, je...

— En fait, j'ai une solution, m'interrompit Leith, tout sourire.

J'étais horrifiée. Il n'allait quand même pas faire ça ?

Leith passa son bras autour de ma taille et me serra contre lui. J'étais littéralement mortifiée, hésitant entre l'envie de fuir et celle de l'étrangler de mes propres mains.

Mon père observait Leith avec beaucoup d'intérêt. Contrairement à moi, il n'avait pas encore saisi la subtilité du subterfuge de mon petit ami.

— Je t'écoute, Leith.

— Paul, à la mort de ma mère, j'ai hérité d'un très grand appartement à St Andrews. Depuis que je suis à la fac, je l'ai partagé avec différents étudiants. Il dispose de plusieurs chambres comprenant chacune une salle de bains. Si vous êtes d'accord, je propose qu'Hannah s'y installe. Vous économiserez le prix d'un loyer, et Hannah ne serait pas seule.

Je n'arrivais pas à croire qu'il ait osé faire une chose pareille. Parce que maintenant, en plus d'avoir l'air d'une parfaite idiote, j'allais devoir essuyer les foudres de mon père. J'essayai de détacher le bras de Leith, mais il avait une telle force que j'y renonçai instantanément.

— Papa, je...

Son visage était impassible. Ce n'était pas normal que ses traits n'expriment rien de particulier. Pas normal du tout. Une tempête était sur le point d'exploser d'une seconde à l'autre, je m'y préparai.

— Qu'en penses-tu, Hannah ?

Je battis des cils.

Pas de colère ? Pas d'irritabilité ? Pas de « Il n'en est pas question ! » ?

— Tu es d'accord ou pas ? s'enquit-il.

De la main, Leith imprima une légère pression sur ma taille. J'avalai ma salive et considérai ma mère afin de trouver une échappatoire dans son regard, un quelconque mécontentement. Rien. Elle souriait !

Je levai la tête vers Leith avec suspicion. Qu'avait-il fait à mes parents ?

C'est alors que mon cerveau donna un ordre à ma bouche qui, comme une grande, remua et libéra un :

— Oui.

Ferme.

Définitif.

Moins d'une demi-heure plus tard, nous étions partis.

Dans la voiture, je tapotais le cuir de l'accoudoir du bout des doigts. Leith me coula un regard en biais.

— Tu es fâchée ?

Il y aurait eu de quoi, pourtant...

— Surprise, surtout.

— Juste surprise ? Même pas un tout petit peu contente ?

— Tu es fin psychologue, ironisai-je. Essaie de deviner.

Leith souriait à pleines dents. Je lui tirai la langue, baissai mon siège et repliai mes genoux pour m'allonger. Il allait falloir que je digère tout ça. Alors, pendant d'interminables minutes, j'imaginai la nouvelle vie qui nous attendait, Leith et moi. C'était à peine croyable. J'y pensai tant et si bien, qu'à un moment, je fermai les paupières et m'assoupis.

Leith avait dû rouler à une vitesse folle, car nous arrivâmes devant l'université à peine quatre heures plus tard. J'avais dormi pendant presque tout le trajet.

— Qu'est-ce qu'on fait à la fac ? demandai-je, groggy.

Il me gratifia d'un sourire en coin.

— Tu ne veux pas connaître nos résultats d'examens ?

Je hochai la tête et sortis de la voiture. Nous nous séparâmes le temps d'aller vérifier dans nos pavillons respectifs. Je me plantai devant le tableau principal et soupirai de soulagement. J'étais admise. Je n'avais raté aucune matière. Malgré moi, je jetai un œil aux notes de Tarja. Elles étaient excellentes.

Juste avant de rejoindre Leith, je passai un coup de fil à mes parents pour leur apprendre la nouvelle, et le retrouvai devant sa voiture, il était en train de téléphoner.

— Génial. On sera là. Oui, oui. Demain, midi. C'est ça... Salut.

Je fronçai les sourcils.

— Que se passe-t-il ?

— La Meute organise un barbecue pour fêter la fin des partiels. Tout le monde a réussi. On fait ça sur le terrain de l'oncle de Dan.

— OK. Donc, si j'ai bien compris, c'est comme pour cette histoire d'appartement, tu ne me demandes pas mon avis ?

Leith resta interdit.

— Mais peu importe, félicitations pour tes résultats.

Je ne lui laissai pas le temps de répondre et grimpai dans le 4 x 4, irritée comme jamais. Je n'avais rien contre le fait de faire la fête avec la Meute, loin de là, mais s'il y avait un truc que j'avais en horreur, c'était bien qu'on décide à ma place. Après l'intermède avec mes parents, ça faisait un peu trop.

Leith me rejoignit et se tourna vers moi.

— Tu m'en veux encore.

Je dessinai un geste évasif de la main.

— Laisse tomber.

— Hannah...

— J'ai aussi réussi mes partiels, l'interrompis-je.

Ses iris étincelaient.

— Parfait, me félicita-t-il sans enthousiasme.

Nous étions sur le fil du rasoir. La dispute nous pendait au nez.

Leith démarra le moteur et enclencha brutalement la marche arrière.

— Je te raccompagne chez toi ou tu préfères venir à la maison ? C'est... *comme tu veux*.

Je gardai les yeux fixés devant moi.

— Ramène-moi chez moi, s'il te plaît.

Il m'observa en silence et, ne cachant pas sa frustration, s'engagea sur la voie.

Alors qu'il serrait les mâchoires à s'en donner des crampes, je pivotai d'un quart de tour pour le regarder.

— On n'a jamais fait l'amour chez moi.

— Quoi ? s'étrangla-t-il.

Je ne pus réprimer un sourire en coin.

— Tu m'accompagnes, ou tu me laisses seule ?

Jamais conduite à travers la ville n'aura été plus rapide. Les valises restèrent dans la voiture. Leith grimpa les quatre étages de mon immeuble en courant, moi dans ses bras. Il me laissa à peine le temps d'ouvrir la porte, nous étions déjà dans ma chambre.

Chapitre 24

On n'a pas le temps de discuter, ils arrivent.

Au matin, je n'avais pas du tout envie de quitter mon lit et je comptais bien le faire savoir. Lorsque Leith repoussa les draps pour se lever, je m'accrochai à lui comme une sangsue.

— On n'y va pas...

— Il est onze heures. Ils nous attendent.

La Meute. Le barbecue. Sur le terrain de l'oncle de Dan.

— On s'en fiche, on n'a qu'à leur dire que je suis très, très malade, que je ne tiens pas debout et que... Oh tiens ! Disons-leur la vérité : que je veux rester enfermée avec toi toute la vie !

Il sourit.

Je fis pleuvoir une myriade de petits baisers sur ses épaules. Il frissonna. Je ne pouvais pas être plus convaincante.

— S'il te plaît, Leith...

Il m'arracha un cri de surprise en me soulevant du lit pour me prendre dans ses bras. Il entra dans la salle de bains, me déposa dans la baignoire et ouvrit le robinet avant de diriger le pommeau de douche sur moi. L'eau était si froide que je poussai un hurlement de bête sauvage. Il me rejoignit, l'œil brillant.

J'avais eu gain de cause, ou presque, car nous fûmes les derniers arrivés.

Nous descendîmes du 4 x 4 et entreprîmes de sortir sacs et couvertures pour le pique-nique.

La journée était belle, sans un seul nuage dans le ciel, et la chaleur exceptionnellement douce pour un mois de mai. J'étais bien contente d'avoir mis un tee-shirt sous ma veste. Je la retirai et l'attachai autour de ma taille.

— Vous en avez mis du temps ! s'écria Julia en nous ouvrant les bras.

— On a dormi tard..., m'excusai-je.

— Ben voyons ! pouffa-t-elle.

La musique braillait à fond, le feu pour le barbecue était immense, et Jamie et Anneas dansaient autour en entonnant un chant épouvantablement faux.

— Danse du feu, se moqua Julia. Elle est supposée rendre fort et téméraire.

J'éclatai de rire.

— Des mauviettes ! lança Leith en ricanant.

— Le barbecue n'est pas encore prêt, tu viens faire un tour avec moi ? proposa Julia.

— Vas-y, je rejoins les autres, m'encouragea Leith en m'embrassant sur le front.

Je lui fis un signe de la main et m'enfonçai avec Julia dans les sous-bois.

— Il paraît que tu as trouvé un job pour l'été ?

— Hum...

Julia toussota et leva la tête vers les frondaisons.

— Je pense revenir à St Andrews à la rentrée.

— Vraiment ?

— Oui. Je me voile la face en m'éloignant. Je pourrais bien m'isoler à des milliards de kilomètres, ça n'y changerait rien.

— Je suis d'accord. Darius va être content, affirmai-je.

— Tu crois ?

— Tu lui manques.

Elle sourit timidement.

— Il me manque aussi.

Puis elle s'arrêta brusquement.

— Qu'y a-t-il ?

Elle porta son index aux lèvres pour me signifier de me taire avant de lever le nez et de renifler l'air. Presque au même moment, un bruissement de feuilles dans les branches me fit sursauter.

— Qu'est-ce que c'était ?

— Il y a quelqu'un, chuchota Julia.

— C'est l'un des garçons ?

Elle secoua la tête.

— Non. Je n'arrive pas à flairer correctement, le vent souffle du mauvais côté.

Les sourcils froncés, Julia regardait autour d'elle, à l'affût du moindre bruit. Elle commençait vraiment à me flanquer la trouille.

— On va retrouver la Meute, décida-t-elle. Si tu n'y vois pas d'inconvénient, je vais te porter pour aller plus vite.

J'en éprouvai un long frisson. Ça avait l'air sérieux. J'acquiesçai et m'accrochai à son cou tandis qu'elle me tournait le dos. Elle passa les mains derrière elle et me hissa sans difficulté. J'enroulai mes jambes autour de sa taille, mais avant qu'elle fasse un pas, d'immenses ailes noires fendirent l'air au-dessus de nos têtes.

Avec une élégance déconcertante, Darius se posa souplement devant nous.

Julia ne montra aucune excitation en le voyant. Comme moi, elle se doutait bien que sa présence ici n'augurait rien de bon. Elle détacha mes bras de son cou pour me faire descendre et avança vers lui.

— Que se passe-t-il ?

L'inquiétude qui se lisait sur son visage était terrifiante. Il était blême.

— Vous devez partir, vous et les autres.

Je levai les yeux vers Julia, elle le fixait sans ciller.

— Comment nous as-tu trouvés ? demandai-je.

— On n'a pas le temps de discuter, ils arrivent.

— Quoi ? m'écriai-je.

— Va-t'en, Julia, je prends Hannah avec moi. J'irai plus vite que toi en la portant.

Sans poser plus de questions, elle hocha la tête et commença à s'éloigner en courant. Je m'accrochai au cou de Darius, tremblante. Les ailes toujours déployées, il s'éleva et me souleva du sol.

— Dis-moi ce qui se passe.

— Pietro a rassemblé plusieurs d'entre nous. Je t'ai dit que certains voulaient se venger. La dernière fois qu'on s'est parlé à Bow Butts, j'ai jeté la lettre du Crinos. Je n'avais pas remarqué que Pietro nous suivait. Quand nous sommes partis, il l'a ramassée.

— Oui, je l'ai aperçu, ce jour-là. Je croyais qu'il venait pour moi. Mais dans ce cas, ils savent que la Meute n'y est pour rien. Pourquoi ne nous fichent-ils pas la paix ?

— Ils s'en moquent, Hannah. Ils veulent se battre. Ils attendaient le moment où vous seriez tous réunis en dehors de la ville. Je l'ai appris trop tard. Pietro a bien mené son affaire, c'est aujourd'hui. Le patron du *Red Lion* a fini par lâcher le morceau.

Pendant qu'il parlait, nous arrivâmes au-dessus du champ où se trouvait la Meute. Julia apparut au même moment. Darius atterrit prudemment alors que Leith nous fonçait déjà dessus.

— Partez tous, lança Darius. Ils sont une dizaine et réclament un affrontement. Il n'y aura pas de dialogue.

Tout le monde se rassembla autour de nous tandis que Leith me ramenait vers lui.

— Pourquoi nous avertir ? demanda Jamie avec méfiance.

Darius jeta un œil à Julia.

— C'est mon devoir. Les conséquences pour St Andrews pourraient être désastreuses.

Il scruta le ciel quelques secondes.

— Partez, maintenant.

— On y va ! nous ordonna Jamie.

Puis il se tourna vers Georgia, Julia et moi.

— Vous trois, vous montez dans la même voiture et vous foncez chez l'oncle de Dan.

— Que comptez-vous faire ? s'enquit Julia, qui ne pouvait pas être plus blanche que ce qu'elle était déjà.

— Nous partons dans la direction opposée pour faire diversion. On se rejoindra plus tard.

— Mais qu'est-ce que tu racontes ? s'insurgea Georgia. On ne va pas filer comme des couardes ! On veut les affronter, nous aussi !

— Tu fais ce que je dis ! gronda Jamie. Je ne veux pas vous avoir dans nos pattes !

Comme elle s'apprêtait à protester, Jamie lui adressa un regard noir.

— Dégage !

Silencieusement, Leith me fit signe d'obéir.

— Vous n'allez pas vous battre..., paniquai-je.

Leith attrapa mon visage entre ses mains.

— Nous allons tout faire pour l'éviter. Maintenant, partez, nous ordonna-t-il fermement en me poussant vers Julia, qui me tira aussitôt jusqu'à sa Jeep.

Je courais plus que je ne marchais et tournais la tête toutes les cinq secondes vers Leith. Georgia nous suivait.

— Montez ! nous cria Julia.

Sans discuter, je grimpai par la portière côté passager et collai mon visage contre la vitre pour regarder la Meute. Georgia s'installa sur le siège du milieu et Julia démarra en trombe, faisant crisser les pneus. Tous les garçons avaient déjà sauté dans leurs voitures et commençaient à rouler sur le chemin d'accès. Je ne voyais plus Darius, qui attendait au milieu du champ.

Nous avions à peine parcouru cinquante mètres lorsque nous entendîmes un bruit sourd au-dessus de nos têtes. La carrosserie vibra et je poussai un hurlement de terreur. Un ange noir avait atterri sur le toit de la Jeep.

Julia accéléra et braqua brutalement à plusieurs reprises pour tenter de le faire tomber. Hélas, l'ange noir s'était accroché à l'armature et ne semblait pas vouloir le lâcher. Comme j'étais secouée dans tous les sens, dans un geste protecteur qui ne me surprit pas sur le coup tellement j'étais épouvantée, Georgia étendit son bras devant moi pour que je ne bascule pas.

La Jeep passa sur une bosse et, à cause de la vitesse, la voiture s'éleva, comme propulsée par un tremplin. La Jeep retomba sur le sol dans un bruit proche de l'explosion. Nous avions éclaté un pneu. Julia perdit le contrôle du véhicule qui dérapa, tangua dangereusement, et fit plusieurs tonneaux dans la fanfare de nos cris avant de stopper tout net.

Bien que le choc fût violent, aucune de nous trois n'avait perdu connaissance. Étonnamment, j'avais encore toute ma conscience et je ne semblais pas blessée. Je n'avais même mal nulle part. J'essayai de bouger, mais je n'y parvins pas. N'ayant pas eu le temps d'attacher nos ceintures de sécurité, nous nous retrouvions entremêlées les unes aux autres, les bris de glace éparpillés sur nous.

— Hannah, ça va ? demanda Georgia.

— Oui, je crois, et vous ?

Julia et Georgia n'eurent pas l'occasion de me répondre. Un vacarme de tôle froissée m'arracha un hurlement. Les deux portières furent violemment détachées de leur châssis pour être balancées au loin. Deux paires de jambes aux pieds nus se tenaient devant chaque ouverture.

Julia et Georgia furent tirées brutalement à l'extérieur, me faisant tomber de tout mon long sur le plafond. Je réussis à relever la tête sans trop de difficulté pour apercevoir qu'elles étaient assaillies par trois anges noirs. Parmi eux, je reconnus le jeune vampire qui accompagnait Pietro lorsqu'ils nous avaient agressées, Julia et moi. Prises par surprise, Georgia et Julia étaient balancées en tous sens comme de vulgaires poupées de chiffon. Impuissante, je cherchai la Meute du regard, leurs voitures étaient arrêtées au beau milieu du chemin, et autour d'elles, un spectacle qui me marquerait sans doute jusqu'à la fin de mes jours. Anges noirs et garous s'affrontaient. Des corps sans tête étaient éjectés dans les airs, des torses lacérés à coups de griffes. J'entendais des hurlements épouvantables et j'étais incapable de bouger, tétanisée par la peur et l'angoisse.

Alors que je pensais être presque invisible, je vis l'acolyte de Pietro s'avancer lentement vers moi. Je reculai instinctivement sur les genoux pour sortir de la voiture. Il me rattrapa en un quart de seconde et me traîna par terre en empoignant mes vêtements, ignorant mes cris. Il me mit sur mes pieds d'une seule main en maintenant mes cheveux dans son poing, m'obligeant à faire face à Julia et Georgia.

— Regarde tes animaux domestiques. Regarde, garce ! On va en faire de la charpie !

Georgia émit un grognement caverneux. Dans un accès de rage, elle réussit à se relever et frappa violemment son adversaire, qui retomba plusieurs mètres plus loin. L'ange noir qui me retenait me lâcha pour foncer sur Georgia qui se défendit comme un diable et l'envoya, lui aussi, loin derrière elle.

Julia était au sol, rouée de coups. Chaque fois qu'elle se redressait, son assaillant la renversait de nouveau. Puis tout s'accéléra. Tandis que le premier vampire que Georgia avait repoussé sautait sur elle avec une agilité effrayante, je vis celui qui maltraitait Julia fendre l'air de son bras, et lui enfoncer ses serres en plein cœur. Elle hurla avant de s'immobiliser, dos contre terre, le sang s'écoulant abondamment de sa poitrine.

— Nooonnnnnnnnnnnnnnnn ! m'époumonai-je.

Ce fut comme un électrochoc. Ignorant le danger, je me relevai et m'élançai vers elle en titubant. D'un simple revers de main, son agresseur m'éjecta violemment plusieurs mètres plus loin. J'avais les lèvres éclatées, la tête douloureuse, mais je parvins à me remettre debout avec difficulté. Je soulevai les cils et croisai le regard de l'acolyte de Pietro. Il sourit vicieusement et fit quelques pas dans ma direction avant d'être stoppé par l'intervention de deux loups gigantesques. Il prit la fuite par les airs avant que mes amis ne sautent à la gorge de ses congénères. Sans perdre une seconde, je courus rejoindre Julia. Elle agonisait.

Les mains tremblantes, je m'agenouillai à côté d'elle pour la soutenir. Ses yeux évoquaient deux billes bleues étincelantes, ses lèvres laissaient échapper un filet de sang, et chacun de ses mouvements respiratoires semblait la torturer.

— Julia..., murmurai-je, effarée, en appliquant mes paumes sur ses plaies pour tenter de stopper l'hémorragie.

Mais cela ne servit à rien, elle était trop gravement blessée, sur le point de partir sous mes yeux, et je ne pouvais rien faire pour l'en empêcher.

— Julia..., répétai-je, les joues inondées de larmes, ignorant les bruits autour de nous, la bataille qui faisait rage.

Des craquements. Des os qu'on brise. Des têtes qu'on arrache. Puis plus rien. Les grognements et les cris sauvages cessèrent brusquement.

Je levai les cils en devinant une ombre au-dessus de nous. C'était Darius. Il était couvert de sang.

— Julia ! hurla-t-il en se laissant tomber à genoux à ses côtés. Oh, Julia...

Doucement, il enveloppa son visage entre ses paumes et la serra contre sa poitrine.

— Julia... Julia... Julia..., répéta-t-il dans une complainte bouleversante tout en la berçant.

Les mains plaquées sur ma bouche, j'essayais de contrôler le tremblement de mes lèvres, ayant à peine conscience que la Meute nous entourait : hommes et loups. Personne ne bougeait. Tous attendaient l'inévitable, et tous se demandaient ce qui poussait Darius à agir ainsi. Le silence était si lourd qu'il écrasait tout. J'aurais voulu hurler ma peine et ma rage. J'étouffai un sanglot.

— Chut..., chuchota Leith en encerclant mes épaules pour m'aider à me relever. Viens là.

Il me serra contre lui ; je ne quittais pas Julia des yeux.

— Mon amour..., murmura-t-elle si faiblement que c'était presque un souffle.

Je sentis les doigts de Leith tressaillir autour de mes bras. Puis Darius posa ses lèvres sur la bouche ensanglantée de Julia. Le baiser qu'il lui donna semblait aussi léger qu'un effleurement d'ailes de papillon.

— Je t'aime, lui dit-il d'une voix brisée. Je t'ai toujours aimée, mon ange... Je t'aimerai toujours.

Julia esquissa un sourire presque imperceptible et, comme si elle n'avait attendu que ces mots pour partir, ses paupières se refermèrent.

Mes genoux me lâchèrent et les sanglots explosèrent. Leith me retint, me fit pivoter face à lui et enfouit mon visage dans le creux de son épaule.

Un hurlement bien plus puissant et strident que celui que j'avais entendu lors des funérailles de Minah retentit. Je frémis jusqu'au plus profond de moi-même.

Darius souffrait. Et je souffrais avec lui.

Lorsque le cri cessa, je tournai la tête.

Darius se leva, haletant. Il n'était plus que rage et colère. Sans un regard pour nous, il déploya ses ailes et s'éleva dans le ciel pour disparaître en quelques secondes. Mon cœur battait à tout rompre. J'avais tellement mal.

Personne n'osa dire un mot ni faire un geste. Nous étions tous pétrifiés, rivés au corps sans vie de Julia. Nous demeurâmes ainsi longtemps, jusqu'à ce qu'Étienne réagisse. Il s'accroupit devant Julia et, glissant doucement ses bras sous son dos, il la souleva de terre en la serrant contre lui.

— Rendons-la à ses parents, s'écria-t-il froidement, son visage n'exprimant rien de plus qu'une haine immense.

Il avança en direction des voitures, suivi de la plupart des membres de la Meute. Je ne bougeai pas. Je venais d'apercevoir Georgia. Elle était allongée, la tête reposant sur les genoux d'Anneas, Jamie, encore sous la forme de loup, était assis à côté d'elle.

Je repoussai brutalement les bras de Leith et courus vers elle. Je soupirai de soulagement lorsque je la découvris, consciente, amochée, mais hors de danger. Elle s'en remettrait.

— Ça va ? demandai-je doucement.

Elle acquiesça et me sourit avec une expression de douleur.

— Nous devons brûler les corps, ordonna Leith à Anneas avec une autorité effarante. Dépêchons-nous, Georgia peut attendre.

Sur ce, il se détourna pour attraper dans chaque main l'un des pieds des deux anges noirs qui se trouvaient au sol. Sans considération pour leur dépouille, il les traîna en direction du champ, laissant derrière lui une mare de sang.

— Je reviens, ma belle. Je suis là pour toi, murmura Anneas à l'oreille de Georgia. Hannah est avec toi.

Il courut ramasser ce qu'il restait des vampires ailés et partit rejoindre Leith. Toute cette boucherie, c'en était bien trop pour moi. Je réprimai un haut-le-cœur et, délicatement, je soulevai le buste de Georgia pour poser sa tête sur mes genoux. Elle grogna et se laissa aller contre moi.

— Merci, souffla-t-elle.

Je n'osais pas regarder les flammes qui s'élevaient déjà au loin, mais même les yeux baissés, j'apercevais les volutes noires mortuaires. Cet affrontement avait viré au massacre.

— Tu as été très courageuse..., chuchota Georgia d'une voix étouffée. Tu es couverte de sang... Tu es blessée ?

Je secouai la tête.

— Ce n'est pas le mien... Chut, ne t'épuise pas.

— J'ai mal partout, mais ça va aller..., m'assura-t-elle en tentant de se redresser.

— Reste tranquille, lui intimai-je.

Elle obtempéra et leva les cils pour croiser mon regard.

— Je me suis trompée sur ton compte. Tu n'es pas une petite Humaine sans intérêt. Tu es plus brave qu'un dragon.

— Qu'un bébé dragon, alors...

Elle me sourit et ferma les yeux.

Anneas revint rapidement. Je m'écartai quand il souleva Georgia dans ses bras, aussi délicatement que si elle était plus fragile qu'un nouveau-né.

Je me relevai et rejoignis mollement Leith qui arrivait en courant. Il me prit par la taille et plongea son magnifique regard vert dans le mien.

— Comment te sens-tu ? demanda-t-il en frôlant mes lèvres tuméfiées.

— Je... ça va. Tu n'es pas blessé ? Tu es couvert de sang...

Il secoua le menton.

— Tu le savais, pour Julia et Darius ?

J'opinai.

— Depuis quand ?

— Plusieurs mois.

— Comment avons-nous pu être assez idiots pour ne pas nous en rendre compte ? Un loup-garou et un vampire...

— Ils s'aimaient, murmurai-je.

Leith frissonna malgré lui.

— Il ne lui a jamais voulu de mal, n'est-ce pas ?

Je secouai la tête.

— Votre affrontement sur la plage, l'année dernière, a mis un terme à leur relation secrète.

— Julia..., chuchota-t-il en fermant les yeux.

Mais elle ne lui répondrait plus jamais.

***

Julia était allongée sur son lit d'adolescente, dans sa chambre à coucher pleine de souvenirs. Son père, sa mère et sa petite sœur la pleuraient sans s'arrêter depuis plus de quatre heures. Pour lui rendre hommage, et par respect pour sa famille, les membres de la Meute avaient décidé de rester auprès d'eux.

Le visage des garçons demeurait impassible. Ils semblaient tous si forts et maîtres d'eux-mêmes. Mais en vérité, ils étaient tous aussi malades que moi.

Ce débordement de tristesse me donnait la nausée, je me tortillais sur ma chaise pour éviter de vomir. J'étais écœurée, ulcérée que la mort ait jeté son dévolu sur Julia, si belle, si jeune et pleine de vie...

Comment un tel carnage avait-il pu avoir lieu ?

Les doigts de Leith se serrèrent sur les miens.

— Ça va ?

Non. Ça n'allait pas.

— Tu veux rentrer ? s'enquit-il.

Je hochai la tête.

Dire au revoir à la famille de Julia me parut au-dessus de mes forces, mais il le fallait. J'avançai fébrilement vers eux, les yeux rivés sur la dépouille de mon amie. Un drap avait été tiré pour couvrir son corps. Elle semblait endormie. J'effleurai sa joue, froide et déjà si dure, je réprimai un sanglot et sortis de la pièce en courant, sans saluer personne. J'entendis vaguement Leith présenter ses excuses pour moi et je continuai jusqu'au 4 x 4 avant de me jeter sur le capot, les deux mains bien à plat, la tête entre mes bras. Là, je laissai mes larmes jaillir.

Ils l'avaient eue, leur satanée vie ! Comme je les détestais pour ce qu'ils avaient fait. Je ressentais une telle colère, une telle consternation, une telle impuissance que, de rage, j'envoyai un violent coup de pied dans la roue.

— Calme-toi, murmura la voix douce de Leith.

Il glissa une main derrière ma nuque et me serra contre lui. Je pleurai de plus belle.

— Pourquoi faut-il que ça se termine comme ça ?

— Je ne sais pas, Hannah.

Je levai les yeux sur son visage, pas une larme ne coulait.

— Tu es si fort, reniflai-je. On dirait que rien ne peut t'atteindre.

— Tu sais bien que c'est faux. Je suis aussi triste que toi. J'aimais Julia.

Je pleurai encore longuement et reniflai un bon coup.

— C'est fini maintenant, ou la bataille va continuer ?

— Ça non plus, je ne peux pas le dire, mais j'espère de tout cœur que c'est terminé.

— Vous allez laisser le Cercle tranquille ?

Il m'écarta de quelques centimètres pour me considérer d'un air surpris.

— Nous ne les avons jamais provoqués, Hannah.

Je secouai la tête.

— Je sais... Je... Comment seront vos rapports, désormais ? Ferez-vous un effort pour que de telles horreurs ne se reproduisent plus ?

Leith soupira.

— Ils sont des anges noirs, nous sommes des loups-garous. Aucun effort ne sera suffisant pour briser la haine qui nous sépare.

— Pourtant Julia et Darius ont bel et bien surmonté leurs différences.

La mâchoire de Leith se raidit.

— Ça te paraît insensé, n'est-ce pas ? chuchotai-je.

— C'est inimaginable, écœurant... Leur froideur, leur odeur. Ce qu'ils sont... Je n'aurais pas pu être à la place de Julia.

Je tressaillis.

— C'est à cause de ce genre de préjugés que nous en sommes là aujourd'hui. Vous êtes tous plus idiots les uns que les autres. Butés, bornés et... stupides !

J'ouvris violemment la portière du 4 x 4 et m'engouffrai à l'intérieur.

La discussion était close.

Chapitre 25

Il attendait. Immobile, impassible.

— Voilà, c'est le dernier voyage, annonça Leith en posant une valise à ses pieds. L'appartement est débarrassé, j'ai pris tous tes effets personnels.

— Merci, dis-je en m'étirant de tout mon long sur le canapé de son salon.

Il venait de vider mon ancien « chez-moi ». J'aurais été incapable de le faire toute seule. De le faire tout court. Depuis la mort de Julia, je ne mangeais quasiment rien, j'avais des migraines presque en permanence et je dormais très mal. Je n'avais jamais été sujette aux cauchemars avant, mais depuis trois nuits, je me réveillais presque toutes les heures en sueur. J'avais du mal à tenir debout, j'étais éreintée alors que je devais commencer à travailler au salon de thé dans une semaine.

— Je rendrai les clés à ton propriétaire demain matin, m'informa Leith.

Je levai les yeux vers lui.

— Mais… les obsèques de Julia ?

— Nous arriverons à temps pour l'enterrement, ne t'inquiète pas.

Oh, je ne m'inquiétais pas. Si j'avais pu les rater, ces funérailles, je ne m'en serais pas moins bien portée.

J'avais tant de mal à croire qu'elle était partie pour toujours. Ça me rendait malade.

— Est-ce que tu as mangé quelque chose, aujourd'hui ? s'enquit Leith.

Je secouai la tête.

— Je n'ai pas faim.

Leith n'était pas content, mais il restait patient. Pour le moment.

— Viens te coucher, tu es claquée.

Il avait raison.

Il me souleva en douceur et me porta jusqu'à son lit. Notre lit. Il en était ainsi, désormais. Je ne parvenais même pas à m'en réjouir. J'étais à bout.

— Quelle heure est-il ? demandai-je.

— Dix-neuf heures, répondit-il en m'enveloppant d'une épaisse couette en flanelle.

Il s'allongea près de moi, encore habillé, et entreprit de me caresser les cheveux.

— Comment les parents de Julia vont-ils s'y prendre pour justifier la blessure mortelle de leur fille ?

— Je ne sais pas, Hannah, chuchota-t-il.

— Mais, une autopsie a bien été faite, non ? Comment ont-ils caché son groupe sanguin ?

— Je n'ai pas de réponses... Tu devrais essayer de dormir.

Mais tant de questions s'entrechoquaient dans ma tête.

— À quoi ressemblent les funérailles d'un garou ? C'est comme pour nous ?

Il soupira.

— Julia sera inhumée dans le caveau familial du cimetière de son village, comme n'importe quel Humain.

— Ses parents étaient-ils religieux ?

— Non. Hannah, tu veux bien dormir à présent ? m'intima-t-il d'une voix douce, mais autoritaire.

Je me tus et me calai contre son torse.

Au bout d'une bonne demi-heure, je ne m'étais toujours pas assoupie. L'insomnie me tiendrait encore éveillée pour la nuit. Je n'en pouvais plus.

Leith grommela. Il me fit brusquement basculer sur le dos et inclina la tête au-dessus de mon visage pour me regarder droit dans les yeux. Je sentis son souffle tiède sur mes joues et sa chaleur m'envelopper comme dans un cocon.

— Dors, entendis-je avant de sombrer.

À mon réveil, Leith n'était plus là. Il m'avait laissé un mot sur l'oreiller m'indiquant qu'il était allé rendre les clés à mon propriétaire.

Bien que les rideaux fussent tirés, la clarté était vive. Il devait être tard. Je me redressai pour regarder l'heure sur la chaîne hi-fi, elle affichait midi moins le quart. Bon sang, j'avais dormi plus de seize heures d'affilée !

La seule fois où j'avais connu une telle frénésie de sommeil, c'était lorsqu'on m'avait amenée à l'hôpital après l'agression de Phillip, le Galbro. Leith m'avait tout simplement « programmée » pour dormir.

Je n'aimais pas qu'il m'hypnotise, mais cette nuit, l'idée avait été salvatrice. Je n'avais fait aucun cauchemar et mon mal de crâne avait disparu.

Je m'étirai et me rendis dans la salle de bains où je me déshabillai avant d'entrer dans la cabine de douche. La chaleur détendit tous mes muscles crispés. Je m'appuyai contre le mur et m'assis au fond du bac, les yeux clos. Je suis sûre que j'aurais pu m'assoupir si l'eau ne s'était pas brusquement arrêtée de couler.

— Tout va bien ? s'assura Leith en m'aidant à me relever.

Il m'enveloppa dans un drap de bain et me frictionna pour me sécher. Je me laissai faire.

— Oui, bien mieux. Tu es rentrée depuis longtemps ?

— À l'instant, répondit-il en me conduisant dans la chambre Il est midi et quart. Tu penses pouvoir être prête dans une heure ?

Pour Julia... Je hochai la tête.

— Je vais te préparer un petit déjeuner.

— Ce n'est pas la peine, je n'ai pas très faim.

Cette fois, il fronça les sourcils.

— Je n'en ai rien à cirer, Hannah, tu vas manger !

Après quoi, il quitta la pièce.

Résignée, j'enfilai mes vêtements et le rejoignis dans la cuisine, où il était déjà en train de faire frire des œufs et de grandes tranches de bacon. Je pris place à table et me servis. Seulement, je remarquai qu'il était rasé de frais et entièrement vêtu de noir.

— Je dois faire comme toi ? Porter du noir ?

Pour dire vrai, je n'en avais pas.

— Non. Julia n'était pas très formaliste.

Je baissai les yeux sur mon assiette.

— Elle va tellement me manquer. Elle me manque déjà.

Il soupira en me voyant pinailler avec mes œufs.

— Hannah, maintenant, mange, me somma-t-il avec autorité. Je n'ai aucune envie de te ramasser à la petite cuillère.

Quarante minutes plus tard, nous étions sur le départ.

Au fur et à mesure que la voiture avançait en direction du cimetière, mon cœur se comprimait. Avant Minah, je n'avais jamais assisté à aucunes funérailles. Deux fois en si peu de temps, ça faisait beaucoup. Je croisai les doigts pour que ces manifestations mortuaires s'arrêtent avec Julia, et pour plusieurs années.

Leith stationna le 4 x 4 devant un muret en pierres grises, là où un nombre considérable de véhicules étaient déjà garés.

Nous pénétrâmes dans le cimetière.

D'une certaine façon, l'endroit était joli, entouré d'arbres, de pelouses verdoyantes, de sépultures abondamment fleuries. Les marbres de certaines brillaient sous le soleil, pareils à des plaques d'argent massif.

C'était une belle journée, sans nuages, sans le moindre souffle de vent. Sans Julia.

Main dans la main, nous rejoignîmes les gens déjà présents. Il devait y avoir une centaine de personnes au moins. La plupart appartenaient à la famille de Julia, mais je reconnus aussi un grand nombre d'étudiants de St Andrews. La nouvelle de sa mort s'était répandue comme une traînée de poudre. Julia était quelqu'un d'aimé.

Les membres de la Meute s'étaient regroupés près de la très proche famille de Julia. Nous les retrouvâmes en silence.

La vue du cercueil de celle qui fut mon amie me tétanisa. Je n'arrivais pas à réaliser qu'elle était enfermée à l'intérieur et que je n'entendrais plus jamais son rire cristallin, ses intonations euphoriques lorsque je parlais de Darius...

Penser à lui me donna un haut-le-cœur. Je me ressaisis en fermant les yeux et m'appuyai contre Leith. Lorsque je rouvris les paupières, un homme vêtu d'un costume noir nous avait rejoints. Il tenait entre les mains un livre sur lequel j'identifiai le signe de la race garolle – quatre petits cercles concentriques. Avec solennité, il commença une lecture émouvante, une adaptation d'un texte de Henry Scott Holland.

La mort n'est rien. Je suis simplement passé dans une autre pièce. Je suis moi, tu es toi. Ce que nous étions l'un pour l'autre, nous le sommes toujours, à jamais.
Donne-moi le nom que tu m'as toujours donné.
Parle-moi comme tu l'as toujours fait.
Je t'entendrai...

Puis le cercueil fut mis en terre. Une file de gens se recueillirent pour un dernier hommage, jetant une poignée de terre ou quelques pétales de rose, jusqu'à ce que peu à peu la foule s'éloigne dans un silence de plomb.

Ce n'est que lorsqu'il ne resta plus qu'une vingtaine de personnes que je le remarquai, tapi dans l'ombre, en retrait sous les branches d'un grand chêne... Darius.

Il attendait. Immobile, impassible.

Les membres de la Meute lui firent un bref signe de tête auquel il répondit, puis ils quittèrent le cimetière pour gagner leurs voitures.

— Je te rejoins, j'aimerais lui parler, informai-je Leith.

Il ne chercha pas à m'en empêcher. Il opina et s'éloigna lentement jusqu'au portail. J'avançai d'un pas vif vers Darius et le serrai contre moi. D'abord surpris, il ne bougea pas. Puis ses bras se refermèrent autour de moi. Un long moment.

— Si tu savais comme je suis désolée, murmurai-je en me dégageant doucement.

Une larme, puis deux coulèrent sur mes joues. Il les ramassa avec tendresse.

— Elle t'aimait tellement.

— Je le sais.

— Je suis là pour toi, Darius.

Il sourit brièvement.

— Je voudrais lui parler avant qu'elle ne disparaisse complètement, souffla-t-il tandis que, derrière nous, le bruit sourd des pelles qu'on enfonce dans la terre retentissait.

— Bien sûr.

Le cœur gros, je le suivis des yeux. Quand il fut devant la fosse, je décidai de rejoindre Leith. Je n'avais pas parcouru la moitié de la distance qui nous séparait que des hurlements de panique rompirent le silence du cimetière. Je me retournai brusquement pour voir les deux fossoyeurs s'enfuir en courant. Presque simultanément, mon regard croisa celui de Darius. Nous étions à une dizaine de mètres l'un de l'autre, il était fixé sur moi, les traits tordus par l'horreur.

Pendant une poignée de secondes, je restai immobile, sans comprendre, puis j'avançai d'un pas vers lui.

L'instant d'après, sa silhouette devint vaporeuse, il fondait sur moi. Mais avant qu'il ne m'atteigne, mes pieds avaient quitté le sol. J'étais soulevée dans les airs, enveloppée de volutes noires, entourée de bruissements d'ailes.

— Noooonnnnnnnnnnnnn ! entendis-je hurler.

Une douleur fulgurante, une torture presque, s'abattit sur moi, transperça ma poitrine.

Je ne savais plus où j'étais ni qui j'étais.

Puis tout s'arrêta. J'étais projetée dans le vide.

Chapitre 26

Elle laissera une cicatrice...

Leith

— Noooonnnnnnnnnnnnn ! hurlai-je en écho à la voix de Darius.

L'horrible cri de douleur d'Hannah déchira mon cœur en deux. Darius et moi nous jetâmes sur elle, elle était en train de tomber. J'arrivai à la rattraper avant qu'elle ne s'écrase sur le sol et la serrai contre moi.

— Hannah..., soufflai-je en la tenant fermement dans mes bras.

— Elle a été mordue !

Je considérai Darius comme s'il me parlait une autre langue. Pourtant, j'avais compris, moi aussi.

— Tu entends ce que je te dis ? répéta-t-il. Elle a été mordue !

Je scrutai le ciel. Ce maudit Exploiteur avait filé avant même que je ne réalise ce qu'il avait fait à Hannah.

Elle gémit.

Je serrai sa tête contre mon torse, me balançant d'avant en arrière. Elle était inconsciente, mais son corps était secoué de tremblements, et sa poitrine, maculée de sang. Darius déchira un pan de la chemise d'Hannah et ramassa quelques gouttes de sang sur son doigt. Il le porta à sa bouche et grogna.

— Elle est contaminée.

J'essayai de me convaincre que j'avais mal compris.

Quelques personnes ayant assisté aux funérailles avaient fait demi-tour en entendant les cris. Ils s'étaient agglutinés autour de nous pour tenter de voir. Darius leva furtivement la tête.

— On ne peut pas rester là, il faut la transporter.

— L'hôpital le plus proche est à moins de dix kilomètres, allons-y ! décidai-je en soulevant Hannah.

Darius me retint par l'épaule.

— L'hôpital ? Mais qu'est-ce que tu racontes ? Elle est en train de muter !

J'eus l'impression d'avoir reçu un coup de poing en pleine figure. Pourtant, je le savais, je l'avais su dès qu'Hannah était retombée dans mes bras. Mais l'entendre m'était insupportable.

L'attroupement devenait de plus en plus pressant. Certains s'étaient approchés par curiosité, ou pour demander ce qu'ils pouvaient faire pour aider. Je poussai un rugissement de bête sauvage et enfonçai désespérément le visage d'Hannah dans mon cou.

— Bouge ! hurla Darius.

Il nous fraya un passage dans la foule, bousculant ceux qui ne voulaient pas s'écarter, je le suivis en courant, serrant Hannah contre moi.

Le 4 x 4 était à deux pas. Je jetai les clés à Darius et montai à l'arrière avec elle.

— On va chez moi ! lançai-je.

— Non, on ne peut pas. Hannah va souffrir le martyre, tu ne pourrais pas justifier ses cris.

Son corps si fragile se tordait en tous sens. Elle avait déjà mal.

— Mais d'où sortait-il ? hurlai-je.

Darius conduisait comme un fou sur les routes de campagne, mais pas assez vite à mon goût.

— Je ne sais pas. Je ne l'ai pas vu venir.

— Qui était-il ?

Il n'eut pas le temps de formuler sa réponse, Hannah revenait à elle.

— J'ai... mal..., gémit-elle avec un rictus affreux.

— Il faut faire quelque chose ! m'étranglai-je.

Comme il demeurait muet, j'agrippai son siège et le secouai brutalement.

— Il n'y a rien à faire, assena-t-il, le visage froid et tendu.

Hannah geignit plus fort, plus longuement.

— Je ne peux pas la laisser comme ça !

— Tu ne comprends pas, imbécile ? gronda Darius. *Elle. Va. Muter*. Tu ne peux rien y faire ! Personne ne peut rien y faire...

J'avais envie de hurler.

Hannah ouvrit les paupières lourdement.

— Leith...

— Je suis là, mon amour. Reste tranquille.

Elle porta la main à sa poitrine et grimaça.

— Ne me laisse pas...

Ses yeux m'imploraient, me suppliaient.

— Je ne te laisse pas, grinçai-je entre mes dents.

Hannah se cambra brusquement, comme si tous ses muscles s'étiraient d'un seul coup, puis elle reperdit connaissance.

— Mais combien de temps cela va-t-il durer ? sifflai-je.

Darius regarda dans le rétroviseur, sans répondre.

— On arrive, annonça-t-il avec un mouvement de la tête.

Le 4 x 4 s'engouffra dans un chemin à travers les bois et s'arrêta devant une immense bâtisse victorienne isolée au bord d'une falaise. Darius sortit aussitôt pour m'ouvrir. Je le suivis en serrant Hannah contre moi.

Il poussa la porte d'entrée et pénétra dans la maison.

— Par là !

Nous montâmes les marches d'un escalier quatre à quatre et nous engageâmes dans une vaste chambre.

Je déposai délicatement Hannah sur le grand lit et l'observai, le souffle court.

— Déshabille-la, m'ordonna froidement Darius.

Je restai interdit.

— Quoi ?

— Retire-lui ses vêtements.

Je levai vers lui des yeux emplis de haine. Je n'avais aucune envie de lui dévoiler le corps de celle que j'aimais. Je n'en voyais pas la raison, il n'avait pas besoin de la découvrir nue.

— Nom d'un chien ! s'écria-t-il. Veux-tu que je le fasse ?

Il s'avança vers elle et posa la main sur sa chemise ensanglantée, prêt à la déchirer complètement.

— Ne la touche pas !

Je lui envoyai un violent coup de poing dans l'épaule qui lui fit lourdement heurter le mur derrière lui. Darius se redressa vivement, le visage noir de colère.

— Maudit chacal ! Sais-tu quelles souffrances elle va endurer ? Tout son corps la brûlera au point que la moindre fibre sur sa peau sera une torture insoutenable. Elle aura l'impression que sa chair part en lambeaux, elle voudra mourir et tu ne pourras rien faire pour la soulager. Déshabille-la !

Comme je haïssais ce type de dire de telles choses, quand bien même fussent-elles vraies. Et comme je me détestais de n'avoir su protéger celle que j'aimais.

Avec rage, je m'approchai du corps tremblotant d'Hannah et lui arrachai ses vêtements. Je ne laissai sur elle que le strict nécessaire, une culotte minuscule, ne me résignant pas à ce qu'elle soit intégralement nue. Elle n'aurait pas aimé.

Sur son sein gauche, la morsure de l'ange noir l'avait marquée comme au fer rouge. Elle ne saignait plus, les deux trous béants semblaient même commencer à se refermer d'eux-mêmes.

— Elle laissera une cicatrice, m'avertit Darius.

Il souleva son tee-shirt pour me montrer la sienne, au même endroit. Elle était nettement visible et légèrement rosée. Il s'approcha d'Hannah et posa la main sur son front.

— Elle est brûlante...

Hannah paraissait si frêle, si fragile, et sa peau était si blanche, tellement plus pâle que d'habitude. J'en frissonnai de douleur. Mon cœur était sur le point d'exploser, et le sien... le sien était en train de devenir celui d'une créature que j'abhorrais au plus profond de moi-même. J'aurais pu me taper la tête contre un mur.

— Combien de temps va durer sa mutation ? demandai-je en serrant les dents.

— Six jours avant qu'elle ne soit complète. Elle souffrira les trois premiers et s'apaisera le quatrième. Le cinquième, ses ailes pousseront dans la douleur. Le sixième, ce sera terminé. Dans l'intervalle, elle aura besoin de se nourrir.

J'écrasai mes mains sur mon visage et les laissai glisser lentement. Je devais être en train de faire un cauchemar.

— Elle devra boire du sang, précisa-t-il.

— Non !

— Il le faudra...

J'appuyai mes doigts sur mes yeux en marchant dans la pièce comme une bête en cage. Les nerfs à fleur de peau, je n'arrivais pas à me contrôler, je n'y parvenais pas...

— Non ! braillai-je encore tout en donnant un violent coup de poing dans la porte en bois qui vola en éclats.

— Leith..., murmura Hannah dans un souffle.

La respiration haletante, je m'approchai d'elle. En voyant ses iris, une sueur glaciale remonta dans ma colonne vertébrale. Ses beaux yeux verts étaient injectés de sang.

— Ça passera..., tenta de me rassurer Darius. Ils sont ainsi parce qu'elle ressent déjà la soif.

— Il faut qu'elle boive maintenant ?

— Non, il est trop tôt. La mutation doit être presque achevée avant qu'elle ne s'abreuve de sang.

Il ricana en voyant ma mine défaite.

— T'inquiète pas, chien, tu as du répit avant de lui fournir de quoi se sustenter !

— Tu fais de l'humour, maudit sang-mort ? Parce que tu crois que j'ai vraiment envie de rire ? Je jure que c'est ton sang qu'elle boira en premier si tu ne la fermes pas !

Darius s'avança vers moi. Ses yeux ne formaient plus que deux minuscules fentes.

— Mon sang ? C'est une idée... Fais-le couler dans ses veines et je serai lié à elle pour l'éternité. Je n'aurai plus qu'à avaler le sien. Telle est la règle. Deux vampires qui échangent leur sang deviennent des âmes sœurs. C'est ce que tu veux ?

À bout, je lui sautai dessus en agrippant son cou de mes deux mains. J'allais le massacrer.

— Je vais te tuer, Darius...

— Arrêtez... je vous... je vous en prie... arrêtez, gémit Hannah. Ne... vous... battez pas.

Je lâchai Darius et pivotai vers elle.

Elle tenta de se relever, mais le geste lui arracha un cri de douleur.

— Ne bouge pas, mon amour, reste tranquille.

— Darius..., chuchota-t-elle en tendant la paume vers lui. Viens.

Il fit le tour du lit et s'approcha pour lui prendre la main.

Instinctivement, je grognai. Darius n'en tint pas compte et referma ses doigts sur ceux d'Hannah.

— Je suis là...

— Que m'arrive-t-il, Darius ?

Il s'apprêtait à ouvrir la bouche.

— Non ! m'écriai-je.

— Ne sois pas ridicule, chien, tu crois qu'elle va l'ignorer encore longtemps ?

Le visage d'Hannah se tordit, puis elle trembla de tous ses membres pendant d'interminables secondes.

— J'ai froid...

— Il faut la couvrir.

J'étais sur le point de relever les draps sur elle, mais Darius m'en empêcha.

— Cela ne servirait à rien. Son corps se refroidit de lui-même, tu ne pourras pas la réchauffer.

— Que m-m-m-m'arrive-t-il ? répéta-t-elle en grelottant.

Darius leva les yeux vers moi. J'aurais voulu qu'il se taise, cacher la vérité à Hannah, la protéger encore... Mais il était trop tard, je le savais.

— Tu es en train de muter en ange noir, Hannah. Tu as été mordue. Je suis désolé, ajouta Darius avec sincérité.

Elle étouffa un sanglot qui se transforma en plainte. C'était insupportable. Son supplice allait finir par me briser en deux.

Les yeux emplis de larmes, elle me supplia.

— Promets-moi... promets-moi que tu ne m'abandonneras pas, que tu resteras avec moi. Promets-moi.

— Hannah...

Je sentis l'angoisse remonter au fond de ma gorge pour broyer les mots qui avaient déjà tant de mal à sortir.

— Quoi qu'il arrive, quoi que je fasse, je t'aime. N'oublie jamais ça : je t'aime, répondis-je à la place.

— Promets-moi...

Je la regardai longuement.

— Je te promets, finis-je par dire.

Que l'Esprit me vienne en aide. Je n'y croyais pas.

Quatre jours plus tard, Hannah n'avait plus rien à voir avec la jeune fille que j'avais rencontrée à l'aéroport d'Inverness presque un an plus tôt. Ses magnifiques cheveux roux étaient devenus très clairs, presque blonds, et sa peau blanche était marbrée de veines bleutées. Elle était cadavérique. Ce n'était plus elle. Ce corps que j'avais tellement aimé caresser, je ne pouvais plus le toucher. Elle était froide comme la mort et provoquait en moi des frissons de dégoût. Cette révulsion que je ne maîtrisais pas, je la détestais. Car j'aimais Hannah. Je l'aimais du plus profond de mon être, de toute mon âme.

Seule son odeur la rattachait désespérément à son humanité. Curieusement, au bout de quatre jours, son parfum était toujours le même : doux, sucré, presque divin. Elle n'avait pas encore hérité de la senteur métallique, aigre et insoutenable des anges noirs. Pas encore, mais bientôt...

— Elle est plus sereine, aujourd'hui, constata Darius en entrant dans la chambre. Elle souffre moins.

— C'est ce que tu avais dit, non ?

Je ne pouvais pas m'empêcher d'être acerbe avec lui, bien qu'il prenne soin d'Hannah aussi bien que je l'aurais fait moi-même. Je le haïssais.

— Garde ton énergie, chien. Demain sera un autre jour. Profite du calme de celui-ci.

Darius avait annoncé que le cinquième jour, la souffrance reviendrait. Je m'y attendais, mais je n'étais pas prêt. La veille encore, Hannah nous suppliait d'abréger son existence. C'était insupportable. Entendre ses cris me rendait dingue. Mais comment aurais-je pu lui ôter le peu de vie humaine qu'il lui restait ? Même si l'espoir m'avait quitté définitivement, j'en aurais été incapable. Je l'aimais bien trop.

Darius s'avança et ouvrit délicatement les paupières d'Hannah. Elle dormait, épuisée par la douleur des jours précédents.

— Elle doit se nourrir désormais, annonça-t-il en désignant ses iris intégralement rouges.

Mes mâchoires se crispèrent.

— Et que lui sert-on ? persiflai-je, à bout.

— Tu es un loup. Tu sais chasser, non ? Alors, ramène-lui un animal. Pas trop gros. C'est la première fois, il ne faut pas qu'elle boive trop.

Chasser pour Hannah ? Chasser pour qu'elle s'abreuve de sang... Jamais je n'aurais imaginé devoir le faire un jour.

Darius me jaugea un moment, attendant ma réaction. Comme je n'en avais pas, il fit mine de sortir.

— Je vais faire ça pour elle, lança-t-il, cassant.

— Non !

En grognant, je quittai cette maudite chambre.

Au fur et à mesure que je marchais, je sentais mes muscles se tendre. J'allais muter d'une seconde à l'autre. Sans prendre la peine de retirer mes vêtements, je poussai un rugissement et les fis éclater. Deux minutes plus tard, je courais en plein jour en direction des bois.

Mes instincts de prédateur étaient en alerte, plus affinés que jamais. Il ne me fallut pas plus de dix minutes pour débusquer une proie. Le jeune blaireau qui passait par là n'eut aucune chance. Ma présence le tétanisa. Il n'avait certainement jamais vu de loup de toute sa vie. Mes yeux l'hypnotisèrent avant l'assaut final. Je sautai d'un bond et serrai mes mâchoires sur sa gorge solide pour l'étouffer, veillant à ce qu'il ne saigne pas. J'attendis qu'il ne respire plus et ramenai mon macabre trophée.

Je déposai l'animal aux pieds de Darius et repris forme humaine avant de récupérer des vêtements dans la voiture. Lorsque je regagnai la chambre, le spectacle qui s'offrit à moi me pétrifia. Je n'étais pas préparé à ça. Personne ne l'aurait été.

Hannah s'était redressée sur le lit. Darius lui tendait le blaireau encore chaud. Elle se jeta sur lui avec une avidité féroce, l'enserrant de ses deux mains. Instinctivement, les yeux investis par la faim, elle planta deux longues canines fines et aiguës dans la chair épaisse de l'animal. Elle grognait, secouait la tête en tous sens comme si sa proie était toujours vivante et qu'elle voulait l'achever. La scène était inimaginable, irréelle.

Lorsque Darius lui retira la bête, Hannah feula de colère, réclamant qu'il lui rende son repas. Puis, voyant qu'il ne le ferait pas, elle s'apaisa et ses dents se rétractèrent. Ses iris rouges avaient laissé place à un vert plus clair qu'auparavant. Du sang coulait sur son menton, le long de son cou, de ses bras. Sa poitrine en était couverte, les draps blancs, maculés.

Hannah n'était plus.

L'amour de ma vie avait été remplacé par une créature sanguinaire : un Exploiteur, un vampire, un ange noir. Le pire ennemi du loup-garou.

Épilogue

Leith

Je n'aurais jamais imaginé que se séparer de l'être qu'on aime le plus au monde puisse être si difficile. Je pensais l'avoir expérimenté lorsque j'avais perdu ma mère douze ans plus tôt, et l'année dernière encore, quand Phillip, le Galbro, avait attaqué Hannah, mais je me trompais. Rien n'aurait pu me préparer à ce que j'étais en train de vivre.

L'espoir était mort en moi, en même temps qu'Hannah, l'Humaine que j'avais aimée, que j'aimais toujours. Mon âme sœur. Mon souffle. Ma vie. Celle pour qui je pourrais périr sans l'ombre d'une hésitation.

Il ne me restait rien, rien d'autre que mes souvenirs, l'amertume et la culpabilité.

J'avais tout perdu. Tout.

La mutation d'Hannah n'était pas complètement achevée, mais c'était aujourd'hui que je m'en allais, au matin du cinquième jour. Brisant la promesse, les promesses que je lui avais faites.

Pût-elle me pardonner d'avoir été si lâche. Un loup-garou et un ange noir…

Jamais.

Darius

Ces maudits chiens n'ont jamais eu aucune parole. Mais moi oui, je tiendrai ma promesse. Celle que j'avais faite à Hannah et celle que je lui avais faite à lui, ce chacal. Mais pour elle, uniquement pour elle. Elle était ma protégée, désormais.

Deux jours plus tôt :

— Tu t'en vas en douce, chien ?

Sutherland me regardait droit dans les yeux, il se tenait devant la porte d'entrée, prêt à partir.

Je devais reconnaître qu'il avait l'air abattu, mais il fuyait quand même, comme un couard. Il l'abandonnait. Oh, on pourrait prétendre que j'avais fait la même chose avec Julia, que je l'avais abandonnée... Peut-être, mais moi, je ne lui avais jamais rien promis. Et pourtant, je l'aimais. Si je ne l'ai pas fait, c'est parce que je savais que je ne pourrais pas tenir parole. Et les anges noirs tiennent toujours leurs promesses.

— Je dois m'en aller, annonça Sutherland.

— Tu es un lâche.

Son regard s'assombrit.

— Je n'ai pas à me justifier devant toi. Je l'aime à en crever..., mais je dois partir. Tout nous sépare, bien plus qu'avant. Nous n'avons plus rien en commun si ce n'est nos souvenirs et... mes remords.

Il avait raison. Rien n'aurait pu nous réunir Julia et moi, nous étions trop différents, mais j'avais quand même envie d'écraser le chien qu'il était.

— Sage décision. Tire-toi. Ce sera bien plus facile pour elle et pour moi. Elle est un ange noir, désormais, et je préfère que son air ne soit pas pollué par ceux de ton espèce.

Il se donnait beaucoup de contenance pour ne pas exploser. J'aurais pourtant aimé qu'il le fasse. Je détestais les garous. Et lui particulièrement. Pour un tas de raisons.

— Fais-moi une promesse, Darius.

Je levai les sourcils.

— Je veux que tu prennes soin d'elle. Que tu lui apprennes à ne pas boire de sang humain. Jamais. Aide-la à avoir une vie normale, aussi normale que possible. Aide-la à être heureuse, à...

Sa voix s'étrangla.

— Aide-la à m'oublier.

Il ferma les yeux. Il pleurait.

Puis il sortit une lame de sa poche et fendit l'intérieur de son poignet. Je tressaillis. Il réclamait un serment inviolable.

— Promets-le, me somma-t-il en me tendant le couteau.

Je m'en emparai et secouai la tête.

— Elle ne t'oubliera pas.

— Promets.

D'un coup sec, je tranchai mon bras et le posai sur le sien. Nos sangs se mêlèrent.

— Tu ne peux plus revenir sur ta promesse.

— Je la tiendrai, chien. Moi, je ne suis pas de ton espèce.

Sans même un dernier adieu à Hannah. Il partit.

Hannah

— Nonnnnnnnnnnnnnn !

Je n'arrivais pas à me lever, j'étais trop faible. En basculant violemment sur le côté, je ne réussis qu'à tomber du lit. Alors j'essayai de ramper jusque vers la porte.

J'avais tout entendu. Je ne pouvais pas le laisser partir.

— Tu n'as pas le droit ! criai-je. Tu avais promis, Leith ! Nonnnnnnnnnnnn !

Il avait dit qu'il resterait près de moi, il l'avait dit !

— Hannah ! s'écria Darius en entrant dans la chambre.

— J'ai tout entendu... Pourquoi, Darius ?

Un tremblement violent agita mes épaules avant qu'une douleur lancinante me fasse hurler. Des milliers d'aiguilles s'enfonçaient dans mon dos.

— Aaahhhhh... Darius, j'ai mal !

Il me souleva et m'allongea à plat ventre sur le lit.

— Je sais, Hannah, je sais...

De longs sanglots me secouèrent. Tout me terrassait. Le mal dans mon corps et celui de mon cœur.

— Il avait promis... Il avait promis...

Je hurlai une nouvelle fois de douleur.

— Ça brûle... mon dos... Je veux mourir. Tue-moi... achève-moi !

Il caressa ma joue du bout des doigts.

— Ce sont tes ailes qui se préparent, personne ne te tuera, Hannah.

La brûlure se calma pendant quelques secondes. Je repris mon souffle, morte de fatigue.

— Retourne le chercher.

Darius demeura impassible.

— Non.

— Vas-y ! Si tu es mon ami, vas-y !

— Non, Hannah. Les choses ne doivent pas se passer ainsi. Il faut le laisser partir.

Ma tête bouillonnait, je sentais la douleur poindre.

— Je t'en prie... je veux lui parler... je veux le voir encore. Darius..., s'il te plaît. Je dois le convaincre, il se trompe. Il... il m'aime !

Darius me coula un regard doux et compatissant. Il caressa ma joue et se pencha pour embrasser mon front.

— Bien sûr qu'il t'aime... Plus tard, Hannah, quand il sera prêt. Tu le reverras. Je te le promets.

Je ne saisis pas exactement le sens de ses mots, mais je compris que tout n'était pas perdu. Leith Sutherland faisait partie de moi et moi de lui, l'Esprit avait choisi pour nous. On ne sépare pas des âmes sœurs aussi facilement.

Oui, nul doute que nous nous reverrions.

Nul doute.

Aucun...

Remerciements

Je tiens à exprimer une reconnaissance toute particulière à mon mari qui, après avoir subi mes absences lors de séances de dédicaces ainsi que mes longues soirées à me goinfrer de chocolat en solitaire, n'a pas rechigné à remettre le couvert pour le tome deux des *Étoiles de Noss Head*. Merci pour ton soutien inconditionnel.

À mon petit bout de femme, ma fille. Tu es toujours aussi merveilleuse. Maman t'expliquera un jour ce qu'elle faisait enfermée pendant des heures dans son bureau.

À ma toute première éditrice. Merci du fond du cœur d'y avoir cru, et même plus que moi.

Un remerciement tout spécial au duo Jessica et Mylène pour leur aide de dernière minute. Vous avez assuré, les filles !

Comme précédemment, une ola en fanfare pour Sissi, toujours de la partie et fidèle, contre vents et marées. Courage, mon amie, plus qu'un, ou deux, si je vais au bout de l'histoire que je me suis fixée. (À l'heure où je révise ces remerciements, il y en a finalement eu cinq.)

Et puis, à vous, ma bande de dindes et de dindons. Vous vous reconnaîtrez. Glou glou !

11054

Composition
NORD COMPO

Achevé d'imprimer en Slovaquie
par NOVOPRINT SLK
le 26 juillet 2016.

Dépôt légal avril 2015.
EAN 9782290082157
L21EPJN000122C002

ÉDITIONS J'AI LU
87, quai Panhard-et-Levassor, 75013 Paris

Diffusion France et étranger : Flammarion